余秋雨散文精选

余秋雨 著

長江出版傳媒
长江文艺出版社

图书在版编目（CIP）数据

余秋雨散文精选 / 余秋雨著. -- 武汉 : 长江文艺出版社，2025. 7. -- ISBN 978-7-5702-4020-3

Ⅰ. I267

中国国家版本馆 CIP 数据核字第 2025RU5249 号

余秋雨散文精选
YU QIUYU SANWEN JINGXUAN

责任编辑：李　艳　邹　宁　　　责任校对：程华清
封面设计：石　磊　　　责任印制：邱　莉　王光兴

出版：长江出版传媒　长江文艺出版社
地址：武汉市雄楚大街 268 号　　　邮编：430070
发行：长江文艺出版社
http://www.cjlap.com
印刷：湖北新华印务有限公司

开本：640 毫米×970 毫米　1/16　　印张：27　　插页：6
版次：2025 年 7 月第 1 版　　　2025 年 7 月第 1 次印刷
字数：313 千字

定价：59.80 元

余秋雨

中国当代文学家、美学家、史学家、探险家。

一九四六年八月生，浙江人。早在“文革”时，针对以“样板戏”为旗号的文化极端主义，勇敢地潜入外文书库，建立了《世界戏剧学》的宏大构架。至今三十余年，此书仍是这一领域的权威教材。

二十世纪八十年代中期，因三度全院民意测验皆位列第一，被推举为上海戏剧学院院长，并出任上海市中文专业教授评审组组长，兼艺术专业教授评审组组长。曾任复旦大学美学博士答辩委员会主席、南京大学戏剧博士答辩委员会主席。获“国家级突出贡献专家”“上海十大高教精英”“中国最值得尊敬的文化人物”等荣誉称号。

在担任高校领导职务六年之后，连续二十三次的辞职终于成功，开始孤身一人寻访中华文明被埋没的重要遗址。所写作品，往往一发表就轰传社会各界，既激发了对“集体文化身份”的确认，又开创了“文化大散文”的一代文体。李光耀先生说：“二十世纪后期，海外华人重新对中华文化产生感动，主要是由于余秋雨先生的书。”

二十世纪末，冒着生命危险贴地穿越数万公里考察了巴比伦文明、克里特文明、希伯来文明、阿拉伯文明、印度文明、波斯文明等一系列重要的文化遗址。他是迄今全球唯一完成此举的人文学者，一路上对当代世界文明做出了全新思考和紧迫提醒，在海内外引起广泛关注，被国际媒体选为“跨世纪十大国际人物”之一。

他所写的大量书籍，长期位居全球华文书排行榜前列。在中国台湾，他囊括了白金作家奖、桂冠文学家奖、读书人最佳书奖等多个文学大奖。在大陆，获鲁迅文学奖、全国优秀教材一等奖、上海文学艺术大奖。前些年，上海市民海选“改革开放三十年影响最大的一本文学书”，结果是《文化苦旅》。多年来有不少报刊频频向全国不同年龄的读者调查“谁是你最喜爱的当代写作人”，他每一次都名列前茅。二〇一八年他在网上开播中国文化史博士课程，尽管内容浩大深厚，收听人次却超过了九千万。

几十年来，他自外于一切社会团体和各种会议，不理会海内外贬华势力的种种谣言讹诈，集中全部精力，以独立知识分子的身份完成了“空间意义上的中国”“时间意义上的中国”“人格意义上的中国”“哲思意义上的中国”“审美意义上的中国”等重大专题的研究，相关著作多达五十余部，包括《君子之道》《中国文脉》《极品美学》《老子通释》《周易简释》《佛典译释》等艰深的基础工程。联合国教科文组织、北京大学等机构一再为他颁奖，表彰他“把深入研究、亲临考察、有效传播三方面合于一体”，是“文采、学问、哲思、演讲皆臻高位的当代巨匠”。

自二十一世纪初开始，赴美国国会图书馆、联合国总部、哈佛大学、耶鲁大学、哥伦比亚大学等处演讲中国文化，反响巨大。二〇〇八年，上海市教育委员会颁授成立“余秋雨大师工作室”；二〇一二年，中国艺术研究院设立“秋雨书院”。

二〇一八年五月，“天下文化事业群”赴上海颁授奖匾，铭文为“余秋雨——华文世界最具影响力的一支笔”。

现任上海图书馆理事长。

（陈羽）

序　言

一

二十世纪八十年代后期，我深深感到中国文化蒙受了巨大委屈。居然有那么多自称知识分子的人到处撰文、演讲，滔滔论述“民族的劣根性”“丑陋的中国人”。在他们眼中，只要是中国人做的，什么都错，而且错得愚蠢、可笑、荒唐。对比的坐标，全在西方。

其实，对西方，我比他们懂得更多。我的专业是国际人文美学，我长期研究和讲授西方的哲学和艺术，也熟知他们的远征和掳掠的历史，那又怎么能容忍，一帮既不了解西方也不了解东方的中国文人，成天胡言乱语，毒害民众？

就在这时，我读到了英国哲学家罗素对中国的论述。罗素曾在一九二一年到中国来考察，当时的中国，备受欺凌，一片破败，让人看不到希望。但是，这位哲学家却说：

> 进步和效率使我们富强，却被中国人忽视了。但是，在我们骚扰他们之前，他们还国泰民安。

> 白种人有强烈的支配别人的欲望，中国人却有不想统治他国的美德。正是这一美德，使中国在国际上显得虚弱。其实，如果世界上有一个国家自豪得不屑于打仗，这个国家就是中国。如果中国愿

意，它能成为世界上最强大的民族。

不管中国还是世界，文化最重要。只要文化问题能解决，无论中国采取什么样的政治体制和经济体制，我都接受。

说实话，读到“在我们骚扰他们之前，他们还国泰民安”时，我哽咽了。

罗素对中国历史了解不多，却显现出如此公平的见识。这种公平具有巨大的诱惑力，催促我必须为中国文化做一点事。

于是，我辞职二十三次终于成功，单身来到甘肃高原，开始艰苦地考察汉唐文明留下的遗迹。当时宣布的目的是“穿越百年血泪，寻找千年辉煌”，而我内心的目标却更为学术：让中国人找到集体身份。

若有可能，我还想在实地考察中思考一个问题，为什么罗素说“如果中国愿意，它能成为世界上最强大的民族”？

二

说起来，当时研究中国古代文化的队伍已经不小。但是，这支队伍基本上由学者组成，他们都以学者的目光，做着学者的事。他们大多不了解国际文化，又不在乎实物证据。

我也是学者，但我却决定以长年累月的实地考察，对中国文化作国际性对比。而且，还要将学术的目光转向散文的目光。

以散文的目光看中国历史，那也就能牵动对广大读者的感性说服力。

我就顺着这种目光，在茫茫荒原间取舍沿途所见所闻，结果，选择出来的一切与我原先的学术目光差别极大。但学术目光也有作用，那就是在散文目光中加了一层“重大意义”的筛选。

这一来，我写敦煌，就会凭想象写出自己与斯坦因在沙漠里对峙的情景。然后，我系统阐释了君子文化、拜水文化、非攻文化、魏晋文化、鲜卑文化、石窟文化、隐逸文化、藏书文化、书院文化、晋商文化、清宫文化、流放文化、科举文化……

这些文化，在我之前，大多没有人以专题方式完整写过。

我在写作过程中也证明，只有散文目光，能够超越疲庸的历史流行话语，诗意地思索天下。

我的这些努力，受到了广大读者的肯定，而且产生了轰动效应。很快，《文化苦旅》等作品，拥有了大量急于在文化上认祖归宗的读者，而且，在海内外保持了几十年的热度而不减。

大陆不必说了，深圳书城总经理陈景涛先生曾向我出示过一份全国十年畅销书排行榜前十名，我一人占了四本。这还没有包括在数量上超过正版几十倍的盗版。

在中国台湾，我几乎囊括了所有的文学大奖。“到绿光咖啡屋听巴赫读余秋雨”成为一代时尚，一群台湾作家还以这个书名出版了集体专著。为此，我每隔一段时间必须到台湾举行一次“环岛演讲”，无法推却。

白先勇先生说：“余先生的散文，一直是全球各地华人社区中每一个读书会的第一书目。”

但是，正是这一切，给我带来了祸害。

极度畅销，随即变成了极度诽谤。一时间，攻击文章多得不可胜数。海内外有一批人早就容不得我把中华民族说成是人类的优秀族群，哪怕是“之一”也不允许。

对此我立即做了回应：“我愿意在中国寻爱，他们一定要在中国寻恨。”

其实，围绕我的一轮轮诽谤并不是孤立事件。历来不管什么势力，要想剥除一个文明群体的文化安全，总是要倾注全力摧残其间影响较大的文化阐释者，使文化裸露在没有精神防卫的被攻击状态。

据香港资深传媒学者曹景行先生追踪，围绕我的一轮轮诽谤，由一个至今活跃在美国的政治人物发动，由香港某“民主基金会”指挥，由国内的一些特殊人物执行，二十年来锲而不舍。

由此，我认识到了自己的意义。于是干脆，以阐释中华文化为自己的主业。到联合国世界文明大会上发表演讲《中华文化的非侵略本性》，在纽约联合国总部发表演讲《中华文化长寿的原因》。同时，开始在海内外从头论述《君子之道》《老子通释》《周易简释》《中国文脉》《极品美学》《中国文化课》。

三

一直有不少人在编我的文选，连大学者季羡林先生也在生前主导，为我编了一本散文选《南溟秋水》。长江文艺出版社也出过我的散文选。但是各种文选都没有来得及把我近年来所写的文章作为选择对象，因此就有了这本新的文选。

所选文章，大多是我的一系列文化大工程的“边角碎料”，经反复爬剔，还剩下不少。我随手划拨，粗粗分了四辑：

第一辑　路记

第二辑　逸思

第三辑　自己

第四辑　心碑

第一辑“路记”，是以一些例证文章，展示自己如何从空间意义上丈量中国文化的广度和厚度。

第二辑“逸思”，是人生路上的随想，其中很多文章，颇受青年读者欢迎，被转载的频率很高。在宏大著述之余，用短短的文字随意书写一些休闲短文，这倒是散文的本性。

第三辑“自己”，都是以自己为题材的篇目。个体生命信号的浸润，是散文不同于论文的一个重要特征。

第四辑“心碑”，是我经常闭目重温的“心中碑林”。他们，已把各自的气质沉淀在一个庞大族群的集体人格之中。即便只是草草地看一下他们的背影，谁还敢妄言什么“丑陋的中国人”？

二〇二五年五月

目　录

第一辑　路记

第二辑　逸思

第三辑　自己

第四辑　心碑

附：余秋雨文化档案

第一辑　路记

跋涉废墟

我诅咒废墟，我又寄情废墟。

废墟吞没了我的企盼，我的向往。片片瓦砾散落在荒草之间，断残的石柱在夕阳下站立。书中的记载，童年的幻想，全在废墟中陨灭。千年的辉煌碎在脚下，祖先的长叹弥漫耳际。夜临了，什么没有见过的明月苦笑一下，躲进云层，投给废墟一片阴影，暂且遮住了历史的凋零。

但是，换一种眼光看，废墟未必总是给人们带来悲哀。在很多情况下，废墟也可能是诀别，是选择。时间的力量，理应在大地上留下进步的指向；岁月的巨轮，理应在车道间碾碎前行的障碍。

废墟是课本，让我们把一门地理读成历史；废墟是过程，让人生把全部终点当作起点。营造之初就知道今天的瓦砾，因此废墟是归宿；更新的营造在这里谋划，因此废墟是出发。废墟，是进化的长链。

废墟表现出固执，活像一个残疾了的悲剧英雄。废墟昭示着沧桑，埋下了一个民族蹒跚的脚步。废墟是垂死老人发出的指令，话语极少，气氛极重，使你不能不动容。

废墟有一种苍凉的形式美，把拔离大地的美转化为归附大地的美。再过多少年，它或许还会化为泥土，完全融入大地。将融未融的阶段，便是废墟。

大地母亲微笑着怂恿过儿子们的创造，又颤抖着收纳了这种创造。母亲怕儿子们过于劳累，怕世界上过于拥塞。看到过秋天的飘飘黄叶吗？母亲怕它们冷，收入了宽大的怀抱。

没有黄叶就没有秋天，废墟就是建筑的黄叶。

只有在现代的热闹中，废墟的宁静才有力度；只有在现代的沉思中，废墟的存在才上升为哲学。

因此，古代的废墟，也可以看成是一种跨越时空的现代构建。

现代，不仅仅是一截时间。现代是宽容，现代是气度，现代是辽阔，现代是浩瀚。

我们，挟带着废墟走向现代。

然而，我们现在似乎发现了越来越多更惊人的废墟，一次次颠覆着传统的历史观念。

例如，考古学家在非洲加蓬的一个铀矿废墟中，发现了一个二十亿年前的“核反应堆”，而且证明它运转的时间延续了五十万年之久。既然有了这个发现，那么，美国考古学家在砂岩和化石上发现两亿年前人类的脚印就不奇怪了。对于巴格达古墓中发现的两千年前的化学电池，更不必惊讶……

这样的废墟，不能不使我们对自己的生存理由也产生了怀疑。

人类承受不住过于宏观的怀疑。因此，只能回到常识，谈论我们已知的短暂的历史。从此，对废墟，只敢偷眼观看，快步绕过。

不错，正如前面所说，废墟是课本。但是，这显然是永远也读不完的课本。我们才读几页，自己也成了废墟，成了课本，递交给后人。

后人能读出什么呢？那就不是我们该问的了。

这么一想，我们禁不住笑了。

废墟，让我们爽朗。

都江堰

一

一位年迈的老祖宗，没有成为挂在墙上的画像，没有成为写在书里的回忆，而是直到今天还在给后代挑水、送饭，这样的奇事你相信吗？

一匹千年前的骏马，没有成为泥土间的化石，没有成为古墓里的雕塑，而是直到今天还踯躅在家园四周的高坡上，守护着每一个清晨和夜晚，这样的奇事你相信吗？

当然无法相信。但是，由此出现了极其相似的第三个问题——

一个两千多年前的水利工程，没有成为西风残照下的遗迹，没有成为考古学家们的难题，而是直到今天还一直执掌着亿万人的生计，这样的奇事你相信吗？

仍然无法相信，但它真的出现了。

它就是都江堰。

这是一个不大的工程，但我敢说，把它放在全人类文明奇迹的第一线，也毫无愧色。

世人皆知万里长城，其实细细想来，它比万里长城更激动人心。万里长城当然也非常伟大，展现了一个民族令人震惊的意志力。但是，万里长城的实际功能早已废弛。都江堰则不同，有了它，旱涝无常的四川平原成了天府之国，每当中华民族有了重大灾难，天府之国总是沉着地提供庇护和濡养。有了它，才有历代贤臣良将的安顿和向往，才有唐宋诗人出川入川的千古华章。说得近一点儿，有了它，抗日战争时的中国才有一个比较稳定的后方。

它细细渗透，节节延伸，延伸的距离并不比万里长城短。或者说，它筑造了另一座万里长城。而一查履历，那座名声显赫的万里长城还是它的后辈。

二

我去都江堰之前，以为它只是一个水利工程罢了，不会有太大的游观价值。只是因为要去青城山玩，要路过灌县县城，它就在近旁，就趁便看一眼吧。因此，在灌县下车，心绪懒懒的，脚步散散的，在街上胡逛，一心只想看青城山。

七转八弯，从简朴的街市走进了一个草木茂盛的所在。脸面渐觉滋润，眼前愈显清朗，也没有谁指路，只是本能地向更滋润、更清朗的去处去。

忽然，天地间开始有些异常，一种隐隐然的骚动，一种还不太响却一定是非常响的声音，充斥周际。如地震前兆，如海啸将临，如山崩即至，浑身骤起一种莫名的紧张，又紧张得急于趋附。

不知是自己走去的还是被它吸去的，终于陡然一惊，我已站在伏龙观前——眼前，急流浩荡，大地震颤。

即便是站在海边礁石上，也没有像在这里这样强烈地领受到水的魅力。海水是雍容大度的聚汇，聚汇得太多太深，茫茫一片，让人忘记它是切切实实的水、可掬可捧的水。这里的水却不同，要说多也不算太多，但股股叠叠都精神焕发，合在一起比赛着飞奔的力量，踊跃着喧嚣的生命。

这种比赛又极有规矩，奔着奔着，遇到江心的分水堤，唰的一下裁割为二，直蹿出去，两股水分别撞到了一道坚坝，立即乖乖地转身改向，再在另一道坚坝上撞一下，于是又根据筑坝者的指令来一番调整……

也许水流对自己的驯顺有点儿恼怒了，突然撒起野来，猛地翻卷咆哮，但越是这样，越是显现出一种更壮丽的驯顺。已经咆哮到让人心魄俱夺，也没有一滴水溅错了方向。

水在这里，吃够了苦头，也出足了风头，就像一大拨翻越各种障碍的马拉松健儿，把最强悍的生命付之于规整，付之于企盼，付之于众目睽睽。

看云看雾看日出各有胜地，要看水，万不可忘了都江堰。

三

这一切，首先要归功于遥远的李冰。

四川有幸，中国有幸，公元前三世纪出现过一项并不惹人注目的任命：李冰任蜀郡守。

据我所知，这项任命与秦统一中国的宏图有关。本以为只有把四川作为一个富庶的根据地和出发地，才能从南线问鼎长江流域。然而，这项任命到了李冰那里，却从一个政治计划变成了一个生态计划。

他要做的事，是浚理，是消灾，是滋润，是灌溉。

他是郡守，手握一把长锸，站在滔滔江边，完成了一个“守”字的原始造型。

没有资料可以说明他作为郡守在其他方面的才能，但因为有过他，中国也就有了一种冰清玉洁的行政纲领。

中国后来官场的惯例，是把一批批杰出学者选拔为无所专攻的官僚，而李冰却因官位而成了一名实践科学家。

他当然没有在哪里学过水利。但是，以使命为学校，竭力钻研几载，他总结出治水三字经（“深淘滩，低作堰”）、八字真言（“遇弯截角，逢正抽心”），直到二十世纪仍是水利工程的圭臬。

他大愚，又大智。他大拙，又大巧。他以田间老农的思维，进入了最清澈的人类学思考。

他未曾留下什么生平故事，只留下硬扎扎的水坝一座，让人们去猜想。

李冰在世时已考虑事业的承续，命令自己的儿子做三个石人，镇于江间，测量水位。李冰逝世四百年后，也许三个石人已经损缺，汉代水官重造高及三米的“三神石人”以测量水位。这“三神石人”其中一尊，居然就是李冰的雕像。

石像终于被岁月的淤泥掩埋。二十世纪七十年代出土时，有一尊石像头部已经残缺，手上还紧握着长锸。有人说，那是李冰的儿子。

即使不是，我仍然把他看成是李冰的儿子。一位现代女作家见到这尊塑像怦然心动——“没淤泥而蔼然含笑，断颈项而长锸在握”，她由此向现代官场衮衮诸公诘问：活着或死了，应该站在哪里？

出土的石像现正在伏龙观里展览。人们在轰鸣如雷的水声中向他们默默祭奠。在这里，我突然产生了对中国历史的某种乐观：只要李冰的精魂不散，李冰的儿子会代代繁衍。轰鸣的江水，便是至圣至善的遗言。

四

看到了一条横江索桥。桥很高，桥索由麻绳、竹篾编成。跨上去，桥身就猛烈摆动。越是犹豫进退，摆动就越大。

在这样高的地方偷看桥下，一定会神志慌乱。但这是索桥，到处漏空，由不得你不看。一看之下，先是惊吓，后是惊叹。

脚下的江流，从那么遥远的地方奔来，一派义无反顾的决绝势头，挟着寒风，吐着白沫，凌厉锐进。我站得这么高还能感觉到它的砭肤冷气，估计是从雪山赶来的吧。但是，再看桥的另一边，它硬是化作许多亮闪闪的河渠，一片慈眉善目。人对自然力的调理，居然做得这么爽利。如果人类做什么事都这么爽利，地球早已是另一副模样。

都江堰调理自然力的本事，被近旁的青城山做了哲学总结。

青城山是道教圣地，而道教是唯一在中国土生土长的大宗教。道教汲取了老子和庄子的哲学，把水作为教义的象征。水，看似柔顺无骨，却能变得气势滚滚，波涌浪叠，无比强大；看似无色无味，却能挥洒出茫茫绿野，累累硕果，万紫千红；看似自处低下，却能蒸腾九霄，为云为雨，为虹为霞……

看上去，是人在治水；实际上，却是人领悟了水，顺应了水，听从了水。只有这样，才能天人合一，无我无私，长生不老。

这便是道。

道之道，也就是水之道，天之道，生之道。因此，也是李冰之道、都江堰之道。道无处不在，却在都江堰做了一次集中呈现。

因此，都江堰和青城山相邻而居，互相映衬，彼此佐证，成了研修中国哲学的最浓缩课堂。

那天我带着都江堰的浑身水气，在青城山的山路上慢慢攀登。忽见一道观，进门小憩。道士认出了我，便铺纸研墨，要我留字。我当即写下了一副最朴素的对子：

拜水都江堰

问道青城山

我想，若能把“拜水”和“问道”这两件事当作一件事，那么，也就领悟了中华文化的一大秘密。

秋雨注：

此文被收入中国大陆、香港和台湾地区中学语文课本。“5·12”大地震发生后，我在第一时间赶到受灾严重的都江堰，见到学校的废墟上有很多破残的课本，我蹲下身去细看，居然正巧看到了课本上的这篇文章。更让我惊讶的是，那些倒地破损的公共汽车车身上，也印有我写的对联“拜水都江堰，问道青城山”。原来，这两句话已经成为这个城市的形象口号。在巨大灾难中数度看到自己的文字，感受到一种切身的伤痛。我在废墟边站起身来，手上拿着破残的课本。我快速擦去眼泪，立即决定在灾区捐建三个学生图书馆。

道士塔

一

莫高窟门外，有一条河。过河有一片空地，高高低低建着几座年代很早的僧人圆寂塔。

有一座塔显得比较完整，大概是修建年代比较近吧。好在塔身有碑，移步一读，猛然一惊：它的主人，竟然就是那个王圆箓！

再小的个子，也能给沙漠留下长长的身影；再小的人物，也能让历史吐出重重的叹息。王圆箓既是小个子，又是小人物。我见过他的照片，穿着土布棉衣，目光呆滞，畏畏缩缩，是那个时代随处可以见到的一个中国平民。他原是湖北麻城的农民，在甘肃当过兵，后来为了谋生做了道士。几经转折，当了敦煌莫高窟的家。

莫高窟以佛教文化为主，怎么会让一个道士来当家？中国的民间信仰本来就是羼杂互融的，王圆箓几乎是个文盲，对道教并不专精，对佛教也不抵拒，却会主持宗教仪式，又会化缘募款，由他来管管这一片冷窟荒庙，也算正常。

但是，世间很多看起来很正常的现象常常掩盖着一个可怕的黑洞。莫高窟的惊人蕴藏，使王圆箓这个守护者与守护对象之间产生了文化等级上的巨大的落差。这个落差，就是黑洞。

我曾读到潘絜兹先生和其他敦煌学专家写的一些书，其中记述了王道士的日常生活。他经常出去化缘，得到一些钱后，就找来一些很不高明的当地工匠，先用草刷蘸上石灰把精美的古代壁画刷去，再抡起铁锤把塑像打毁，用泥巴堆起灵官之类，因为他是道士。但他又想到这里毕竟是佛教场所，于是再让那些工匠用石灰把下寺的墙壁刷白，绘上唐代玄奘到西天取经的故事。他四处打量，觉得一个个洞窟太憋气了，便要工匠们把它们打通。大片的壁画很快灰飞烟灭，成了走道。做完这些事，他又去化缘，准备继续刷，继续砸，继续堆，继续画。

这些记述的语气都很平静，但我每次读到，脑海里也总像被刷了石灰一般，一片惨白。我几乎不会言动，眼前一直晃动着那些草刷和铁锤。

“住手！”我在心底呼喊，只见王道士转过脸来，满脸困惑不解。我甚至想低声下气地恳求他：“请等一等，等一等……”但是等什么呢？我脑中依然一片惨白。

二

一九〇〇年六月二十二日（农历五月二十六日），王道士从一个姓杨的帮工那里得知，一处洞窟的墙壁里面好像是空的，里边可能还隐藏着一个洞穴。两人挖开一看，嗬，果然一个满满实实的藏经洞！

王道士完全不明白，此刻，他打开了一扇轰动世界的门户。一门永久性的学问，将靠着这个洞穴建立。无数才华横溢的学者，将为这个洞穴耗尽终生。而且，从这一天开始，他的实际地位已经直蹿而上，比世界上很多著名博物馆馆长还高。但是，他不知道，他不可能知道。

他随手拿了几个经卷到知县那里鉴定，知县又拿给其他官员看。官员中有些人知道一点轻重，建议运到省城，却又心疼运费，便要求原地封存。在这个过程中，消息已经传开，有些经卷已经流出，引起了在新疆的一些外国人士的注意。

当时，英国、德国、法国、俄国等列强，正在中国的西北地区进行着一场考古探险的大拼搏。这个态势，与它们瓜分整个中国的企图紧紧相连。因此，我们应该稍稍离开莫高窟一会儿，看一看全局。

就在王道士发现藏经洞的前几天，在北京，英、德、法、俄、美等外交使团又一次集体向清政府递交照会，要求严惩义和团。恰恰在王道士发现藏经洞的当天，列强决定联合出兵——这就是后来攻陷北京，迫使朝廷外逃，最终又迫使中国赔偿四亿五千万两白银的“八国联军”。

时间，怎么会这么巧？

好像是北京东交民巷外国使馆里的一个决定，立即刺痛了一个庞大机体的神经系统。于是，西北沙漠中一个洞穴的门，霎时打开了。

更巧的是，仅仅在几个月前，甲骨文也被发现了。

我想，藏经洞与甲骨文一样，最能体现一个民族的文化自信。因此，必须猛然出现在这个民族即将失去自信的时刻。

即使是巧合，也是一种伟大的巧合。

遗憾的是，中国学者不能像解读甲骨文一样解读藏经洞了，因为那里的经卷已被悄悄转移。

三

产生这个结果，是因为莫高窟里三个男人的见面。

第一个就是“主人”王圆箓，不多说了。

第二个是匈牙利人斯坦因，刚加入英国籍不久，此时受印度政府和大英博物馆指派，到中国的西北地区考古。他博学、刻苦、机敏、能干，其考古专业水准堪称世界一流，却又具有一个殖民主义者的文化傲慢。他精通七八种语言，却不懂中文，因此引出了第三个人——翻译蒋孝琬。

蒋孝琬长得清瘦文弱，湖南湘阴人。这个人是中国十九世纪后期出现的买办群体中的一个。这个群体在沟通两种文明的过程中常常备受心灵煎熬，又两面不讨好。我一直建议艺术家们在表现中国近代题材的时候不要放过这种桥梁式的悲剧性典范。但是，蒋孝琬好像是这个群体中的异类，他几乎没有感受到任何心灵煎熬。

斯坦因到达新疆喀什时，发现聚集在那里的外国考古学家们有一个共识，就是千万不要与中国学者合作。理由是，中国学者一到关键时刻，例如，在关及文物所有权的当口上，总会在心底产生“华夷之防”的敏感，给外国人带来种种阻碍。但是，蒋孝琬完全不是这样，那些外国人告诉斯坦因：“你只要带上了他，敦煌的事情一定成功。”

事实果然如此。从喀什到敦煌的漫长路途上，蒋孝琬一直在给斯坦因讲述中国官场和中国民间的行事方式。到了莫高窟，所有联络、刺探、劝说王圆箓的事，都是蒋孝琬在做。

王圆箓从一开始，就对斯坦因抱着一种警惕、躲闪、拒绝的态度。蒋孝琬蒙骗他说，斯坦因从印度过来，是要把当年玄奘取来的经送回原处去，为此还愿意付一些钱。

王圆箓像很多中国平民一样，对《西游记》里的西天取经故事既熟悉又崇拜，听蒋孝琬绘声绘色地一说，又看到斯坦因神情庄严地一次次焚香拜佛，竟然心有所动。因此，当蒋孝琬提出要先“借”几个“样本”看看时，王圆箓虽然迟疑、含糊了很久，但终于还是塞给了他几个经卷。

于是，又是蒋孝琬，连夜挑灯研读那几个经卷。他发现，那正巧是玄奘取来的经卷的译本。这几个经卷，明明是王圆箓随手取的，居然果真与玄奘有关。王圆箓知道后，激动地看着自己的手指，似乎听到了佛的旨意。洞穴的门，向斯坦因打开了。

当然，此后在经卷堆里逐页翻阅选择的，也是蒋孝琬，因为斯坦因本人不懂中文。

蒋孝琬在那些日日夜夜所做的事，也可以说成是一种重要的文化破读，因为这毕竟是千年文物与能够读懂它的人的第一次隆重相遇。而且，事实证明，蒋孝琬对中国传统文化有着广博的知识、不浅的根底。

那些寒冷的沙漠之夜，斯坦因和王圆箓都睡了，只有他在忙着。睡着的两方都不懂得这一堆堆纸页上的内容，只有他懂得，由他做出取舍裁断。

就这样，一场天下最不公平的“买卖”开始了。斯坦因用极少的钱，换取了中华文明长达好几个世纪的大量文物。而且由此形成惯例，各国冒险家们纷至沓来，满载而去。

有一天王圆箓觉得斯坦因实在要得太多了，就把部分挑出的文物又搬回到藏经洞。斯坦因要蒋孝琬去谈判，打算用四十块马蹄银换回那些文物。没想到，蒋孝琬谈判的结果，居然只花了四块就解决了问题。斯坦因立即赞扬他，说这是又一场“中英外交谈判”的胜利。

蒋孝琬一听，十分得意。我对他的这种得意有点儿厌恶。因为他应该知道，自从鸦片战争以来，所谓的“中英外交谈判”意味着什么。我并不奢望他在心底会对当时已经极其可怜的父母之邦产生一点点惭愧，而只是想，这种桥梁式的人物如果把一方河岸完全扒塌了，他们以后还能干什么。

由此我想，对那些日子莫高窟里的三个男人，我们还应该多看几眼。前面两个一直遭世人非议，而最后一个总是被轻轻放过。

比蒋孝琬更让我吃惊的是，近年来中国文化界有一些评论者一再宣称，斯坦因以考古学家的身份取走敦煌藏经洞的文物并没有错，是正大光明的事业，而像我这样耿耿于怀，却是“狭隘的民族主义”。

是“正大光明”吗？请看斯坦因自己的回忆：

深夜我听到了细微的脚步声，那是蒋在侦察，看是否有人在我的帐篷周围出现。一会儿他扛了一个大包回来，那里装有我今天白天挑出的一切东西。王道士鼓足勇气同意了我的请求，但条件很严格，除了我们三个外，不得让任何人得知这笔交易，哪怕是丝毫暗示。

从这种神态动作，你还看不出他们在做什么吗？

四

斯坦因终于取得了九千多个经卷、五百多幅绘画，打包装箱就整整花了七天时间。最后打成了二十九个大木箱，原先带来的那些骆驼和马匹不够用了，又雇来了五辆大车，每辆都拴上三匹马来拉。

那是一个黄昏，车队启动了。王圆箓站在路边，恭敬相送。斯坦因“购买”这二十九个大木箱的稀世文物，所支付给王圆箓的全部价钱，我一直不忍心写出来，此刻却不能不说一说了。那就是，三十英镑！但是，这点钱对王圆箓来说，毕竟比他平时到荒村野郊去化缘来的，多得多了。因此，他认为这位“斯大人”是“布施者”。

斯坦因向他招过手，抬起头来看看天色。

一位年轻诗人写道，斯坦因看到的，是凄艳的晚霞。那里，一个古老民族的伤口在流血。

我又想到了另一位年轻诗人的诗——他叫李晓桦，诗是写给下令火烧圆明园的额尔金勋爵的：

我好恨

恨我没早生一个世纪
使我能与你对视着站立在
阴森幽暗的古堡
晨光微露的旷野
要么我拾起你扔下的白手套
要么你接住我甩过去的剑
要么你我各乘一匹战马
远远离开遮天的帅旗
离开如云的战阵
决胜负于城下

对于斯坦因这些学者，这些诗句也许太硬。但是，除了这种办法，还有什么方式能阻拦他们呢？

我可以不带剑，也不骑马，只是伸出双手做出阻拦的动作，站在沙漠中间，站在他们车队的正对面。

满脸堆笑地走上前来的，一定是蒋孝琬。我扭头不理他，只是直视着斯坦因，要与他辩论。

我要告诉他，把世间文物统统拔离原生的土地，运到地球的另一端收藏展览，是文物和土地的双向失落、两败俱伤。我还要告诉他，借口别人管不好家产而占为己有，是一种掠夺……

我相信，也会有一种可能，尽管概率微乎其微——我的激情和逻辑终于压倒了斯坦因，于是车队果真被我拦了下来。

那么，接下来该怎么办呢？当然应该送交京城。但当时，藏经洞文物不是也有一批送京的吗？其情景是，没有木箱，只用席子捆扎，沿途官员缙绅伸手进去就取走一把。有些官员还把大车赶进自己的院子里精挑细选，择优盗取。盗取后又怕到京后点数不符，便把长卷撕成几个短卷来凑数搪塞。

当然，更大的麻烦是，那时的中国处处军阀混战，北京更是乱成一团。在兵丁和难民的洪流中，谁也不知道脚下的土地明天将会插上哪家的军旗。几辆装载古代经卷的车，怎么才能通过？怎样才能到达？

那么，不如叫住斯坦因，还是让他拉到伦敦的博物馆里去吧。但我当然不会这么做。我知道斯坦因看出了我的难处，因为我发现，被迫留下了车队而离去的他，正一次次回头看我。

我假装没有看见，只用眼角余光默送他和蒋孝琬慢慢远去，终于消失在黛褐色的山丘后面。然后，我再回过身来。

长长一排车队，全都停在苍茫夜色里，由我掌管。但是，明天该去何方？

这里也难，那里也难，我左思右想，最后只能跪倒在沙漠里，大哭一场。

五

一九四三年十月二十六日，八十二岁的斯坦因在阿富汗的喀布尔去世。

此时是中国抗日战争进行得最艰苦的日子。中国，又一次在生死关头被世人认知，也被自己认知。

在斯坦因去世的前一天，伦敦举行“中国日”活动，博物馆里的敦煌文物又一次引起热烈关注。

在斯坦因去世的同一天，中国历史学会在重庆成立。

我知道，处于弥留之际的斯坦因不可能听到这两个消息。

有一件小事让我略感奇怪，那就是斯坦因的墓碑铭文：

马尔克·奥莱尔·斯坦因

印度考古调查局成员

学者、探险家兼作家

通过极为困难的印度、中国新疆、波斯、伊拉克之行，扩展了知识领域

他平生带给西方世界最大的轰动是敦煌藏经洞，为什么在墓碑铭文里故意回避了，只提“中国新疆”？敦煌并不在新疆，而是在甘肃。

我约略知道此间原因。那就是，他在莫高窟的所作所为，已经受到文明世界越来越严厉的谴责。

阿富汗的喀布尔，是斯坦因非常陌生的地方。整整四十年他一直想进去而未被允许，刚被允许进入，却什么也没有看到就离开了人世。

他被安葬在喀布尔郊区的一个外国基督教徒公墓里，但他的灵魂又怎么能安定下来？

直到今天，这里还备受着贫困、战乱和宗教极端主义的包围。而且，蔓延四周的宗教极端主义，正好与他信奉的宗教完全对立。小小的墓园，是那样孤独、荒凉和脆弱。

我想，他的灵魂最渴望的，是找一个黄昏，再潜回敦煌去看看。

如果真有这么一个黄昏，那么，他见了那座道士塔，会与王圆箓说什么呢？

我想，王圆箓不会向他抱怨什么，却会在他面前稍稍显得有点儿趾高气扬。因为道士塔前，天天游人如潮，虽然谁也没有投来过尊重的目光。而斯坦因的墓地前，永远阒寂无人。

沙原隐泉

沙漠中也会有路的，但这儿没有。

远远看去，有几行歪歪扭扭的脚印。

顺着脚印走吧？不行，被人踩过了的地方反而松得难走。只能用自己的脚，去走一条新路。回头一看，为自己长长的脚印高兴。不知这行脚印，能保存多久。

挡眼是几座巨大的沙山。只能翻过它们，别无他途。上沙山实在是一项无比辛劳的苦役。刚刚踩实一脚，稍一用力，脚底就松松地下滑。用力越大，陷得越深，下滑也愈加厉害。才踩几脚，已经气喘，不禁恼怒。

我在浙东山区长大，在幼童时已经能够欢快地翻越大山。累了，一使蛮劲，还能飞奔峰巅。这儿可万万使不得蛮劲。软软的细沙，既不硌脚，也不让你磕撞，只是款款地抹去你的全部气力。你越发疯，它越温柔，温柔得可恨至极。无奈，只能暂息雷霆之怒，把脚底放松，与它厮磨。

要噌噌噌地快步登山，那就不要到这儿来。有的是栈道，有的是石级，千万人走过了的，还会有千万人走。只是，那儿不给你留下脚印——属于你自己的脚印。来了，那就认了吧，为沙漠行走者的公规，为这些美丽的脚印。

心气平和了，慢慢地爬。沙山的顶越看越高，爬多少它就高多少，简直像儿时追月。

已经担心今晚的栖宿。狠一狠心，不宿也罢，爬！再不理会那高远的目标了，何必自己惊吓自己。它总在的，看也在，不看也在，那么，看又何益？

还是转过头来打量一下自己已经走过的路吧。我竟然走了那么长，爬了那么高！脚印已像一条长不可及的绸带，平静而飘逸地画下了一条波动的曲线，曲线一端，紧系脚下。

完全是大手笔，不禁钦佩起自己来了。

不为那越来越高的山顶，只为这已经画下的曲线，爬。

不管能抵达哪儿，只为已耗下的生命，爬。

无论怎么说，我始终站在已走过的路的顶端——永久的顶端，不断浮动的顶端，自我的顶端，未曾后退的顶端。

沙山的顶端是次要的。爬，只管爬。

脚下突然平实，眼前突然空阔，怯怯地抬头四顾——山顶还是被我爬到了。

完全不必担心栖宿，西天的夕阳还十分灿烂。

夕阳下的绵绵沙山是无与伦比的天下美景。光与影以最畅直的线条进行分割，金黄和黛赭都纯净得毫无斑驳，像用一面巨大的筛子筛过了。日夜的风，把风脊、山坡塑成波荡，那是极其款曼平适的波，不含一丝涟纹。

于是，满眼皆是畅快，一天一地都被铺排得大大方方、明明净净。色彩单纯到了圣洁，气韵委和到了崇高。

为什么历代的僧人、信众、艺术家偏偏要选中沙漠沙山来倾注自己的信仰，建造了莫高窟、榆林窟和其他洞窟？站在这儿，我懂了。我把自身的顶端与山的顶端合在一起，心中鸣起了天乐般的梵呗。

刚刚登上山脊时，已发现山脚下尚有异象，舍不得一眼看全。待放眼鸟瞰一过，此时才敢仔细端详。那分明是一湾清泉，横卧山底。

动用哪一个藻饰词，都会是对它的亵渎。只觉它来得莽撞，来得怪异，安安静静地躲藏在本不该有它的地方，让人的眼睛看了很久还不大能够适应。再年轻的旅行者，也会像慈父心疼女儿一样叫一声：这是什么地方，你怎么也跑来了！

是的，这无论如何不是它该来的地方。要来，该来一道黄浊的激流，但它是这样清澈和宁谧。或者，来一个大一点儿的湖泊，但它是这样纤瘦和婉约。按它的品貌，该落脚在富春江畔、雁荡山间，或是从虎跑到九溪的树荫下。

漫天的飞沙，难道从未把它填塞？夜半的飓风，难道从未把它吸干？这里可曾出没过强盗的足迹，借它的甘泉赖以为生？这里可曾蜂聚过匪帮的马队，在它身边留下一片污浊？

我胡乱想着，随即又愁云满面。怎么走近它呢？我站立峰巅，它委身山底。向着它的峰坡，陡峭如削。此时此刻，刚才的攀登，全化成了悲哀。

向往峰巅，向往高度，结果峰巅只是一道刚能立足的狭地。不能横行，不能直走，只享一时俯视之乐，怎可长久驻足安坐？上已无路，下又艰难，我感到从未有过的孤独与惶恐。

世间真正温煦的美色，都熨帖着大地，潜伏在深谷。君临万物的高度，到头来只构成自我嘲弄。我已看出了它的讥谑，于是怯怯地来试探下削的陡坡。

咬一咬牙，狠一狠心。总要出点事了，且把脖子缩紧，歪扭着脸上肌肉把脚伸下去。一脚，再一脚，整个骨骼都已准备好了一次重重的摔打。

然而，奇了，什么也没有发生。才两脚，已出溜下去好几米，又站得十分稳当。不前摔，也不后仰，一时变作了高加索山头上的普罗米修斯。

再稍用力，如入慢镜头，跨步若舞蹈，只十来下，就到了山底。

实在惊呆了：那么艰难地爬了几个时辰，下来只是几步！想想刚才伸脚时的悲壮决心，哑然失笑。康德说，滑稽是预期与后果的严重失衡，正恰是这种情景。

来不及多想康德了，急急向泉水奔去。

一湾不算太小，长可三四百步，中间最宽处相当于一条中等河道。水面之下，漂动着丛丛水草，使水色绿得更浓。竟有三只玄身水鸭，轻浮其上，带出两翼长长的波纹。真不知它们如何飞越万里关山，找到这儿。水边有树，不少已虬根曲绕，该有数百岁高龄。

总之，一切清泉静池所应该有的，这儿都有了。至此，这湾泉水在我眼中又变成了独行侠——在荒漠的天地中，全靠一己之力，张罗出了一个可人的世界。

树后有一陋屋，正迟疑，步出一位老尼，手持悬项佛珠，满脸皱纹布得细密而宁静。

她告诉我，这儿本来有寺，毁于二十年前。我不能想象她的生活来源，讷讷地问，她指了指屋后一条路，淡淡地说：会有人送来。

我想问她的事情自然很多。例如，为何孤身一人长守此地，什么年岁初来这里。终是觉得对于佛家，这种追问过于钝拙，掩口作罢。目光又转向这脉静池，答案应该都在这里。

茫茫沙漠，滔滔流水，于世无奇。唯有大漠中如此一湾，风沙中如此一静，荒凉中如此一景，高坡后如此一跌，才深得天地之韵律、造化之机巧，让人神醉情驰。

以此推衍，人生、世界、历史，莫不如此。给浮嚣以宁静，给躁急以清冽，给高蹈以平实，给粗犷以明丽。唯其这样，人生才见灵动，世界才显精致，历史才有风韵。

因此，老尼的孤守不无道理。当她在陋室里听够了一整夜惊心动魄的风沙呼啸时，明晨，就可以借着明净的水色把耳根洗净。当她看够了泉水的湛绿，抬头，即可望望灿烂的沙壁。

山，名为鸣沙山；泉，名为月牙泉。皆在敦煌境内。

阳关雪

中国历史，较多关注文化人的官场身份。但奇怪的是，当峨冠博带早已零落成泥之后，那一杆竹管毛笔偶尔涂画的诗文，却有可能镌刻山河，雕镂人心，永不漫漶。

我曾有缘，在黄昏的江船上仰望过白帝城，在浓冽的秋霜中登临过黄鹤楼，还在一个除夕的深夜摸到了寒山寺。我的周围人头济济，可以肯定，绝大多数人的心头，都回荡着那几首不必引述的古诗。

人们来寻景，更来寻诗。这些诗，他们在孩提时代就能背诵。孩子们的想象，诚恳而逼真。因此，这些城，这些楼，这些寺，早在心头自行搭建。

待到年长，当他们刚刚意识到有足够脚力的时候，也就给自己负上了一笔沉重的宿债，焦渴地企盼着对诗境实地的踏访，为童年，为想象，为无法言传的文化归属。

有时候，这种焦渴，简直就像对失落的故乡的寻找，对离散的亲人的查访。

文人的魔力，竟能把偌大一个世界的生僻角落，变成人人心中的故乡。他们薄薄的青衫里，究竟藏着什么法术呢？

今天，我冲着王维的那首《渭城曲》，去寻阳关了。出发前曾在下榻的县城向老者打听，回答是："路又远，也没什么好看的。这雪一时下不停，别去受这个苦了。"我向他鞠了一躬，转身钻进雪里。

一走出小小的县城，便是沙漠。除了茫茫一片雪白，什么也没有，连一个褶皱也找不到。在别地赶路，总要在每一段为自己找一个目标，盯着一棵树，赶过去，然后再盯着一块石头，赶过去。在这里，睁疼了眼也看不见一个目标，哪怕是一片枯叶、一个黑点。于是，只好抬起头来看天。

从未见过这样完整的天，一点儿没有被吞食、被遮蔽，边沿全是挺展展的，紧扎扎地把大地罩了个严实。

有这样的地，天才叫天；有这样的天，地才叫地。在这样的天地中独个儿行走，侏儒也变成了巨人；在这样的天地中独个儿行走，巨人也变成了侏儒。

天竟晴了，风也停了，阳光很好。没想到沙漠中的雪化得这样快，才片刻，地上已见斑斑沙底，却不见湿痕。

天边渐渐飘出几缕烟迹，并不动，却在加深。疑惑半晌，才发现，那是刚刚化雪的山脊。

地上有一些奇怪的凹凸，越来越多，终于构成了一种令人惊骇的铺陈。我猜了很久，又走近前去蹲下身来仔细观看，最后得出结论：那全是远年的坟堆。

这里离县城已经很远，不大会成为城里人的丧葬之地。这些坟堆被风雪所蚀，因年岁而塌，枯瘦萧条，显然从未有人祭扫。它们为什么会有那么多，又排列得那么密呢？比较合理的解释，这里是古战场。

我在望不到边际的坟堆中茫然前行，心中浮现出如雨的马蹄，如雷的呐喊，如注的热血。随之，更多的图像接连而来：中原慈母的白发，江南春闺的遥望，湖湘稚儿的夜哭；故乡柳荫下的诀别，将军咆哮时的怒目，丢盔弃甲后的军旗……这一切，随着一阵烟尘，又一阵烟尘，都飘散远去。

我相信，死者临死时都面向着朔北敌阵的，但他们又很想在最后一刻回过头来，给熟悉的土地投注一个目光。于是，他们扭曲地倒下了，化作一座座沙堆。

远处已有树影。疾步赶去，树下有水流，沙地也有了高低坡斜。登上一个坡，猛一抬头，看见不远的山峰上有荒落的土墩一座，我凭直觉确信，这便是阳关了。

树愈来愈多，开始有房舍出现。这是对的，重要关隘所在，屯扎兵马之地，不能没有这些。转几个弯，再直上一道沙坡，爬到土墩底下，四处寻找，近旁正有一碑，上刻“阳关古址”四字。

这是一个俯瞰四野的制高点。北风浩荡万里，直扑而来，踉跄几步，方才站住。脚是站住了，却分明听到自己牙齿打战的声音。呵一口热气到手掌，捂住双耳用力蹦跳几下，才定下心来睁眼。

这儿的雪没有化，当然不会化。所谓古址，已经没有什么故迹，只有近处的烽火台还在，这就是刚才在下面看到的土墩。土墩已坍了大半，可以看见一层层泥沙，拌和着一层层苇草。苇草飘扬出来，在千年之后的寒风中抖动。

向前俯视，是西北的群山，都积着雪，直伸天际。我突然觉得自己是站在大海边的礁石上，那些山，全是冰海冻浪。

王维的笔触实在温厚。对于这么一个阳关，他仍然不露惊骇之色，而只是淡雅地写道：“劝君更尽一杯酒，西出阳关无故人。”他瞟了一眼渭城客舍窗外青青的柳色，看了看友人已打点好的行囊，微笑着举起了酒杯。

这杯酒，友人一定是毫不推却、一饮而尽的。

这便是唐人风范。他们多半不会声声悲叹，执袂劝阻。他们的目光放得很远，他们的人生道路铺展得很广。告别是经常的，步履是放达的。这种神貌，在李白、高适、岑参那里，焕发得愈加豪迈。由此联想到，在南北各地的古代造像中，唐人造像一看便可识认，形体那么健美，目光那么平静，笑容那么肯定，神采那么自信。

可惜，在唐代之后，九州的文风渐渐刻板。阳关，再也难以享用温醇的诗句。西出阳关的文人越来越少，只有陆游、辛弃疾等人一次次在梦中抵达，倾听着穿越沙漠冰河的马蹄声。但是，梦毕竟是梦，他们都在梦中死去。

即便是土墩、石城，也受不住见不到诗人的寂寞。阳关坍弛了，坍弛在一个民族的精神疆域中。它终成废墟，终成荒原。身后，沙坟如潮；身前，寒峰如浪。谁也不能想象，这儿，一千多年之前验证过人生旅途的壮美、艺术情怀的宏广。

这儿应该有几声胡笳和羌笛的，如壮汉啸吟，与自然浑合，却夺人心魄。可惜它们后来都不再欢跃，成了兵士们心头的哀音。既然一个民族都不忍听闻，它们也就消失在朔风之中。

回去吧，时间已经不早，怕还要下雪。

抱愧山西

一

十余年前的某一天，我在翻阅一堆史料的时候大吃一惊，便急速放下手上的其他工作，专心致志地研究起来。很长一段时间，我查检了一本又一本的书籍，阅读了一篇又一篇的文稿，终于将信将疑地接受了这样一个结论：在十九世纪乃至以前相当长的时期内，中国最富有的省份不是我们现在可以想象的那些地区，而竟是山西。直到二十世纪初，山西仍是中国的金融贸易中心。北京、上海、广州、武汉等城市里那些比较像样的金融机构，最高总部大抵都在山西平遥县和太谷县几条寻常的街道间。这些大城市，只不过是腰缠万贯的山西商人小试身手的码头而已。

山西商人之富，有许多数字可以引证，本文不做经济史的专门阐述，姑且省略了吧。反正在清代全国商业领域，人数最多、资本最厚、散布最广的是山西人；每次全国性募捐，捐出银两数最大的是山西人；要在全国排出最富的家庭和个人，最前面的一大串名字大多也是山西人；甚至，在京城宣告歇业回乡的各路商家中，携带钱财最多的又是山西人。

按照我们往常的观念，富裕必然是少数人残酷剥削多数人的结果。但事实是，山西商业的发达、豪富人家的消费，大大提高了所在地的就业幅度和整体生活水平。那些大商人都是在千里万里间的金融流通过程中获利的，并不构成对当地人民的剥削。因此与全国相比，当时山西城镇民众的一般生活水平也不低。

有一份材料有趣地说明了这个问题。一八二〇年，文化思想家龚自珍在《西域置行省议》一文中提出了一个大胆的政治建议。他认为自乾隆末年以来，民风腐败，国运堪忧，城市中“不士、不农、不工、不商之人，十将五六”，因此建议把这种无业人员大批西迁，再把一些人多地少的省份如河北、河南、山东、陕西、江西、福建等地的民众大规模西迁，使之由无产变为有产、由无业变为有业。他觉得内地只有两个地方可以不考虑（“毋庸议”）西迁，一是江浙一带，那里的人民筋骨柔弱，吃不消长途跋涉；二是山西省：

> 山西号称海内最富，土著者不愿徙，毋庸议。
>
> （《龚自珍全集》，上海人民出版社，1975 年，第一〇六页）

龚自珍这里所指的不仅仅是富商，也包括土生土长的山西百姓。

其实，细细回想起来，即便在我本人有限的见闻中，可以验证山西之富的信号也曾屡屡出现，可惜我把它们忽略了。例如，现在苏州有一个规模不小的“中国戏曲博物馆”，我多次陪外国艺术家去参观，几乎每次都让客人们惊叹不已。尤其是那个精妙绝伦的戏台和观剧场所，连贝聿铭这样的国际建筑大师都视为奇迹。但整个博物馆的原址却是“三晋会馆”，即山西人到苏州来做生意时的一个聚会场所。说起来苏州也算富庶繁华的了，没想到山西人轻轻松松来盖了一个会馆就把风光占尽。记得当时我也曾为此发了一阵呆，却没有往下细想。

又如，翻阅宋氏三姊妹的多种传记，总会读到宋霭龄到丈夫孔祥熙家乡去的描写，于是知道孔祥熙这位国民政府的财政部部长也正是从山西太谷县走出来的。美国人罗比·尤恩森写的那本传记中说："霭龄坐在一顶十六个农民抬着的轿子里，孔祥熙则骑着马。但是，使这位新娘大为吃惊的是，在这次艰苦的旅行结束时，她发现了一种前所未闻的最奢侈的生活……因为一些重要的银行家住在太谷，所以这里常常被称为'中国的华尔街'。"我初读这本传记时也曾经在这些段落间稍稍停留，却没有去琢磨让宋霭龄这样的人物吃惊、被美国传记作家称为"中国的华尔街"，意味着什么。

看来，山西之富在我们上一辈人的心目中一定是常识，我们的误解完全是出于对历史的无知。在我们这一辈，产生这种误解的远不止我一人。

因此，好些年来，我一直小心翼翼地期待着一次山西之行。

二

我终于来到了山西。为了平定一下慌乱的心情，我先把一些著名的常规景点看完，最后才郑重其事地逼近我心里埋藏的那个大问号。

我的问号吸引了不少山西朋友，他们陪着我在太原一家家书店的角角落落寻找有关资料。黄鉴晖先生所著的《山西票号史》是我自己在一个书架的底层找到的，而那部洋洋一百二十余万言、包罗着大量账单报表的大开本《山西票号史料》则是一直为我开车的司机李文俊先生从一家书店的库房里"挖"出来的，连他也因每天听我在车上讲这讲那，知道了我的需要。

待到资料搜集得差不多，我就在电视编导章文涛先生、歌唱家单秀荣女士等一批山西朋友的陪同下，驱车向平遥和祁县出发了。在山西最红火的年代，财富的中心并不在省会太原，而在平遥、祁县和太谷，其中又以平遥为最。

朋友们都笑着对我说，虽然全车除了我之外都是山西人，但这次旅行的向导应该是我，原因只在于我读过比较多的史料。

连“向导”也是第一次来，那么这种旅行自然也就成了一种寻找。

我知道，首先该找的是平遥西大街上中国第一家专营异地汇兑业务的“票号”——大名鼎鼎的“日昇昌”的旧址。这是今天中国大地上各式银行的“乡下外祖父”。

听我说罢，大家就对西大街上每一个门庭仔细打量起来。

这一打量不要紧，才两三家，我们就已经被一种从未领略过的气势所压倒。这实在是一条神奇的街，精雅的屋宇接连不断，森然的高墙紧密呼应。经过一两百年的风风雨雨，处处已显出苍老，但风骨犹在，竟然没有太多的破败和潦倒。

街道并不宽，每个体面门庭的花岗岩门槛上都有两道很深的车辙印痕，可以想见当年这儿是如何车水马龙地热闹。这些车马来自全国各地乃至国境之外，驮载着金钱，驮载着风险，驮载着扬鞭千里的英武气概，驮载着远方的风土人情和方言，驮载出一个南来北往经济血脉的大流畅。

西大街上每一个像样的门庭我们都走进去了，乍一看都像是气吞海内的“日昇昌”，仔细一打听又都不是。直到最后，看到平遥县文物局立的一块说明牌，才认定“日昇昌”的真正旧址。被一个机关占用着，但房屋结构基本保持原样，甚至连当年的匾额楹联还静静地悬挂着。

我站在这个院子里凝神遥想：就是这儿，在几个聪明的山西人的指挥下，古老的中国终于有了一种大范围的异地货币汇兑机制，卸下了实银运送重担的商业流通，被激活了。

我知道，每一家被我们怀疑成“日昇昌”的门庭当时都在做着近似的文章，不是大票号就是大商行。如此密集的金融商业构架必然需要更大的城市服务系统来配套，其中包括旅馆业、餐饮业和娱乐业，当年平遥城会繁华到何等程度，约略可以想见。

我很想找山西省的哪个领导部门建议，下一个不大的决心，尽力恢复平遥西大街的原貌。

因为基本的建筑都还保存完好，只要洗去那些现代涂抹，便会洗出一条充满历史厚度的老街，洗出山西人上几个世纪的自豪。

恢复西大街后，如果力量允许，应该再设法恢复整个平遥古城。平遥的城墙、街道还基本完好，如果能恢复，就可以成为中国明清时代中小型城市的一个标本。

平遥西大街是当年山西商人的工作场所，那他们的生活场所又是什么样的呢？离开平遥后我们来到了祁县的乔家大院，一踏进大门就立即理解了当年宋霭龄女士在长途旅行后大吃一惊的原因。我到过全国各地的很多大宅深院，但一进这个宅院，记忆中的诸多名园便立即显得过于柔雅小气。万里驰骋收敛成一个宅院，宅院的无数飞檐又指向着无边无际的云天。钟鸣鼎食不是靠着先祖庇荫，而是靠着不断地创业。因此，这个宅院没有任何避世感、腐朽感或诡秘感，而是处处呈现出一代巨商的人生风采。

为此，我在阅读相关资料的时候经常抬起头来想象：创建了“海内最富”奇迹的人们，你们究竟是何等样人，是怎么走进历史又从历史中消失的呢？

我只在《山西票号史料》中看到过一幅模糊不清的照片：“日昇昌”票号门外，为了拍照，端然站立着两个白色衣衫的年长男人，仪态平静，似笑非笑。这就是你们吗？

三

山西平遥、祁县、太谷一带，自然条件并不好，没有太多的物产。经商的洪流从这里卷起，重要的原因恰恰在于这一带客观环境欠佳。

万历《汾州府志》卷二记载："平遥县地瘠薄，气刚劲，人多耕织少。"

乾隆《太谷县志》卷三说，太谷县"民多而田少，竭丰年之谷，不足供两月。故耕种之外，咸善谋生，跋涉数千里，率以为常。士俗殷富，实由此焉"。

读了这些疏疏落落的官方记述，我不禁对山西商人深深地敬佩起来。

家乡那么贫困、那么拥挤，怎么办呢？可以你争我夺，蝇营狗苟；可以自甘潦倒，忍饥挨饿；可以埋首终身，聊以糊口；当然，也可以破门入户，抢掠造反。按照我们所熟悉的历史观，过去的一切贫困都出自政治原因，因此唯一值得称颂的道路只有让所有的农民都投入政治性的反抗。

但是，在山西的这几个县，竟然有这么多农民做出了完全不同于以上任何一条道路的选择。

他们不甘受苦，却又毫无政权欲望。他们感觉到了拥挤，却又不愿意倾轧乡亲同胞。他们不相信不劳而获，却又不愿将一生的汗水都向一块狭小的泥土上灌浇。

他们把迷惘的目光投向家乡之外的辽阔天地，试图用一个男子汉的强韧筋骨走出另外一条摆脱贫困的大道。他们多数没有多少文化，却向中国传统的文化观念，提供了一些另类思考。

他们首先选择的，正是“走西口”。口外，驻防军、垦殖者和游牧者需要大量的生活用品，塞北的毛皮又吸引着内地的贵胄之家，商事往返一出现，还呼唤出大量旅舍、客店、饭庄……总而言之，口外确实能创造出很大的生命空间。

自明代“承包军需”和“茶马互市”，很多先驱者已经做出了出关远行的榜样。从清代前期开始，山西农民“走西口”的队伍越来越大，于是我们都听到过的那首民歌也就响起在许多村口、路边：

哥哥你走西口，
小妹妹我实在难留。
手拉着哥哥的手，
送哥送到大门口。

哥哥你出村口，
小妹妹我有句话儿留：
走路走那大路的口，
人马多来解忧愁。

紧紧地拉着哥哥的袖，
汪汪的泪水肚里流。
只恨妹妹我不能跟你一起走，
只盼哥哥你早回家门口。
……

我怀疑，我们以前对这首民歌的理解过于肤浅了。我怀疑，我们直到今天也未必有理由用怜悯的目光去俯视这一对对年轻夫妻的离别。

听听这些多情的歌词就可明白，远行的男子在家乡并不孤苦伶仃。他们不管是否成家，都有一份强烈的爱恋，都有一个足可生死与之的伴侣。他们本可过一种艰辛而温馨的日子了此一生，但他们还是狠狠心踏出了家门。他们的恋人竟然也都能理解，把绵绵的恋情从小屋里释放出来，交付给朔北大漠。

哭是哭了，唱是唱了，走还是走了。我相信，那些多情女子在大路边滴下的眼泪，为山西终成“海内最富”的局面播下了最初的种子。

这不是臆想。你看乾隆初年山西“走西口”的队伍中，正挤着一个来自祁县乔家堡村的贫苦的青年农民，他叫乔贵发，来到口外一家小当铺里当了伙计。就是这个青年农民，开创了乔家大院的最初家业。

乔贵发和他后代所开设的“复盛公”商号，奠定了整整一个包头市的商业基础，以至出现了这样一句广泛流传的民谚：“先有复盛公，后有包头城。”

谁能想到，那一个个擦一把眼泪便匆忙向口外走去的青年农民，竟然有可能成为一座偌大的城市、一种宏伟的文明的缔造者！因此，当我看到山西电视台拍摄的专题片《走西口》以大气磅礴的交响乐来演奏这首民歌时，不禁热泪盈眶。

山西人经商当然不仅仅是“走西口”，到后来，他们东南西北几乎无所不往了。由“走西口”到闯荡全中国，多少山西人一生都颠簸在漫漫长途中。当时交通落后、邮递不便，其间的辛劳和酸楚也实在是说不完。一个成功者背后隐藏着无数的失败者，在宏大的财富积累后面，山西人付出了极其昂贵的人生代价。黄鉴晖先生记述过乾隆年间一些山西远行者的辛酸故事——

临汾县有一个叫田树楷的人从小没有见过父亲的面，他出生的时候父亲就在外面经商，一直到他长大，父亲还没有回来。他依稀听说，父亲走的是西北一路，因此就下了一个大决心，到陕西、甘肃一带苦苦寻找、打听。整整找了三年，最后在酒泉街头遇到一个山西老人，竟是他的父亲。

阳曲县的商人张瑛外出做生意，整整二十年没能回家。他的大儿子张廷材听说他可能在宣府，便去寻找他，但张廷材去了多年也没有了音信。小儿子张廷槮长大了再去找父亲和哥哥，找了一年多没有找到，盘缠用完了，成了乞丐。在行乞时他遇见一个农民，似曾相识，仔细一看竟是哥哥。哥哥告诉他，父亲的消息已经打听到了，在张家口卖菜。

交城县徐学颜的父亲远行关东做生意二十余年杳无音信。徐学颜长途跋涉到关东寻找，一直找到吉林省东北端的一个村庄，才遇到一个乡亲。乡亲告诉他，他父亲早已死了七年。

…………

不难想象，这一类真实的故事可以没完没了地讲下去，一切“走西口”、闯全国的山西商人，心头都埋藏着无数这样的故事。于是，年轻恋人的歌声更加凄楚了：

> 哥哥你走西口，
> 小妹妹我苦在心头，
> 这一走要去多少时候，
> 盼你也要白了头！

被那么多失败者的故事重压着，被恋人凄楚的歌声拖牵着，山西商人却越走越远。他们要走出一个好听一点儿的故事，他们迈出的步伐既悲怆又沉静。

四

义无反顾地出发，并不一定能到达预想的彼岸，在商业领域尤其如此。

山西商人全方位的成功，与他们良好的人格素质有关。

我接触的材料不多，只是朦胧感到，山西商人在人格素质上至少有以下几个方面十分引人注目——

其一，坦然从商。

做商人就是做商人，没有什么遮遮掩掩、羞羞答答的。这种心态，在我们中国长久未能普及。士、农、工、商，是人们心目中的社会定位序列，商人处于末位，虽不无钱财却地位卑贱，与仕途官场几乎绝缘。为此，许多人即便做了商人也竭力打扮成“儒商”，发了财则急忙办学，让子弟正正经经做个读书人。在这一点上可以构成对比的是安徽商人，本来徽商也是一支十分强大的商业势力，完全可与山西商人南北抗衡。但徽州民风又十分重视科举，使一大批很成功的商人在后代的人生取向上进退维谷。

这种情景在山西没有出现，小孩子读几年书就去学着做生意了，大家都觉得理所当然。最后连雍正皇帝也认为山西的社会定位序列与别处不同，竟是：第一经商，第二务农，第三行伍，第四读书（见雍正二年对刘于义奏疏的朱批）。

在这种独特的心理环境中，山西商人对自身职业没有太多的精神负担，把商人做纯粹了。

其二，目光远大。

山西商人本来就是背井离乡的远行者，因此经商时很少有空间框范，而这正是商业文明与农业文明的本质差异。整个中国版图都在其视野之内，谈论天南海北就像谈论街坊邻里，这种在地理空间上的心理优势，使山西商人最能发现各个地区在贸易上的强项和弱项、潜力和障碍，然后像下一盘围棋一样把它一一走通。

你看，当康熙皇帝开始实行满蒙友好政策、停息边陲战火之后，山西商人反应最早，很快知道自己该干什么了。面向蒙古、新疆乃至西伯利亚的庞大商队组建起来了，光“大盛魁”的商队就拴有骆驼十万头。商队带出关的商品必须向华北、华中、华南各地采购，因而他们又把整个中国的物产特色和运输网络掌握在手中。

又如，清代南方以盐业赚钱最多，但盐业由政府实行专卖，许可证都捏在两淮盐商手上，山西商人本难插足。但他们不着急，只在两淮盐商资金紧缺的时候给予慷慨借贷，条件是稍稍让给他们一点盐业经营权。久而久之，两淮盐业便越来越多地被山西商人所控制。可见山西商人始终凝视着全国商业大格局，不允许自己在哪个重要块面上有缺漏。人们可以称赞他们“随机应变”，但对“机”的发现，正由于视野的开阔、目光的敏锐。

当然，最能显现山西商人目光的，莫过于一系列票号的建立了。他们先人一步看出了金融对于商业的重要，于是就把东南西北的金融脉络梳理通畅，稳稳地把自己放在全国民间钱财流通主宰者的地位上。我想，拥有如此的气概和谋略，大概与三晋文明的长久陶冶有关，我们只能抬头仰望了。

其三，讲究信义。

山西商人能快速地打开大局面，往往出自结队成帮的群体行为，而不是偷偷摸摸的个人冒险。

只要稍一涉猎山西的商业史料，便立即会看到一批又一批的所谓“联号”。或是兄弟，或是父子，或是朋友，或是乡邻，组合成一个有分有合、互通有无的集团势力，大模大样地铺展开去，不仅气势压人，而且呼应灵活、左右逢源，构成一种商业大气候。

其实，山西商人即便对联号系统之外的商家也会尽力帮助。其他商家借了巨款而终于无力偿还，借出的商家便大方地一笔勾销，这样的事情对山西商人来说，不足为奇。

例如，我经常读到这样一些史料：有一家商号欠了另一家商号白银八万两，到后来实在还不起了，借入方的老板就到借出方的老板那里磕了个头，说明困境，借出方的老板就挥一挥手，算了事了；一个店欠了另一个店千元现洋，还不起，借出店的老板为了照顾借入店老板的自尊心，就让他象征性地还了一把斧头、一个箩筐，哈哈一笑也算了事。

山西人机智而不小心眼，厚实而不排他，不愿意为了眼前小利而背信弃义，这可称之为“大商人心态”——在南方商家中虽然也有，但不如山西坚实。

众所周知，当时我国的金融信托事业还没有公证机制和监督机制，即便失信也几乎不存在惩处机制，一切全都依赖信誉和道义。金融信托事业的竞争，说到底是信誉和道义的竞争。在这场竞争中，山西商人长久地处于领先地位，他们能给远远近近的异乡人一种极其稳定的可靠感，这实在是很了不得的事情。

其四，严于管理。

山西商人最早发迹的年代，全国商业、金融业的管理基本上处于无政府状态。例如，众多的票号就从来不必向官府登记、领执照、纳税，也基本上不受法律的约束。面对这么多的自由，山西商人却没有表现出放纵习气，而是加紧制定行业规范和经营守则，通过严格的自我约束，在无序中求得有序。因为他们明白，无序的行为至多得益于一时，不能立业于长久。

我曾恭敬地读过清代许多山西商家的“号规”，内容不仅严密、切实，而且充满智慧，即便从现代管理学的眼光去看也很有价值，足可证明在当时山西商人中已经出现了一批真正的管理专家。例如，规定所有的职员必须订立从业契约，并划出明确等级，收入悬殊，定期考察升迁；高级职员与财东共享股份，到期分红，使整个商行在利益上休戚与共、情同一家；总号对于遍布全国的分号容易失控，因此制定分号向总号和其他分号的报账规则，以及分号职工的汇款、省亲规则……凡此种种，使许多山西商号的日常运作越来越正规。一代巨贾也就不必在管理上手忙脚乱，分得出精力去开拓新的领域了。

以上几个方面，不知道是否大体勾勒出了山西商人的人格素质？不管怎么说，有了这几个方面，当年“走西口”的小伙子们也就像模像样地掸一掸身上的尘土，堂堂正正地走进了一代中国富豪的行列。

何谓山西商人？我的回答是：“走西口”的哥哥回来了，回来在一个十分强健的人格水平上。

五

然而，一切逻辑概括总带有“提纯”后的片面性。实际上，只要再往深处窥探，山西商人的人格素质中还有脆弱的一面。

他们人数再多，在整个中国还是一个稀罕的群落；他们敢作敢为，却也经常遇到自信的边界。他们奋斗了那么多年，却从来没有遇到过一个能够代表他们说话的思想家。他们的行为缺少高层理性力量的支撑，他们的成就没有被赋予雄辩的历史理由。几乎所有的文化学者都一直在躲避着他们。他们已经有力地改变了中国社会，但社会改革家们却一心注目于政治，把他们冷落在一边。

说到底，他们只能靠钱财发言，但钱财的发言在当时又是那样缺少道义力量，究竟能产生多少社会效果呢？没有外在的社会效果，也就难以抵达人生的大安详。

是时代，是历史，是环境，使这些商业实务上的成功者没能成为历史意志的觉悟者，他们只能是一群缺少皈依的强人，一拨精神贫乏的富豪，一批在根本性的大问题上还不能掌握得住自己的掌柜。

他们的出发地和终结点都在农村，当他们成功发迹而执掌一大门户时，封建家长制是他们可追慕的唯一范本。于是他们的商业人格不能不自相矛盾乃至自相分裂，有时还会做出与创业时判若两人的行为。在我看来，这正是山西商人在风光数百年后终于困顿、迷乱、内耗、败落的内在原因。

在这里，我想谈一谈几家票号历史上一些不愉快的人事纠纷。

最大的纠纷发生在日昇昌总经理雷履泰和副总经理毛鸿翙之间。毫无疑问，两位都是那个时候堪称全国一流的商业管理专家，一起创办了日昇昌票号，因此也是中国金融史上一个新阶段的开创者，都应该名垂史册。雷履泰气度恢宏，能力超群，又有很大的交际魅力，几乎是天造地设的商界领袖；毛鸿翙虽然比雷履泰年轻十七岁，却也是才华横溢、英气逼人。两位强人撞到了一起，开始时亲如手足、相得益彰，但在事业获得成功之后却不可避免地遇到了一个中国式的大难题：究竟谁是第一功臣？

一次，雷履泰生了病在票号中休养，日常事务不管，但遇到大事还要由他拍板。这使毛鸿翙觉得有点儿不大痛快，便对财东老板说：“总经理在票号里养病不太安静，还是让他回家休息吧。”财东老板就去找了雷履泰，雷履泰说：“我也早有这个意思。”当天就回家了。

过几天财东老板去雷家探视，发现雷履泰正忙着向全国各地的分号发信，便问他干什么。雷履泰说：“老板，日昇昌票号是你的，但全国各地的分号却是我安设在那里的，我正在一一撤回来好交代给你。”

老板一听大事不好，立即跪在雷履泰面前，求他千万别撤分号。雷履泰最后只得说：“起来吧，我估计让我回家也不是你的主意。”老板求他重新回票号视事，雷履泰却再也不去上班。老板没办法，只好每天派伙计送酒席一桌、银子五十两。

毛鸿翙看到这个情景，知道自己不能再在日昇昌待下去了，便辞职去了蔚泰厚布庄。

这事件乍一听都会为雷履泰叫好，但转念一想又觉得不是味道。是的，雷履泰获得了全胜，毛鸿翙一败涂地，然而这里无所谓是非，只是权术。用权术击败的对手是一段辉煌历史的共创者，于是这段历史也立即破残。中国许多方面的历史总是无法写得痛快淋漓、有声有色，很大一部分原因就在于这种代表性人物之间必然会产生恶性冲突。商界的竞争较量不可避免，但一旦脱离业务的轨道，在人生的层面上把对手逼上绝路，总与健康的商业动作规范相去遥遥。

毛鸿翙当然也要咬着牙齿进行报复。他到了蔚泰厚之后，就把日昇昌票号中两个特别精明能干的伙计挖走并委以重任，三个人配合默契，把蔚泰厚的业务快速地推上了新台阶。雷履泰气恨难纾，竟然写信给自己的各个分号，揭露被毛鸿翙勾走的两名“小卒”出身低贱，只是汤官和皂隶之子罢了。

事情做到这个份儿上，这位总经理已经很失身份，但他还不罢休，不管在什么地方，只要一有机会就拆蔚泰厚的台。例如，由于雷履泰的谋划，蔚泰厚的苏州分店就无法做成分文的生意。这就不是正常的商业竞争了。

最让我难过的是，雷、毛这两位智商极高的杰出人物在钩心斗角中采用的手法越来越庸俗，最后竟然都让自己的孙子起一个与对方一样的名字，以示污辱——雷履泰的孙子叫雷鸿翙，而毛鸿翙的孙子则叫毛履泰！

这种污辱方法当然是纯粹中国化的，我不知道他们在憎恨敌手的同时是否还爱惜儿孙，也不知道他们用这种名字呼叫孙子的时候会用一种什么样的口气和声调。

可敬可佩的山西商人啊，难道这是你们给后代的遗赠？你们创业之初的吞天豪气和动人信义都到哪里去了？怎么会让如此无聊的诅咒来长久地占据你们日渐苍老的心？

也许，最终使他们感到温暖的还是早年跨出家门时听到的那首《走西口》。但是，庞大的家业也带来了家庭内部情感关系的复杂化，《走西门》所吐露的那种单纯性已不复现。据乔家后裔回忆，乔家大院的内厨房偏院中曾有一位神秘的老妪专干粗活，玄衣愁容，旁若无人，但气质又绝非用人。

有人说，这就是“大奶奶”，主人的首席夫人。主人与夫人产生了什么麻烦，谁也不清楚，但毫无疑问，当他们偶尔四目相对时，当年《走西口》的旋律立即就会走音。

写到这里我已经知道，我所碰撞到的问题虽然发生在山西却又远远超越了山西。由这里发出的叹息，应该属于我们父母之邦更广阔的天地。

六

当然，我们不能因此而把山西商人败落的原因全然归之于他们自身。一两家铺号的兴衰，自身的原因可能至关重要；而牵涉到山西无数商家的整体败落，一定会有更深刻、更宏大的社会历史原因。

首先是因为中国近代社会的极度动荡。一次次激进的暴力冲撞，表面上都有改善民生的口号，实际上却严重地破坏了各地的商业活动，往往是“死伤遍野”“店铺俱歇”“商贾流离”。山西票号不得不撤回分号，龟缩回乡。有时也能发一点儿“国难财”，例如，太平天国时官方饷银无法解送，只能赖仗票号；八国联军时朝廷银库被占，票号也发挥了自己的作用。但是，当国家正常的经济脉络已被破坏时，这种临时的风光也只能是昙花一现。

二十世纪初，英、美、俄、日的银行在中国各大城市设立分支机构，清政府也随之创办大清银行，开始邮电汇兑。票号遇到了真正强大的对手，完全不知怎么应对。辛亥革命时随着一个个省份的独立，各地票号的存款者纷纷排队挤兑，而借款者又不知逃到哪里去了，山西票号终于走上了末路。

走投无路的山西商人傻想，新当政的北洋军阀政府总不会见死不救吧，便公推六位代表向政府请愿，希望政府能贷款帮助，或由政府担保向外商借贷。政府对请愿团的回答是：山西商号信用久孚，政府从保商恤商考虑，理应帮助维持，可惜国家财政万分困难，他日必竭力斡旋。

满纸空话，一无所获，唯一落实的决定十分出人意料：政府看上了请愿团首席代表范元澍，发给月薪两百元，委派他到破落了的山西票号中物色能干的伙计到政府银行任职。这一决定如果不是有意讽刺，那也足以说明这次请愿活动是真正地惨败了。国家财政万分困难是可信的，山西商家的最后一线希望彻底破灭。“走西口”的旅程，终于走到了终点。

于是，人们在一九一五年三月份的《大公报》上读到了一篇发自山西太原的文章，文中这样描写那些一一倒闭的商号：

> 彼巍巍灿烂之华屋，无不铁扉双锁，黯淡无色。门前双眼怒突之小狮，一似泪涔涔下，欲作河东之吼，代主人鸣其不平。前月北京所宣传倒闭之日昇昌，其本店耸立其间，门前尚悬日昇昌金字招牌，闻其主人已宣告破产，由法院捕其来京矣。

这便是一代财雄们的下场。

七

有人觉得山西票号乃至整个晋商的败落是理所当然，没有什么可惋惜的。但是，问题在于，在它们败落之后，中国在很长时间之内并没有找到新的经济活力，并没有创建新的富裕和繁华。

社会改革家们总是充满了理想和愤怒，一再宣称要在血火之中闯出一条壮丽的道路。他们不知道，这条道路如果是正道，终究还要与民生接轨，那里，晋商骆驼队留下的辙印仍清晰可辨。

在没有明白这个道理之前，社会改革家们一直处于两难的困境之中。他们立誓要带领民众摆脱贫困，而要用革命的手段摆脱贫困，最简单的办法就是剥夺富裕。要使剥夺富裕的行为变得合理，又必须把富裕和罪恶画上等号。当富裕和罪恶真的画上等号了，他们的努力也就失去了通向富裕的目标，因为那里全是罪恶。这样一来，社会改革的船舶也就成了无处靠岸的孤舟，时时可能陷入沼泽，甚至沉没。

中国的文人学士更加奇怪。他们鄙视贫穷，又鄙视富裕，更鄙视商业，尤其鄙视由农民出身的经商队伍。他们喜欢大谈“天下兴亡，匹夫有责”，却从来没有把“兴亡”两字与民众生活、社会财富连在一起，好像一直着眼于朝廷荣衰，但朝廷对他们又完全不予理会。他们在苦思冥想中听到有骆驼队从窗外走过，声声铃铛有点儿刺耳，便伸手关住了窗户。

山西商人创造过中国最庞大的财富，居然，在中国文人浩如烟海的著作中，几乎没有留下什么记述。

一种庞大的文化如此轻慢一种与自己有关的庞大财富，以及它的庞大的创造群体，实在不可思议。

为此，就要抱着惭愧的心情，在山西的土地上多站一会儿。

秋雨注：

此文发表于一九九三年，距今已经快三十年了。当时随着改革开放，国家开始鼓励商业活动，但是保守的文化思维在整体上对商业还抱着一种居高临下的漠视态度。我把被历史掩埋的晋商作为一个重要的“文化范本”来说服社会，没想到发表后产生异乎寻常的巨大反响，全国上上下下几乎所有的官员都在阅读这篇文章。

由这篇文章，我又拥有了无数山西朋友。平遥民众为了保护我在文章中记述的城内遗迹，在古城外面兴建市民新区，作为搬迁点。市民新区竟命名为“秋雨新城”，真让我汗颜。更有趣的是，一度有外地几个嫉妒者对我发起了规模不小的诽谤，山西的出版物也有涉及，但很快就有山西学者在报纸上发表文章《山西应该对得起余秋雨》。厚道的山西人立即圈起了一道保护我的墙，让我非常感动。

风雨天一阁

一

已经决定，明天去天一阁。

没有想到，这天晚上，台风袭来，暴雨如注，整个宁波城都在柔弱地颤抖。第二天上午来到天一阁时，只见大门内的前后天井、整个院子，全是一片汪洋。打落的树叶在水面上翻卷，重重砖墙间透出湿冷冷的阴气。

是宁波市文化局副局长裴明海先生陪我去的。看门的老人没想到局长会在这样的天气陪着客人前来，慌忙从清洁工人那里借来半高筒雨鞋要我们穿上，还递来两把雨伞。但是，院子里积水太深，才下脚，鞋筒已经进水，唯一的办法是干脆脱掉鞋子，挽起裤管蹚水进去。

本来浑身早已被风雨搅得冷飕飕的了，赤脚进水立即通体一阵寒噤。就这样，我和裴明海先生相扶相持，高一脚低一脚地向藏书楼走去。

我知道天一阁的分量，因此愿意接受上苍的这种安排，剥除斯文，剥除悠闲，脱下鞋子，卑躬屈膝，哆哆嗦嗦，恭敬朝拜。今天这里没有其他参观者，这个朝拜仪式显得既安静，又纯粹。

二

作为一个藏书楼，天一阁的分量已经远远超过它的实际功能。它是一个象征，象征意义之大，不是几句话能够说得清楚。

人类成熟文明的传承，主要是靠文字。文字的选择和汇集，就成了书籍。如果没有书籍，那么，我们祖先再杰出的智慧、再动听的声音，也早已随风飘散，杳无踪影。大而言之，没有书籍，历史就失去了前后贯通的缆索，人群就失去了远近会聚的理由；小而言之，没有书籍，任何个体都很难超越庸常的五尺之躯，成为有视野、有见识、有智慧的人。

中国很早就发明了纸和印刷术。书，已经具备了一切制作条件的书，照理应该大量出版、大量收藏、大量传播。但是，实际情况并不是这样，它遇到了太多太多的生死冤家。

例如，朝廷焚书。这是一些统治者为了实行思想专制而采取的野蛮手段。可叹的是，早在纸质书籍出现之前，焚书的传统已经形成，那时焚的是竹简、木牍、帛书。自秦始皇、李斯开头，后来有不少统治者都有焚书之举，更不必说清代文字狱所连带的毁书惨剧了。

又如，战乱毁书。中国历史上战火频频，逃难的人要烧书，占领的人也要烧书。史籍上出现过这样的记载：董卓之乱，毁书六千余车；西魏军攻破江陵时，一日之间焚书十四万卷；隋朝末年农民起义，焚书三十七万卷；唐朝末年农民起义，焚书八万卷……

再如，水火吞书。古代运书多用船只，汉末和唐初都发生过大批书籍倾覆在黄河中的事件。突发的洪水也一次次地淹没过很多藏书楼。比水灾更严重的是火灾，宋代崇文院的火灾，明代文渊阁的火灾，把皇家藏书烧成灰烬。至于私家藏书毁于火灾的，更是数不胜数。除水火之外，虫蛀、霉烂也是难于抵抗的自然因素，成为书的克星。

凡此种种，说明一本书要留存下来，非常不易。它是那样柔弱脆薄，而扑向它的灾难，一个个都是那么强大、那么凶猛、那么无可抵挡。

两百年的积存，可散之于一旦；三千里的搜聚，可焚之于一夕。这种情景，实在是文明命运的缩影。在血火刀兵的历史主题面前，文明几乎没有地位。在大批难民和兵丁之间，书籍的功用常常被这样描写：“藉裂以为枕，爇火以为炊。”也就是说，书只是露宿时的垫枕、做饭时的柴火。要让它们保存于马蹄烽烟之间，几乎没有可能。

说起来，皇家藏书比较容易，规模也大，但是，这种藏书除了明清时期编辑辞书时有用外，平日无法惠泽文人学士，几乎没有实际功能，又容易毁于改朝换代之际。因此，民间藏书就成了一种重要的文化传承方式。民间藏书，搜集十分艰难，又没有足够力量来抵挡各种灾祸，因此注定是一种悲剧行为。明知悲剧还勇往直前，这便是民间藏书家的人格力量。

天一阁，就是这种人格力量的物态造型。在现存的古代藏书楼中，论时间之长，它是中国第一，也是亚洲第一。由于意大利有两座文艺复兴时代的藏书楼也被保存下来了，比它早一些，因此它居于世界第三。

三

天一阁的创始人范钦，诞生于十六世纪初期。

如果要在世界坐标中做比较，那么，我们不妨知道：范钦出生的前两年，米开朗琪罗刚刚完成了雕塑《大卫》；范钦出生的同一年，达·芬奇完成了油画《蒙娜丽莎》。

范钦的一生，当然不可能像米开朗琪罗和达·芬奇那样踏出新时代的步伐，而只是展现了中国明代优秀文人的典型历程。他在很年轻的时候就通过一系列科举考试而做官，很快尝到了明代朝廷的诡谲风波。他是一个正直、负责、能干的官员，到任何一个地方做官都能打开一个局面，却又总是被牵涉到高层的人事争斗。我曾试图用最简明的语言概述一下他的仕途升沉，最后却只能放弃，因为那一个接一个的政治旋涡太奇怪，又太没有意义了。我感兴趣的只有这样几件事——

他曾经被诬告而"廷杖"入狱。廷杖是一种极具羞辱性的刑罚。在堂堂宫廷的午门之外，在众多官员的参观之下，他被麻布缚曳，脱去裤子，按在地上，满嘴泥土，重打三十六棍。受过这种刑罚，再加上几度受诬、几度昭雪，一个人的"心理筋骨"就会出现另一种模样。后来，他作为一个成功藏书家所表现出来的惊人意志和毅力，都与此有关。

他的仕途，由于奸臣的捉弄和其他原因，一直在频繁而远距离地滑动。在我的印象中，他做官的地方，至少有湖北、江西、广西、福建、云南、陕西等地，当然还要到北京任职，还要到宁波养老。大半个中国，被他摸了个遍。

在风尘仆仆的奔波中，他已开始搜集书籍，尤其是以地方志、政书、实录、历科试士录为主。当时的中国，经历过了文化上登峰造极的宋代，刻书、印书、藏书，在各地已经形成风气，无论是朝廷和地方府衙的藏书，书院、寺院的藏书，还是私人藏书，都相当丰富。这种整体气氛，使范钦有可能成为一个成熟的藏书家。但他又有独特的眼光和见识，找到了自己的特殊地位。那就是，不必像别人藏书那样唯宋是瞻、唯古是拜，而是着眼于社会资料，着眼于散落各地而很快就会遗失的地方性文件。他的这种选择，使他在藏书家中变得不可替代。

官，还是认认真真地做。朝廷的事，还是小心翼翼地对付。但是，作为一名文官，每到一地他不能不了解这个地方的文物典章、历史沿

革、风土习俗。见到当地的官员缙绅，需要询问的事情大多也离不开这些内容。谈完正事，为了互表风雅，更会集中谈书。这一切，大抵是古代文官的寻常生态，不同的是，范钦把书的事情做认真了。

一天公务，也许是审问了一宗大案，也许是厘清了几笔财务，而他最感兴趣的，是差役悄悄递上的那个蓝布包袱，是袖中轻轻拈着的那份待购书目。他心里明白，这是公暇琐事、私人爱好，不能妨碍了朝廷正事。但是当他历尽宦海风浪终于退休之后就产生了疑惑：做官和藏书，究竟哪一项更重要？

我们站在几百年后远远看去则已经毫无疑惑：对范钦来说，藏书是他的生平主业，做官则是业余。

四

范钦对书的兴趣，已到了痴迷的程度。

痴迷是不讲理由的。中国历史上痴迷书籍的人很多，哪怕忍饥挨冻，也要在雪夜昏暗的灯光下手不释卷。这中间，因为喜欢书中的诗文而痴迷，那还不算真正的痴迷；不问书中的内容而痴迷，那就又上了一个等级。

我觉得范钦对书的痴迷，属于后一种。他本人的诗文，我把能找到的都找来读了，甚觉一般，因此不认为他会对书中的诗文有特殊的敏感。他所敏感的，只是书本身。

于是，只有他，而不是才情比他高的文学家，才有这么一股粗拙强硬的劲头，把藏书的事业做得那么大、那么好、那么久。

他在仕途上的历练，尤其是在工部负责各种宫府、器杖、城隍、坛庙的营造和修理的实践，使他有能力把藏书当作一项工程，这又是其他藏书家做不到的了。

不讲理由的痴迷，再加上工程师般的精细，这就使范钦成了范钦，天一阁成了天一阁。

五

藏书家遇到的真正麻烦大多是在身后。范钦面临的最大问题是如何把自己的意志行为变成一种不可动摇的家族遗传。不妨说，天一阁真正堪称悲壮的历史，开始于范钦死后。我不知道保住这座楼的使命对范氏家族来说，算是一种光耀门庭的荣幸，还是一场绵延久远的苦役。

范钦在退休归里之后，一方面用更大的劲头搜集书籍，使藏书数量大大增加；一方面则冷静地观察着自己的儿子能不能继承这些藏书。

范钦有两个儿子：范大冲和范大潜。他对这两个儿子都不太满意，但比较之下还是觉得范大冲要好得多。他早就暗下决心，自己死后，什么财产都可以分，唯独这一楼的藏书却万万不可分。书一分，就不成气候，很快就会耗散。但是，如果把书全给一个儿子，另一个儿子会怎么想？

范钦决定由大儿子范大冲单独继承全部藏书，同时把万两白银给予小儿子范大潜，作为他不分享藏书的代价。没想到，范大潜在父亲范钦去世前三个月先去世了。

范大冲得到一楼藏书，虽然是父亲的毕生心血，但实际上既不能变卖，又不能开放，完全是把一项沉重的义务扛到了自己肩上。

一五八五年的秋天，范钦在过完自己八十大寿后的第九天离开人世。藏书家在弥留之际一再打量着范大冲的眼睛，不知道儿子能不能把藏书的事业坚持到最后，如果能，那么，孙子呢？孙子的后代呢？

他不敢想下去了。

六

就这样，一场没完没了的接力赛开始了。多少年后，范大冲也会有遗嘱，范大冲的儿子又会有遗嘱……

家族传代，是一个不断分裂、异化、自立的生命过程，让后代接受一个需要终生投入的强硬指令，十分违背生命的自在状态。让几百年之后的后裔不经自身体验就来沿袭几百年前某位祖先的生命冲动，也难免有许多憋气的地方。不难想象，天一阁藏书楼对于许多范氏后代来说几乎成了一个宗教式的朝拜对象，只知要诚惶诚恐地维护和保存，却不知是为什么。

我可以肯定，此间埋藏着许多难以言状的心理悲剧和家族纷争。这个在藏书楼下生活了几百年的家族，非常值得同情。

后代子孙免不了会产生一种好奇，楼上究竟是什么样的呢？到底有哪些书，能不能借来看看？亲戚朋友更会频频相问，这个藏书秘府，能不能让我们看上一眼呢？

范钦和他的继承者们早就预料到这种可能，而且预料藏书楼就会因为这种点滴可能而崩塌，因而已经预防在先。他们给家族制定了一个严格的处罚规则，最重要的处罚是不许参加祭祖大典，这就意味着在家族血统关系上亮出了“黄牌”。

处罚规则标明：子孙无故开门入阁者，罚不与祭三次；私领亲友入阁及擅开书橱者，罚不与祭一年；擅将藏书借出外房及他姓者，罚不与祭三年；因而典押事故者，除追惩外，永行摈逐，不得与祭。

在这里，不得不提到那个我每次想起都感到难过的故事了。据谢堃《春草堂集》记载，范钦去世后两百多年，宁波知府丘铁卿家里发生了一件事情。他的内侄女是一个酷爱诗书的女子，听说天一阁藏书宏富，两百余年不蛀，全靠夹在书页中的芸草。她只想做一枚芸草，夹在书本之间。于是，她天天用丝线绣刺芸草，把自己的名字也改成了“绣芸”。

父母看她如此着迷，就请知府做媒，把她嫁给了范家后人。她原想做了范家的媳妇总可以登上天一阁了。但她哪里想到，范家有规矩，严格禁止妇女登楼。

由此，她悲怨成疾，抑郁而终。临死前，她连一个“书”字也不敢提，只对丈夫说：“连一枚芸草也见不着，活着做甚？你如果心疼我，就把我葬在天一阁附近，我也可瞑目了！”

今天，当我抬起头来仰望天一阁这栋楼的时候，首先想到的是钱绣芸那抑郁的目光。在既缺少人文气息又没有婚姻自由的年代，一个女孩子想借着婚姻来多读一点儿书，其实是在以自己的脆弱生命与自己的文化渴求斡旋。她失败了，却让我非常感动。

七

从范氏家族的立场来看，不准登楼，不准看书，委实也出于无奈。只要开放一条小缝，终会裂成大缝。但是，永远地不准登楼、不准看书，这座藏书楼存在于世的意义又何在呢？这个问题，每每使范氏家族陷入困惑。

范氏家族规定，不管家族繁衍到何等程度，开阁门必得各房一致同意。阁门的钥匙和书橱的钥匙由各房分别掌管，组成一环也不可缺少的连环。如果有一房不到，就无法接触到任何藏书。

就在这时，传来消息，大学者黄宗羲先生想要登楼看书！这对范家各房无疑是一个震撼。

黄宗羲是“吾乡”余姚人，与范氏家族没有任何血缘关系，照理是不能登楼的。但无论如何，他是靠自己的人品、气节、学问而受到全国思想学术界深深钦佩的巨人，范氏家族也早有所闻。他在治学过程中已经到绍兴钮氏“世学楼”和祁氏“澹生堂”去读过书，现在终于想来叩天一阁之门了。他深知范氏家族的森严规矩，但他还是来了，时间是康熙十二年，即一六七三年。

出乎意料，范氏家族竟一致同意黄宗羲登楼，而且允许他细细地阅读楼上的全部藏书。黄宗羲长衣布鞋，悄然登楼了。铜锁在一具具打开，一六七三年成为天一阁历史上特别有光彩的一年。

黄宗羲在天一阁翻阅了全部藏书，把其中流通未广者编为书目，并另撰《天一阁藏书记》留世。由此，这座藏书楼便与一位大学者的名字联结起来，广为传播。

从此以后，天一阁有了一条可以向真正的大学者开放的新规矩，但这条规矩的执行还是十分苛严。在此后近两百年的时间内，获准登楼的大学者也仅有十余名，其中有万斯同、全祖望、钱大昕、袁枚、阮元、薛福成等。他们的名字，都上得了中国文化史。

这样一来，天一阁终于显现了本身的存在意义，尽管显现的机会是那样小。

直到乾隆决定编纂《四库全书》，天一阁的命运发生了重大变化。

乾隆谕旨各省采访遗书，要全国藏书家，特别是江南的藏书家积极献书。天一阁进呈珍贵古籍六百余种，其中有九十六种被收录在《四库全书》中，有三百七十余种被列入存目。乾隆非常感谢天一阁的贡献，多次褒扬奖赐，并授意新建的南北主要藏书楼都仿照天一阁的格局营建。

天一阁因此而大出其名，尽管上献的书籍大多没有发还，但在国家级的“百科全书”中，在钦定的藏书楼中，都有了它的生命。我曾看到好些著作文章中称乾隆下令为《四库全书》献书是天一阁的一大浩劫，颇觉言之有过。连堂堂皇家编书都不得不大幅度地动用天一阁的珍藏，家族性的收藏变成了一种行政性的播扬，这证明天一阁获得了大成功，范钦获得了大成功。

八

天一阁终于走到了近代，这座古老的藏书楼开始了自己新的历险。

先是太平军进攻宁波时当地小偷趁乱拆墙偷书，然后当作废纸论斤卖给造纸作坊。曾有一人高价从作坊买去一批，却又遭大火焚毁。

这就成了天一阁此后命运的先兆，它现在遇到的问题已不是让不让某位学者上楼的问题了，竟然是窃贼和偷儿成了它最大的对手。

一九一四年，一个叫薛继渭的偷儿奇迹般地潜入书楼，白天无声无息，晚上动手偷书，每日只以所带枣子充饥，东墙外的河上有小船接运所偷书籍。这一次几乎把天一阁的一半珍贵书籍给偷走了，它们渐渐出现在上海的书铺里。

薛继渭这次的偷窃与太平天国时的那些小偷不同，不仅数量巨大、操作系统，而且最终与上海的书铺挂上了钩。近代都市的书商用这种办法来侵吞一个古老的藏书楼，我总觉得其中蕴含着某种象征意义。

一架架书橱空了，钱绣芸小姐哀怨地仰望终生而未能上的楼板，黄宗羲先生小心翼翼地踩踏过的楼板，现在，只留下偷儿吐出的一大堆枣核在上面。

当时主持商务印书馆的张元济先生听说天一阁遭此浩劫，并得知有些书商正准备把天一阁藏本卖给外国人，便立即拨巨资抢救。他所购得的天一阁藏书，保存于东方图书馆的“涵芬楼”里。涵芬楼因有天一阁藏书的润泽而享誉文化界，当代不少文化大家都在那里汲取过营养。但是，众所周知，它最终竟又全部焚毁于日本侵略军的炸弹之下。

没有焚毁的，是天一阁本身。这幢楼像一位见过世面的老人，再大的灾难也承受得住。但它又不仅仅是承受，而是以满脸的哲思注视着一切后人，姓范的和不是姓范的，看他们一次次低下头去又仰起头来。

只要自认是中华文化后裔的人，总想对这幢老楼做点儿什么，而不忍让它全然沦为废墟。因此，二十世纪三十年代、五十年代、六十年代、八十年代，天一阁被一次次大规模地修缮和完善着。它，已经成为现代文化良知的见证。

登天一阁的楼梯时，我的脚步非常缓慢。我不断地问自己：你来了吗？你是哪一代的中国书生？

白发苏州

一

两千多年前，世界上已经有几座不错的城市。但是，这些城市都相继沦为废墟。人类的文明地图，一直在战火的余烬中不断改变。往往是，越是富贵的所在，遭受的抢掠越是严重，后景越是荒凉。

不必说多次被夷为平地的巴格达和耶路撒冷，看看一些正常的城市也够让人凄伤。

公元前后，欧洲最早的旅行者看到乱草迷离的希腊城邦遗迹，声声长叹。六世纪，罗马城衰落后的破巷、泥坑、脏水，更让人无法面对……

有哪一座城市，繁华在两千多年前而至今依然繁华，中间几乎没有中断？

那个城市在中国，它的名字叫苏州。

不少学者试图提升苏州的自信，把它说成是“东方的威尼斯”。我听到这样的封号总是哑然失笑，因为当苏州精致的花岗石码头上船楫如梭的时候，威尼斯还是一片沼泽荒滩。

二

苏州是我常去之地。海内美景多的是，唯苏州，能给我一种真正的休憩。柔婉的言语，姣好的面容，精雅的园林，幽深的街道，处处给人以感官上的宁静慰藉。现实生活常常搅得人心智烦乱，而苏州的古迹会让你定一定情怀。有古迹必有题咏，大多是古代文人的感叹。看得多了，也便知道，这些文人大多也是来休憩的。他们不想在这儿创建伟业，但在外面事成事败之后，却愿意到这里来住住。苏州，是中国文化宁谧的后院。

我有时不禁感叹，做了那么长时间的后院，苏州在中国文化史上的地位是不公平的。京城史官的眼光很少在苏州停驻，从古代到近代，吴侬软语与玩物丧志同义。

这里没有森然殿阙，只有园林。这里摆不开战场，徒造了几座城门。这里的曲巷通不过堂皇的官轿，这里的民风不崇拜肃杀的禁令。

这里的流水太清，这里的桃花太艳，这里的弹唱有点儿撩人，这里的小食太甜，这里的女人太俏，这里的茶馆太多，这里的书肆太密，这里的书法过于流丽，这里的绘画不够苍凉遒劲，这里的诗歌缺少易水壮士低哑的喉音。

于是，苏州面对着种种冷眼，默默地端坐着，迎来送往，安分度日；却也不愿意重整衣冠，去领受那分王气。反正已经老了，去吃那种追随之苦做甚？

三

说来话长，苏州的委屈，两千多年前已经受了。

当时正是春秋晚期，苏州一带的吴国和浙江的越国打得难解难分。其实吴、越本是一家，两国的首领都是外来的冒险家。先是越王勾践击败吴王阖闾，然后又是继任的吴王夫差击败越王。越王利用计谋卑怯称臣，实际上发愤图强，终于在十年后卷土重来，成了春秋时代最后一个霸主。

这事在中国差不多人所共知，原是一场分不清是非的混战，可惜后人只欣赏越王的计谋和忍耐，嘲笑吴王的该死。千百年来，越国的首府一直被称颂为“报仇雪耻之乡”，那么苏州呢？当然是“亡国亡君之地”。

细想吴越混战，最苦的是苏州百姓。吴越间打的几次大仗，有两次是野外战斗，一次在嘉兴南部，一次在太湖洞庭山，而第三次则是越军攻陷苏州，所遭惨状一想便知。早在越王用计期间，苏州人已连续遭殃。越王用煮过的稻子当作种子上贡吴国，吴国用以撒种，颗粒无收，灾荒由苏州人民领受。越王怂恿吴王享乐，亭台楼阁建造无数，劳役由苏州人民承担。最后，亡国奴的滋味，又让苏州人民品尝。

传说越王计谋中还有重要一项，就是把越国的美女西施进献给吴王，诱使他荒淫无度，懒理国事。计成，西施却被家乡来的官员投沉江中，因为她已与“亡国”二字相连，霸主最为忌讳。

苏州人心肠软，他们不计较这位顶着“越国间谍”身份的姑娘给自己带来过多大的灾害，只觉得她可怜，真真假假地留着她的大量遗迹来纪念。据说今日苏州西郊灵岩山顶的灵岩寺，便是当初西施居住的所在，吴王曾名之“馆娃宫”。灵岩山是苏州一大胜景，游山时若能遇到几位热心的苏州老者，他们还会细细告诉你，何处是西施洞，何处是西施迹，何处是玩月池，何处是吴王井，处处与西施相关。

你看，当越国人一直为报仇雪耻的传统而自豪的时候，他们派出的西施姑娘却被对方民众照顾着、清洗着、梳理着、辩解着，甚至供奉着。

苏州人甚至还不甘心于西施姑娘被人利用后又被沉江的悲剧。明代梁辰鱼作《浣纱记》，让西施完成任务后与原先的情人范蠡泛舟太湖而隐遁。这确实是善良的，但这么一来，又产生了新的尴尬：这对情人既然原先已经爱深情笃，那么西施后来在吴国的奉献，就与人性过于相悖。

前不久一位苏州作家给我看他的一部新作，写勾践灭吴后，越国正等着女英雄西施凯旋，但西施已经真正爱上了自己的夫君吴王夫差，甘愿陪着他一同流放边荒。

这还比较合理。

我也算一个越人吧，家乡曾属会稽郡管辖。无论如何，我钦佩苏州的见识和度量。

四

吴越战争以后，苏州一直没有发出太大的音响。千年易过，直到明代，苏州突然变得坚挺起来。

对于遥远京城的腐败专权，竟然是苏州人反抗得最为厉害：先是苏州织工大暴动，再是东林党人反对魏忠贤。朝廷特务在苏州逮捕东林党人时，遭到苏州全城的反对。柔婉的苏州人这次是踏着血泪冲击，冲击的对象是皇帝最信任的“九千岁”。这件事情结束后，苏州人把五位抗争时牺牲的普通市民葬在虎丘山脚下，立了墓碑，让他们安享山色和夕阳。

这次浩荡突发，使整整一部中国史都对苏州人另眼相看。这座古城怎么啦？脾性一发，让人再也认不出来。说他们含而不露，说他们忠奸分明，说他们大义凛然，苏州人只笑一笑，又去过原先的日子。园林依然这样纤巧，桃花依然这样灿烂。

明代是中国古代实行文化专制主义最严重的时期，但那时的苏州却打造出了一片比较自由的小天地。明代的苏州人可享受的东西多得很，他们有一大批才华横溢的昆曲专家，他们有万人空巷的虎丘山曲会，他们还有唐伯虎和仇英的绘画。再后来，又有了一个金圣叹。

如此种种，又让京城的朝廷文化深深皱眉。轻柔悠扬，潇洒倜傥，放浪不羁，艳情漫漫，这似乎都不是圣朝气象。就拿那个名声最大的唐伯虎来说吧，自称江南第一才子，也不干什么正事，却看不起大小官员，只知写诗作画，不时拿几幅画到街上出卖。

不炼金丹不坐禅，
不为商贾不耕田。
闲来写幅青山卖，
不使人间造孽钱。

这样过日子，怎么能不贫病交困呢？然而苏州人似乎挺喜欢他，亲亲热热地叫他“唐解元”，在他死后把桃花庵修葺保存，还传播一个“三笑”故事让他多了一桩艳遇。

唐伯虎的精神等级，我们且不去论他。无论如何，他为中国增添了几页非官方文化。道德和才情的平衡木实在让人走得太累，他有权利躲在桃花丛中做一个真正的艺术家。中国这么大，历史这么长，金碧辉煌的色彩层层涂抹，够沉重了，涂几笔浅红淡绿，加几分俏皮洒脱，才有活气，才有活活泼泼的中国文化。

五

一切都已过去了，不提也罢。现在我只困惑，人类最早的城邑之一，会不会淹没在后生晚辈的时尚之中？

山水还在，古迹还在，似乎精魂也有不少留存。最近一次去苏州，重游寒山寺，撞了几下钟，看到国学大师俞樾题写的诗碑，想到他所居住的曲园。曲园为新开，因有俞樾先生的后人俞平伯先生等捐赠，原物原貌，适人心怀。曲园在一条狭窄的小巷里，由于这个普通门庭的存在，苏州一度成为晚清国学重镇。几十年后，又因为章太炎先生定居苏州，这座城市的学术地位更是毋庸置疑，连拥有众多高等学府的北京、上海、南京这样的大城市，也不能不投来恭敬的目光。

我一直认为，大学者更适合于住小城市，因为大城市会给他们带来很多繁杂的消耗。但是，他们选择小城市的条件又比较苛刻，除了环境的安静、民风的简朴外，还需要有一种渗透到墙砖街石间的醇厚韵味，能够与他们的学识和名声对应起来。这样的小城市，中国各地都有，但在当时，苏州是顶级之选。

漫步在苏州的小巷中是一种奇怪的体验：一排排鹅卵石，一级级台阶，一座座门庭。门都关闭着，让你去猜想它的蕴藏，猜想它很早以前的主人。想得再奇也不要紧，两千多年的时间，什么事情都可能发生。

如今的曲园，辟有一间茶室。巷子太深，门庭太小，来人不多。茶客皆操吴侬软语，远远听去，似乎有所争执，又继以笑声。苏州人的笑声很响、很长。

末几，茶客们起身了，他们在门口拱手作揖，转过身去，消失在狭窄的小巷里。

我也沿着小巷回去。依然是光光的鹅卵石，依然是座座关闭的门庭。

我突然有点儿害怕，怕哪个门庭突然打开，拥出来几个人：若是长衫旧褂，我会感到有点儿悲凉；若是时髦牛仔，我又会觉得有点儿惶恐。

该是什么样的人？我们等着看吧。

两千多年的小巷给了我们一个暗示，那就是：不管看到什么，都应该达观。

是的，达观，笑声很响又很长的达观。

上海人

一

近代以来，上海人一直是中国一个非常特殊的群落。他们有许多心照不宣的生活秩序和心理规则，说得好听一点儿，可以称为“上海文明”，说得通俗一点，也可以说是“上海腔调”“上海派头”。一个外地人到上海，不管在哪里，很快就会被辨认出来。

同样，几个上海人到外地去，往往也显得十分触目。

全国有点儿离不开上海人，又都讨厌着上海人。不管东南西北，几乎各地都对上海人没有太好的评价。精于盘算、能说会道、骄傲排外、缺少热情、吝啬自私、时髦浮滑、琐碎俗气，如此等等，加在一起，就是外地人心中的上海人。

上海人被骂的由头还有很多。比如，不止一个骚扰了全国的政治人物、帮派头子是从上海发家的，你上海人还有什么话说？不太关心政治的上海人便惶惶然不再言语，偶尔只在私底下嘀咕一句：“他们哪里是上海人？都是外地来的！”

但是，究竟有多少地道的上海人？真正地道的上海人就是上海郊区的农民和渔民，而上海人又瞧不起“乡下人”。

于是，上海人陷入了一种无法自拔的尴尬。这种尴尬远不是自今日起。依我看，上海人始终是中国近代史开始以来最尴尬的一群。

二

上海人的尴尬，责任主要不在上海人。

这首先应该归因于中国文化对近代的不适应。上海人身上的半近代半传统、半国际半乡土的特质，使他们成了中国文化大家庭中的异数。照例，成为异数的命运是不好的，但上海人似乎又有点儿明白，当时的中国文化在国际近代化进程中更是异数，异异得正，因此产生了一点儿小小的得意劲儿。

在我看来，上海文明的早期代表者，在物质意义上，是十三世纪的纺织改革家黄道婆；在精神意义上，是十七世纪的官员科学家徐光启。黄道婆使上海成为一个以纺织业为中心的商贸重镇，而徐光启则以惊人的好学和包容游走在科学、国学、朝廷、外邦之间，为后代上海人的正面品质打下了很好的基础。

这实在是一个让人不敢相信的生命组合体。你看，他那么认真地向欧洲传教士们学习了西方的数学、天文学、测量学、水利学，自己参与翻译，还成了虔诚的天主教徒，但与此同时，他在朝廷为官也越做越大，当上了礼部尚书和文渊阁大学士。在双重背景的繁忙中，他还一丝不苟地编写了中国农业科学的集大成之作《农政全书》和天文历法的鼎新奠基之作《崇祯历书》。他去世时，朝廷深深哀悼、追封加谥，而他的墓前又有教会立的拉丁文碑文。这么一个贯通中西、左右逢源的大人物，在日常饮食起居上又非常节俭，未曾有过中国官场习惯的铺张浪费。

他提供了一种历史可能。那就是，中土文化在十七、十八、十九世纪遇到的最大考验是如何对待西方文明，而徐光启以自己的示范表明，如果两方面都采取明智态度，就有机会避开大规模的恶性冲突。

可惜，历史走向了另一条路。

但是，就在恶性冲突之后，西方列强在上海发现了一个信奉天主教的家族会聚地，叫徐家汇。当初徐光启的示范没有被历史接纳，却被血缘遗传了。西方人对此深感惊喜，于是，徐家汇很快成了传播西方宗教、科学、教学的中心，在上海近代化过程中起到了巨大作用。遗传，又变成了历史。

徐光启的第十六代孙是个军人，他有一个外孙女叫倪桂珍，她便是名震中国现代史的宋氏三姐妹的母亲。倪桂珍远远地继承了先祖的遗风，是一个虔诚的基督教徒，而且尤其擅长数学。她所哺育的几个儿女对中国社会的巨大影响，可以看作徐光启发端的上海文明的一次重大呈示。

很久失去自信的上海人偶尔在广播电视里听到宋庆龄、宋美龄女士讲话，居然是一口地道的上海口音，感到很不习惯。因为多年来上海的“官话”，主要是山东口音和四川口音。一个上海人只要做到了副科长，憋出来的一定已经不是上海话。

由宋庆龄、宋美龄女士的口音做推想，三四百年前，在北京，徐光启与利玛窦等传教士商议各种文化事项时，操的也是上海口音。

三

对于一个严密封闭而又自以为是的中国而言，上海偏居一隅，不足为道。我们有两湖和四川盆地的天然粮仓，小小的上海缴不了多少稻米；我们有三山五岳安驻自己的宗教和美景，上海连一个峰峦都找不到；我们有纵横九州的宽阔官道，绕到上海还要兜点儿远路；我们有许多延续千年的著名古城，上海连个县的资格都年纪太轻……

但是，对于一个具有国际眼光的人而言，上海面对太平洋，背靠万里长江，可谓吞吐万汇，气势不凡。

直到十九世纪英国东印度公司的职员黎逊向政府投送了一份报告书，申述上海对新世界版图的重要性，上海便成为《南京条约》中开放通商的五口之一。一八四二年，英国军舰打开了上海。从此，事情发生了急剧的变化。上海出现了好几个面积不小的租界，西方文明挟带着种种恶浊一起席卷进来，破败的中国也把越来越多的赌注投入其间。

徐光启的后代一下子陷入了这种闹腾之中。一方面，殖民者、冒险家、暴发户、流氓、地痞、妓女、帮会一起涌现；另一方面，大学、医院、邮局、银行、电车、学者、诗人、科学家也汇集其间。黄浦江汽笛声声，霓虹灯夜夜闪烁，西装革履与长袍马褂摩肩接踵，四方土语与欧美语言交相斑驳，你来我往，此胜彼败，以最迅捷的频率日夜更替。这里是一个新兴的怪异社会，但严格说来，这里更是一个进出要道，多种激流在这里撞合、喧哗，卷成巨澜。

一代上海人，就在这种悖论中磕磕绊绊地成长起来了。

首先是遇到一个个案件。许多新兴思想家、革命者受到清政府追缉，逃到了上海的租界，于是两种法制体系冲突起来了。上海人日日看报，细细辨析，渐渐领悟了民主、人道、自由、法制、政治犯、量刑、辩论等概念的正常含义，也产生了对新兴思想家、革命者的理解和同情。

更具象征意义的是，上海的士绅、官员都纷纷主张拆去上海旧城城墙，因为它已明显地阻碍了车马行旅、金融商情。他们当时就在呈文中反复说明，拆去城墙，是“国民开化之气”的实验。当然有人反对，但几经争论，上海人终于把城墙拆除了。

与此同时，上海人拥有了与苏州私家园林完全不同的“公园”，懂得了即使晚间不出门也要缴纳公共路灯费。上海文化的重心转向报纸、出版、电影、广播和公私学校，并从一开始就走上了文化产业的道路。

后来，一场来自农村的社会革命改变了上海的历史，上海变得安静多了。走了一批上海人，又留下了大多数上海人，他们被要求与内地取同一步伐，并对内地负起经济责任。上海转过脸来，平一平心旌，开始做起温顺的“大儿子”。车间的机器在隆隆作响，上班的电车拥挤异常，大伙都累，夜上海变得寂静冷清。

为了延续“农村包围城市”的方略，大批内地农村的干部调入上海；为了防范或许会来自太平洋的战争，大批上海工厂迁向内地山区。越是冷僻险峻的山区越能找到上海的工厂，淳朴的山民指着工人的背脊笑一声：“嘿，上海人!”

改革开放以来，广州人、深圳人、温州人快速富裕，腰包鼓鼓地走进上海。上海人有点儿自惭形秽，却又没有失去自尊，心想，要是我们上海人真正站起来，将是另一番景象。

也许是一种自我安慰，但我知道，他们是在守护一种经济之外的东西，那就是从近代以来逐渐形成的一系列心理品性。

四

上海人的心理品性，我想先讲三点。

第一点，也是最重要的一点，以个体自由为基础的宽容并存。

只要不侵碍到自己，上海人一般不去指摘别人的生活方式。比之于其他地方，上海人在公寓、宿舍里与邻居交往较少，万不得已几家合用一个厨房或厕所，互相间的摩擦和争吵却很频繁，因为各家都要保住自身的独立和自由。

因此，上海人的宽容并不表现为谦让，而是表现为“各管各”。

在道德意义上，谦让是一种美德；但在更深刻的文化心理意义上，“各管各”或许更贴近现代宽容观。承认各种生态独自存在的合理性，承认到可以互相不与闻问，这比原先中国文化中那种经过艰苦的道德训练而达到的谦让，更有深层意义。

为什么要谦让？因为选择是唯一的，不是你就是我，不让你就要与你争夺。这是大一统秩序下的基本生活方式和道德起点。为什么可以“各管各”？因为选择的道路很多，你走你的，我走我的，谁也不会吞没谁。这是以承认多元世界为前提的“共生契约”。

上海下层社会中也有不少喜欢议论别人的婆婆妈妈。但她们也知道，“管闲事”是被广泛厌弃的一种弊病。调到上海来工作的外地官员，常常会苦恼于如何把“闲事”和“正事”区别开来。在上海人心目中，凡是不直接与工作任务有关的个人事务，都属于别人不该管的“闲事”范畴。

上海人口语中有一句至高无上的反诘语，曰：“关侬啥体？”意思是：“关你什么事？”

在外地，一个姑娘的服饰受到同事的批评，她会就批评内容表述自己的观点，如“裙子短一点儿有什么不好”“牛仔裤穿着就是方便”之类。但是一到上海姑娘这里，事情就显得异常简单：这是个人私事，即使难看透顶也与别人无关。因此，她只说一句“关侬啥体”，截断全部争执。说这句话的口气，可以是愤然的，也可以是娇嗔的，但道理却是一样。

在文化学术领域，上海学者大多不愿意去与别人“商榷”，或去迎战别人的“商榷”。文化学术的道路多得很，大家各自走着不同的路，互相遥望一下可以，干吗要统一步伐？这些年来，文化学术界多次出现过所谓“南北之争”“海派京派之争”，但这种争论大多是北方假设的。上海人即使被“商榷”了也很少反击，他们心中回荡着一个顽皮的声音：“关侬啥体？”

本于这种个体自立的观点，上海的科学文化在一开始总是具有可喜的新鲜性和独创性。但是，往往又“个体”得过了头，小里小气的不知道如何进入宏观规范，因此总是形不成合力、成不了气候。

五

上海文明的第二心理品性，是对实际效益的精明估算。

上海人不喜欢大请客，酒海肉山；不喜欢侃大山，神聊通宵；不喜欢连续几天陪伴着一位外地朋友，以示自己对友情的忠诚；不喜欢听大报告，自己也不愿意做长篇发言；上海的文化沙龙怎么也搞不起来，因为参加者一估算，赔上那么多时间得不偿失；上海人外出，即使有条件也不太乐意住豪华宾馆，因为这对哪一方面都没有实际利益……凡此种种，都无可非议，如果上海人的精明只停留在这些地方，那就不算讨厌。

但是，在这座城市，你也可以处处发现聪明过度的浪费现象。不少人若要到市内一个较远的地方去，会花费不少时间思考和打听哪一条线路、换哪几次车的车票最为省俭，哪怕差三五分钱也要认真对待。这种事有时发生在公共汽车上，车上的旁人会脱口而出提供一条更省俭的路线，取道之精，恰似一位军事专家在选择袭击险径。车上的这种讨论常常变成一种群体性的投入，一个人的轻声询问立即引起全车一场热烈的大讨论，甚至争论得脸红脖子粗，实在是全世界各大城市都看不到的景观。公共宿舍里水电、煤气费的分摊纠纷，发生之频繁，上海很可能是全国之最。

可以把这一切都归因于贫困。但是，请注意，两方争执的金额差异，往往只是几分钱。他们在争执激动时一次次掐灭又一支支点燃的外国香烟，就抵得上争执金额的几十倍。

我发现，上海人的这种计较，大半出于对自身精明的卫护。智慧会构成一种生命力，时时要求发泄，即便对象是如此琐屑，一发泄才会感到自身的强健。这些可怜的上海人，高智商成了他们沉重的累赘。没有让他们去钻研微积分，没有让他们去设计程序图，没有让他们去操纵流水线，他们怎么办呢？去参加智力竞赛，年纪已经太大；去参加赌博，名声经济皆受累。他们只能耗费在这些芝麻绿豆小事上，虽然认真而气愤，也算一种消遣。

上海人的精明和智慧，构成了一种群体性的逻辑曲线，在这座城市的大街小巷中处处晃动、闪烁。快速的领悟力，迅捷的推断，彼此都心有灵犀一点通。电车里买票，乘客递上一角五分，绝不说到哪一站，只说“两张”，售票员立即撕下两张七分票，像是比赛着敏捷和简洁。如果乘客说“两张七分”，就有一点儿污辱了售票员的智商。你说得快，售票员的动作也快，而且满脸赞许；你说得慢，售票员的动作也慢，而且满脸不屑。

一切不能很快跟上这条群体性逻辑曲线的人，上海人总以为是“外地人”或“乡下人”，他们可厌的自负便由此而生。上海的售票员、营业员，服务态度在全国不算下等，他们让外地人受不了的地方，就在于他们常常要求所有的顾客都有一样的领悟力和推断力。凡是没有的，他们一概称之为“拎勿清”，对之爱理不理。

平心而论，这不是排外，而是对自身智慧的悲剧性执迷。

上海人的精明估算，反映在文化上，就体现为一种“雅俗共赏”的格局。上海人大多是比较现实的，不会对已逝的“国粹生态”过于痴迷，总会酿发出一种突破意识和先锋意识。他们有足够的能力涉足国内外精英文化领域，而他们的精明使他们更多地顾及现实的可行性。他们不愿意充当伤痕斑斑、求告无门的孤独英雄，也不喜欢长期处于曲高和寡、孤芳自赏的形态。

他们有一种天然的化解功能，把学理融化于世俗，让世俗闪耀出智慧。毫无疑问，这种化解也产生了大量负面效应，常常会使严谨缜密的理论懈弛，使奋发凌厉的思想圆钝，造成精神行为的疲庸。这种情况我们在上海文化中频频能够看到，而且似乎已经出现越来越严重的趋势。但是，在很多情况下，它也会使复杂的事情取得实质性进展。这可称之为文化演进的精明方式。

六

上海文明的第三心理品性，是习以为常的国际视野。

即使在过去还没有开放的时期，上海人面对国际社会的心理状态也比较平衡。他们从来没有鄙视过外国人，因此也不会害怕外国人，或表示出特别的恭敬。他们在总体上有点儿崇洋，但在气质上却不大会媚外。

中国不少城市称外国人为“老外”，这个不算尊称也不算鄙称的有趣说法，似乎挺密切，实则很生分，至今无法在上海生根。在上海人的口语中，除了小孩，很少把外国人统称为“外国人”，只要知道国籍，一般总会具体地说美国人、英国人、德国人、日本人。这说明，连一般市民，与外国人也有一种心理平等。

在我读中学的时代，中国社会几乎不与西方交往，但上海的中学对英语一直相当重视，即使当时几乎完全无用，也没有家长提出免修。

在“文革”中，好像一切都灭绝了，但有几次外国古典音乐代表团悄悄来临，报纸上也没做什么宣传，不知怎么上海立即会卷起抢购票子的热潮。这么多外国音乐迷，原先都躲在哪儿呢？开演的时候，他们衣服整洁，秩序和礼节全部符合国际惯例，很为上海人争脸。

前些年举行贝多芬交响音乐会，难以计数的上海人竟然在凛冽的寒风中通宵排队。

两年前，我所在的学院试演欧洲著名荒诞派戏剧《等待戈多》，按一般标准，这出戏看起来十分枯燥乏味，国外不少城市演出时观众也不多。但是上海观众却能静静看完，不骂人，不议论，也不欢呼。其间肯定不少人完全看不懂，但他们知道这是一部世界名作，应该看一看，自己看不懂也很自然，既不恨戏也不恨自己。一夜又一夜，这批去了那批来，平静而安详。

最讲实利的上海人在大视野的文化追求上可以不讲实利，依我看，这是上海与其他许多富裕地区的显著区别之一。

七

上海文明的心理特征还可以举出一些来，但从这几点，已经可以看出大概。

有趣的是，上海文明的承受者是一个复杂的群体。有的人居住在上海很久还未能皈依这种文明，有的人进入不久便神魂与共。这便产生了非户籍意义上，而是文化心理意义上的上海人。

无疑，上海人远不是理想的现代城市人。一部扭曲的历史限制了他们，也塑造了他们；一个特殊的方位释放了他们，又制约了他们。他们在全国显得非常奇特，在世界上也显得有点儿怪异。

在文化人格结构上，他们是缺少皈依的一群。靠传统？靠新潮？靠内地？靠国际？靠经济？靠文化？靠美誉？靠实力？靠人情？靠效率？他们的靠山似乎很多，但每一座都有点儿依稀朦胧。他们最容易洒脱出去，但又常常感到一种洒脱的孤独。

他们做过的或能做的梦都太多太多。他们载着满脑子的梦想，拖着踉跄的脚步。好像有无数声音在呼唤着他们，他们的才干也在浑身冲动，于是，他们陷入了真正的惶恐。

他们也感觉到了自身的陋习，憬悟到了自己的窝囊，却不知挽什么风、捧什么水，将自己洗涤。

他们已经倾听过来自黄土高原的悲怆壮歌，也已经领略过来自南疆海滨的轻快步履，他们钦羡过，但又本能地懂得，钦羡过分了，我将不是我。我究竟是谁？该做什么？整座城市陷入了思索。

前年夏天我在香港参加一个国际会议，听一位中国问题专家说："我做了认真调查，敢于断言，上海人的素质和潜力，未必比世界上许多著名的城市差。"这种激励的话语，上海人已听了不止一次，越听心里越不是滋味。

每天清晨，上海人还在市场上讨价还价，还在拥挤的公共汽车上不断吵架。晚上，回到家，静静心，教导孩子把英文学好。孩子毕业了，出息不大，上海人叹息一声，抚摸一下自己斑白的头发。

八

续写上海新历史，关键在于重塑新的上海人。重塑的含义，是人格结构的调整。

对此，请允许我说几句重话。

今天上海人的人格结构，在很大的成分上是百余年超浓度繁荣和动乱的遗留。在二十世纪前期，上海人大大地见了一番世面，但无可否认，那时的上海人在总体上不是这座城市的主宰。上海人长期处于仆从、职员、助手的地位，是外国人和外地人站在第一线，承受着创业的乐趣和风险。众多的上海人处于第二线，观看着，比较着，追随着，参谋着，担心着，庆幸着，反复品尝第二线的乐趣和风险。也有少数上海人冲到了第一线，如果成功了，后来也都离开了上海。

直到今天，即便是上海人中的佼佼者，最合适的岗位仍是某家跨国大企业的高级职员，而很难成为气吞山河的第一总裁。上海人的眼界远远超过闯劲，适应力远远超过开创力。有大家风度，却没有大将风范。有鸟瞰世界的视野，却没有纵横世界的气概。

因此，上海人总在期待。他们眼界高，来什么也不能满足他们的期待，而到手的一切又都不愿意放弃。他们不知道，什么也不放弃就什么也得不到。对于自己的得不到，他们只能靠发发牢骚来聊以遣怀。牢骚也仅止于牢骚，制约着他们的是职员心态。

没有敢为天下先的勇气，没有统领全局的强悍，上海人的精明也就与怯弱相伴随。他们不会高声朗笑，不会拼死搏击，不会孤身野旅，不会背水一战。连玩也玩得很不放松，前顾后盼，拖泥带水。连谈恋爱也少一点儿浪漫色彩。

由于缺少生命感，上海人也就缺少悲剧性的体验，而缺少悲剧性体验也就缺少了对崇高和伟大的领受；他们号称偏爱滑稽，但也仅止于滑稽而达不到真正的幽默，因为他们不具备幽默所必须有的大气和超逸。于是，上海人同时失却了深刻的悲和深刻的喜，属于生命体验的两大基元对他们来说都颇为黯淡。

即便是受到全国厌弃的那分自傲气，也只是上海人对于自己生态和心态的盲目守卫，傲得琐琐碎碎、不成气派。真正的强者也有一分自傲，但是有恃无恐的精神力量使他们变得大方而豁达，不会只在生活方式、言谈举止上自我陶醉，冷眼看人。

总而言之，上海人的人格结构尽管不失精巧，却缺少一个沸沸扬扬的生命热源。于是，这个城市失去了烫人的力量，失去了浩荡的勃发。

可惜，讥刺上海人的锋芒，常常来自更落后的规范：说上海人各行其是、离经叛道；要上海人重返驯顺、重归一统。对此，胸襟中贮满了海风的上海人倒是有点儿固执，并不整个儿幡然悔悟。

暂时宁肯这样，也不要匆忙趋附。困惑迷惘一阵子，说不定不久就会站出像模像样的一群。

上海人人格结构的合理走向，应该是更自由、更强健、更热烈、更宏伟。它的依凭点是大海、世界、未来。这种人格结构的群体性体现，在中国其他城市还都没有出现过。

如果永远只有一个拥挤的职员市场，永远只是一个“新一代华侨”的培养地，那么，在未来的世界版图上，这个城市将黯然隐退。历史，从来不给附庸以地位。

失落了上海的中国，也就失落了一个时代。失落上海文明，是全民族的悲哀。

秋雨注：

此文发表在二十年前。当时上海的改革开放还没有正式起步，上海人备受全国厌弃，连自己也失去了自信。因此，我在这篇文章中指出了上海人的历史地位和心理品性，从文化上对他们进行了全方位的鼓励，又指出了他们的致命弱点。文章发表后引起巨大反响，在此我要深深感谢上海市民。我对他们的严厉批评居然没有引起他们的任何反感，这在中国各地“地域性敏感”越来越强烈的情况下，极不容易。

二十多年过去，上海这座城市已经发生了巨大变化。它在经济、金融、科技、制造、管理、治安方面的成就，举世瞩目，超出了我写这篇文章时的预期。但在文化上，却出现了让我深感遗憾的下行趋势。为什么会这样？我在《雨夜短文》一书中，曾有一篇《文化的替身》略做探讨。

远方的海

一

此刻我正在西太平洋的一条小船上，浑身早已被海浪浇得透湿。一次次让海风吹干了，接着又是劈头盖脑的浪，满嘴咸苦，眼睛渍得生疼。

我一手扳着船帮，一手抓着缆绳，只咬着牙命令自己，万不可哆嗦。只要一哆嗦，绷在身上的最后一道心理防卫就会懈弛，那么，千百顷的海浪海风会从汗毛孔里涌进，整个生命立即散架。

不敢细想现在所处的真实位置，只当作是在自己熟悉的海域。但偶尔心底又会掠过一阵惊悚，却又不愿承认：这是太平洋中最深的马里亚纳海沟西南部，海底深度超过珠穆朗玛峰的高度。按世界地理，它是在“狭义大洋洲”的中部，属密克罗尼西亚（Micronesia）。最近的岛屿，叫雅浦（Yap），那也是我们晚间的栖宿地。

二

最深的海，海面的状况有点儿特别。不像海明威所写的加勒比海，不像海涅所写的北海，也不像塞万提斯所写的地中海。海水的颜色，并非一般想象的深蓝色，而是黑褐色，里边还略泛一点儿紫光。那些海浪不像是液体，而有凝固感。似乎刚刚由固体解冻，或恰恰就要在下一刻凝固。

不远处也有一条小船，看它也就知道了自己。一会儿，那小船似乎是群山顶上的圣物，光衬托着它，云渲染着它，我们须虔诚仰视才能一睹它的崇高。但它突然不见了，不仅是它，连群山也不见了，正吃惊，发现不远处有一个巨大深渊，它正陷落在渊底，那么卑微和渺小，似乎转眼就要被全然吞没。还没有回过神来，一排群山又耸立在半空了，那群山顶上，又有它在天光云影间闪耀。

如此极上极下，极高极低，却完全没有喧嚣，安静得让人窒息，转换得无比玄奥。

很难在小船上坐住，但必须坐住，而且要坐得又挺又直。那就只能用双手的手指，扣住船帮和缆绳，像要扣入它们的深处，把它们扣穿。我在前面刚刚说过，在海船中万不可哆嗦，现在要进一步补充，在最大的浪涛袭来时，连稍稍躲闪一下也不可以。一躲闪，人就成了活体，成了软体，必然会挣扎，会喊叫，而挣扎和喊叫在这里，就等于灭亡。

要做到又挺又直，也不可以有一点儿走神，必须全神贯注地拼将全部肢体，变成千古岩雕。面对四面八方的狂暴，任何别的身段、姿态和计策都毫无用处，只能是千古岩雕。哪怕是裂了、断了，也是千古岩雕。

我是同船几个人中的大哥，用身体死死地压着船尾。他们回头看我一眼都惊叫了：怎么整个儿都成了黑色？

被海水一次次浇泼，会让衣服的颜色变深，这是可以解释的，但整个人怎么会变黑？

我想，那也许是在生命的边涯上，我发出了加重自己身体分量的火急警报，于是，生命底层的玄铁之气、墨玉之气全然调动并霎时释出。古代将士，也有一遇强敌便通体迸发黑气的情景。

不管怎么说，此刻，岩雕已变成铁铸，真的把小船压住在狂涛之间。

三

见到了一群海鸟。

这很荒唐。它们飞到无边沧海的腹地，究竟来干什么？又怎么回去？最近的岛屿也已经很远，它们飞得到那里吗？

据说，它们是要叼食浮游到海面的小鱼。但这种解释非常可疑，因为我看了那么久，没见到一只海鸟叼起过一条小鱼，而它们在狂风中贴浪盘旋的体力消耗，又是那么巨大。即使叼到了，吞噬了，体能又怎么平衡？

它们，到底为了什么？

一种牺牲的祭仪？一种求灭的狂欢？或者，我心底一笑：难道，这是一群远行到边极而自沉的“屈原”？

突然想到儿时读过的散文《海燕》，高尔基写的。文章中的海燕成了一种革命者的替身，居然边飞翔边呼唤，“让暴风雨来得更猛烈些吧！”我海旅既深，早已怀疑，高尔基可能从来没有坐着小船来到深海远处。他的“暴风雨”，只是一个陆地概念和岸边概念。在这里，全部自然力量浑然一体，笼罩四周，哪里分得出是风还是雨，是暴还是不暴，是猛烈还是不猛烈。

在真正的“大现场”，一切形容词、抒情腔都显得微弱可笑。这里的海鸟，不能帮助任何人写散文，不能帮助任何人画画，也不能帮助任何人创作交响乐。我们也许永远也猜不透它们翅膀下所夹带的秘密。人类常常产生“高于自然”的艺术梦想，在这里必须放弃。

四

我们的船夫，是岛上的原住民。他的那个岛，比雅浦岛小得多。

他能讲简单的英语，这与历史有关。近几百年，最先到达这些太平洋小岛的是西班牙人，这是欧洲人在“地理大发现”时代的半道歇脚点。德国是第二拨，想来远远地捡拾殖民主义的后期余晖。再后来是太平洋战争时期的日本和美国了，这儿成了辽阔战场的屯兵处。分出胜负后，美国在这里留下了一些军人，还留下了教会和学校。

“每一拨外来人都给岛屿带来过一点儿新东西。这个走了，那个又来了。最后来的是你们，中国人。”船夫笑着说。

船夫又突然腼腆地说，据岛上老人传言，自己的祖辈，也来自中国。

是吗？我看着他的黑头发、黑眼珠，心想，如果是，也应该早已几度混血。来的时候是什么年代？几千年前？几百年前？

我在研究河姆渡人和良渚人的最终去向时，曾在论文中一再表述，不排斥因巨大海患而远航外海的可能。但那时，用的只能是独木舟。独木舟在大海中找到岛屿的概率极小，但极小的概率也可能遗留一种荒岛血缘，断断续续延绵千年。

这么一想，突然产生关切，便问船夫，平日何以为食，鱼吗。

船夫的回答令人吃惊，岛上居民很少吃鱼。主食是芋头，和一种被称为“面包树”的果实。

为什么不吃鱼？回答是，出海打鱼要有渔船，一般岛民没有。他们还只分散居住在林子中的简陋窝棚里，日子非常原始，非常贫困。

少数岛民，有独木舟。

独木舟？我又想起了不知去向的河姆渡人和良渚人。

“独木舟能远行吗？”我问。

“我不行。我爸爸也不行。我爷爷也不行。我伯伯也不行。亲族里只有一个叔叔，能凭着头顶的天象，从这里划独木舟到夏威夷。只有他，其他人都不行了。”船夫深深叹了一口气，像是在哀叹沧海豪气的沦落。

“一个人划独木舟，能到夏威夷？”这太让人惊讶了。那是多少日子，多少海路，多少风浪，多少险情啊。

“能。”船夫很有把握。

“那也能到中国吧？”

“能。”他仍然很有把握。

五

那海，还是把我妻子击倒了。

她在狂颠的小船上倒还从容，那天晚上栖宿在岛上，就犯了病。肠胃功能紊乱，狂吐不止，浑身瘫软，动弹不得。

栖宿的房舍，是以前美国海军工程兵建造的，很朴素，还干净。妻子病倒后，下起了大雨。但听到的不是雨声，而是木质百叶窗在咯吱吱地摇撼，好像整个屋子就要在下一刻粉碎。外面的原始林木又都在一起呼啸，让人浑身发毛。什么“瓢泼大雨”“倾盆大雨”等说法，在这里都不成立。若说是“瓢”，那“瓢”就是天；若说是“盆”，那“盆”就是地。天和地在雨中融成了一体，恣肆狂放。

一位走遍太平洋南部和西部几乎所有大岛的历险家告诉我，这儿的雨，减去九成，只留一成，倾泻在任何城市，都会是淹腰大灾。他还说，世间台风，都从这儿起源。如此轰隆轰隆的狂暴雨势，正是在合成着席卷几千公里的台风呢！

这一想，思绪也就飞出去了几千公里，中间是无垠的沧海巨涛。家，那个我们常年居住的屋子，多么遥远，遥远到了无法度量。在这个草莽小岛上，似乎一切都随时可以毁灭，毁灭得如蝼蚁，如碎草，如微尘。我的羸弱的妻子，就在我身旁。

她闭着眼，已经很久颗粒未进，没有力气说话，软软地躺着。小岛不会有医生，即使有，也叫不到。彻底无助的两条生命，躲在一个屋顶下，屋顶随时可能被掀掉，屋顶外面的一切，完全不可想象。这，就是古往今来的夫妻。这，就是真实无虚的家。

我和妻子对家的感受，历来与故乡、老树、熟路关系不大。每次历险考察，万里大漠间一夜夜既不同又相同的家。漂移中的家最能展示家的本质，危难中漂移最能让这种本质刻骨铭心。

总是极其僻远，总是非常陌生，总是天气恶劣，总是无法开门，总是寸步难行，总是疲惫万分，总是无医无药，总是求告无门。于是，拥有了一个最纯净的家，纯净得无限衰弱，又无限强大。

六

大自然的咆哮声完全压过了轻轻的敲门声，然而，不知在哪个间隙，还是听到了。而且，还听出了呼叫我们的声音，是汉语。

赶快开门。一惊，原来是那位走遍了太平洋南部和西部几乎所有大岛的海洋历险家。他叫杨纲，很多年前是北京一名年轻的外交官，负责过中国与南太平洋国家的交往。多次往返，就沉浸在那里了，又慢慢扩展到西太平洋。因喜爱而探寻，因探寻而迷恋，他也就辞去公职，成了一名纵横于大洋洲的流动岛民。

不管走得多远，他心里都明白，一个中国人在病倒的时候最需要什么。他站在门前，端着一个小小的平底铁锅，已经熬了一锅薄薄的大米粥，还撒了一些切碎的青菜在大米粥里。

我深深谢过，关上门，把小铁锅端到妻子床前。妻子才啜两口，便抬头看我一眼，眼睛已经亮了。过一会儿，同行的林琳小姐又送来几颗自己随身带的“藿香正气丸”。妻子吃了就睡，第二天醒来，居然容光焕发。

青菜大米粥，加上藿香正气丸，入口便回神，这就是中国人。

这就牵涉到了另一种“家”，比在风雨小屋里相依为命的“家”要大得多。但这个“家”更是流荡的，可以流荡到地球上任何地方。中国有一个成语叫“四海为家”，听起来气象万千，可惜这“四海”两字，往往只是虚词。

对我和妻子来说，我们的家，是一个漫无边际的大海，又是一个抗击风浪的小岛。“家”的哲学意义，是对它的寻常意义的突破。因此，这次居然走得那么远。

七

这个岛上，多年来已经住着一个中国人，他叫陈明灿。作为唯一的中国人住在这么一个孤岛上，种种不方便可想而知，但他一直没有要离开的意思。我想只有一个理由，那就是他实在太爱海、太爱岛了。他也是那种在本性上“四海为家”的人，没有海，就没有他的家。

他老家，在广东河源。他曾漂流到太平洋上另一个岛屿帕劳生活了十年，后来又来到了这里。他现在无疑是岛上的“要人”了，开了一个小小的农场，陆续雇来了五个中国职工。酋长有事，也要找他商量。

他居住的地方，是一间可以遮蔽风雨的简单铁皮棚屋，养着几只家禽，放着一些中国食物。他装了一根天线，能接收到香港凤凰卫视，因此见到我便一顿，立即认出来了。在太平洋小岛上听一位黑黝黝的陌生男子叫一声“秋雨老师”，我未免一惊，又心里一热。

在岛上还遇到了一对中国的“潜水夫妻”，那就比陈明灿先生更爱海了。全世界不管什么地方只要有良好的潜水点，他们一听到就赶去，像是必须完成的功课，不许缺漏。去年在非洲塞舌尔的海滩，他们一听说这里有上好的珊瑚礁，就急忙赶过来了。丈夫叫李明学，辽宁铁岭人。妻子是沈阳人，叫张欣。

李明学、张欣夫妇原本都有很好的专业，在上海工作。但是他们在读了不少有关“终极关怀”的古今文本之后，开始怀疑自己上班、下班的日常生态，强烈向往起自由、自在、开阔、无羁的生活，于是走向了大海。在大海间，必须天天挑战自己的生命，于是他们又迷上了潜水。

“我先在海岸边看他潜水，自己不敢潜。后来觉得应该到水下去陪他。从马尔代夫开始学，终于，等到用完了二十个气瓶，我也潜得很自如了。”张欣说。

“这么多年总是一起潜水，必须是夫妻。”张欣突然说得很动情，“潜水总会遇到意外，例如，一个人气瓶的气不够了，潜伴就要立即用自己的气瓶去援助。如果不是夫妇，首先会考虑自身安全。我丈夫喜欢在水下拍摄各种鲨鱼，这也有很大危险，我必须长时间守在他身边，四处张望着。只有夫妻，才耐得下这个心。”

“世上的潜水夫妻，天天生死相依，一般都没有孩子，也没有房子。脑子中只想着远方一个个必须去的潜水处。欧洲有好几个，更美的是南美洲。阿根廷、巴西、玻利维亚、厄瓜多尔、哥伦比亚，都有潜水者心中的圣地。对中国潜水者来说，近一点儿的是东南亚，马来西亚、印尼、菲律宾、泰国，都有。澳大利亚也有很好的潜水处。我们中国海南岛的三亚也能潜，差一点儿。”

她用十分亲切的语调讲述着全世界的潜水地图，就像讲自己的家，讲自己庞大的亲族。

八

两个月前，这个海岛上来了另一对夫妻，住了一个月就走了，与我们失之交臂。他们对海的痴迷，我听起来有点儿惊心动魄。

丈夫是比利时人，叫卢克（Luc），妻子是美籍华人，叫贾凯依（Jackie）。他们居然在不断航行的海船上住了整整二十五年！

靠岸后当然也上岸，做点儿谋生的事，但晚上必定回到船上。从一个海岸到另外一个海岸，每次航行一般不超过半个月，为的是补充淡水和食物。在航行途中，晚上两人必须轮流值班，怕气象突变，怕大船碰撞，怕各种意外。

由于走遍世界，他们船上的设备也在年年更新，卫星导航、电脑、冰箱，都有了。但在茫茫大海中，在难以想象的狂风巨浪间，他们二十五年的航行，与那个凭着天象划独木舟的土著大叔，没有太多区别。

渺小的人，一个男人和一个女人，走了一条坚韧的路，而且是水路、海路、一条永远不可知的路，当然也是一条惊人的生命之路、忠贞的爱情之路、人类的自雄之路。

我们能设想这二十五年间，日日夜夜在狭小的船上发生的一切吗？我觉得，人类学、伦理学、文学、美学，都已经被这样的夫妻在晨曦和黄昏间，轻轻改写。

我看到了贾凯依的照片，果然是一个中国人，相貌比年龄更为苍老。那是狞厉的空间和时间，在一个中国女性身上留下的浓重印痕。

很多航海者告诉我，夫妻航海，年年月月不分离，听起来非常浪漫，其实很难坚持，首先离开的必定是妻子，因为任何女性都受不了这种生活。因此，这对能在大海上坚持二十五年的夫妻，关键性的奇迹，在于这位中国女性。

看着照片，我想起一路上所见的那一批批爱海、爱岛爱到了不可理喻的中国人。因此我必须说，中国文化固然长期观海、疑海、恐海、禁海，而对无数活生生的中国人来说，则未必。他们可以入海、亲海、依海，离不开海。文化和生命，毕竟有很大不同。

其实，从河姆渡、良渚开始，或者更早，已有无数从中国出发的独木舟，在海上痴迷。可惜，刻板的汉字，与大海不亲。伟大的航海家郑和葬身在哪个海域、哪个海岸，居然也没有清晰记载。中国的一半历史，在海浪间沉没了。慵懒的巷陌学者，只知检索着尘土间的书本。那些书本上，从未有过真实的大海，也没有与大海紧紧相融的中国人的生命。

幸好到了一个可以走出文字、走出小家的时代。终于有一批中国人惊动海天，也唤醒了中国文化中长久被埋没的那种生命。

在密克罗尼西亚的日日夜夜，妻子几次看着我说："早该有一条船……"

我知道她这句话后面无穷无尽的含义。

我说："必须是海船。"

她一笑，说："当然。"

稀释但丁

佛罗伦萨像个老人，睡得早。几年前我和几位朋友驱车几百公里深夜抵达，大街上一切商店都已关门，只能在小巷间穿来穿去寻找那种熬夜的小餐馆。脚下永远是磨得发滑的硬石，幽幽地反射着远处高墙上的铁皮街灯。两边的高墙靠得很近，露出窄窄的夜空，月光惨淡，酷似远年的铜版画。路越来越窄，灯越来越暗，脚步越来越响又悄悄放轻，既怕骚扰哪位失眠者，又怕惊醒一个中世纪。

终于，在前边小巷转弯处，见到一个站着的矮小人影，纹丝不动，如泥塑木雕。走近一看，是一位日本男人，顺着他的目光往前打量，原来他在凝视着一栋老楼，楼房右墙上方垂着一幅布幔，上书“但丁故居”字样。

但丁就是从这里走出。他空旷的脚步踩踏在昨夜和今晨的交界线上，使后来一切早醒的人们都能朦胧记起。

这次来佛罗伦萨，七转八转又转到了故居前，当然不再是黑夜，可以从边门进人，一层层、一间间地细细参观。

但丁在青年时代常常由此离家，到各处求学，早早地成了一位百科全书式的学者，又眷恋着佛罗伦萨，不愿离开太久。这里有他心中所爱而又早逝的比阿特丽（Beatrice），更有新兴的共和政权。三十岁参加佛罗伦萨的共和政权，三十五岁时甚至成为六名执政长官之一，但由于站在新兴商人利益一方反对教皇干涉，很快就被夺权的当局驱逐，后来又被当局判处死刑。

被驱逐那天，但丁也应该是在深夜或清晨离开的吧？小巷中的马蹄声响得突然，百叶窗里有几位老妇人在疑惑地张望。放逐他的是一座他不愿离开的城市，他当然不能选择在白天。

被判处死刑后的但丁在流亡地进入了创作的黄金时代，不仅写出了学术著作《飨宴》《论俗语》和《帝制论》，而且开始了伟大史诗《神曲》的创作，他背着死刑的十字架而成了历史巨人。

佛罗伦萨当局传信给他，说如果能够忏悔，就能给予赦免。忏悔？但丁一声冷笑，佛罗伦萨当局于一三一五年又一次判处他死刑。

但丁回不了心中深爱的城市了，只能在黑夜的睡梦和白天的痴想中怀念。最后，五十六岁客死异乡。佛罗伦萨就这样失去了但丁，但是最终还是没有失去，后世崇拜者总是顺口把这座城市与这位诗人紧紧地连在一起，例如马克思在引用但丁诗句时就不提他的名字，只说“佛罗伦萨大诗人”，全然合成一体，拉也拉不开。

佛罗伦萨终究是佛罗伦萨，它排斥但丁的时间并不长。我在科西莫·美第奇的住所见到过但丁临终时的脸模拓坯，被供奉得如同神灵。科西莫可称之为佛罗伦萨历史上伟大的统治者，那么，他的供奉也代表着整座城市的心意。

最让我感动的是一件小事。但丁最后是在佛罗伦萨东北部的城市拉文纳去世的，于是也就安葬在那里了。佛罗伦萨多么希望把他的墓葬隆重请回，但拉文纳怎么会放？于是两城商定，但丁墓前设一盏长明灯，灯油由佛罗伦萨提供。一盏灯的灯油能有多少呢？但佛罗伦萨执意把这一粒光亮、一丝温暖，永久地供奉在受委屈的游子身旁。

不仅如此，佛罗伦萨圣十字教堂（Santa Croce）安置着很多本地重要人物的灵柩和灵位，大门口却只有一座塑像压阵，那便是但丁。

但丁塑像为纯白色，一派清瘦忧郁，却又不具体，并非世间所常见。我无法解读凝冻在他表情里的一切，只见每次都有很多鸽子停落在塑像上，两种白色相依相融。很快鸽子振翅飞动，飞向四周各条小巷，像是在把艰难的但丁，稀释化解开去。

谁能辨认

一

二十年前，我在一部学术著作中描述过歌德在魏玛的生活。歌德在那座美丽的小城里一直养尊处优，从二十几岁到高寿亡故，都是这样。记得最早读到这方面资料时我曾经疑惑重重，因为我们历来被告知一切优秀的文学作品总与作家的个人苦难直接相关。也许歌德是个例外，但这个例外的分量太重，要想删略十分不易。

由这个例外又想起中国盛唐时期的大批好命诗人，以及托尔斯泰、雨果、海明威等很多生活优裕的外国作家，似乎也在例外之列，我的疑惑转变了方向。如果一个文学规律能把这么多第一流的大师排除在外，那还叫什么规律呢?

今天到了魏玛才明白，歌德在这儿的住宅，比人们想象得还要豪华。

整个街角一长溜儿黄色的楼房，在闹市区占地之宽让人误以为是一个重要国家机关或一所贵族学校，其实只是他个人的家。进门一看里边还有一栋，与前面一栋有几条甬道相连，中间隔了一个石地空廊，其实是门内马车道。车库里的马车一切如旧，只是马不在了。

车库设在内楼的底层，楼上便是歌德的生活区。卧室比较朴素，书库里的书据说完全按他生前的模样摆放，一本未动。至于前楼，则是一个宫殿式的交际场所，名画名雕，罗陈有序，重门叠户，装潢考究，好像走进了一个博物馆。

脚下吱吱作响的，是他踩踏了整整五十年的楼板，那声音，是《浮士德》一句句诞生的最早节拍。

我一间间看得很细很慢，伙伴们等不及了，说已经与歌德档案馆预约过时间，必须赶去了。我说我还没有看完，你们先去，我一定找得到。

伙伴们很不放心地先走了，我干脆耐下心来，在歌德家里一遍遍转。直转到每级楼梯都踏遍，每个角落都拐到，每个柜子都看熟，才不慌不忙地出来，凭着以前研究歌德时对魏玛地图的印象，穿旧街，过广场，沿河边，跨大桥，慢慢向感觉中的档案馆走去。

路并不直，我故意不问人，只顾自信地往前走。果然，档案馆就在眼前。伙伴们一见就欢叫起来。

档案馆是一个斜坡深处的坚固老楼。在二楼上，我看到了他们的笔迹。

歌德的字斜得厉害，但整齐潇洒，像一片被大风吹伏了的柳枝。席勒的字正常而略显自由，我想应该是多数西方作家的习惯写法。最怪异的莫过于尼采，思想那么狂放不羁，手稿却板正、拘谨，像是一个木讷的抄写员的笔触。

二

歌德到魏玛来是受到魏玛公国卡尔·奥古斯特公爵的邀请，当时他只有二十六岁。

德国在统一之前，分为很多小邦国，最多时达到二三百个。这种状态非常不利于经济的发展、风气的开化，但对文化却未必是祸害。有些邦国的君主好大喜功，又有一定的文化修养，乐于召集文化名人，很多精英也因此而获得了一个安适的创作环境。德国在统一之前涌现的惊人文化成果，有很大一部分就与此有关。反之，面对统一的强权，帝国的狂热，却很难有像样的文化业绩。

歌德在魏玛创造的文化业绩，远远超过魏玛公爵的预想，尤其是他与席勒相遇之后。

歌德和席勒在魏玛相遇之时，“狂飙突进运动”的风头已经过去，而他们已在开创一个古典主义时代。历史将承认，德国古典主义的全盛时代，以他们的友谊为主要标志，也以魏玛为主要标志。

三

看完歌德档案馆，我们在市中心的一家咖啡馆坐了一会儿，便去看席勒故居。

席勒故居是一座不错的临街小楼。但与歌德的家一比，就差得太远了。由此，不能不想起歌德和席勒的私人关系。

就人生境遇而言，两人始终有很大的差距，歌德极尽荣华富贵，席勒时时陷于窘迫。

他们并不是一见如故，原因就在于差距，以及这种差距在两颗敏感的心中引起的警惕。

从种种迹象看，两人的推心置腹是在十八世纪九十年代中期。席勒命苦，只享受这份友情十年。歌德比席勒年长十岁，但在席勒死后又活了二十多年，承受了二十多年刺心的怀念。

在他们交往期间，歌德努力想以自己的地位和名声帮助席勒，让他搬到魏玛来住，先借居在自己家，然后帮他买房。平日也不忘资助接济，甚至细微如送水果、木柴。当然，更重要的帮助是具体地支持席勒的创作活动。反过来，席勒也以自己的巨大天才重新激活了歌德已经被政务缠疲了的创作热情，使他完成了《浮士德》第一部。

他们已经很难分开，但还是分开了。他们同时生病，歌德抱病探望席勒，后来又在病床上得知挚友亡故，泣不成声。席勒死时家境穷困，他的骨骸被安置在教堂地下室，这不是家属的选择，而是家属的无奈。病中的歌德不清楚下葬的情形，他把亡友埋葬在自己心里了。

没想到二十年后教堂地下室清理，人们才重新记起席勒遗骸的问题。没有明确标记，一切杂乱无章。哪一具是席勒的呢？这事使年迈的歌德一阵惊恐，二十年对亡友的思念积累成了一种巨大的愧疚，愧疚自己对于亡友后事的疏忽。他当即自告奋勇，负责去辨认席勒的遗骨。

在狼藉一片的白骨堆中辨认二十年前的颅骨，这是连现代法医学鉴定家也会感到棘手的事，何况歌德一无席勒的医学档案，二无起码的鉴定工具。他唯一借助的，就是对友情的记忆。天下能有多少人在朋友遗失了声音、遗失了眼神，甚至连肌肤也遗失了的情况下仍然能认出朋友的遗骨呢？

我猜想，歌德决定前去辨认的时候也是没有把握的，刚刚进入教堂地下室的时候也是惊恐万状的。但他很快就找到了唯一可行的办法：捧起颅骨长时间对视。

这是二十年前那些深夜长谈的情景的回复，而情景总是具有删削功能和修补功能。于是最后捧定了那颗颅骨，昂昂然地裹卷起当初的依稀信息。歌德小心翼翼地捧持着前后左右反复端详，最后点了点头：“回家吧，伟大的朋友，就像那年在我家寄住。”

歌德先把席勒的颅骨捧回家中安放，随后着手设计棺柩。那些天他的心情难以言表，确实是席勒本人回来了，但所有积贮了二十年的倾吐都没有引起回应，每一句都变成自言自语。

这种在亡友颅骨前的孤独是那样的强烈，苍老的歌德实在无法长时间承受，他终于在魏玛最尊贵的公侯陵为席勒找了一块比较理想的迁葬之地。

谁知一百多年后，第二次世界大战期间席勒的棺柩被保护性转移，战争结束后打开一看，里面又多了一颗颅骨。估计是当初转移时工作人员手忙脚乱造成的差错。

那么，哪一颗是席勒的呢？世上已无歌德，谁能辨认！

席勒，也只有在歌德面前，才觉得有必要脱身而出。在一个没有歌德的世界，他脱身而出也只能领受孤独，因此也许是故意，他自甘埋没。

古老的窄街

塞维利亚，为什么一提这个地名，我就产生了一种莫名的兴奋？

在十六、十七世纪，它是世界第一大港，这是原因。

但是，更重要的原因还在于文学作品。

最容易想到的是塞万提斯。他在这里度过青年时代，很多街道和房屋的名称出现在他的作品中。

他是西班牙作家，这还不算奇怪。奇怪的是，一些并非西班牙籍的世界文学大师，特别喜欢把自己的主角的活动场所，选定在塞维利亚。

法国作家博马舍写了《塞维利亚的理发师》，那位机敏可爱的理发师叫费加罗，于是后来又有了《费加罗的婚礼》。全世界的观众从笑声中想象着这个城市的古老街道。

英国诗人拜伦写了《唐璜》，开门见山便是：

> 他生在塞维利亚，一座有趣的城市，
> 那地方出名的是橘子和女人——
> 没有见过这座城市的人真是可怜……

那么，唐璜这个贵族公子的风流和热情，在读者心目中也就成了塞维利亚的性格。

当然还要提到法国作家梅里美。他把妖丽、邪恶而又自由的吉卜赛姑娘卡门，也安排到了塞维利亚，结果又给这个城市带来了异样的气氛。

这一切，确实是塞维利亚使我们兴奋的原因。但是，原因之上应该还有原因。为什么这些异国文学大师，都会把自己最钟爱的奇特人物放心地交付给塞维利亚？

这是受天意操纵的灵感，艰深难问。我们唯一能做的是前去感受，尽管这座城市现在已经并不重要。

在它非常重要的时代修建的雄伟城堡，看到了。作为第一大港所保存的哥伦布的种种遗物，看到了。多种多样的精致花园，包括阿拉伯式花园、文艺复兴式花园、英国式花园和现代花园，也看到了。但是，我更喜欢那些古老的窄街。几百年未曾改变，应该与塞万提斯、博马舍、拜伦、梅里美见到的没有太大差别。一圈一圈，纵横交错，一脚进去，半天转不出来。

窄街窄到什么程度？

左边楼墙上的古老路灯，从右边楼房的阳台上伸手就可以点着。但此刻天还未暗，用不着火，倒是一束斜阳把两边窗口的鲜花都点燃了，两番鲜亮，近在咫尺。等斜阳一收，路灯就亮了。

一排小桌沿街排列，行人须侧身才能通过。张张桌前座无虚席，而且人人都神采奕奕。西班牙人有一个长长的午休，于是一天也就变成了两天，现在正是同一日期下的第二天的黄金时段。他们乐呵呵地坐着笑着，吃着喝着。端走了盘碟，桌上还闪亮着透明的红醋和橄榄油。不管是阳光还是灯光，都把它们映照成宝石水晶一般。

男女侍者个个俊美，端着餐盘哼着歌。他们要在小桌边飞动，又要为川流不息的行人让路，既不撞翻餐盘也不丢失礼貌，扭来扭去当作了一种自享的舞蹈。座位上的外国游人，已经从他们的腰身眉眼间寻找出费加罗的影子，甚至还会猜测，哪个是复活的卡门？哪个是回乡的唐璜？

现在我已略略理解了文学大师们的地点选择。塞维利亚，因奇异的历史，因多民族的组合，因理性的薄弱和感官的丰裕，因一个个艺术灵魂的居住和流浪，使每个角落都充满了弹性。

这里没有固定主题，一切都有可能发生；

这里从来不设范本，人人都是艺术典型；

这里的神秘并不阴暗，几乎近于透明；

这里的欢乐毫不掺假，比忧伤还要认真。

追询德国

只有柏林，隐隐然回荡着一种让人不敢过于靠近的奇特气势。

我之所指，非街道，非建筑，而是一种躲在一切背后的缥缈浮动或寂然不动；说不清，道不明，却引起了各国政治家的千言万语或冷然不语……

罗马也有气势，那是一种诗情苍老的远年陈示；巴黎也有气势，那是一种热烈高雅的文化聚会；伦敦也有气势，那是一种繁忙有序的都市风范。柏林与它们全然不同，它并不年老，到十三世纪中叶还只是一个小小的货商集散地，比罗马建城晚了足足两千年，比伦敦建城晚了一千多年，比巴黎建城也晚了六百多年，但它却显得比谁都老练含蓄，静静地让人琢磨不透。

成为德意志帝国首都还只是十九世纪七十年代的事，但仅仅几十年，到二十世纪四十年代第二次世界大战结束，已几乎夷为平地，成了废墟。纵然是废墟，当时新当选的德国领导人阿登纳还是担心它仍然会给世界各国人民带来心理威胁，不敢把它重新作为首都。他说："一旦柏林再度成为首都，国外的不信任更是不可消除。谁把柏林作为新的首都，精神上就造成一个新的普鲁士。"

那么，什么叫作精神上的普鲁士，或者叫普鲁士精神？更是众说纷纭。最有名的是丘吉尔的说法："普鲁士是万恶之源。"这在第二次世界大战期间是正义的声音，战后盟军正式公告永久地解散普鲁士，国际间也没有什么异议。但是五十年后两个德国统一，国民投票仍然决定选都柏林，而且也不讳言要复苏普鲁士精神。当然不是复苏丘吉尔所憎恶的那种酿造战争和灾难的东西，但究竟复苏什么，却谁也说不明白。说不明白又已存在，这就是柏林的神秘、老练和厉害。

不管怎么说，既然来到了柏林，我就要向它询问一系列有关德国的难题。例如——

人类一共就遇到过两次世界大战，两次都是它策动，又都是它惨败，那么，它究竟如何看待世界，看待人类？

在策动世界大战前艺术文化已经光芒万丈，遭到惨败后经济恢复又突飞猛进，是一种什么力量，能使它在喧嚣野蛮背后，保存起沉静而强大的高贵？

历史上它的思想启蒙运动远比法国缓慢、曲折和隐蔽，却为什么能在这种落后状态中悄然涌出莱辛、康德、黑格尔、费尔巴哈这样的精神巨峰而雄视欧洲？有人说所有的西方哲学都是用德语写的，为什么它能在如此抽象的领域后来居上、独占鳌头？

一个民族的邪恶行为必然导致这个民族的思维方式在世人面前大幅贬值，为什么唯有这片土地，世人一方面严厉地向它追讨生存的尊严，一方面又恭敬地向它索求思维的尊严？它的文化价值，为什么能浮悬在灾难之上不受污染？

歌德曾经说过，德意志人就个体而言十分理智，而整体却经常迷路。这已经被历史反复证明，问题是，是什么力量能让理智的个体迷失得那么整齐？迷失之后又不让个人理智完全丧失？

基辛格说，近三百年，欧洲的稳定取决于德国。一个经常迷路的群体究竟凭着什么支点来频频左右全欧，连声势浩大的拿破仑战争也输它一筹？

俄罗斯总统普京冷战时代曾在德国做过情报工作，当选总统后宣布，经济走德国的路，世人都说他这项情报做得不错。那么，以社会公平和人道精神为目标的“社会市场经济”，为什么偏偏能成功地实施于人道记录不佳的德国？

……

这些问题都会有一些具体的答案，但我觉得，所有的答案都会与那种隐隐然的气势有关。

世上真正的大问题都鸿蒙难解，过于清晰的回答只是一种逻辑安慰。我宁肯接受这样一种比喻：德意志有大森林的气质——深沉、内向、稳重和静穆。

现在，这个森林里瑞气上升，祥云盘旋，但森林终究是森林，不欢悦、不敞亮，静静地茂盛勃发，一眼望去，不知深浅。

第二辑　逸思

天地元气

一

“天地元气”是中国古代哲学的一个命题，我今天要从宇宙观的角度来谈它。

宇宙观，首先让我们懂得时间和空间都是无限的。地球和人类的存在，都微乎其微。百万年只是瞬间，太阳系只是浮尘。因此，胜败生死、名利地位都是幻影。略知宇宙的人，都不会过于在乎自己的境遇，这就是我一再表述的大悟，在人生形态上表现为达观。这就是我的第一宇宙观。

二

但是，即使能够舍弃一切，也总还有一些神奇的现象留在心底。为什么日月四季运行不息？为什么山川沧海如此壮丽？为什么爱情、亲情这样迷人……

更加不可思议的是：在未曾发生过血缘沟通的人群间，为什么生理指标基本一致？在未曾产生过移植互播的地域间，为什么奇花异果都有那么多近似的色彩和滋味？而且，所有的奇花异果，在生长过程中，一步也不会紊乱，一步也不会懈怠。各种飞禽走兽，也是一样。这，究竟是怎么一回事？

冥冥中，我们看到了一种强大的能量，又看到了一种强大的秩序。这两者，都不能不让人们想象，是否有一个神通广大的“造物主”？

如果没有能量，一切奇迹都不可能发生；如果没有秩序，一切奇迹都早已纷乱。进一步的说法则是：如果只有能量，一切早已互灭；如果只有秩序，一切早已共衰。

因此，我们面对的，是能量和秩序的平衡。

宇宙，就是能量与秩序的最伟大平衡，而地球和人类，正是这种平衡的最特殊产物。试想，如果地球在体积、运行、互动、磁场等方面稍稍失去一点平衡，那人类还能存在吗？

能量与秩序的平衡，这是我的第二宇宙观。

三

即使保持着最基本的平衡，能量与秩序之间也会有不恰、龃龉、偏侧、不悦的时刻，例如地震、海啸、战争、饥荒的出现。这些灾难总会过去，平衡迟早又会重启。当然，平衡之后又会不平衡。而且，在大平衡之下，又有大量的不平衡。平衡就像一个巨大无比的天平，掌控着宇宙、地球和人类的存在。但是相比之下，不平衡所造成的动荡、分裂、灾难，影响实在太深，致使不少人把人类史看得很阴暗。阴暗的历史有故事，有血泪，有威胁，强蛮地控制着人类的精神世界；反倒是平衡状态显得那么平常、世俗、缺少话题，经常被删节和遗忘。

因此，我们应该对各种史学家、时评家、谋略家产生警惕。他们往往夸大了历史的阴暗，并从中张扬出仇恨、对抗、厚黑、诡术，并把这一切看成是人生的“必要智慧”。其实，从宏观看，人类之所以延续至今，地球之所以还会久存，是因为起主导作用的，仍然是足以维持大平衡的宇宙正能量。

这是我的第三宇宙观。

四

正能量，首先要有足够的能量。所谓足够，那就不仅仅是维持的能量，疲沓的能量，而是创造的能量，建设的能量，始元的能量，聚气的能量。这些能量，在表现形态上是气吞万汇、积极自信、充满创意、生机勃勃。

固然，这样的能量很可能扩充成强权和霸权，伤害到四周，那就变成了负能量。负能量损害了应有的秩序，不管是强权还是霸权，“权”就是一种自建的秩序，而且这种自建的联序还会徒造出一系到精神依据。请看历来大量权势者的意志宣言，加上前面所说的那些史学家、时评家、谋略案的宣扬，使得负能量常常成为历史的主旋律。

为了克服负能量，正能量必须经历千难万难，呼吁全人类在包容、和谐的前提下建立各方面都乐于接受的秩序。

在包容、和谐的背后，那些以仇恨和对抗为特征的精神依据就失去了意义，人们全力崇尚的，是善良的天性。为什么把善良说成是“天性”？因包容、和谐、平衡是天地存在的本性。这种本性一旦出现，也就有了人类和地球继续维持的终极理由，随之世界也就有了平静，有了笑容，有了色彩，原本互峙、互斗的混乱也变成了互依、互衬的结构，这就形成了美，而且是大美。

简单说来，负能量的“戾气”变成了正能量的“元气”。气还是气，本质变了。

这就回到了本文开头提出的“天地元气”。

在中国古代，“天地”是宇宙的别称。有的时候，干脆用一个“天”字来指代宇宙。如前所述，中国古人把善良说成是“天性”，其实还有“天良”“天德”“天聪”等概念，都来自天。

与此相对应，对于世上最邪恶的事，人们认定必遭“天怒”和“天谴”。甚至直接说，“天地不容”。

在这个问题上，我们应该对各地的“原始宗教”重新保持敬仰。早期的祖先对天地万物深深尊重，认为它们都是降临于人面前的“神”，应该崇拜。在这一点上，他们对人和宇宙的关系，看待得更真切、更虔诚。他们深信，真正值得人们信赖的，不是单个的形象，而是天地万物，而是我们每天看到的自然物象。在这一点上，“原始宗教”比后来的很多“一神教”更高明。

除了“天地”，还要特别说说“元气”。

《周易》首卦“乾卦”的基本纲领是“元亨利贞”四字，概括了万物生存的命脉，而其中又把“元”置之第一。《楚辞·九思》说：“食元气兮长存。”正是“元气”，让天地和人类有了生命力。始元、基元、浑元、多元、含元，都包含着开启万物的创造本性。强大的能量和强大的秩序蔼然和解而归“元”，一个“元”字，生机无限，又惊喜无限。实际上，元气，就是宇宙正能量的中国说法。

然而，元气在天地之间，并不是平均分配的。在历史上，有的地区，有的时段，有的人群，甚至有的个人，有可能元气充沛，引领创造，诸事顺遂，功绩巨大；相反，另外一些地区、时段、人群、个人则完全相反，长期陷于低迷，再怎么奋斗也不见起色。这就是在时间和空间的大平衡之下，无可避免的不平衡。在这种情况下，获得元气灌注的对象，切莫自鸣得意、自以为是，而应该把自己拥有的元气良性守护，并与四周分享。只有这样，才能让元气合于天地。如果不是这样，把元气看成独有、私有而盛气凌人，那就迟早会受到平衡原则的惩罚。“物极必反”“因果报应”等说法，就是指元气失去分寸之后蜕变成戾气的反转。历史上很多著名人物，常常先是元气勃勃，后来则戾气深重，都是例证。但是就整体而言，只要天地尚在，元气就不会全然消遁。

“天地元气”是一个大概念，但在实际体现中，却未必表现为轰轰烈烈的仪式、高不可攀的权势、国际政治的方略、深不可测的玄论，而往往相当寻常。因此，寻找“天地元气”，不必有太陡的台阶，太多的膜拜，而是抬眼就能发现，只是我们平常不在意罢了。

早晨开窗，面对朝云霞光，吸一口布满天域的浩荡之气吧。万里行旅，面对大海峡谷，融入自己的心身感受吧。日常家居，面对爱妻目光，读解人生的无限美好吧。居高临下，鸟瞰芸芸众生，体验人世的缕缕暖意吧。

李白、苏东坡他们，为什么能在诗人如云的时代引领高位？因为他们敢于把黄河、瀑布、蜀道、大江、明月当作主角，让自己处于仰视、崇拜、惊叹的地位，于是，“天地元气”也就在他们的笔底释放。即使是一位年轻的现代诗人，写了“面向大海，春暖花开”八个最普通的字，却让人们眼睛一亮，因为他触及了“天地元气”。

不错，“天地元气”包含在人们最容易忽视的寻常之间。相反，很多被追慕、被崇尚、被遥望的对象，往往属于“戾气”的范畴。

因此，还是应该做一个普通的人，过一种普通的日子，满足一些最普通的享受，这才是真正的天地之子，这才是终极的元气之本。

这就是我们中国人的宇宙观。

拼命挥手

这个故事，是很多年前从一本外国杂志中看到的。我在各地讲授文学艺术的时候，也曾提及。

一个偏远的农村突然通了火车，村民们好奇地看着一趟趟列车飞驰而过。有一个小孩特别热情，每天火车来的时候都站在高处向车上的乘客挥手致意，可惜没有一个乘客注意到他。

他挥了几天手终于满腹狐疑：是我们的村庄太丑陋，还是我长得太难看？或是我的手势错了？站的地位不对？天真的孩子郁郁寡欢，居然因此而生病了。生了病还强打精神继续挥手，这使他的父母十分担心。

他的父亲是一个老实的农民，决定到遥远的城镇去问药求医。一连问了好几家医院，所有的医生都纷纷摇头。这位农民夜宿在一个小旅馆里，一声声长吁短叹吵醒同室的一位旅客。农民把孩子的病由告诉了他，这位旅客呵呵一笑又重新睡去。

第二天农民醒来时那位旅客已经不在，他在无可奈何中凄然回村。刚到村口就见到兴奋万状的妻子，妻子告诉他，孩子的病已经好了。今天早上第一班火车通过时，有一个男人把半个身子伸出窗外，拼命地向他们的孩子招手。孩子跟着火车追了一程，回来时已经霍然而愈。

这位陌生旅客的身影几年来一直在我心中晃动。我想，作家就应该做他这样的人。

能够被别人的苦难猛然惊醒，惊醒后也不做廉价的劝慰，居然能呵呵一笑安然睡去。睡着了又没有忘记责任，第二天赶了头班车就去行动。他没有到孩子跟前去讲太多的道理，只是代表着所有的乘客拼命挥手，把温暖的人性交还给了一个家庭。

孩子的挥手本是游戏，旅客的挥手是参与游戏。我说，用游戏治愈心理疾病，这便是我们文学艺术的职业使命。

我居然由此说到了文学艺术的职业使命，那是大事，因此还要郑重地补充一句——

这样轻松的游戏，能治愈心理疾病吗？能。因为多数心理疾病，其实只是来自对陌生人群的误会，就像那个小孩对火车旅客的误会。

白　马

那天，我实在被蒙古草原的胡杨林迷住了。薄暮的霞色把那一丛丛琥珀般半透明的树叶照得层次无限，却又如此单纯，而雾气又朦胧地弥散开来。

正在这时，一匹白马的身影由远而近。骑手穿着一身酒红色的服装，又瘦又年轻，一派英武之气。但在胡杨林下，马和骑手只成了一枚小小的剪影，划破宁静……

白马在我身边停下，因为我身后有一个池塘，可以饮水。年轻的骑手微笑着与我打招呼，我问他到哪里去，他腼腆地一笑，说："没啥事。"

"没啥事为什么骑得那么快？"我问。

他迟疑了一下，说："几个朋友在帐篷里聊天，想喝酒了，我到镇上去买一袋酒。"

确实没啥事。但他又说，这次他要骑八十公里。

他骑上白马远去了，那身影融入夜色的过程，似烟似幻。

我眯着眼睛远眺，心想：他不知道，他所穿过的这一路是多么美丽；他更不知道，由于他和他的马，这一路已经更加美丽。

我要用这个景象来比拟人生。人生的过程，在多数情况下远远重于人生的目的。但是，世人总是漠然于琥珀般半透明的胡杨林在薄雾下有一匹白马穿过，而只是一心惦念着那袋酒。

好了，那就可以做一个概括了——

第一，过程高于目的，白马高于酒袋；

第二，过程为什么高？因为它美；

第三，美在何处？美在运动中的色彩斑斓，美在一个青春生命对于辽阔自然的快速穿越。因此，美是青春、生命、自然、色彩、穿越。

你看，匆忙之间，却出现了一门完整的美学。

不要等待

年幼时，不懂得等待。

年轻时，懂得了等待。渐渐明白凡是大事、好事，都需要耐心等待。

终于年长了，才恍然大悟，尽量不要等待，尤其是不要长时间等待。

等待，是把确实的今天，交给未知的明天。

等待，是把当下的精彩，押注给空泛的梦幻。

等待，是一种心理安慰，但也有可能是一种心理诱导和心理欺骗。

等待，是取消一切其他可能，只企盼那艘想象中的孤舟。但孤舟本来可以停泊很多别的码头，也被取消了。因此，等待，是两相取消，两相单调。

有人告诉你，屋后的山坡上有一棵树，三年后会结出一种果实。于是你苦苦守望，天天等待，与朋友交谈也不离这个话题，而且已经一次次安排三年后的开摘仪式。大家对那种果实越想越玄，还不断地加添悬念。

三年一到，终于开摘了，大家张口一尝，立即面面相觑。原来，那果实口味平庸、粗劣、干涩，没有人愿下第二口。

再看周围，漫山遍野都是草莓、刺檬、紫榴、桑葚、酸枣、青柑，整整三年，全被冷落了，连看都没看过一眼。

但是，究竟是你冷落了它们，还是它们冷落了你？看看它们灿烂而欢快的表情，就知道了。

由此证明，等待是一种排他的幻想。苦苦等待来的，多半是尴尬。

何必等待，着眼当下。

与其等待稀世天象，不如欣赏今天的晚霞。晚霞中，哪一团彩云散开了，也不要等待它的重新聚合；哪一脉云气暗淡了，也不要等待它的再度明亮。它们每一次翻卷出来的图案花纹，全在人们的等待之外。

因此，只有不等待的人，才能真正享受晚霞。

晚霞不见了，你还等待什么呢？等待月明星稀、乌鹊南飞？它们恰恰都没有来。于是等待明天的晨曦吧，但是，整个早晨都风雨如晦，别是一番深沉的咏叹。

从理论上说，等待，是一种由“预测”“预期”所引起的误导。

那么，“预测”“预期”的依据又是什么呢？是“预知”。所谓“预知”，大多是从异地、异时的相似资料所拼凑出来的主观判断，其中掺杂着不少幻想。

对于这种“预知”，哲学家王阳明认为是“未知”和“无知”。因此他提倡“知行合一”，否认在行动之前有什么“知”。他本人就是行动的典范，而且总是立即行动，决不等待。如果无法行动，他也不去等待。如果有一丝可能，他只寻找这种可能，而不是等待这种可能。寻找是主动的，等待是被动的。王阳明宁肯放弃，也不要被动。因为被动往往是不动、乱动、反动。

其实，比王阳明早一千八百多年，始祖级的大哲学家庄子就已经用最简洁的语言提出了这个主张，只有两个字：“无待”。

三个目标之后

很多年前，我收到美国企业家贝林（Behring）写来的一封信。他说，他不认识中文，但从中国雇员谈起我名字时的表情看，觉得有必要认识我，并邀我做他的顾问。

他是世界级的富豪，主持着一个庞大的慈善机构，专为各国残疾人士提供轮椅。他开列了一份已聘顾问名单，大半是各国皇室成员和总统夫人。

由此，我认识了他。

他说，他出身贫苦，逐渐致富，曾为自己提出了三个阶段的目标。

第一阶段是多，即追求钱多、厂多、房多、车多、雇员多；

第二阶段是好，即在多的基础上淘汰选择，事事求精，物物求好，均是名牌，或比名牌还好；

第三阶段是独，即在好的基础上追求唯一性，不让自己重复别人，也使别人无法模仿自己。

他很快完成了求多、求好、求独这三个阶段。本应满足了，却深感无聊。当无聊笼罩住了生命，于是，他对自己已经拥有的一切，也就不再有一丝骄傲。

他对我说："余教授，当我完成了这一切，还不到六十岁。家里没有任何人要继承我的产业，今后的日子就失去了目标。一度，我甚至不想活下去了。"

他给我说这番话的场合，气魄很大。两排服饰整齐的帅哥和美女齐刷刷地站立两旁，这是他私人专机的服务人员，他要他们一起来听听我们两人至关重要的谈话。那架势，显然是很多人的向往，而他却在向我叙述如何摆脱无聊。

他继续告诉我，终于有一天，一个六岁的越南残疾女孩救了他。那天他顺手把专机上的一张轮椅推给这位无法行走的女孩，女孩很快学会操作后，双眼闪现出一种他从未见过的光亮。

贝林先生在那种光亮中，看到了自己生命的意义。

第二个救了他的是一位津巴布韦青年。那天，这位青年背着一位残疾的中年妇女，走了两天时间穿越沙漠来到了他面前。

贝林先生问："这是你母亲吗？"

青年回答："不是。"

"是你亲戚吗？"

"不是。"

"你认识她吗？"

"不认识。"

"那你怎么把她背来了？"

"她听说有人在这里发轮椅，需要我背她过来。"青年回答。

说完，这个青年说他要回到出发的地方，把这两天的耽误补回来，转身，他就大步走了。

看着他的背影，贝林先生心头一震。这个津巴布韦青年一看就非常穷困，却帮了一个不认识的人一个大忙，不要任何回报。

为什么自己以前总认为，连慈善也要在赚够钱之后才能做？

贝林先生自责了："我把梯子搁错了墙，爬到墙顶才知道搁错了。"

他说："我居然到六十岁才明白，慈善的事，早就可以做了，我也可以早一点摆脱无聊。"

贝林先生告诉我，慈善，是一种寻找人生意义的自我救赎。

我为贝林先生自传的中文版定了一个非常中国化的译名：《为富之道》。他在书的扉页上给我写了一段很长的话，最后他说，我能成为他永久的朋友。

贝林先生与我的对话在报刊上发表之后，中国读者最感兴趣的，是他在六十岁前的三大目标。求多、求好、求独，几乎概括了中国大多数企业家正在逐步攀缘的三大台阶。他们中多数还在第一台阶，少数已在第一到第二台阶之间，攀上第三台阶的还比较稀少。

攀缘是辛苦的，也是兴奋的，因为毕竟还有目标。但是，他后来说的一句话受到我的高度赞赏，那就是：“我把梯子搁错了墙，爬到墙顶才知道搁错了。”我告诉他，这句话已经具有了文学价值。

我并不认为一切企业家都必须像他一样最后全然投身慈善事业，但是我却希望大家经常想想，爬到墙顶之后要干什么。

其实我发现，很多人还没有攀到高处，在半道上已经感到无聊。

贝林先生告诉我们，需要更换梯子搁置的方向，更换目标。

新的目标会是什么？应该多种多样，但是贝林先生和其他类似人物抬手指了一下，那就是超越个人功利，为大善、大爱、大美留出更多的地方。

你比你更精彩

一

这个标题，是我对三个学生讲的话。他们一听，眼中有光。

同一个“你”字，用了两次，还让它们比在一起了。这似乎有语病，却病出了腔调。

第一个“你”，是真正的你；第二个“你”，是今天的你。

或者说，第一个“你”，是失去的你；第二个“你”，是捡得的你。

难道，真正的你，并不是今天的你？确实如此。那么，他到哪里去了？这就是我写这篇文章的主旨：让我们一起来找。

这个世界普遍近视，只承认既成事实。今天的你，是既成事实，因此被看成唯一的你、无可取代的你。如果你自己也这样想，那就陷入了一个思维泥潭。因为按照这种逻辑，布满雾霾的早晨是唯一而且无可取代的早晨，砍伐严重的森林是唯一而且无可取代的森林，浑身油污的海鸥是唯一而且无可取代的海鸥。

于是，世界失去了初始图景，人类失去了赤子纯真，万物失去了天籁本性。而你，也就永远不再是一个美丽的早晨、一片茂盛的森林、一只健全的海鸥。

听起来，这好像是无可奈何的事，其实却是掩盖、自欺和背叛。掩盖了自己，欺骗了自己，背叛了自己。

二

“我自己真有这么好吗？”很多人怀疑。

答案是，比任何再大胆的想象都要好。甚至可以说，即使是那些你毕生敬仰的人格典型，在你自己身上也能找到一半以上的种子。只不过后来可能受到外面气候的干扰，未能茁壮成长罢了。

我曾在《修行三阶》一书中写过，每个人在尚未接受教育的童年时代，就具备的善良天性。

即便在儿时，你曾经舍不得花蕊枯萎，花瓣脱落；你曾经舍不得蝴蝶离去，蜜蜂失踪；你曾经舍不得小猫跌跤，老牛蹒跚；你曾经舍不得枫叶满地，晚霞褪去。

即便在儿时，你喜欢看阿姨们花衣缤纷，你喜欢看叔叔们光膀挑担；你不忍听小孩子因饿而哭，你不忍听老人家因病而泣。

这一切，谁也没有教过你，你所依凭的，只是瞬间直觉。正是这种瞬间直觉，泄露了你的善良天性。

待到长大之后，你在重重社会规范的指引下学会了无数套路，于是天籁渐失，童真渐远，心肠渐硬。有时，甚至还会铁石心肠，干下一些事情。时间一长，你甚至怀疑，自己是否储备着足够的善良天性。深夜扪心，觉得还有储备，却已经不知道什么时候以什么方式奉献出来。

这就是说，人人都有伟大基因，却被岁月偷盗了。这些出现在岁月中的盗贼，却有温和的外貌、诚恳的声音、堂皇的理由。可能是生存的需要，可能是长辈的灌输，可能是周围的诱惑，可能是潮流的撺掇，可能是为了成功，可能是为了免输，可能是为了脸面，可能是为了炫耀，结果，遭受了一轮又一轮的抢劫，丢失了与生俱来的纯真和高贵。

剩下的，只能是平庸。也许，还夹带着邪恶。

简单说来，人虽活着，却是毁了。看上去活得像模像样、有名有目、有腔有调，却成了街市间无聊的一员。

何谓无聊？事事趋同，事事比照，事事躲闪，事事苦恼。

可悲的是，伟大基因的被偷盗，基本上属于“监守自盗”。偷盗者，主要是自己。

因此，陷于平庸和无聊，是咎由自取。

现在的自己，不是真正的你，而是你从路边捡得的、拼凑的、黏合的。要找回真正的自己，有点难，但是也有一个“秘方”，上面写着六个字：你比你更精彩。

三

据我长期观察，如此珍贵的善良天性被渐渐冷落，被悄悄偷走，总有很多借口。最常见的一个是声称受到了“无法推卸的压力”。

我必须说，压力的借口，很难成立。

所谓生活的压力，绝大多数被严重夸大。年轻人的所谓生活压力，全是东张西望、左顾右盼的结果。其实，生而为人，立足大地，青春在握，即便艰难困苦，也能享受阳光、清风。

我的岳父、岳母在灾难中遭受迫害，生怕子女们看到长辈受苦而心生仇恨，就把年幼的子女送到一个陌生的村庄躲避，其中就包括五岁的女儿马兰，我未来的妻子。妻子对这恐怖童年的感受，是庄稼、野花、小河、游玩，一片快乐。我的整个青年时代更是在极度贫困和无比辛劳中度过，却总是无思无虑，埋头苦干，没有攀比，没有觊觎，没有嫉妒，没有压力，终于一步步越过了高低不平的路，做成了大量自己喜欢的事。这样，反而容易取得成绩。

完全出乎意料，我妻子在毫无争议的情况下被美国林肯艺术中心授予“亚洲最佳艺术家终身成就奖”，而我则被海外权威出版机构授予“华人世界最有影响力的一支笔”大奖。此间奥秘，在于我们从未为竞争而耗费过时间，从未为输赢搞坏过心情，一直保持着对世界的惊喜和赞美。

这些奖项的名头，我们以前连听也没有听说过。因此如果没有得到这些奖项，我们也不可能有一丝不快。

我想以我们夫妻的经历证明，上苍给了我们生命，其实也就给了我们全部。生命本身能够创造一切，包括创造一路艰难，以及克服艰难的能力。因此，不必去与别人的生命对峙，始终不去感受被夸大了的所谓“压力”。

这就像山间一棵树，既然已经长出了树苗，自然会一天天长大，不必守护过度、警惕过度。何时来了风，何时来了雨，乍一看好像是对手、是敌人，其实都不是，而是自身成长的帮手和见证；近处长了花，边上长了草，乍一看好像是竞争、是抢位，其实都不是，而是这个山角美景的组合者、共建者。

有了这番心怀，善良的天性只会逐日加固而增益，而不会在担惊受怕中逐渐流失。

经过漫长岁月，仍能保持善良天性，那就是生命的最高精彩，也就是“真正的你”的最高精彩。

四

生命的精彩，除了善良，还应该包括能力吧？

很多人说，自己的善良不成问题，但智力和能力都不够强健，因此无法抵达生命的精彩。

以我多年观察，很多人对自己智力和能力的负面判断，往往起自于各种通行标帜的入侵。

这些标帜一入侵，有绘画天赋的孩子不会画画了，有歌唱天赋的孩子不会唱歌了，有构思能力的孩子不会作文了……这还只是在说孩子，其实当这些孩子长大后更是这样，因为标帜越来越密集，入侵越来越频繁。

自己因为不合标帜而备受奚落，开始可能会犟几下，但标帜如此强大，渐渐由自信、自问而陷入自疑、自卑。于是，生命深处的创造潜能遭受一次次打击，时间一长，真的不会创造了。别人和自己，也都觉得自己没有能力了。

因此，是通行标帜剥夺了我们。

人的创造力只能爆发于创造过程之中，展现在创造过程之后，而通行标帜却通行于创造过程之前，这在时间顺序上就限制了创造。而且，创造力总是以独立个体的方式出现的，而通行标帜却只是着意整体，无视个体，因此常常将创造的第一道微弱光亮扑灭。

作为现代社会一员，各种通行标帜当然也需要了解，需要熟悉。这里就出现了两个不同的方向：是越过通行标准开启自己，还是越过自己归附通行标帜？一般说来，杰出人物会靠近前者，普通人物会靠近后者。

即便是普通人，比较靠近通行标帜，却也应该明白，自身很可能比标帜优秀。因为标帜是刻板的、外在的，而自身是一个活体。

五

说来说去，不管是天性还是能力，你都比想象的精彩。

如果你对此还将信将疑，我还可以从一个特殊方位，再提供些证明。

你迷上了一本书、一首歌、一幅画、一部电影，心里在崇拜那位作家、那位歌手、那位画家、那位导演，崇拜得很深很深。但是你有没有想过，天下那么多书、那么多歌、那么多画、那么多电影，你为什么独独会着迷这一本、这一首、这一幅、这一部？

答案是：你与这些艺术家的审美心理高度重合。有一种潜在的文化基因，使你们在瞬间打通了心灵秘径，暗通款曲。

这种审美心理、文化基因、心灵秘径，为什么黏合得如此紧密，使你难以割舍？因为此间一半属于你自身。你痴迷作品，是因为蓦然发现了自己的灵魂。

所以，我作为《观众心理学》的作者一再论述：读书，就是读自己；听歌，就是听自己；赏画，就是赏自己；看电影，就是在黑暗中看自己。至少，是部分自己。

那么，你在艺术欣赏场合不应该仅仅是“崇拜”了，而更应该是“自认”。承认眼前出现的美学奇迹，属于自己生命的一部分。只要稍有条件，你也能投入创造，只要冲破一些障碍就行。

我在担任上海戏剧学院院长期间，日常要做的事，是与教师们一起告诉那些刚刚中学毕业的毛孩子，只要排除障碍，你就能释放出扮演唐代公主、法国骑士的天赋，展示出营造古典场景、恐怖空间的能力。事实证明，他们都在最短的时间做到了。在这最短的时间之前，他们与你们没有区别。

这，就是你能成为艺术家的雄辩证明。其实你也能成为别的许多“家”，每一种“家”都做得非常精彩。

我想，说到这里，不需要别的证明了，你的内心已在证明。

那就接受我的这句话吧：你比你更精彩。

关于尊严

历史的角落里，常常躲藏着一些极不对称的人格抗衡。

当年拿破仑纵横欧洲，把谁也不放在眼里。有一天，他突然发现，在意大利的国土之内居然还有圣马力诺（San Marino）这样一个芥末小国。他饶有兴趣地吩咐部下，找这个小国的首领来谈一谈。

一个只有六十平方公里的国家还叫国家吗？一个只有两万人口的国家还叫国家吗？本来他是以嬉戏取笑的态度进入这次谈话的，谁知一谈之下他渐渐严肃起来。他双目炯炯有神，并立即宣布，允许圣马力诺继续独立存在，而且可以再拨一些领土给它，让它稍稍像样一点。

但是，圣马力诺人告诉拿破仑，他们的国父说过："我们不要别人一寸土地，也不给别人一寸土地。"国父，就是那位石匠出身的马力诺。

这个回答使拿破仑沉默良久。他连年夺城略地，气焰熏天，没想到在这最不起眼的地方碰撞了另一个价值系统。他没有发火，只是恭敬地点头，同意圣马力诺对加拨领土的拒绝。

我从意大利的里米尼（Rimini）进去，很快走遍了圣马力诺全国，一路上不断想着这件往事。正是这个小国、这件往事，让我懂得了何为尊严。

大概有以下三点——

第一、尊严，主要产生于以弱对强，以小对大，而不是反过来；

第二、尊严，主要产生于平静的自述，而不是声辩；

第三、尊严，主要产生于拒绝，而不是扩张。

那天，在圣马力诺面前，看似很有尊严的拿破仑反倒是没有什么尊严可言。

因为他知道，威风很像尊严，却不是尊严；排场很像尊严，却不是尊严。

他拒绝了

事情发生在一六四二年，伦勃朗三十六岁。这件事给画家的后半生全然蒙上了阴影，直到他六十三岁去世还没有平反昭雪。

那年有十六个保安射手凑钱请伦勃朗画群像，伦勃朗觉得，要把这么多人安排在一幅画中非常困难，只能设计一个情景。按照他们的身份，伦勃朗设计的情景是：似乎接到了报警，他们准备出发去查看。队长在交代任务，有人在擦枪筒，有人在扛旗帜，周围又有一些孩子在看热闹。

这幅画，就是人类艺术史上的无价珍品《夜巡》。很多对美术未必挚爱的外国游客，也要千方百计挤到博物馆里看上它一眼。

但在当时，这幅画遇上了真正的麻烦。那十六个保安射手认为没有把他们的地位摆平均，明暗不同，大小有异。他们不仅拒绝接受，而且上诉法庭，闹得沸沸扬扬。

整个阿姆斯特丹不知有多少市民来看了这幅作品，看了都咧嘴大笑。这笑声不是来自艺术判断，而是来自对他人遭殃的兴奋。这笑声又有传染性，笑的人越来越多，人们似乎要用笑来划清自己与这幅作品的界线，来洗清它给全城带来的耻辱。

最让后人惊讶不已的，是那些艺术评论家和作家。照理他们不至于全然感受不到这幅作品的艺术光辉，他们也有资格对愚昧无知的保安射手和广大市民说几句开导话，稍稍给伦勃朗解点围，但他们谁也没有这样做。他们站在这幅作品前频频摇头，显得那么深刻。市民们看到他们摇头，就笑得更放心了。

有的作家，则在这场可耻的围攻中玩起了幽默。“你们说他画得太暗？他本来就是黑暗王子嘛！”于是市民又哄传开“黑暗王子”这个绰号，伦勃朗再也无法挣脱。

只有一个挣脱的办法，那就是重画一幅，完全按照世俗标准，让这些保安射手穿着鲜亮的服装齐齐地坐在餐桌前，餐桌上食物丰富。很多人给伦勃朗提出了这个要求，有些亲戚朋友甚至对他苦苦哀求，但伦勃朗理所当然地拒绝了。因为，他有人格尊严和美学尊严。

但是，人格尊严和美学尊严的代价非常昂贵。伦勃朗为此要面对无人买画的绝境。

直到他去世后的一百年，阿姆斯特丹才惊奇地发现，英国、法国、德国、俄国、波兰的一些著名画家，自称接受了伦勃朗的艺术濡养。

伦勃朗？不就是那位被保安射手们怒骂、被全城耻笑、像乞丐般下葬的穷画家吗？一百年过去，阿姆斯特丹的记忆模糊了。

那十六名保安射手当然也都已去世。他们，怒气冲冲地走向了永垂不朽。

——我每次在画册上看到《夜巡》，总会凝视片刻，想起这个事件。

这个事件，美术史家常常当作笑话来讲，其实是把它看轻了。因为，它关及一个世界顶级画家，关及一幅世界顶级名作，关及一座审美等级很高的城市，关及整整一生的灾祸，关及延续百年的冤屈。里边，显然包含这一系列人类学意义上的重大悲剧。

我们应该收起讪笑，严肃面对。

有人说，世间大美，光耀万丈，很难被歪曲。言下之意，只有中下层次的美，才会受到中下层次的委屈。《夜巡》事件证明，错了。

有人说，直觉之美逼人耳目，很难被歪曲。言下之意，只有无法直感的种种诽谤，才会勉强成立。《夜巡》事件证明，也错了。

有人说，公民社会，每个参观者都能自由发表意见，因此很难被歪曲；有人说，即使民众缺少审美等级，只要有那么多专业评论家和各路学者存在，那就很难被歪曲……事实证明，全错了。

也有人说，再怎么着，伦勃朗还在，他的绘画水准还在，他的创作冲动还在，他的一幅幅精美新作，也足以把《夜巡》的冤案翻过去了吧？事实证明，还是错了。

至少，在伦勃朗受到冤屈的漫长时日里，阿姆斯特丹的画坛还很热闹，那么多流行画家的作品在一次次展出，难道没有人在默默的对比中回想起伦勃朗，说几句稍稍公平的话？

遗憾的是，这种情景没有出现，直到伦勃朗去世。

在美的领域，千万不要对人群、社会、专家、同行过于乐观。其实，在其他领域也是一样。埋没优秀、扼杀伟大、泼污圣洁、摧毁坐标的事，年年月月都在发生。反过来，人们虔诚膜拜、百般奉承、狂热追随的，是另外一些目标。

这种颠倒，可以一直保持很久，甚至永远。伦勃朗在百年之后才在外国画家的随意表述中渐渐恢复真容，那还算快的。

我在论述谎言的时候曾经说过，所谓“群众的眼睛是雪亮的”，本身就是最大的谎言。在这里补充一句：我不仅仅是在说中国，也包括欧美，包括全世界。

哪儿都不会出现“雪亮”，因此，整个精神文明的旅程，都是“夜巡”。

我满眼是泪

好像是在去世前一年吧，伦勃朗已经十分贫困。一天磨磨蹭蹭来到早年的一个学生家里，学生正在画画，需要临时雇用一个形貌粗野的模特儿，装扮成刽子手的姿态。大师便说："我试试吧！"随手脱掉上衣，露出了多毛的胸膛……

这个姿态他摆了很久，感觉不错。但谁料不小心一眼走神，看到了学生的画板。画板上，全部笔法都是在模仿早年的自己，有些笔法又模仿得不好。大师立即转过脸去，他真后悔这一眼。

记得我当初读到这个情节时心头一震，满眼是泪。不为他的落魄，只为他的自我发现。

低劣的文化环境可以不断地糟践大师，使他忘记是谁，迷迷糊糊地沦落于闹市、求生于巷陌——这样的事情虽然悲苦，却也不至于使我下泪。不可忍受的是，他居然在某个特定机遇中突然醒悟到了自己的真相，一时如噩梦初醒，天地倒转，惊恐万状。

此刻的伦勃朗便是如此。他被学生的画笔猛然点醒，醒了却看见自己脱衣露胸，像傻瓜一样站立着。

更惊人的是，那个点醒自己的学生本人却没有醒，正在得意扬扬地远觑近瞄，涂色抹彩，全然忘了眼前的模特儿是谁。

作为学生，不理解老师是稀世天才尚可原谅，而忘记了自己与老师之间的基本关系却无法饶恕。从《夜巡》事件开始，那些无知者的诽谤攻击，那些评论家的落井下石，固然颠倒了历史，但连自己亲手教出来的学生也毫无恶意地漠然于老师之为老师了，才让人泫然。

学生画完了，照市场价格付给他报酬。他收下，步履蹒跚地回家。

一个社会要埋没伟大，通常有三个程序：

第一程序，让伟大遭嫉、蒙污、受罪；

第二程序，在长久的良莠颠倒中，使民众丧失对伟大的感受，不知伟大之伟大；

第三程序，让伟大者本身也麻木了，不知伟大与自己有关。

其中至关重要的，当然是第三程序，因为这是埋没伟大的最后一关。过了这一关，伟大的乞丐将成为一个真正的乞丐，伟大的闲汉将成为一个地道的闲汉，他们心中已不会再起半丝波澜。

什么是平庸的时代？那就是让一切伟大失去自我记忆的时代。

这时，千万不能让伟大的他们清醒。一旦醒来，哪怕是一点点，就会刹那间掀起全部记忆系统，他就会面临崩溃的悬崖。他会强烈地羞愧自己当下的丑陋，却又不知道怎么办。

伦勃朗成了画室脱光上衣的模特儿，这情景，比莎士比亚成了剧场门口的扫地工更让人揪心，因为伦勃朗还露着密集的胸毛，还面对着自己亲自教过的学生，还看到了学生的画稿！

我认为，这是人类文明最痛切的象征。

是象征，就具有普遍性。其实，随便转身，我们就能看到这种得意扬扬的学生。说穿了，社会的多数成员，都是这样的人。

伦勃朗的狼狈相，是一切杰出人物的集体造型。

消　失

你一定要走吗，失望的旅人？

你说，这里冷眼太多，亢奋太多，夜话太多，怪笑太多，让你浑身感到不安全。

你说，你要找一个夜风静静、问候轻轻、笑容憨憨的所在。

我说，别急，留一阵子吧。留下看看，也许能找到一个善良而安静的角落。

你说，也许，但自己已经找了好久，没有了这般时间和耐心。

我说，我也算你要找的那种人吧？至少有了一个。

你说，一个不够，至少三个。一个地方没有三个君子，就不能停留。

你劝我，迟早也应该离开。

没有马，但你的披风飘起来了，你走得很快。

直到你走得很远，我还在低声嘀咕：你一定要走吗，失望的旅人？

其实，我也多次想过消失。

但是，这里的山水太美丽了，我实在割舍不得。也许我会搬到山上的窝棚里去，等来几个猎人。他们没有在村子里住过，因此也没有冷眼，没有亢奋，没有夜话，没有怪笑。我选定一两个说得上话的结交，再慢慢扩大，渐渐变成新的村子。

然后，我会经常站在山口，等你回来。

棍　棒

在长白山的林间小屋前，我看到过几根猎户遗下的棍棒。

棍棒不粗也不长，可见它们当初作为小树木在还没有汲取足够营养的时候就已经被拔擢、被砍伐。当时，它们曾经得意地环视了一下四周没有入选的小树木，十分自傲。

它们终于成为又硬又滑的棍棒。在驱赶禽鸟、棰击万物的过程中，它们变得越来越骄横。

它们已经被使用得乌黑油亮，在“棍棒界”也算是前辈了。直到有一天，看到自己当年同龄的伙伴们早已长成了参天巨树，遮风蔽日，雄视群峰，它们才蓦然震惊，自惭形秽。

我不知道今天媒体网络间成千上万个年轻的“恶评家”，是否听懂了我的比喻，那就让我再说一遍——

树木有多种命运，最悲惨的是在尚未成材之前被拔离泥土，成了棍棒。

当它们还是鲜活树枝的时候，基本上不会对其他生命造成伤害。生命与生命之间，有一种无言的契约。

当它们开始成为伤害工具的时候，它们已经失去了自己生命的根基，成了凶器。这时的它们，既可恶，又可怜。

更可怜的是，它们再也回不去了。它们已经泛不起早年的绿色，回不去茂密的森林。

文化传媒间的很多“棍棒”，都以为自己还能回去。回到山，回到林，回到泥，回到地，回到文，回到学，回到诗，回到艺。回到他们天真无邪的学生时代，回到大学里如梦如幻的专业追求，回到曾经一再告诫他们永不作恶的慈母身边。但是，很抱歉，他们已经完全没有回去的希望。

为此我要劝告这些年轻人：还是下决心加入森林吧，不要受不住诱惑，早早地做了棍棒。如果已经做了棍棒，那还不如滚入火塘，成为燃料，也给这严寒的小屋添一分暖，添一分光。

跑　道

有一位已经去世的作家曾经说过，中国文化人只分两类：做事的人；不让别人做事的人。

不错，中国文化的跑道上，一直在进行着一场致命的追逐。做事的人在追逐事情，不做事情的人在追逐着做事的人。

这中间，最麻烦的是做事的人。如果在他们还没有追到事情的时候先被后边的人追到，那就什么也做不了了。

鉴于此，这些人事先订立了两条默契。第一条：放过眼前的事，拼力去追更远的事，使后面的人追不到，甚至望不到。这条默契，就叫“冲出射程之外”。然而，后面的人还会追来，因此产生了第二条默契：“继续快跑，使追逐者累倒”。

我想，这也是历来文明延续的跑道。

有人说，只需安心做事，不要有后顾之忧。

我说，没有后顾之忧的事情，做不大，做不新，做不好。

我做事的时候如果完全没有后顾之忧，证明我所做的事情没有撬动陈旧的价值系统，没有触及保守的既得利益，没有找到强大的突破目标。这样的事情，值得去做吗？

因此，重重的后顾之忧，密集的追杀脚步，恰恰是我们奔跑的意义所在。

不必阻断这样的赛跑。只希望周围的观众不要看错了两者的身份，更不要在前者倒下的时候，把人们对文化建设的企盼，交付给后面那个人。

请记住，不让别人做事的人，并不是自己想做事。万千事实证明，他们除了毁人，做不了别的任何事情。

蟋　蟀

一次小小的地震，把两个蟋蟀罐摔落在地，破了。几个蟋蟀惊慌失措地逃到草地上。

草地那么大，野草那么高，食物那么多，这该是多么自由的天地啊。但是，它们从小就被那批“斗蟋蟀”的人抓在罐子里，早就习惯于年年斗，月月斗，天天斗。除了互咬互斗，它们已经不知道为什么爬行，为什么进食，为什么活着。

于是，逃脱的喜悦很快就过去了，它们耐不住不再斗争的生活，都在苦苦地互相寻找。听到远处有响声，它们一阵兴奋；闻到近处有气味，它们屏息静候；看到茅草在颤动，它们缩身备跳；发现地上有爪痕，它们步步追踪……终于，它们先后都发现了同类，找到了对手，开辟了战场。

像在蟋蟀罐里一样，一次次争斗都有胜败。这一个地方的胜者丢下气息奄奄的败者，去寻找另一个地方的胜者。没有多少时日，逃出来的蟋蟀已全部壮烈牺牲。

它们的生命，结束得比在蟋蟀罐里还早。因为原先那罐子，既可以汇聚对手，又可以分隔对手，而在外面的自由天地里，不再有任何分隔。在罐子里，还有逗弄蟋蟀的那根软软的长草，既可以引发双方斗志，也可以拨开殊死肉搏。而在这野外的茅草丛里，所有的长草都在摇旗呐喊。

世上所有的蹦跳搏斗，并不都是自由的象征。很大一部分人，还在过着蟋蟀般的罐中日月、撕咬生平。而且，比罐中更加疯狂，更加来劲。

——环视四周，那些整天虎视眈眈的“文化扑腾者”，与这些蟋蟀相仿。

使谎言失重

世上的谎言，究竟有多少能破？

据我的生活经验，至多只有三成。在这三成中，又有两成是以新的谎言“破”了旧的谎言。

因此，真正有可能恢复真相的，只有一成。

有此一成，还需要种种条件。例如，正巧造谣者智商太低，正巧不利于谎言的人证、物证不小心暴露出来了，正巧遇到了一个善于分析又仗义执言的人，正巧赶上了某个“平反”时机……

“谎言不攻自破”的天真说法，虽然安慰了无数受屈的人，却更多地帮助了大量造谣的人。因为按照这个说法，没有“自破”的就不是谎言，造谣者高兴了。

谎言最强大的地方，不在它的内容，而在它所包含的“免碎结构”。那就是：被谎言攻击的那个人，虽然最能辟谣，却失去了辟谣的身份。

因此，以谎言的剑戟伤人，完全可以不在乎受害者的直接抵抗。造谣者稍稍害怕的，是别人的质疑。但质疑是双向的，既质疑着谎言，更质疑着受害者。

因此，谎言即便把自己的能量降到最低，也总有一半人将信将疑。

总之，我们对于谎言基本上无能为力。剩下的，只有上、中、下三策。

下策：以自己的愤怒，与谎言辩论；

中策：以自己的忍耐，等谎言褪色；

上策：以自己的心性，使谎言失重。

衰世受困于谎言，乱世离不开谎言，盛世不在乎谎言。

我们无法肯定今天处于何世，却有能力以自己的心性，使谎言失重。

君子之狱

一、为自己减刑

我经常收到各地读者的来信，多数是谈读书体会的。多少年下来，做了一个统计，来信中谈得最多的，竟然是那篇又短又不著名的《为自己减刑》。发信最多的地方，竟然是监狱。

那篇文章，讲述了我已在《门孔》中提过的一件事：我曾写纸条劝说一位被关进监狱的官员，在里边把外语学好。几年后他刑满释放，第一个电话就打给我，说他在监狱里完成了一部重要书籍的翻译。他在电话里的声音，兴高采烈。

不久我见到了他。他穿着牛仔服，挎着照相机，步履轻捷灵敏，看上去比进监狱前年轻了很多。

我想，虽然司法没有给他减刑，他却为自己减了刑，减得所剩无几。

这让我想起了茨威格的小说《象棋的故事》。一个被囚禁的人无所事事，度日如年，偶尔获得一本棋谱后，日子过得飞快。茨威格所写的棋谱，具有广泛的象征意义。这种“棋谱”让人摆脱世俗的时空，进入到一个自设的赛场。

其实，天下种种专业，百般嗜好，都能让人专注投入，紧张求索，忘却周遭，也都是大大小小的“棋谱”。

那位在监狱里学了几年外语的前任官员，外语成了他的“棋谱”。

这让他几乎“脱离”了所处的环境，看到的只是一步步战机。于是，自己也就成了将军。

但是，监狱里毕竟容易产生一次次切实的心理痛苦。能够拔离痛苦自任将军，也是一种精神素养。因此我当面表扬那位前任官员：“你能做到这样，别的犯人做不到，还是因为你原来的内心格局比较宏大。”

那位前任官员一笑，说：“有可能比原来更加宏大。”

“比原来更加宏大？”我有点儿好奇。

“原来的格局，虽然不小，但还是受着职务、权力、人际关系的重重束缚。进了监狱，这些束缚全都没有了，反而可以想一些人生的根本问题，想一想凶吉祸福、是非善恶、轻重虚实，产生了一种被剥除后的宏大。”他说。

他这番话，实在说得很好。不错，只要换一个方位观察就能发现，日常生活中也有很多无形的“高墙”和“铁窗”，因此也可以称之为“另类监狱”。不必说这位前任官员提到的“职务、权力、人际关系”了，即便是官僚体系之外的普通民众，也整天为小小的名利而折腾得精疲力竭，所以中国古语中有“名缰利锁”这种说法，完全把名利看作了捆押罪犯的缰绳和锁链。只不过，这种“罪犯”是自任、自判、自惩、自押的，明明做了“罪犯”还在街市间扬扬得意。

这位前任官员还把自己所获得的健康心态，传播给了其他监友。常有一些官员犯事入监后哭哭啼啼，捶胸顿足，他就轻轻地站到了他们面前。终于，哭声变成了惊口叫：“部长，你……？”

“要算官职，我在外面比你大得多吧？我都那么平静，你还闹腾什么！”

这样的劝说，效果当然很好。

后来，监狱管理部门只要遇到那些过度抑郁的犯人，就会请这位前任官员出来“做思想工作”。

据他自己说，他在里面的一番番开导，比原来在礼堂里给上千人做报告，水平高多了，效果也好多了。

这我相信。

二、狱外之狱

我那篇《为自己减刑》的文章，主要分析了“监狱外的监狱”。这是因为，我当时对读者的设定是在监狱之外。

对于“监狱外的监狱”，除了前面所说的“名缰利锁”外，还有很多形态。因此，我要抄录那篇文章里的诸多分析——

真正进监狱的人毕竟不多，但是我们经常看到，很多人明明没有进监狱却把自己关在“心造的监狱”里。

昨天我在公共汽车上见到一位年轻的售票员，一眼就可以看出他非常不喜欢这个职业。懒洋洋地招呼，爱理不理地售票，时不时抬手看着手表，然后满目无聊地看着窗外。我想，这辆公共汽车就是他的监狱，他却不知刑期多久。其实他何不转身把售票当作“棋谱”呢，满心欢喜地让自己投身进去，再释放出来。

对有的人来说，一个仇人也是一座监狱。仇人的一举一动都成了层层铁窗，天天为之而郁闷愤恨、担惊受怕。有人干脆扩而大之，把自己的嫉妒对象也当作了监狱，人家的每项成果都成了自己无法忍受的刑罚，白天黑夜独自煎熬。

那天晚上，他读了一篇同行的文章，狂嫉不已，彻夜失眠。于是，那夜的卧室，就成了监房，而且是芒刺满床的虐囚监房。

听说过去英国人在印度农村抓窃贼时方法十分简单，抓到一个窃贼便在地上画一个圈让他待在里边。抓够了数字，便把他们一个个从圆圈里拉出来排队押走。这真对得上“画地为牢”这个中国成语了，原来，这个成语概括了一种普遍的负面生态。我确实相信，世界上最恐怖的监狱并没有铁窗和围墙。太多的人，都自愿地充当了印度农村的窃贼。而且，那些圈不是英国人画的，全是他们自己画的。

人类的智慧可以在不自由中寻找自由，也可以在自由中设置不自由。环顾四周多少匆忙的行人，眉眼带着一座座监狱在奔走。舒一舒眉，为自己减刑吧。除了自己，还有谁能让你恢复自由？

三、天命相连

说完了“监狱外的监狱”，我要回过头去，再与监狱里的朋友们好好聊聊。

我不想训诫，也不想安慰，更不想具体辨析案情。这些事，早就有很多人为你们做了，而你们各自的情况也很不相同。我只想从“大历史”“大文化”的背景上，谈谈监狱这件事。也许，能帮助你们获得较高层次的文化慰藉。

人类走出原始丛林，摆脱动物生态，有一系列关键步伐。例如，发明工具，开始种植，下树居住，学会用火，等等。但是，其中最重要的，是建立秩序。建立秩序的主要办法，是自我惩罚。

人类，因懂得了自我惩罚而走向了文明。法制，就是这种文明的必然果实。

读过我的《行者无疆》吗？我在那本书里写道，横行不羁的北欧海盗为了互相之间的利益冲突而设定了最粗糙的裁决方式。这种裁决的效果，就看惩罚的力度。于是我们看到了，几百年后的今天，北欧终于成了世界上最讲究文明秩序的地区。

因此，只要有人类，就需要有法制。但是，由于人类生态的复杂性、多变性、冲突性、实用性，即使在法制中，也很难公平。法制上的完全公平，永远是一个理想。再好的法制，也只是一种向往公平的努力。

在这个问题上，有一件大事曾经深深刺激了我。第二次世界大战结束后，远东国际军事法庭在东京审判二十余名日本战犯，法官十一名，由中国、英国、美国、苏联、法国、澳大利亚、荷兰、加拿大、新加坡、印度、菲律宾这十一个国家各派一名著名法官组成。照理，那些战犯罪行累累，血债如海，证据如山，举世公愤，而且已经彻底失败，应该不难判决。没想到，在那十一名国际法官间还是阻难重重。投票一再陷于危局，使中国籍的法官几乎要以投海自尽来表达民族的仇冤。后来的判决，票数也很不理想。你看，如此明确的战争结论，如此齐全的法官队伍，居然对滔天大罪还有错判的可能，那么反过来，世上有多少无罪的案子，被错判成有罪？

以我对历史的了解，不能不指出，即便是真正的盛世，也会有大量冤案；即便是最好的法官，也会有很多错判；即便是一时无冤无错，等到事过境迁，又会发生想象不到的变化。

正是由此，构成了亦恒亦变、亦正亦误、亦明亦暗的“监狱文化”。我这里所说的“监狱文化”比较大，并不是指犯人们的文艺活动。

毫无疑问，犯人未必是坏人、恶人、小人。儒家哲学认为：“君子小人本无常，行善事则为君子，行恶事则为小人。”（《贞观政要》）按照这种哲学，即便是监狱里的犯人，也随时随地可以成为君子。这就像，处于官场高位的政要，随时随地可以成为小人。

历史上，很多君子都有监狱履历。

余秋雨

且不说那些大臣、将军，只说文化人吧。我在《中国文脉》《北大授课》等书中写到的那些伟大生命，大半与监狱脱不了干系。

例如司马迁之狱。他在监狱里承受了毁灭人格尊严的酷刑，悲痛欲绝。但正是在这种情况下，他咬着牙活了下来，成了奠定千年历史格局的开山之祖，使后代中国永远受惠于历史理性而生生不息。

值得注意的是，他的冤狱，并非出自恶世昏君，而是由汉代的伟大君主汉武帝一手造成。他出狱后，汉武帝又提拔了他。因此我曾论述，这是两种“伟大”的爱恨相遇。他们两个，缺了谁，都少了那个时代的一大截光辉。

我又写到过嵇康之狱。这是一宗冤案，但嵇康入狱和赴死的过程，都表现得非常漂亮，已被历史永远铭记。那个时代，极其混乱，又极其美丽。嵇康之狱，既充分地展示了它的混乱，又精彩地展示了它的美丽。

我还写到过李白之狱和杜甫之狱。这两颗中国诗歌的至高星，都曾经在监狱里痛苦煎熬。李白是在参加平定“安史之乱”的壮举中不小心卷入了朝廷内部的矛盾，而他却浑然不知。因为是名人，自然被广大草民嫉恨，入狱后曾经发生过“世人皆欲杀”的可怕“舆情”。他侥幸出狱后，只活了四年。杜甫好一点儿，曾被叛军羁押在长安很久，后来冒险逃离，但不久又在朝廷纷争中蒙冤，与死狱擦肩。

令人钦佩的是，诗人的自由可以被剥夺，但他们的创作权利无人能剥夺。人人会背的“朝辞白帝彩云间”，就是李白在获赦脱狱后的第一时间写的。杜甫的“国破山河在，城春草木深”等顶级诗句，都写于羁押之时。

我还心怀激动地写到过颜真卿之狱。这位大书法家是在七十四岁高龄时主动请命赴叛将之狱的，目的是想最后一次劝诫叛将。结果正如他自己早就预料的，关押在一个庙里，两年后被缢死。

我说过，这是唐代历史上，也是整个中国历史上最值得敬仰的“文化老英雄”。

我对苏东坡之狱的记述，读过的人很多。这位特别可爱的诗人从逮捕、押解、半途自杀、狱中被打、狱卒同情、狱友诗记，直至他违心认罪，我都做过详细描写。但是，我最重视的，正是他面对这种种屈辱的反应，他明白了自己前半辈子投身官场功名的谬误。他脱胎换骨，孤独地与天地、历史、内心对话，终于成了百代伟人。这真可谓：一场灾祸，造就东坡。

当然，我也写到过文天祥之狱。他是改朝换代期间的重要政治人物，入得狱内，既有忽必烈劝狱，又有民间试图劫狱，一切都惊心动魄。但是，我看上的，是他作为一个末世高官的高尚文化人格。在他内心中，监狱，是成就仁义的最好平台。

总之，当我梳理完中国文脉，就看到浩荡脉络的顶峰英杰，很多都与铁窗风景有过往还。这真说得上巨笔同运，天命相连。

监狱的扩大形式，就是流放。一提到流放那就更多了，从屈原开始，联想到海南五公，联想到东北宁古塔……辽阔无垠的大监狱，困厄着不可计算的大人才。历史的魂魄似乎要在那里流逸不存了，却又在那里陶冶、游荡、扩散。

四、换一种气

监狱，是君子人格的筛选场、贮存地、淬炼处。

对此，刚才提到的文天祥，留下了一份重要的纪实资料。他详细地描述了当时燕京“土室”监狱的真实状态，那实在不是一般人所能居住的地方。但是，文天祥不仅以孱弱之身住了下来，而且一住两年，居然无病无恙。这是为什么？文天祥说，这是正气使然。一股来自天地山河的正气，经由古往今来大量仁人志士的加持，流泻到了自己身上。

且抄录一段他对囚室的描述：

> 予囚北庭，坐一土室。室广八尺，深可四寻。单扉低小，白间短窄，污下而幽暗。当此夏日，诸气萃然。雨潦四集，浮动床几，时则为水气；涂泥半朝，蒸沤历澜，时则为土气；乍晴暴热，风道四塞，时则为日气；檐阴薪爨，助长炎虐，时则为火气；仓腐寄顿，陈陈逼人，时则为米气；骈肩杂沓，腥臊汗垢，时则为人气；或圊溷、或毁尸、或腐鼠，恶气杂出，时则为秽气。叠是数气，当之者鲜不为厉。而予以孱弱，俯仰其间，于兹二年矣，幸而无恙，是殆有养致然尔。

有了这么一段环境纪实，千古《正气歌》也就可以请出来了。谁能想象，就在这么恶劣的环境中，出现了如此浩荡开阔的胸怀：

> 天地有正气，杂然赋流形。下则为河岳，上则为日星。于人曰浩然，沛乎塞苍冥。皇路当清夷，含和吐明庭。时穷节乃见，一一垂丹青。
>
> ……
>
> 顾此耿耿在，仰视浮云白。悠悠我心悲，苍天曷有极。哲人日已远，典型在夙昔。风檐展书读，古道照颜色。
>
> ——《正气歌》

中间省略的一大段，正是中国历史上最让人感动的壮士群像。当他们被监狱中的文天祥一一吟颂，监狱也就成了圣贤殿、忠烈祠。在这个意义上，《正气歌》也就是监狱之歌、羁押之歌。至正至浊、至尊至卑、至伟至窄，早就互相对峙，在此狭路相逢。正是在它们的冲撞激荡间，堂堂君子巍然屹立。

借着文天祥，我想对今天监狱里的很多气愤者讲几句话。你们可能确有冤情，该上诉的还应该上诉；但是，总地说来，不要把“气”郁积在具体的案情上，更不要把“气”投注在今后的报复上。要说“气”，文天祥的“气”应该更大吧？堂堂丞相，君昏政衰，国恨家仇，又囚虐如此，还不天天气愤怒斥、摧肝裂胆？但他没有。他把一腔怒气、怨气，全都化作了天地正气，平缓浩荡，烟水万里，势不可当。

可见，同样是“气”，质地一变，境界就截然不同。“气”的质地，我们也就称之为“气质”。何不，换一种“气”？

当天地之气引入心中，那么，所在监狱也真的变成了“君子之狱”。

想想文天祥，就再也不要为这个“狱”字烦闷了。为此，我很想为这个“狱”字做一个文字游戏，用几个同音字来阐释它，替代它。

那么——

“君子之狱”也就是“君子之越”，一种心理超越；

“君子之狱”也就是“君子之跃”，一种人格飞跃；

“君子之狱”也就是“君子之乐”，一种灵修音乐；

“君子之狱”也就是“君子之岳”，一种精神山岳。

五、双向平静

君子之狱的淬炼成果，可以在离开监狱时充分体现。

在我的见闻中，除了文本开头提到的那位前任官员外，还有很多对比性的例证。

我在“文革”结束不久就担任了一所高校的领导，又在其他几所高校兼课。当时，有很多在历次政治运动中受难的教师获得平反，回到教育岗位。他们有的曾被囚禁，更多的是在边远地区“劳改”，其实也是另一种囚禁，回来时都已两鬓染霜，都是我的文化长辈。但奇怪的是，他们中有的人能立即开课，广受好评；有的人却萎靡不振，再难工作。其实这两种人，年龄和健康都差不多。

经过仔细询问，我发现，萎靡不振的那些人，几十年来总是在申诉，总是在检讨，总是在生气，总是在自怨。而能够立即开课的那些人则完全不同，不管关押何地，身边总带一部经得起久啃又不犯忌的书，例如《周易》《楚辞》和康德、罗素的著作之类。他们知道申诉和检讨没用，因此自己绝不主动去做，反而喜欢学一门比较复杂的技巧活，或学一种少数民族语言。他们绕开了那个恼人的原点，把身心放到了“别处”，放到了“大处”，反而获得安顿。安顿的人生，不会萎靡。

新加坡的首席戏剧家郭宝昆先生是我的好友。他在几十年前因为参加左派政治运动被逮捕，囚禁了很多年。他后来告诉我，自己在监狱中把《莎士比亚全集》英文版啃得烂熟。当时只是为了安神，为了静心，当然，也因为被莎士比亚的巨大魅力所吸引。几年后他出狱，从事戏剧活动得心应手，很快又获得了国家颁发的“总统文化奖”。

使我感兴趣的是，囚禁他和奖励他的，是同一个政府，连领导人也没有换过。颁奖时，政府并没有觉得当初囚禁错了。颁奖电视直播，还把他囚禁的照片一一插播出来。对此，郭宝昆先生也很高兴，可谓“罪我奖我，全都接受”。结果，不管是他自己书写的生平，还是官方发布的生平，都无褒无贬、无怨无气，平静地记录着他的囚禁经历。

我觉得，在郭宝昆之狱上，郭先生和新加坡政府，都很“君子”。

这种双向平静，也许是比较正常的法制生活。

近几年，在中国，一些过去很难想象的事情也逐渐多起来了。例如，我在一座城市遇到一个名字很熟悉的老人，他在监狱里读过我的不少书，也看过我的电视演讲，便主动与我打招呼。他以前从来没有见过我，却不担心我很可能给予的冷眼。可见，他的心里比较放松。

我问他，现在不少市民还认识他，交谈起来，主要说什么？

他说，市民主要是在缅怀，十几年前他掌权时，不堵车。

“那你怎么回答？”我问。

“回答两点。第一，当时还穷，买车的人少；第二，现在堵车，也是当时没规划好。”他说。

我点头。他的回答很好，心态更好。

我们握过手，老人又背着一个照相机，在街道间东张西望、摇摇摆摆地闲逛起来。

我看着他的背影，有点儿高兴。为他，为那些市民，为一种双向平静。

由此想到，国际上很多杰出的艺术作品，都与监狱有关，并在这一题材上呈现了独特的精神高度和美学高度。相比之下，我们的作品一涉及监狱，总是着眼于惩罚和谴责，这就浅薄了，也可惜了。

希望有更多的大艺术家把锐利而温和的目光投向监狱。艺术家的目光与法学家不同，在他们看来，那并不仅仅是罪和非罪的界线所在，而是人性的敏感地带、边缘地带、极端地带，也是人性的珍稀地带、集聚地带、淬炼地带。

——这是我对“君子之狱”的最后一解。

文化是一条大河

有一种文化，证明这里有人活过。

有一种文化，证明依然有人活着。

活过，活着，两者可能交叉，但交叉点应在今天脚下。

有一种文化，躺在深处等待开挖。

有一种文化，昂首旷野正骑着马。

我的文化，永远在路上，永远有步伐。

我的文化，永远在告别，永远在出发。

文化是一条大河，却不是河边的枯藤、老树、昏鸦。

枯藤枯于何时？不知道，但它确实枯了。枯了还不让消停，实在委屈了它。

老树似乎还活着，总是要它来见证岁月，但它绝不说话。

昏鸦是指黄昏之鸦，还是指昏迷之鸦？都可以吧，反正都让人心情不佳。

如果这些全是文化，那么，马致远说了，这种文化会让人断肠，不得不远走天涯。

我喜欢的文化是一条大河。喜欢它的千里一贯，喜欢它的时时变化，喜欢它的润物无声，喜欢它的涛声喧哗。

文化的孤静品相

品相，是指由里到外的仪态基准。在古代，初见一人，回来告诉大家，“此人有品相”，那是不低的评定。

文化也有品相。世上存在大量重要、动人、亮丽流行文化，似乎什么都有了，但又缺了一点什么。缺什么呢？就是缺了品相。

文化的第一特殊品相，是孤静。

孤静的品相，让文化紧紧地收纳于生命主体，并且凭依着主体自享、自问、自省、自砺，结果，在独立和安静中升华到至高等级。

热闹的文化大多拥有各种背景，但是这些文化连自己也非常惊讶：为什么造成了那么大的声势还是不能被历史首肯？为什么总是有那么多高雅的身影绝不涉足，而他们的文化素养却无可否认？

因为缺少回应，所以更加高声，但遗憾的是，所有的高声连鸟雀也没有被惊动，便立即无可听闻。

激情因沮丧而疲惫，很快只能行走在陌巷小路上了，这才发现，人们在阅读、在欣赏的，都是一些安静的作品。

在中国，屈原、司马迁、陶渊明的安静自不必说，就连意气昂扬的李白一写诗，也立即变成了孤帆远影。最热闹的苏东坡被后代记得，全都在于他逃脱热闹之后，执笔于苦风凄雨、荒夜残灯。

我所熟知的欧洲艺术家就更安静了，那些碎石的小巷，那些破旧的披风，那些墓地的脚印。即便是那些听起来特别热闹的音乐，也创作于天荒地老般的大安静。

我百般期盼中国文化创造者能过上安适裕如的生活，也不反对有一些文化人为了名利去参加一些煊赫的文化节目并被民众追捧。但这些文化人如果还保持着一些清醒的思维，那也会在每天的迎来送往、杯盘交错之后私下明白，热闹的活动都在基本的文化品级之外。

无论时代发达到何种程度，文化除了派遣一些低下层次去“回应”，还必须有更高的层次，思考人类的走向、生命的方位、存在的意义，并用一个个震撼心魄的形式表现出来。毫无疑问，这一切，一定不会出现于群体的热闹之中，仍然离不开一些寂寞而又伟大的灵魂。

人类如果真要灭亡，那么，最大的悲哀是灭亡之前的喧闹。这时，应该还有几双平静的眼睛，一些镇静的声音，那就是最后一批文化人。

文化的陌生品相

文化的第二特殊品相，是陌生。

我们一直把文化看作是遗产、传统、继承，这也不全错，但必须明白，文化的本性是创新。

唯有创新，才有活力，才能前行，才是生命。

但是，创新的关键成分，一定是前所未有，一定是除旧布新。因此，基本形态是陌生。

接受陌生，欣赏陌生，拥抱陌生，这是文化创新时代的主要特征。

人们一定误会了唐代，以为在唐诗最繁荣的年月，大家都在背诵一些熟悉的诗句。其实正好相反，人们年年月月哄传的，都是最新的诗作，而最新一定陌生，陌生到惊人。这就有了杜甫的名言“语不惊人死不休”。老句、熟句，哪有惊人可言？

在人类历史上，任何一个文化黄金时代都是这样，大衢深巷都在为惊人的新作而兴奋，兴奋在“昨天还不敢想象”的一连串陌生之中。

相反，每一个文化的停滞时代、倒退时代、泥淖时代，却会把平庸的早年记忆当作“经典”，天天磨碾，不得消停。其实在那样的时代还是会有年轻而优秀的创造者的。他们只会给伟大时代带来重量，却不得不荒芜在荒芜的日月，冷寂在冷寂的年份。这些无可限量的天才，在那些低陋“经典”的喧闹中成了社会的陌路人。

文化的接受，是生命周期的象征。一个人如果正当盛年，或老当益壮，一定乐于选择未曾走过的旅行路线，去寻找陌生的风景，并把陌生纳入自己的生命视野。相反，一个人如果早入暮年，或未老先衰，则一定不再探寻，不再好奇，只愿在陈旧的记忆里翻检，不断重复。在文化接受和审美周期上，他们已进入养老时期、延命时期、弥留时期。

麻烦的是，在文化接受上，衰老的一切往往会倚老卖老，摆足架势，把满头白发当作天上的云彩，把满脸的皱纹当作大地的经纬，把缺少文化的哼哼唧唧、磕磕巴巴当作传世之言。

敢于这样，也有背景。因为历朝统治者都不放心陌生，更不放心陌生的创造者，所以总是把全社会的文化接受，维系在衰老的生命周期上，并用朝廷的权力为衰老涂脂抹粉。

那么，我们的结论就很简单了：如果要一个社会、一个时代的文化真正具有向前迈进的动力，那就一定要呼唤青春，呼唤突破，呼唤创新，呼唤陌生。

正因为陌生关及文化的生命，所以它也就成了判别文化素质的重要品相。

文化的天问品相

文化的第三特殊品相，是天问。

文化在传达的内容上，可分以下四个等级——

初级，传达常识常理，相当于小学课程；

中级，传达基本命题，包含着颇多思考成分，相当于中学课程；

高级，揭示世间难题，包含着很多未知部分，相当于大学课程；

超级，询问至今未解的鸿蒙悬念，关及人类生存，属于思考者的自设课程。

文化当然要承担启蒙的责任，因此少不了初级课程。但是，文化人在成长的过程中迟早会进入思考和探索的层次，因此也就必然地升级到中级、高级的课程。这种升级，是文化成熟的标志。

一旦迈过初级启蒙的平台，文化就必须面对困惑、难题、未知。而且都无法轻易解决。文化正是凭着这种处于明白与不明白之间、已知和未知之间、小惑和大惑之间、是非和生存之间的两难，显现出一种不得不彷徨又不得不探寻的真诚。

这中间，也有少数文化人由于天赋和机遇，会进入超级境界。那就是发出大量“天问”、立誓“上下求索”的屈原，那就是在盛衰、真假的惊惧中，目睹了整体幻灭的曹雪芹。在欧洲也一样，没有一个高等级的文化人会把自己已经得出的结论作为研究的课题，更没有一个高等级的创作者会把世人已经明白的理念作为作品的主旨。莎士比亚、歌德、贝多芬的最重要创作都展现了神圣的未知，至今未曾有人提供答案，因此还要继续探寻，永远探寻。

但是，在我们周围，却有大量的文化人，决不让自己的研究和创作以未知为归。他们习惯于居高临下地宣布一个个“正确的结论”，把所有的读者当作了低年级的小学生，而自己，则成了无事不知、无理不明的走街巫士。这样的文化人，看似把自己抬得很高，实则把自己贬得最低。他们不明白，事事困惑的文化人，远比事事皆知的文化人开阔和高明。

又想起了我曾经讲述过的罗素。作为二十世纪西方最重要的哲学家，他对苏联十月革命并不立即反对而抱有极大好奇，因此就赶去考察。苏联方面当然也非常重视，派了一批布尔什维克理论家陪着他在伏尔加河上边旅行边交谈。罗素惊讶地发现，这些理论家确信，他们已经充分掌握了人类发展的规律、国家前景的道路、社会生活的奥秘，就连文化问题的方方面面，他们也了然于心。他们现在只是还来不及，向全世界指明前景。他们在船上日日夜夜教导着罗素，早已忘记眼前这个“被教导者”是什么人。罗素觉得，这些装满一肚子“真理”而毫无困惑的理论家，有一种令人恐怖的自我陶醉。由此，他对布尔什维克失去了信任。

看到罗素的这番回忆我们都笑了，因为这样的理论家经常与我们相邻。罗素只是在一艘船、一条河上痛苦着，但是在很多情况下，这艘船可以变得其大无比，这条河可以长得没有穷尽。

这些理论家总以为听的人一定深感荣幸，其实，只要听几句，讲述者的文化等级就显现无遗。显现无遗的，并不是他们说错了什么，而是他们那种扬扬自得的有趣表情。听的人确实也表情愉快，这一定让讲述者产生了误会，其实听的人的愉快，是因为如此快速地做出了文化评定。

我们的结论很简单，一切大文化人，一定会在心中贮藏着大量“天问”，因此会在疑惑重重中表现出一种忧郁的诚恳，然后投入不息的探寻。

厌 倦

各种文化，都很难对付一种病毒。

这种病毒极易感染，又极难治疗。麻烦的是，很多人不知道它的危害，甚至不知道它的存在。

这种病毒的名号很普通，叫厌倦。

我在三十五年前写过一部学术著作《观众心理学》，至今还受到海外学术界的重视。这部著作的最后一章叫《心理厌倦》，可见我把心理厌倦放到了审美心理的归结性地位。不错，它，正是一切文化接受的生死命穴。

这书在海峡两岸出过很多版本，大家很容易找到，我也就不重复其中的学理了。只是深感这个问题至今仍然亟待重视，不能不再发一点议论。

厌倦有一个听起来不错的起点，叫适应。

适应，是对外来刺激的逐渐接受。这种刺激，既可能是兴奋的，也可能是沮丧的；既可能是美好的，也可能是无奈的。逐渐接受了，也就是一步步适应了。

但是，必须注意，适应也是刺激效能的降低和钝化。因此，适应了当初的兴奋，也就是兴奋的降低和钝化。同样，适应了沮丧，也就慢慢地减弱了沮丧。

传播一种文化，是为了让人们适应这种文化。然而，即使人们在适应之初的心理感觉是完全正面的，也应该明白，只要适应了，这种心理感觉也就降低而钝化了。初始的兴奋，不可能持续太久。

在接受者失去初始兴奋的情况下，如果传播者还误以为这种兴奋还保持着，继续以激发兴奋的方式在进行，那么，事情就会开始翻转。

以身边的小事为例，一个老奶奶喜欢向后辈讲述早年往事，但是，即便是非常尊敬她的后辈，听到第五遍，就会觉得已经听了几十遍，一定会用逗乐的方式阻止奶奶再讲下去。这种阻止，不是为了听讲者，是为了讲述者，也就是出于对奶奶的尊敬。

这是生活小事，如果提升等级，变成了一场演出，或一次演讲，情况就严重了。

一场不错的演出，如果不是出于艺术的故意设计，演着演着竟然出现了重复的动作和台词，哪怕只是一点点，观众就会立即感到编剧和导演在这里露了怯。只要是内行的演员，在这样的段落也会显得比较尴尬。

同样，一个成功的演讲者，讲着讲着绕出了差不多的意思和话语，听众就会投以同情的目光。其实，演讲者自己心里明白，这只是因为准备不足，在这个话题上出现了“局部失语”。“局部失语”的特征，不是停顿，而是重复。

问题的严重性在于，对于一场不错的演出，对于一次成功的演讲，人们总是以充满期待的心情进入的，为什么仅仅有一点重复，期待的心情就会大打折扣，甚至消失大半？

演员和演讲者的声调和形象，可能都很动人，为什么却抵挡不住因重复所产生的审美障碍？这个问题，关及观众心理学的基本哲理。

我有时会对一些企业家和官员产生好奇，他们怎么会如此习惯于重复却相信下属们不会厌倦？或者，相信财富和权力能赶走厌倦？

需要提醒文化人的是，厌倦心理的产生，远比你们想象得更容易、更快速。

我在《观众心理学》一书中引用了狄德罗、雨果、迪伦马特、梅耶荷德等杰出艺术家克服观众心理厌倦的种种论述，又列举了中国戏曲以“折子戏”的拆解方式来对应观众厌倦的办法。但是，这一些纯属艺术技巧的范畴，并不适用在真实生活中。再出名的艺术家，在作品之外招摇过度、广告过甚，甚至为了“混一个脸熟”而参加各种活动，其实都是自毁之途。毁坏你们的，不是诽谤和攻击，而是人们的厌倦。

从数据看，你们可能还有不少追随者，但是应该明白，因厌倦而离开你们的人，可能更值得你们珍惜。

民众中永远有一批人处于正常的心理机制之外，他们在群体哄闹中让自己的厌倦机制退化、麻痹、失能，结果也就遗弃了自己的精神健康。他们本身已经被更多精神健康者所厌倦，你们怎么可以用他们的“不厌倦”来安慰和刺激自己？

在历史上，用大量重复的咒语让人不知抵拒，那叫蛊惑。被蛊惑者处于被催眠一般的混沌状态，变成了一群可以随意被搓捏的生命。这是人类应该提防的悲剧，而其中有一个小小的提防起点，那就是要求人们不可失去厌倦能力，并懂得一旦厌倦就要起身离开。

这种厌倦和离开，是在守护生命的尊严，守护世间万物不被磨损的魂魄。

人生也有很多不厌倦的对象，例如山河日月、至爱亲情，以及极少数与自己的生命高度契合的经典作品。但是，要护惜这些最珍罕的部位，更需要懂得对其他部位的厌倦、离开、放弃、驱逐。在这个意义上，厌倦也是一种防卫。

人类，在厌倦中清醒，在厌倦中洗涤，在厌倦中重生。

自大为羞

三十几年前，我还没有动手写散文，学术影响主要集中在专业圈里。有一次，中国戏剧家协会代表团到国外访问，把我的四部学术著作《世界戏剧学》《中国戏剧史》《艺术创造学》《观众心理学》作为"专业礼品"，赠送给外国的对应机构。这事被传媒报道了，很快就有一位著名评论者据此发表文章，说我是"一个具有巨大国际影响的戏剧学家"。

我立即给这位评论者写了一封公开信，说：

> 感谢你的美言，但你让我受窘了。我的这四部学术著作，都没有翻译成外文，我相信没有一个外国同行会去翻动一页。而且，那些国家的"戏剧家协会"，都是规模很小的民间团体，自生自灭，未必有办公的地方。那几本书，不知塞到哪一个角落里了，估计是丢在某个剧场后台的废物堆里，这哪里说得上什么"国际影响"？
>
> 这样的事，让我受窘倒也罢了，就怕大家在国内胡吹"国际影响"，变成了文化自欺，把自己搞晕了。现在报道中经常出现的所谓中国的某某戏曲演出"轰动了伦敦""轰动了巴黎"之类，都不能信。那些骄傲的城市，哪能这样被轻易"轰动"？真到剧场一看，绝大多数是同乡华人，而且是费了不少力气硬拉来的。

这封公开信发表后，影响不小。记得有两位从国外回来的经济学者还写了响应的文章。

我们的同胞，可能是受别人歧视的时间长了，因此特别容易说大话，来获得心理填补。这本来也情有可原，但如果变成了习惯，一定会在内内外外产生负面的效果，不仅受窘，而且蒙羞。

近年来，有些大话，已经把中国的某些特产说成是世界唯一，在语句上看没什么错，但在口气上就太奇怪了。例如——

中国的糟香螺，世界的糟香螺。

这样的说法很容易产生有趣的诱导，以为全世界举行过几次“糟香螺大赛”，而这一种螺获得了公认的世界冠军，而且是几连冠，受到全世界的追捧。

顺着这种口气，大家可以依次说下去——

中国的啰啰腔，世界的啰啰腔。

中国的碎瓦村，世界的碎瓦村。

……

你如果把自己的名字也放入这种格式，转眼也成了疑似的“世界名人”。

暂且把这样的游戏搁下，我们来说点正经的“大话逻辑”。

“大话逻辑”的起点，是处处嫌小。因此，一定要突破小的框范，争取自己在大空间中的形象。如果到此为止，虽然已经离谱却还没有离得太远，但“大话逻辑”还没有完成，还必须进一步往前推，使大空间中的自己成为最高，成为唯一，让万众仰望、百方拜服。

他们有一种自信，觉得只要把话讲大、讲绝，别人自然会仰望、拜服。这种自信中，显然包含着对无数“别人”的严重误判。其实，大话对“别人”产生的效应，并不是仰望和拜服，而是刺激了他们的“大话潜意识”，大家都开始大话滔滔。这一来，大话对大话，谁也大不了，反而因为失去了正常的自己而变得小而又小，甚至找不着了。

在这里，我又联想起了一件与自己有关的事。

很多年前，我去考察都江堰，在青城山的一个半山道观，被邀请题字。我举笔想了一想，就写了这么两句——

拜水都江堰，
问道青城山。

没想到这两句话后来流传很广，成了当地的一个通行标语。

当地文化界朋友觉得，既然这两句话反响如此之好，那就不妨往前再推进一步。于是他们做了这样的修改：

都江堰灌溉全国，
青城山道传天下。

这一来，大是大了，但恐怕是欺负到“别人”了。

第一，都江堰确实具有全国意义，但如果说它“灌溉全国”，那把长江、黄河、黑龙江、珠江放在哪里？

第二，青城山在道教中影响不小，但道教门派繁多，如果说它“道传天下”，其他那么多山怎么会同意？

相反，我写的那两句，格局就非常小。没有主语，但一看就明白，主语是一个书生，既虔诚地“拜水”，又虚心地“问道”，把自己放到了山水之下最卑微的地位。结果，人人都愿意成为这样的书生，这两句反而受到欢迎。

后来，四川发生了汶川大地震，都江堰是重灾区，人们在一片废墟中更明白了，人类不能说大话，而应该在自然山水面前更谦虚地“拜水”和“问道”。于是，大灾过后，当地民众要我重新书写这两句话，他们镌刻成了两方石碑，分别立在都江堰的两个特殊地点。

可见，小格局，低姿态，反而更经得起时间的折腾。

大话的危害，不仅让讲述者失信，而且也让大话所称颂的文化蒙污。一切被大话所装饰的文化，总让人疑窦丛生，这又验证老子所说的“物极必反”原理了。

我几十年都在国内外讲述中华文化，深深体验过其间的甘苦得失。因此不能不留下四字告诫：自大为羞。

第三辑　自己

因悟而淡

悟，一个早在诸子时代就已常见的字，后来又挑起了佛教的大梁。佛教的教义如果要用最少的字来概括，那就是“悟空”。《西游记》让美猴王用了这个名字，因此在中国就更普及了。

悟空，意为觉悟万物皆空。有了这个觉悟，就能海阔天空。这个道理，我在译释佛教经典的著作中曾反复论述，这里就不重复了。

我今天要说的是，尽管孙悟空很普及，但是要让“悟空”的含义在民间普及，却非常困难。因为这是一个思维等级很高的命题，牵涉到世界来源、万物本性等极为复杂的深层哲理。普及了，容易产生大幅度的误解。

更重要的是，中国的主流文化是儒学，主张“修身、齐家、治国、平天下”，与佛教的核心概念“空”，有根本差别。虽然后来有不少人做了联通两者的文章，但学术成效还是不大。

因此，在中国民间社会讲“悟”，大多不会把纯粹意义上的“空”作为目标。中国人喜欢佛教，就像喜欢其他外来文化一样，取的是一种中国特色的中庸状态，也就是中道。

例如，要让中国民众完全“看空”世间各种事物，他们心中一定会产生一系列障碍；但是，如果降低几度，把“看空”说成是“看穿”“看淡”“看轻”，那就会有很多人点头了。

我虽然对佛教做过严谨的研究和阐释，但是为了对应中国民众的有效接受，也赞成中道。

因此，这篇短文所说的“悟”，就有了普及性的含义，那就是：把天下一切该看穿的，都看穿；该看淡的，都看淡；该看轻的，都看轻。相比之下，“看穿”比较彻底，“看淡”“看轻”比较温和，我就选“看淡”吧。

《心经》说“五蕴皆空”；我在这里要说的是，“十色皆淡”。五和十都是虚数，背后藏着成千上万，也就是要觉悟者看空万象，看淡万象。

第一色，觉悟者应该看淡利益。

任何人对任何利益，都不可能永久拥有。即便在拥有之时，这种拥有也包含着诸多假象。但是，人们已经习惯于在假象中生活，因为种种假象组成了一条条完整的生态链，给众人带来了精神安慰和实际方便。为了不伤害众人，可以不彻底揭穿，却一定要劝导他们：看淡、看淡，再看淡。

在正常情况下，一个人必要的生活利益不难取得。如果把利益看得太重，他就会忧虑重重，心肠渐硬，逐渐变成一个物质性、竞争性、利己性的存在，即便攫取再多，也是一种豪华而又负面的生命形态。

第二色，觉悟者应该看淡名号。

即使不是觉悟者，只是脑子比较明白的人，也都知道看重名号是多么愚笨。世上大大小小的名号，都是出于颁发者临时性、偶然性的需要而拼凑的。不管是名副其实还是名不副实，大家并不在意，因为都不当真。可惜，历来一切为名号兴奋或苦恼的人，都在争抢那个本不具有实际意义的拼凑，实在是太可怜了。至于排位式、评奖式的名号，更是一种分割性、排斥性的游戏。一旦抢得，表面上招来掌声，暗地里招来嫉恨，明白人自会尽量躲避。

第三色，觉悟者应该看淡成功。

成功，是世俗社会最广泛的追求，但在词语学上，这两个字不具有稳定的含义；在古今中外的高层思维中，更不具有任何地位。在《老子》《周易》中，“成功”与“失败”紧紧拥抱，不仅随时转化，而且互渗互溶。

很多人常常会为“成功”订立一些目标，但在相对的序列中，这些目标也可能是失败的记号。这就像揪住了悬崖半坡上的一束草，从山脚下看是高，从悬崖上看是低，都朝夕难保。

现在一些聪明人不屑讲“成功”了，而更喜欢讲“力量”。这种说法虽然离开了琐碎的目标而稍稍超脱，却还是离不开显摆式的比较，俗称“秀肌肉”。然而这种显摆不仅大量消耗自己，而且容易引起他人警惕，带来一系列外部压力。而且，很可能是群集性的外部压力。才刚刚“秀”了几下，一夜醒来，发现周围的目光都是冷漠而提防的了。

天下真正伟大的力量都处于寻常状态，昼夜运行而千载不息。相反，一切暴发之力总会阻断世间的和风细雨，最后连自己也不可收拾。因此，人们还是应该遵从《老子》《周易》的教诲。“韬光养晦”，是悟后之言。

第四色，觉悟者应该看淡欲望。

欲望的含义比较负面，其实在觉悟者看来，人世间种种企图、向往、夙愿、期盼，属于同一个范畴。不管是个人还是群体，早年产生的向往，迟早会因为主观世界和客观世界的巨大变化而失去足够的合理性。如果坚守不变，那就会被时代拒绝。《老子》认为，过于坚强的志向并不可取，因为“坚强者死之徒，柔弱者生之徒”。

其实很多听起来不错的欲望和志向，很可能是幼稚的，单向的，听命的，从众的，窄视的。至少，是未被实践检验的，未被时间选择的。按照王阳明“知行合一”的哲理，天下一切所谓“知”，如果尚未投入行动、完成行动，其实就是“未知”。人们怎么可以把“未知”之志当作长久志向？少年时的好奇，初中时的暗恋，毕业时的大话，都不应该成为左右今后人生的羁绊。早期的计划再好，也应该不断变通。就连文化立场相当保守的《文心雕龙》也说：“变则堪久，通则不乏，趋时必果，乘机无怯。”显然，他不赞成固执的志向和欲望。

第五色，觉悟者应该看淡亢奋。

亢奋都是一时的，如山林野火，烈烈扬扬，光焰百里，却不能给予过多的赞誉。觉悟者懂得，各种亢奋有好有坏，但都是“非正常状态”。正因为是“非正常状态”，即使是好的亢奋也必然包含着大量盲目的极端性因素，只有让它恢复正常状态之后，才能帮助滤析。也就是说，先要看淡亢奋，然后淡化亢奋。只有经过这双“淡”，好的东西才可能有所留存。但是，由于已经燃烧过了，留存的不会太多。

觉悟者已经养成了一个习惯，对方越是激烈，我们越是冷静。天下之悟，不管是大悟还是小悟，都只能在冷静中出现。哪怕是一刹那之悟，也必须有一刹那的冷静。因此，觉悟者不会与亢奋者直接对峙，只有等到他们恢复寻常的心志、眼神和体温之后，才能慢慢交谈。

所有的觉悟者其实并不刻求清高，但是，只要听到那些大声的宣讲、激烈的表情，却会悄悄离开。因为这些居高临下、容光焕发的人总以为自己早已觉悟，其实还十分遥远，只能慢慢等待。

第六色，觉悟者应该看淡记忆。

记忆让生命保持时间维度，当然必不可少。但是，由于记忆牵涉到历史进程中的荣辱高下，事情很大，而起点却往往是几个老人的主观回想，又不容易核准，因此两相失衡，产生了大量的“故意失真”“诱导失真”和“无奈失真”。

即使完全没有故意，人们的记忆也会由于角度、身份、情绪的不同而进入“天然误记”。例如我写自己家几十年经历的《借我一生》，居然数易其稿、耗时长久，就是因为我父亲、母亲、祖母、姨妈、舅舅对很多事情的回忆差别太大，甚至互相矛盾。他们都是老实人，我们家又很普通，没有造假的任何必要，因此，这是记忆本身无法避免的异化和蜕变。由此联想开去，那些关及很多人声誉和观念的历史回忆，又会如何呢？

在密密层层的“故意失真”“诱导失真”“无奈失真”和“天然误记”的丛林中，觉悟者的选择只有一个，那就是：看淡。

对于那些说得特别绘声绘色，又不断重复张扬的记忆，疑点当然更多，因此更应看淡。

只有看淡，才能轻松，让人们从那些真真假假的过往岁月里挣脱出来，体验今天，创造明天。

第七色，觉悟者应该看淡界限。

歌德说：“世人凭着聪明制造了很多界限，终于凭着爱，把它们全都推倒。”这是我喜欢的话。

我有一本书叫《行者无疆》，“疆”，就是界限。

但是，事实上，这个世界似乎由重重叠叠的界限组成。抬眼一看，就是级别之界、专业之界、财产之界、民族之界、籍贯之界、社群之界、团体之界……这些界限，出自对时间和空间的争夺和划分，又满足了辨识的需要、分工的需要、管理的需要、安顿的需要、支配的需要、服从的需要、称呼的需要。如果没有这些界限，天下会陷于混乱。

觉悟者当然明白这个道理，然而更明白，这些界限大多是人为的，而且被大大夸张了，似乎成了一种天造地设般的存在。其实，不仅界限是易变的、交错的、互溶的，而且每条界限两边的人，都应该有共通的人性、人权、人道、人伦以及基本一致的善恶是非标准。而这种共通和一致，正是人文关怀的底线。这样的底线，不应该被一条条炫目的界限遮盖。

因此，觉悟者们有一个特点，当人们在大谈种种界限划分规则的时候，他们只会浅浅地听，而不会有太多表情。

第八色，觉悟者应该看淡恩仇。

中国历代民间文化，都有“恩仇必报”的传统，而且还把这一点看成是“快意人生”的标志。但是，到了儒、佛、道大师那里，却不会予以支持。因为他们明白这样三点：一、恩仇极有可能被夸张了；二、恩仇是当初一次次互斗、互峙、互伤的结果，双方都有责任；三、隔时已久，甚至隔了几代，不应以“仇仇相报”的方式延续仇恨。

历史从来没有走在一清二白的大道上，困顿、错乱、误会、不公，才是常态。因此，时间本应吞没很多血泪，而不应该当诸多历史理由早已失去之后，再让不该再翻起的旧账一次次翻起。

我在《修行三阶》一书中有一篇《仇之惑》，专谈这个问题。那篇文章指出，觉悟者对仇恨的看淡，是想帮助人们脱离一种传代的迷惑。

第九色，觉悟者应该看淡舆论。

所谓舆论，说来好听，但在多数情况下，无非是不知情的众人对一项复杂事端的七嘴八舌、口口相传。

掌权者管理众人的事，理应对众人的口舌予以关注。但是，觉悟者基本上不掌权，可以远远地对舆论保持一种审视的态度。

把舆论看成是“民意”，而又把“民意”看成“真理”，这是民粹主义的逻辑。幸好，没有一个觉悟者会相信民粹。觉悟者，是民粹狂潮上方灰色塔楼窗口那双冷漠的眼睛。

真正的民意当然应该尊重，但那是广大民众都能普遍感应的社会生态课题，与我们所熟悉的那一拨拨耸人听闻的舆论喧嚣完全不同。我在论述中华文化的千年弱项时曾经指出，缺少实证意识、不懂辨伪程序、喜欢听谣信谣，是中华文化的一大遗憾。结果大家都感受到了，多数所谓舆论，一是非实证的谣言臆想，二是诱导性的传媒设计，三是低层次的哄闹风潮。这中间，也会有一些正常舆论，却常常被挤到冷寂的角落无人注意。

觉悟者知道，舆论浪潮中泥沙俱下，却又很难分辨，因此只能淡然以对。淡然，表示对整个舆论的不重视，因为深知一切都会过去，过去后，山河依旧，日月无恙。淡然，又表示并不反对舆论，就像正常人并不反对窗外的各种声音。如果全然关闭，也会失去很多人世意趣。

总之，庞大的舆论阵势有可能裹卷千万人，却不可能拉走一个觉悟者。在这种情况下，觉悟者态度很轻，分量很重。

第十色，觉悟者应该看淡自我。

觉悟者看淡这个，看淡那个，似乎强化了自我的地位。但事实上，他们最后看淡的，恰恰是自我。

这里存在着东西方文化的一个重大差别。西方的智者在苏醒之后发现了自我，东方的智者在觉悟之后放逐了自我。

如前所述，比之于身外的利益、名位、成功、欲望、激情、记忆、界限、舆论，独立而又冷静的“我”很重要；但是，摆脱了这一切的“我”又是什么呢？能做什么呢？想到底，“我”也不重要，应该看淡。用佛教的话说，那就叫放弃“我执”。所谓“我执”，就是对自我的执着。

固然，当家族、体制、社团、极权吞噬个体的时候，“我”作为独立生命体的标本应该获得释放，但是“我”毕竟包含种种偏仄，如果对它张扬过度，必然会对社会秩序和其他生命带来冲击。人类真正需要设计的，应该是一种理想状态的生命形态，永久地让人们“高山仰止，景行行止”。相比之下，现实生活中的任何个体，包括“我”在内，都是渺小的。

记得以前我写过一篇《我在哪里》，讲述了这个问题。

觉悟者眼中的“我”，应该是一种终身开放的吐纳状态、弥散状态、无形状态。对于有名有姓、有体有貌的“我”，平凡而又无奈的“我”，只能看淡。

对于社会上那些“以自我为中心”的人，觉悟者除了劝导之外还会有不少怜悯，由于他们对自然状态下的自己缺少信心，因此要吃力地来卫护和加固。历来只有过度自卑，才会造成过度自尊。什么时候，他们也能有所觉悟呢？

顺着“五蕴皆空”，我把“十色皆淡”说了一遍。《心经》说了，“色即是空”，我们，因空而淡，因悟而淡。

全都淡了，一切也就回到了自然本性。这样的人是否显得有点无用？有点。但是，如果眼前突然出现了意料之外的困厄和灾难，那么，这些人反而更会在第一时间迎上前去，从容应对。火来水迎，水来土挡，无忧无惧，成为扶危救难的“大雄”。他们为什么会这样？因为他们未曾被杂物、杂念牵引，是一个个纯净的生命。只有纯净的生命才会凭直感在第一时间分辨出真正的轻重安危，并且依据良知调动出强大的力量，而没有任何磕磕绊绊的自身障碍。

觉悟者由于习惯“看淡”，因而也为爱和美的信仰清理了场地。

凡是堆积太多的地方，都不会有信仰的空间。

寻　找

小时候，梦中寻找的总是妈妈。

现在，总是她。

与生活中正好相反，梦中的她，总是不告而别，到很远的地方。我似乎也知道那地方很远，因此刚刚要找，脚下已经是西奈沙漠、约旦佩特拉、密克罗尼西亚的海滨、卢克索的山顶……她总是在那里飞奔，身材那么矫健，周围所有的游人都在看她。因此，我只要顺着众人的目光，总能找到她。

有的地方，没有游人，只有蛮荒的山岭，那就更好找了，因为所有山脉的曲线都指向她。

飞奔到一个显目的高处，她会突然停步，猛然转身，伸直手臂大幅度地摇摆。好像早就知道我在找她，已经找到她的脚下。她笑得很骄傲，为她走得那么远、那么高，为她知道我会找，而且一定找到她。好像，一切都是她的计划。

我很快追到她眼前，只是笑，没有话。一时间，游人不见了，山岭不见了，天地间只剩下我和她。

这时我大多会醒，惊讶地看一眼还在熟睡中的她。

其实她没有行动计划，只有心灵计划。

正因为没有行动计划，所以也没有行动路线；正因为没有行动路线，所以再远的地方她也能随意到达。

这事说起来有点艰深，但是自从人类开始懂得跨时空“穿越”的可能性，才知道过于精细的安排都是障碍。只有心灵，才能使我们脱地滑翔，转眼就能抵达任何想去的地方。地图由心在画，世界处处是家。

所以，我总能在最远的角落找到她，却不知道她是怎么去的，是坐车，还是骑马？

她的心灵计划既然与路线无关，与距离无关，那么又与什么有关？

与人，只能是人。她的心灵计划，由两个人组成，却又至远至大。

因此她能突然停步，猛然转身，知道我找到她背后，可以四目相对，分毫不差。

我的心灵计划也是由两个人组成，也能伸发到海角天涯。因此，我天天在找，却找得一点也不累。她必定知道我在哪里，我必定知道哪里有她。

我曾对年轻人说，人生在世，最要紧的是找对一个人。如果找着了，那就会天天牵挂，却又不必牵挂。

于是天边就在枕边，眼下就是天下。

手　表

那时我十三岁，经常和同学们一起到上海的一个公园整理花草，每次都见到一对百岁夫妻。公园的阿姨告诉我们，这对夫妻没有子女，年轻时开过一家小小的手表店，后来就留下一盒瑞士手表养老。每隔几个月卖掉一块，作为生活费用。但他们万万没有想到，自己能活得那么老。

因此，我看到的这对老年夫妻，在与瑞士手表进行着一场奇怪的比赛。铮铮铮的手表声，究竟是对生命的许诺还是催促？我想，在万籁俱寂的深夜，这种声音很难听得下去。

可以想象，两位老人昏花的眼神在这声音中每一次对接，都会产生一种嘲弄时间和嘲弄自己的微笑。

他们本来每天到公园小餐厅用一次餐，点两条小黄鱼，这在饥饿的年代很令人羡慕。但后来有一天，突然说只需一条了。阿姨悄悄对我们说：可能是剩下的瑞士手表已经不多。

我很想看看老人戴什么手表，但他们谁也没戴，紧挽着的手腕空空荡荡。

这对百岁夫妻，显然包含着某种象征意义，十三岁的我还很难读解，却把两位老人的形象记住了。

随着慢慢长大，会经常想起，但理解却一次次不同。

过了十年，想起他们，我暗暗一笑，自语道：生命，就是与时间赛跑。

过了三十年，想起他们，又暗暗一笑，自语道：千万不要看着计时器来养老。

过了五十年，想起他们，还是暗暗一笑，自语道：别担心，妻子就是我的手表。当然，我也是妻子的手表。

一则证婚词

很荣幸担任今天这个婚礼的证婚人。

感谢两方面的父母亲，让我们看到了新郎、新娘还是婴儿时的照片。

生命，实在是无法想象的奇迹。这么幼小的生命，终于有一天，懂得说话了；终于有一天，懂得走路了；终于有一天，懂得上学了；终于有一天，懂得思考了……

终于有一天，石破天惊一般，他们懂得爱了！

懂得爱还不够，他们还懂得了爱的选择；懂得了选择还不够，他们还懂得把选择固定；懂得了固定还不够，他们还愿意把这种固定长久延续，并让亲朋好友来见证；让亲朋好友来见证还不够，他们还要让高山大海来见证……

于是，就有了今天这个日子，有了今天这个地点，有了今天的新郎、新娘。

也许有人会问：这么年轻就决定终身，可信吗？

这就牵涉到我这个证婚人的另一个使命了。我不仅要证明今天的婚姻成立，而且还要从总体上证明，人类的婚姻是可以信赖的。

固然，我们早日已经有很多朋友，可以相约旅游，可以相对喝酒，可以相与工作，但有一个人，却可以相依为命。有了这个人，你的生命不仅扩大了一倍，而且可以扩大为整个世界。一阴一阳，即为天下。信赖另一半，就是信赖整个天下。

在这儿我想给新郎、新娘说几句重要的话，希望年轻未婚的伴郎、伴娘们也听一听。

结婚以后，爱情的方式不会像结婚之前那样烈烈扬扬、如火如荼了，但有可能爱得更深。

社会上有一种我很不喜欢的说法，叫作“婚姻是一个屋顶底下的互相宽容”，我希望你们不要相信。什么叫“互相宽容”？好像妻子或丈夫有不少缺点，只能“开一眼，闭一眼”算了。其实，世上的婚姻都不应该如此勉强，如此勉强何苦还要婚姻？

请问，你凭什么判断哪一些是对方的“缺点”呢？是说话、做事比较着急吗？是容易遗忘一些生活细节吗？显然，这些所谓“缺点”，只是一些差异。如果换一副眼光，你就会觉得，恰恰是这些差异，非常值得欣赏。南非大主教图图的一句话曾被我们写入联合国的《人类发展报告》，那就是“Delight in our difference”，意思是为差异而欢欣。这已经成为当代人类哲学。

结婚，就是找到了有差异的对方而彼此欢欣。对妻子和丈夫，要由衷地天天欣赏，天天惊喜。果然，你会发现，对方确实越来越值得欣赏和惊喜。

我敢肯定，在新娘每天的欣赏和惊喜中，多少年后，今天的新郎一定会变得更精彩；同样，在新郎一天天、一年年的欣赏和惊喜中，今天的新娘也会越来越出色。

我相信，天下任何丈夫和妻子，都有能力塑造出天下最优秀的妻子和丈夫。

相反，天天抱怨、漠然、疲沓，也会建造出一个抱怨、漠然、疲沓的门庭。

记住，婚后的每一天，都应该像蓦然初见，一见钟情；都应该像婚礼犹在，鼓乐长鸣。也就是说，婚姻的漫长岁月，都是永不止息的创造过程，天天都在创造着对方，也天天都在创造着自身。

当然，多少年后，美丽的新娘的脸上会出现皱纹，但那是爱情大树的“必要年轮”；新郎头上还会出现白发，但那是爱情的高峰触及了天上的白云。

我相信，到那时，你们还会互相欣赏，互相惊喜，让“年轮”和“白云”都闪耀着超逸的神圣。

——我有资格做这一番证明，并不仅仅是因为年龄。今天，我的妻子马兰也来了，我们以几十年老夫老妻的婚姻生活，一起来做证明。因此，今天的证婚人，不是我一个人。另一个更重要，这个以演唱中国的婚姻进行曲《夫妻双双把家还》而温暖过无数家庭的人。

至此我隆重宣布：两位新人的婚姻，成立了。

今天是二〇一八年七月二日，现在是下午五时一刻。

我希望，五十年后，二〇六八年七月二日，也是下午五时一刻，也是这样天光灿烂的时分，有一对上了年纪的夫妻，再次来到这个海滨，这片草坪。两个人微笑着对视着，天地间一片安静。

更有可能，带来一大批儿子、女儿、孙儿、孙女，这儿会像今天一样热闹。那我就希望，把我此刻发表的证婚词录音再播放一遍，让几代孩子们都听一听。

好，我和马兰的证婚使命，已经完成。

头面风光

一

二十几年来，我从来没有进过理发店。

光听这句话还不至于吃惊，因为大家会想到，单位里可能会有一间理发室，朋友间可能会有一位能够理理剪剪的人。

但是，都没有。

“那由谁给你理发?”他们问。

“我妻子马兰，由她包了三分之一。”我回答。

“马兰学过理发吗?”他们问。

“没有。她在我头上开始第一剪。”我回答。

“第一剪之后到外面学过吗?”他们问。

“我的头是她唯一的学校。”我回答。

“你说她包了三分之一，那么还有三分之二交给谁了?”他们问。

“我自己。”我回答。

“你自己?自己怎么剪?”他们问。

“左手摸头发，右手拿剪刀，摸到长了就一下子。”我回答。

“用镜子吗?”他们问。

“镜子没用。只用触觉。”我回答。

听完以上问答，大家一定会非常惊异，但更惊异的，是以下这个事实——

这二十几年，恰恰是我无法推拒各方面的盛情不得不频繁上电视的年月。例如，在国际大专电视辩论赛中担任“现场总讲评”很多年，这个节目在海内外播出时拥有很多观众；又如，一再被邀主持环球历险考察，整整几个月每天都要不断在电视直播中讲述；再如，为北京大学各科系讲授中国文化史，全部课程也由电视转播……

这也就是说，由我自己或马兰随手乱剪的头，几乎天天要以特写的镜头面对数以百万计、千万计的观众！

让我感到困惑的问题是，为什么始终没有一个观众对我的发式、发型提出过任何意见？一年没有，两年没有，二十几年都没有。

答案没有找到，却让我更加放心地拿起了剪刀。

如此怠慢理发，并不是我故作潇洒，而是遇到了一系列无可奈何的状况。

二

记得在环球历险考察时要经过很多恐怖主义地区，成天毛骨悚然，可以想象头发纷披的样子。这样子，出现在镜头上倒是与环境气氛符合。过些天，暂时脱离恐怖主义地区了，主要标志是路边有了一些小买卖。有一次看到那些小买卖边上用一块黑油布围了一把脏兮兮的椅子，黑油布上挂了一条硬纸，上面画了一些红白相间的斜条，有点像国际间通用的理发店记号。我对自己的猜测产生了好奇，就抬手摸了一下自己的头发。果然头发已经又长又乱，便向那把脏兮兮的椅子走去。刚走两步，就见到一个男子用当地土话招呼我，手上举着一把生锈的大剪刀。正是这把剪刀把我吓着了，我赶紧扭身而回。

这天晚上我在栖身的小旅馆里找出随身带着的普通小剪子，决定自己来剪一下头发，因为明天一早还要上镜头。这一路，马兰不在身边，只能自己动手。

我右手握着小剪子在头发上滑动，只要左手抓住了什么，便咔嚓一声。随即把剪下来的一小绺头发放在手边的稿纸上，就像白亮的天空中出现了一小撮乌云。很快，第二、第三撮乌云又来了。

侧头一看，觉得这个比喻太大了，其实这一绺绺剪下来的头发，更像一支毛笔涂下的残墨。

不错，残墨比乌云更准确。我是一个写书法的人，这一路没有携带毛笔砚台，却让头顶负载来了“残墨”。如此一想，我决定把这些“残墨”洒落到这恐怖而又荒凉的沙漠上，便起身关掉了房间的灯，拉开了厚厚的黑窗布，打开了窗。在这里，任何一扇有灯光的窗，随时都可能招来射击。

我在关灯、开窗的过程中，突然想到，在中国古代，“断发而祭”，是一种隆重的典仪。此刻窗外，还有土垒战壕，我以此来祭祀伟大古文明的陨落，来祭祀千年雄魂的悖逆。我相信，在我之前，不会有另一个中国人在这片土地上“断发而祭”。

三

那么，回到国内，为什么还不去理发店呢？

前面已经提到，我的电视节目总有很高的收视率，播出期间很多人都记住了我的脸，走在路上很不方便。中央电视台的化妆师只吹风不理发，我一个人在北京找不到隐秘的理发处所。也知道一些著名的电视主持人会有专职理发师，我不便请他们陪我去，闹出大动静。

有一次，我离开招待所到附近一家饺子馆用餐。我点了一份最普通的水饺，没想到这样的馆子所说的“一份”量有多大。至少有三十几只吧，其实我吃了十只左右就已经饱了。一问，那个馆子也没有打包带走的盒子。正当不知所措之际，才发现周围所有桌子的顾客都在笑眯眯地看着我。全部笑容表明，他们都是我的观众，而且好像都知道，我由于不知道“一份”的分量而遇到了麻烦。他们都好奇地期待着，看我如何处理这个麻烦。搁下盘子离开，是一个最笨拙的办法，因为大家都厌恶浪费粮食的人。我强烈地感受到了四周的好奇，却又不能向他们点头微笑，只能用筷子拨弄着饺子，眼睛则打量门外，希望正好有一个熟人经过，然后大呼小叫地请进来，让他坐在我边上，假装老友重逢，话语滔滔，顾不及吃东西了，然后找个时机离开。

但这只是幻想，那个熟人始终没有在门外出现。我只能干熬着，两眼落寞地打发时间。等到周围的顾客熬不过了，一桌桌先后离开，我才悠然起身，慢慢地向门外走去。

这件事让我产生了警惕：在电视节目播出期间，尽量不到公共场所，包括理发店。

因此，我又只能由自己来剪头发了。

回到上海家里，请马兰剪，那就是一件奢侈的事情了。

马兰也不专业，剪头发的时候就笑话连连。

有一次她下手有误，把我的鬓角剪得太多，露出了一块白白的头皮，十分惹眼。要命的是我下午就要演讲，怎么办？

我先想到用墨汁涂一下。马兰笑着说，万一流汗了，墨汁与汗一起流下来，在脸上留下几道乌黑的纹样，怎么办？

因此，她想到了擦皮鞋的黑色鞋油，涂上去，不会随汗水流下。黑色鞋油已经长久不用，忘了放在哪里了，好不容易找到，已经有点干涸。试着一涂，太厚太黑，更加难看，于是又在笑声中洗掉。

洗掉后我低头一想，充满信心地说：“如果我的演讲精彩，所有的听众都被内容吸引，谁还会关注鬓角？”

马兰也说：“对，这里留点白，别人还以为是一种新的发式，把你看成一个引领潮流的人。”

果然，下午演讲，大获成功，没有人批评我的鬓角。

既然自剪头发的事情能给我们带来那么大的乐趣，那就更没有理由进理发店了。

一些朋友知道了这个秘密，聚会时会故意绕着我的头转一遍，然后大声说：“糟糕，这里又剪坏了！”

我就说：“这又是马兰失手，请大家原谅。”

马兰立即声明：“这是他自己剪的，我根本没有动手！”她边说边来端详我后面的头发。

四

——我故意把一件小事写得啰里啰唆，是想憋住劲，说一个大道理。

理发，很多人看得很重。因为这是“头面风光”，牵涉到一个人的自身尊严，以及对他人的礼貌。如果让那些较真的评论家来分析，又可上纲上线为“媒体的格调”“职业的本分”“群体的形象”。国学派的评论家，会把这事提升到“礼仪规范”；西学派的评论家，则会提升到“绅士风度”。

但是，我把这一切，都放弃了。

说到底，“头面风光”，没有那么重要。

我所说的“头面风光”并不是指那些虚衔空名，而是实实在在承载着我的五官表情的“头面”，展示着我的言辞气度的“风光”。

不错，这也不重要。

比较重要的是，“头面”背后是什么，“风光”背后是什么。

天下文化，皆分浅、深两层。浅层文化和深层文化不能分割，而且还会互相转化。但一般说来，浅层文化更注重“头面风光”，因为它有一种通俗的感官吸引力而容易被大众接受。但是，我亲身所做的实验证明，即便是大众，也未必执着于此。我的观众，“大众”得不能再“大众”了，但他们居然对我的“头面”集体放逐，不予理会。

因此，我要劝导一切为外部形象而苦恼的朋友：“头面”本来是做给大众看的，但大众并不在乎，你为什么要在乎？

大众什么时候会在乎“头面”？在你实在拿不出“头面”底下的东西的时候。这就像看不到珠宝匣里有珠宝，只能看看那匣子了。

有的朋友执着于“头面风光”，也许是因为有人在向你的“头面”投污。那就更不必生气了，考古现场证明，匣子上多一点泥污，对内藏并无损害。

投污越多，越证明你是苏东坡所说的“无尽藏”。

由此我也可以顺便来解开一个谜。经常有人问，为什么我对报刊网络间的谣言诽谤从不在乎，难道不怕有损形象？

我笑了：“形象？看看我二十几年来怎么理发，就知道了。”

文末需要说明，现在我不上电视了。

不是因为身体疲倦，而是因为兴趣疲倦。不是因为观众疲倦了我，而是我疲倦了观众。

请观众原谅，我们是老熟人了，我只能说真话。

剪头发的事，还是由我自己和马兰轮着做，我三分之二，她三分之一。剪下来的头发，仍然放在手边的稿纸上，依然像一绺绺乌云，一撮撮残墨。只不过，出现不少花白的丝缕，就像乌云渗进了日光，就像残墨渗进了清水，都淡了下来。

教师的黑夜

一

我曾在海内外很多大学任教，而其中最有趣的，是担任上海戏剧学院院长。为何有趣？因为那个学院天天阳光灿烂。我在台上演讲，台下那么多英俊的男学生和美丽的女学生都满脸表情，又反应敏捷，稍稍一句幽默他们就哄然大笑，微微加重语气他们就热烈鼓掌。这种气氛一年年下来也就宠坏了我，使得我后来到北大、清华等别的学校演讲时，有很长一段时间不适应。因为那儿的前几排学生见我不用讲稿只是盯着他们讲，都不好意思地低下头来，我还以为讲岔了呢。

我多次说："演讲是台上台下生命能量的交换。"上海戏剧学院给我的"台下能量"，总是那么充沛饱满、准确迅捷。后来总有很多人高度评价我的演讲水平，我说，我拥有一个最有效的训练基地。

身为院长，我感到最阳光的事情，是毕业生的杰出成就。其他学校当然也有大量优秀的毕业生，但我们的毕业生不同，出演了那么多部知名的电影、电视、戏剧，不断地在国际电影节获奖，成为"影帝"或"影后"。他们不管在哪里出现，总会有大批"粉丝"尖叫。

这些知名的毕业生已经习惯在公共场合表现得平静而漠然，迈着很有身份的步子，端着不像架子的架子。除非，他们的眼角不小心瞟到了我，那就完全变了一个人，小心而恭敬地快步朝我走来。我怕引起旁人太多注意，总是微笑着摇摇手，轻轻地打一个招呼就躲开。背后，学生还踮着脚在寻找我。当然，在他们还没有毕业的时候，要在校园里见到系主任都很不容易，更别说院长了。

我虽然躲开了，心里还是乐滋滋的。世上那么多重大的艺术之美与我有关，那就逼近了我“一生营造大善大美”的信仰。

——说到这里，我都在说自己教师生涯的光明面。但在这篇文章中，这只是反衬，我要说的主题，是教师的黑夜。

二

当然，黑夜也是由白天进入的，而且，最黑的黑夜之前，一定是特别明亮的白天。

一九八一年五月一日，我到湖南长沙招生。到那里并不仅仅是招收湖南学生，而是包括湖南、湖北、福建、江西、广东、广西、云南、贵州一大片，只不过设点在长沙。由于地域太大，我们事先公布了一个条件非常严格的告示，因此前来报名的考生都已经是当地公认的文化英才。和我一起到长沙去招生的，还有一位范民声老师，我们要完成从笔试到口试的一系列复杂程序。当年，我三十五岁，考生都是二十几岁。

那次招了多少学生，我已经忘记，只记得印象最佳、成绩最好的三个：一是湖南的江学恭，二是广西的黎奕强，三是广东的黄见好。前两位是男生，后一位是女生。他们被我看好，都是因为人很正气，有不错的人文基础，有很好的艺术感觉。

入学后上课，他们也是我特别关注的好学生。

那时，“文革”过去不久，人文学科都在重建。在重建过程中我发现，即便在“文革”之前，甚至在一九四九年之前，中国在绝大多数的人文学科上都严重缺少基本教材。即便是少数拿得出手的，也只是从古代和外国的书里摘一点，根据形势需要编一点，加几个浅显的例子，如此而已。因此我们这一代面临的艰巨任务，是为每一门学科从头编写系统教材。我当时虽然年轻，却已经完成了体量庞大的《世界戏剧学》的编写。这是从“文革”时期勇敢潜入外文书库一点点堆垒起来的，因此每一章每一节对我都具有“生命重建”的意义。我希望在灾难已经过去的日子里让它变成多门课程，逐一讲授。与此同时，我也已经完成了国内第一部《观众心理学》的写作，而这正是“接受美学”的实体试验。因此，我当时讲授的课程非常多，例如“戏剧美学”“接受美学”“艺术创造工程”“世界戏剧史”，等等。几乎每天的上午和下午都安排了不同的课，讲得既劳累又兴奋。这些课程，因为是在填补历史的缺陷，听的人非常之多，甚至上海戏剧学院附近的一些高校，例如上海交通大学和上海音乐学院的某些班级，每逢我讲课都会把原先的课程停下，教师和学生一起来听。这样，讲课只能改在剧场了，把前三排位置留给本校的教师。好玩的是，学院的一些清洁工看到如此盛况，也都握着扫帚站在后面听。

面对这种热闹而混乱的情景，就需要由我的学生来引导、安排、维持秩序了。因此，江学恭、黎奕强、黄见好他们就特别忙碌。我觉得，这些仅仅比我年轻十来岁的学生，热情洋溢、能力超群，代表着一个生气勃勃的文化新时代。

他们毕业之后，果然十分出色。

黎奕强完全靠自己的才干，被选为广州市文化局副局长，兼粤剧院院长，连大名鼎鼎的红线女都在他的剧院里。上上下下一致反映，他做得很好。

江学恭更让人瞩目，那么年轻就成了一个文化大省的文化主管，担任了湖南省作协常务副主席、文联副主席、省政协常委兼科教文卫体委副主任。他的这些职务都不是挂名，种种实事都是他在干。

黄见好走了另外一条路，一心写作，文思喷涌，成了南方现代派文学的重要代表。笔名“伊妮”，拥有大量年轻读者。

三

直到此刻，我还是在写黑夜之前的白天。但是，黑夜终于来了，来得惊心动魄。

一九九七年二月六日凌晨，黎奕强好不容易从百忙中抽身，急匆匆地赶到广西梧州老家过春节。是他自己开的车，车上还有他的儿子。没想到在这条熟路上有一架桥梁正拆卸修理，深更半夜看不清，又没有路障，黎奕强的车子一下子就冲落岸崖，凄惨的后果可想而知。这位年轻有为的局长、院长和他的儿子，顷刻之间离开了世界。

过了两年多，黄见好也奇怪地失踪了。深爱她的丈夫会同公安部门一直在寻找，几乎找遍了全国一切可能的地方，几年下来都毫无结果。朋友们说，她极有可能是因为现代派文学而主动离世了，还设计了让人找不到的方式。太深沉的文学思考让她发现了生命哲学的某种终极指向，便身体力行。国外也有现代派的诗人和乐手，走这条路。

这一来，三个我最看好的学生，只剩下江学恭了。

谁能想到，几年后传来消息，江学恭因“双肾衰竭”而紧急住院，只能依赖血液透析来维持生命！他面临的，是肾切除并移植，结果会怎么样呢？

连最有经验的医生也频频摇头。

——每一个消息，都让我张口结舌、不知所措。我不断摇头，不断发问——

我的学生，我亲自招收来的学生，听过我很多课的学生，怎么会这样？

如果那一年，我没有把他们招收进来，他们也许不会遇到这些祸殃？

……

现在，已经不见了人影的黎奕强，还留下了他亲笔写的“生平”，一上来就标明自己是“余秋雨教授的学生”；已经不见了人影的黄见好，还在自己出版的书籍扉页上，印着自己“师从余秋雨教授”的身份。

人走了，字还在。学生走了，教师还在。

这，实在算得上“教师的黑夜”了，黑得星月全无、片云不见，黑得我喘不过气来。

四

我们学院的毕业生中有一个叫蔡国强的艺术家，因为惊人的焰火技术而名扬国际。前两年他向母校提出一个建议：校庆之夜，用激光字幕，把所有校友的名字像流水一样投射在教学大楼的外墙上。

这真是一个好主意。那天夜晚，所有的师生和校友都密密层层地站在黑夜的草坪上，抬头仰望着那一排熠熠闪光的名字安安静静地从三楼窗台下的红墙上流过。很多名字大家都知道，一出来就引起轻轻的欢呼，但出名的人太多，渐渐连欢呼也来不及了。所有的名字都在表达一个同样的意思：是的，这是母校教室的外墙，让我再用心抚摩一遍。

一旦投射在教室外墙上，每一个名字都又回归为学生，因此不再区分是出了名还是没出名，是出了大名还是小名。终于，再也没有欢呼声了，我听到了耳边轻轻的抽泣。

就在这时，我看到了黎奕强、黄见好的名字。

我知道自己立即流泪了。是的，你们哪儿也没有去，只在这里，从来未曾离开，我终于找到了你们！过去，在教室，你们抬头仰望着我；今夜，在这里，我抬头仰望着你们。

黎奕强，你的名字走过教室外墙时好像慢了下来。黄见好，你的名字也慢了下来，不错，这教室，正是你初次听我讲现代派文学的地方，但是，你心急了，现代派文学对于生命的终极方式，还有另一些答案。

又看到江学恭的名字了。学恭，此刻你还好吗？今天做了血液透析没有？肾的切除手术会在什么时候进行？对于重病的亲友，人们如果没有切实的救治方法，一般不敢太多动问，一是害怕病人不得不做艰难的解释，二是害怕听到不好的消息。那么学恭，我就什么也不打听了，只在这里一遍遍为你祝祈。

五

一天，毫无思想准备，突然听到了江学恭的一个惊人消息。

惊人的程度，不亚于当时听到黎奕强、黄见好事情时的错愕。但这次，却是正面的，正面得让人不敢相信。

江学恭经过几年艰难万分的治疗，身体居然已经好转。在治疗之初他的心情跌入谷底，却又觉得应该重温某些重要的人生阶段，于是又捧起了我的书。他每次血液透析需要费时五个小时，便在这个过程中考虑，能否把我曾经打动过他的一些话变成一本语录。在一次次手术间隙中，他不断读书，不断构思，不断动笔。居然，历时几年，几易其稿，终于成书。成书的时间与他康复的时间，几乎同步。

语录以“文化美学”为选择重点，书名为《大美可追》。

但是，这算是我的语录吗？那些话似乎真是我说过、写过的，但是，却被一个坚强的生命在最艰难的时分选择了、淬砺了、萃取了。那么，它的价值属性已经发生了转移。我的话，只不过是素材。把素材打造成器的师傅，是他。而且，他在打造的过程中，倾注了生命的终极力量和最高尊严。

我有幸，让我的语言见证了一次真正的凤凰涅槃。

这件事，让我对“教师的黑夜”产生了某种安慰。不管黑得多深，总会有晨曦乍露。

江学恭的晨曦已经证明，人世间能挽救生命的，除了药，还有美；除了医学，还有美学。

“大美可追”，这是一个人在生死关头给自己下达的命令。于是，他去追了，生命也就随之欢快起来。

二〇一九年八月一日

世纪日记

（1999 年 12 月 31 日）

今天是二十世纪的最后一天，我在尼泊尔。

我是昨天晚上到达的。天已经很冷，这家旅馆有木炭烧的火炉。我在火炉边又点上了一支蜡烛，一下子回到了没有年代的古老冬天。实在太累，我一口吹熄了蜡烛入睡，也就一口吹熄了一个世纪。

整整十年前，我还是全中国最年轻的高校校长，却在上上下下的一片惊讶中，辞职远行。我辞职的理由，当时谁也听不懂，说是“要去寻找千年前的脚步”，因此辞了二十几次都没有成功。但终于，甘肃高原出现了一个穿着灰色薄棉衣的孤独步行者。

当时交通极其落后，这个孤独步行者浑身泥沙，极度疲惫，方圆百十里见不到第二个人影。

几年后，有几本书受到海内外华文读者的热烈关注。这几本书告诉大家，“千年前的脚步”找到了。但是这脚步不属于哪几个人，而是属于一种文化，因此可以叫“文化苦旅”。

但是，我和我的读者，真的已经理解了这些脚步、这些苦旅吗？疑惑越来越深。我知道，必须进行一场超越时空的大规模对比，我们才能真正认识中国数千年的文化苦旅。

然而谁都知道，那些足以与中华文化构成对比的伟大路途，现在大半都笼罩在恐怖主义的阴云之下。在我之前，世界上还没有一个人文学者，敢于全部穿越。

我敢吗？如果敢，能活着回来吗？

妻子知道拉不住我，却又非常担心，尽量陪在我身边。要进入两伊战争战场的时候，她未被准许，于是在约旦沙漠，有了一次生死诀别。我们两人都故作镇静，但心里想的是同一句话：但愿这辈子还能见面。

今天一早醒来，我感到屋子里有一种奇特的光亮。光亮来自一个小小的木窗，我在床上就能看到窗口，一眼就惊呆了。一道从未见过的宏伟山脉，正在窗外。清晨的阳光照着高耸入云的山壁，无比寒冷又无比灿烂。

我赶紧穿衣来到屋外，一点不错，喜马拉雅！

我知道，喜马拉雅背后，就是我的父母之邦。今天，我终于活着回来了。现在只想对喜马拉雅山说一句话：对于你背后的中华文化，我在远离她的地方才读懂了她。

“在远离她的地方才读懂了她”，这句话，包含着深深的自责。就像一个不懂事的儿子有一天看着母亲疲惫的背影，突然产生了巨大的愧疚。

是的，我们一直偎依着她，吮吸着她，却又埋怨着她，轻视着她。她好不容易避过很多岔道走出了一条路，我们却常常指责她，为什么不走别的路。她好不容易在几千年的兵荒马乱中保住了一份家业，我们却在嘟囔，保住这些干什么。我们一会儿嫌她皱纹太多，一会儿嫌她脸色不好，一会儿嫌她缺少风度……

她在我们这些后辈眼中，好像处处不是。但这次，离开她走了几万公里，看遍了那些与她同龄的显赫文明所留下的一个个破败的墓地，以及墓地边的一片片荒丘，一片片战壕，我终于吃惊，终于明白，终于懊恼。

我们生得太晚，没有在她最劳累的时候，为她捶捶背、揉揉腰。但毕竟还来得及，新世纪刚刚来临，今天，我总算及时赶到。

前些日子，在恒河岸边我遇到一位特地来“半路拦截采访”的国际传媒专家。他建议我，回国稍事休息后就应该立即投入另一项环球行程，那就是巡回演讲。演讲的内容，是长寿的中华文化对古代世界和今天世界的深深叹息，可以叫“千年一叹”。

但是，我内心的想法与这位国际传媒专家稍有不同。巡回演讲是可以进行的，但千万不要变成对中国文化的过度炫耀。中华文化确实也存在不少根子上的毛病，自大、保守、专制、吹嘘、诬陷、优汰劣胜，成了积年沉疴。若想治疗，必须在国际性的对比中做出一系列“医学判断”。

因此，我决定再度花费漫长的时间，系统地考察欧洲文化。

哪一个国家、哪一座城市都不能放过，轻轻地走，细细地看。仍然是对比，但主要是为了对比出中华文化的弊端。这种对比，在目前国内开始重新抬头的极端民族主义风潮中，必然会承担一定风险。但是，我既然已经开步行走，眼前也就没有任何障碍能够成为我前进的疆界。这就是我自己创造的四字铭言，叫“行者无疆”。

我想，只有把吐露出中华文化光明面的“千年一叹”，和映照出中华文化阴暗面的“行者无疆”加在一起，才是“文化苦旅”的完整版、加深版。

这两件事，都非常紧迫。我要快快回国，又快快离开。永远在陌生的天地中赶路，是我的宿命。

那么，喜马拉雅，谢谢你，请为我让出一条道。

我和妻子

一

我和妻子约定，即使真有下辈子，我们也不想再来这个世界一次了。

我们两人，都没有厌世的基因。对于这个世界，也曾欣喜过，投入过，但结论却是清楚的：不应再来。

既然已经彻悟，那就应该在有生之年认真清理一番，把干净的心智留给生命的黄昏。

而且，这是一个没有明天的黄昏。

没有明天的黄昏，有一种海枯石烂般的洪荒诗意。

二

冷冽的彻悟，来自亲身经历。

经历够长，还是从头选一些片段吧。

早期的片段中，怎么也删不掉的，有两位青年男子的身影。他们，都非常英俊。一位姓马，我未来的岳父，当时安徽西部一个县城里唯一的大学生；一位姓余，我的叔叔，自愿报名到安徽东部一家工厂去支援建设的上海工程师。他们同龄，并不认识，却在三十岁那年做了一件同样的事。

那年安徽严重灾荒，但当地官员向北京隐瞒了灾情，还伪造丰收景象，后果触目惊心。他们两位看不下去，便大胆地揭露真相。马先生一次次在会议上大声疾呼，余先生则一次次向北京写信投诉。

北京终于听到了疾呼，也收到了信，调查灾情后处理了此事，还宣布不准报复揭露真相的人。但是，报复还是如期而至。马先生奇怪地成了“后补右派”，余先生则在后来那场政治运动一开始就被造反派“彻底打倒”，理由居然是“宣扬封建小说《红楼梦》”。

他们两人，都只想为受苦的百姓说几句话，但转眼间，那些百姓却拿着棍棒围住了他们。

三

马先生这天又被大声吆喝：两天后要接受一次最严厉的批斗。

马先生这次担忧了，不是担忧自己，而是担忧年幼的子女看到父亲在大街的高台上受尽污辱，会不会对人世种下太多的仇恨。

他与妻子商量很久，决定把孩子赶紧送到一个陌生的农村去，他们认识一个上街来的农民。

孩子中最小的一个才五岁，她就是我未来的妻子。

那天的牛车、泥埂、野花、小女孩，颠颠簸簸地直通一个心灵的圣洁所在。小女孩此刻还不知道发生了什么事，却被父母推上了一条“心中无恨”的道路。

四

小女孩渐渐长大，十二岁考上了省艺术学校，但县城的官员不批准，因为她是“右派分子的女儿”。

妈妈是一名主角演员，那天在一个地方演出，正化装，听到了女儿不被批准上学的消息，便立即罢演。

似乎是上天的安排，那夜演出的消息风传十里，无数山民打着松枝火把来看戏，在绵延的山林间拉出了好几条长长的火龙。这景象，既壮观又神秘，好像是巫神要做出某种裁断。条条火龙的终点是戏台，但女主角已经罢演，这局面极有可能闹出群体抗议事件。正好有一名上级干部在那里视察，问清情由后亲自找女主角商谈。女主角步步紧逼直到那干部当场答应让女儿上学，锣鼓才重新响起。

几天后，小女孩拖着一个木箱子爬上了通往省城的长途汽车。

我后来常说：马兰投身艺术，松炬十里，苍山舞龙，实在气势非凡。

五

那时的我，正陷于绝境。

一个刚刚二十出头的年轻人，如果条条生路全都堵住了，会怎么样？

我曾经读过不少叙述自家在那些年受苦的回忆录，读着读着总是会哑然失笑，因为一看便知，他们的境况都比我好。

例如那些干部子弟，虽然父亲已经倒台，但他们在军队中总有不少的关系网络，而当时的军队，权势很大。即使是平民家庭，只要亲戚中有一个参加了“工人造反队”或“工宣队”，便无人敢欺。

——这些门道，我家一条都没有。

自从爸爸被关押之后，全家那么多人失去了衣食来源。天天都是难言的惨痛，我由此获得了一个认识：生命就是大苦大难。

六

我在《借我一生》和《修行三阶》中，曾提及我在那个年月所做的几件事。从当时到现在，总有不少朋友问我，为什么能够在凶险的背景下如此勇敢。我总是笑而不答，因为答案很难被他们理解。

一个完全无路可走的人，反而会有破界的脚步；一个无力考虑自我的人，也无心考虑恐惧。

其实，这些后来被视为“立场正确”的行为，当时并无这种考量，因为我无法对历史趋向做出预测。

我只是发现自己在当下潮流中格格不入，连火烧眉毛的家里事都束手无策，那就只能勉强做一点儿潮流之外的边缘之事。

很多人认为，孤独必然闭目塞听。其实凭我的经验，正好相反。

请想象一下海边的一个景象。一群人在帐篷里热闹联欢，一个人在礁岩上独自远望。乍一看，帐篷里的人们看了很多脸面，听了很多消息，换了很多话题，而礁岩上的那个人则什么也没有。但是，正是这个处于边缘状态的孤独者，听到了海天之间的千古低语，发现了鸥鸟桅樯的奇怪缘分，捕捉了风暴将临的依稀可能。因此，也比帐篷里的人获取了更多的“天地元气”。

七

谁料，孤独也有可能转变为热闹。

20 世纪 70 年代末至 80 年代，中国经历了一场实质性的社会大变革，一时天高气爽。我此前在孤独中进行的一系列边缘化行为，一下子获得了正面肯定，几乎成了“文化先行者”而广受赞誉，被授予很多奖励和职位。这一来，不仅不再边缘，不再孤独，而且已经众目睽睽。按照世间惯例，我会这样生活下去，而且越来越显赫。

幸好，我一直保持着边缘的目光，在热闹中独自逃回冷清的书房。

写了一整套学术书籍，做了好些年学院院长，我又做出了进一步的边缘思考。

当时，很多知识分子在“反思”过程中集体卷入了贬低中华文化的潮流，这又一次激发我反着来，独自来做自己的事。我决定去寻找中华文化数千年来的遗迹现场，因为现场比古书更能感染今人、后人、外人。但是，这样的现场大多在现今的边缘地带。

于是，我又回到了边缘，回到了孤独。在荒途中所写的文章寄给《收获》杂志发表后，在海内外产生了极大影响，但我当时并不知道，只是一个人在路上。

八

当时我的私人生活，也处于孤独状态。

这事说起来还与祖母有关。祖母抱回自己最小儿子的骨灰盒后，独自回到故乡老屋等死。然而到灾难结束后，她还活着，最后心愿是想看到大孙子成家。面对这位长辈，我不能不应命。两位老同学在匆忙间介绍了一名他们也不熟悉的女工，登记后，对方自行去广东经商，很多年既无地址又无通信，后来带来一个养女放在她母亲家后又离开了。我因顾虑祖母和父母的心理承受能力，没有道破这桩婚事的虚空状态，最后在友人的一再催促下才找到对方，办了结束手续。

也就是说，当时的我，虽然学术地位和社会地位都已经很高，但在私生活上仍然极端清寒又极端孤独。

对于这样的私事，我只能默默承受。后来还是受到佛教僧侣生态的启示，才把心情安置。

因此当时去得最多的地方，是住处附近的龙华寺，听经诵，看袈裟。

我已不想成家，只想做一个不穿袈裟的僧人独自老去，却不料，遇到了她。

九

她，松炬十里、苍山舞龙送出来的她，十二岁拖着一个木箱子独自去省城的她，已经誉满天下。

十八岁名震香港，二十岁被选为全国人大代表，如此年轻已经成为一个著名大剧种无可争议的首席。新闻媒体几度在全国各省份问卷调查最喜爱的演员，她每次都名列第一。

当时，我自己也已经被文化盛名所累，正在竭力摆脱，因此她的赫赫大名对我并没有什么吸引力。她首先把我镇住的，是表演品级。

那次，她到上海演出莎士比亚的一出喜剧。当时正在举行规模宏大的中国首届莎士比亚戏剧节，国内外各个剧团已经轮演了二十几天，连英国皇家莎士比亚剧团也来了，说实话，我已经看疲了。但是，她的演出才看了五分钟，我就坐直了身子，精神陡起。

在她身上，莎士比亚不见了，黄梅戏也不见了，只有一个美好的生命在向世界倾诉愉悦，倾诉得既酣畅又典雅。这个美好的生命既不完全是剧中的角色，又不完全是她，而是包括所有观众在内的一种诗化的生存形态。因此，剧场里所有的观众都全神贯注，出现了一种近乎凝冻的气氛，直到演出结束。

看过无数演出的戏剧家曹禺走上台去，握住她的手说："你在台上真是亮极了！"

那时，我已经出版了广为人知的《世界戏剧学》《观众心理学》《中国戏剧史》《艺术创造学》等一系列学术著作，对表演艺术进行过系统的专业论述，却没想到这一夜，发现了真正的极致状态。

见到台下的她，是很久之后的事情。因为中间有一段时间，我在国外讲学。

台下的她，又出乎我的意料。

所有的名声、成就、地位、赞誉，好像与她一点儿关系也没有。文艺界很多成功者也会有一些谦虚的说辞，她连这样的说辞都没有，因为压根儿没有想过自己的成功。她当时已经是囊括全国所有舞台剧和电视剧最高表演艺术奖的唯一一人，但她对于得奖，几乎没有记忆，只把奖牌、奖状、奖座全部交给剧院的办公室，没有一件留在自己身边。她也完全不知道文艺界的升迁排位、潮起潮落。谁说起这一切，在她听来好像是宋朝发生的事，满脸陌生。

她深深沉浸在远方的艺术之中，恰恰对自己所在的剧种很不在意。她所沉浸的远方的艺术，居然是米开朗琪罗、罗丹、凡·高、邓肯、迈克尔·杰克逊，以及几个当代国际建筑大师。

这样一个审美格局，容易会有一点儿“恃才傲物”的气息。但她不，一点儿也不显摆，只在内心默默享用。

她也有不能宽容的对象，那就是伤人者、阿谀者和逞权者。只要闻到气息，就不会有第二次见面。

真正让我觉得相见恨晚的，是她由衷的无私。

我与她长谈几次后发觉，她的思路再广泛、再灵动，也不会有一丝一缕拐到自己的名利。而且看得出来，这不是故意掩饰，而是出乎天然。

这总算让我找到了知音。我早就从根子上看穿个人名利的虚妄不实，心底里也没有自私的贮存。这很难让一般人相信，他们觉得你出了那么大的名，得了那么多的稿酬，怎么可能没有名利思想？

幸好，她以自己证实了我。

我微笑着在心里问：“原来她也是这样？”

她也微笑着在心里问：“原来他也是这样？”

后来有人按常规询问：“你们当初是谁追求谁？”

我们总是齐声回答道：“那是用不着的。”

十

从父辈巨大的危难中走出，突然获得了巨大的声誉。接下来的路该怎么走？结论是一致的：名声不能再加了，日子已经够过了，有生之年只做一件事，那就是弘扬大善大美。

说好了，她应该不断演出，创造当代中国最美的艺术形象；我应该不断写作，寻得中国文化最高的国际魅力。

我们举起双手，拍击了对方的手掌。

我们首度合作，是创作了轰动国内外的黄梅戏《红楼梦》。

起因，是我讲起叔叔在“十年动乱”中以“宣扬封建小说《红楼梦》的罪名被迫害致死。

我说，叔叔受迫害的实际原因，是他为安徽这片土地说了话，《红楼梦》只是借口。

妻子觉得，作为安徽的女儿，必须为这位寂寞去世的男子做点儿事。我说，我参与。

这需要抄录我在《借我一生》中写的一段话了——

> 就在叔叔去世二十五周年的忌日里，黄梅戏《红楼梦》在安徽隆重首演，产生了爆炸般的轰动效应。这出戏获得了全国所有的戏剧最高奖项，在海内外任何一座城市演出时都卷起了旋风。
>
> 全剧最后一场，马兰跪在台上演唱我写的那一长段唱词时，膝盖磨破，手指拍得节节红肿，每场演出都是这样。
>
> 所有的观众都在流泪、鼓掌，但只有我听得懂她的潜台词：刚烈的长辈，您听到了吗？这儿在演《红楼梦》！

十一

直到今天，海内外很多戏剧家和戏迷仍然认为，黄梅戏《红楼梦》是他们一生看过最好的舞台剧。

著名电影导演谢晋说："这出戏，是中国第一部真正成功的音乐剧。"

连萧伯纳的嫡传弟子黄佐临先生也在病床上给我写信，直言黄梅戏《红楼梦》为中国戏剧的世纪转型创造了范例。

这出戏当时受欢迎的盛况，现在说起来简直难以置信。马兰应邀在一些城市演出，已经累得只能白天在医院吊水，晚上再登台了，天天如此，国家文化部专门下发一个红头文件，要求剧院关注她的健康。

但是，中国历史上经常发生的现象重现了：再优秀、再高尚的好事，只要从一个黑暗的角落投出一块小污泥，一切全然散架。

黄梅戏《红楼梦》在海内外的赫赫声誉中进入上海，立即遇到了"小污泥逆袭"。

十二

事情太卑琐，我历来不愿提起。

我在策划黄梅戏《红楼梦》时，由于自己实在太忙，先让人找了一个不认识也不知名的年老编剧写了个脚本，一看不行，就决定由我和导演马科先生一起，根据曹雪芹的小说原著边排演边成稿。一切都在现场完成，效果很好。等戏出来，总要署个名，我想了想，就把定稿本送给那个曾经试写过一稿的年老编剧，请他单独署名，并把稿酬全部给他。很快得奖，再把奖状和奖金也全部给他，那个人感动得不知道说什么好。

我不署名，不拿稿酬，一是因为我全无名利观念，二是因为我是上海戏剧学院院长，这个职位在当时的戏剧界，云水缥缈，至高无上。

不管怎么说，这总算是一段默默施惠于人的佳话吧。但是，谁能想到，上海居然有人挑唆那个年老编剧突然翻脸，在媒体上诬陷我和导演修改他的剧本是“企图署名”。挑唆者诱惑他说，只要让人相信，连堂堂上海戏剧学院院长也企图把名字署在他的名字后面，那么，他就会爆红。

这件事如此荒唐，但因为攻击的目标是我，立即在海内外卷起巨大风潮。香港的评论家罗孚先生也在《明报》上说到此事，后来上海有一个朋友告诉他，我根本就没有署名，也没有“企图署名”的丝毫证据，罗孚先生就在《明报》连续三天向我公开道歉。但是，闹事的上海，虽然闹得《红楼梦》没法再演下去了，却没有人向我道歉，大家都在为一场莫名其妙的投污成功而兴高采烈。

我从改革开放一开始就担任上海新时期高层文化结构的主要策划者，是上海文化“四大顾问”的领头人（其他三位是黄佐临、王元化、谢晋）。我们的工作重点之一，就是要摆脱地域文化中一部分低俗的东西。但是，有一些人终于制造出了这么一件荒唐透顶的诽谤事件。他们历来笑容可掬，却不能容忍高于他们的文化来制约他们，迟早会合力驱逐。

就在那些天，年迈的越剧表演艺术家袁雪芬女士亲自来到了我的办公室。她盛赞黄梅戏《红楼梦》的成就，希望我能具体帮助越剧的改革。顺便，她别有深意地讲起了自己早年在上海的一段惨痛经历。她说，当年越剧在上海爆红后，遇到的最大灾难，是有人向台上的主角演员投掷最肮脏的污秽之物，闹得全场奇臭无比，观众纷纷掩鼻而逃，整个演出也就砸了。她说：“一开始我们以为是地痞胡闹，后来发现投掷者很懂戏，总能准确地抓住剧情的高潮点，也知道满台最重要的主角是谁。后来也抓住过一个投掷者，不是地痞而是文痞，与市井小报有关。”

“市井小报？”我问。

她说："对。他们是为了炒新闻。投掷事件后，各个小报就不断诱导人们，女主角是否有家乡仇人？是否卷人了婚恋纠纷？没完没了。好好一个剧团，也就陷落在小市民的叽叽喳喳中了。这就是上海，地痞、文痞分不清。"

我知道，她这是在直接喻指我们正在遇到的事件，提醒我们，上海在文化上有一种奇怪的"毁优机制"。临走，她还低声给我讲了一个挑唆者的名字，居然是一个一直声称"崇拜"我的剧作者。

几天后，我又遇到了忘年之交唐振常先生——研究上海史的大专家。他并没有看过黄梅戏《红楼梦》，却已从报纸上看到了"企图署名"的闹剧。一见面他就拍着我的肩哈哈大笑，说："报应啊！你写的《上海人》是传世之作，但显然掩饰了上海文人的老毛病，这下给你补课了。"

他又说，"这些人故意不讲逻辑，是为了把你气走。上海的其他方面都不错，但文化夺去了元神，必然下行。我从趋势看，你倒是应该主动离开。"

十三

很多上海文人有一种习惯性的行为模式，俗称"捣糨糊"，那就是在不断搅动中，一切都变成了泥淖，使得任何大创造、大思维难以立足。辞职后，我把每次"文化苦旅"的出发地、休整地从上海移到安徽合肥。我的移居，也包含着自己在《红楼梦》事件中对妻子的歉意。

在这期间，我们又创作了《秋千架》一剧，由我编剧，由她主演。此剧在北京引起巨大轰动，创造了长安大戏院的票房纪录。面对剧场外密密麻麻买不到票的人群，我们作出决定，请高等艺术院校的博士生和硕士生，凭证件入场，成侧幕条旁站立的观众。

此剧在台北演出时正逢“大选”，最大剧场外的广场拥挤着十几万“造势”的民众。因此，没有任何剧团敢于在这样的时间和地点演出，因为观众很难穿越密集的人群进入剧场。但是，唯有《秋千架》，创造了场场爆满的奇迹，连当地的报纸也认为“无法想象”。马兰在那里，成了不分党派共同痴迷的“头牌明星”。

从台北回到合肥，我应中国科技大学校长朱清时先生的聘请，成了该校的兼职教授并开始工作，同时还完成了《霜冷长河》等著作。我准备陪着妻子，在合肥长期住下去。

在合肥几年，我充分领略了当时全国最受欢迎的剧种和演员，承受着何等的繁忙和荣耀。

我一次次暗想，自己当年提出辞职时，上自国家文化部，下至单位清洁工，都无法想象一所不以我为院长的上海戏剧学院会是什么样。但是，即使伤筋动骨，我还是离开了。在安徽，看着妻子，我才体会到了一种真正的“不能离开”。当时如果到大街上问任何一个行人，这个地方如果让马兰离开会怎么样，几乎每个人都会觉得不可思议。

然而，我终于目睹了最不可思议的事情：一个当地主管文化的官员决定，“封冻”马兰。

这个匪夷所思的决定之所以能够成立，是因为当时安徽的“官本位”全国第一，可谓“极端官本位”。

什么是“极端官本位”？那就是只要某个官员为了炫耀权势做出了最荒唐的决定，大家也不问情由立即服从。即使这个决定颠覆了最重要的文化坐标，四周仍然鸦雀无声。这种情景，在其他省份很难发生，在安徽的其他时期也不那么极端。

突然之间，马兰的一切社会职位和艺术职位都被撤除，逼她全面让位。直到今天，从马兰到她的每一个观众，都不明白这个官员做出这个决定的理由，大家只能胡乱猜测。

也许是马兰几度婉拒出席欢迎上级官员的联欢会？也许因为她宣布今后不再参加任何评奖，会影响官员的政绩？也许是她从来不向省里的官员“汇报思想”？也许是有人塞进了替代的名单……都有可能，但马兰完全不问。

因为她觉得，这么大的事，只要有一丝一毫正当的理由，哪怕是借口，也应该由官方告诉她。但是直到今天，没有一个官员找她谈过一句话。这当然是因为“说不出口”。既然人家“说不出口”，那么说出来的也必定是假话，何苦去问呢？

按照马兰的性格，既然不让演，就离开。但是，外省并没有这个剧种，官方又不允许她把户口和档案关系迁出。

她完全失业了，那年她才三十八岁。

她失业后，那个曾经是“全国民选第一”的大剧种出现了什么情景，大家都看到了。

正如我被弃置，马兰居然也被弃置了。

对于这种弃置，她的无数观众，我的无数读者，都没有提出明确反对。

那么，以前每场演出结束时他们如醉如狂的欢呼，每次新书发布时他们拥挤不堪的景象，难道都是假的？

我们不能不承认，当时确实是真的。但这种真，并不可靠，经不起风吹雨打。他们没有宏观思维，不明白唐振常先生所说的“文化元神”是什么，一旦夺去了会产生多么严重的后果。

对我们而言，可以把一切都放弃，但我还有一件更加边缘、更加孤独的大事，藏在心底没有放下。

那就是，为了完整地实现我“重新定义中国文化”的任务，必须作全球规模的对比。因此，我的“文化苦旅”的下半程，应该到世界各大古文明的遗址进行对比性考察。但是，目前那些地方大多已是恐怖主义战场，我走得通吗？

香港凤凰卫视启动了这个计划并聘我当嘉宾主持，我决定，投入这场生死冒险。说好了，其他辅助人员可以分段配合，由我一人走完全程。

这是天下任何妻子都很难同意的，但她同意了。只提出一个条件，希望在最困难的路段由她陪着我。

十四

在千万里的艰难颠簸中，数不尽的废墟和壕沟改写了她心中的文明史。面对最凄凉、最动情的景象，她总会把我的手握得更紧一点儿。

她一路陪着我，终于到了不能再陪下去的地方，那就是要进入伊拉克了。

那时的伊拉克，处于第一次海湾战争和第二次海湾战争的中间，境况非常险恶，羁、掳、刑、杀，随时发生。例如，按照当时伊拉克的法规，去过以色列再到伊拉克的人有“通敌之罪”。我们虽然销毁了去过以色列的种种印痕，但一旦生疑，必陷囹圄。

然而，我能不进去吗？不能。因为今天的危险也正是我的研究题目：古代的大文明怎么会变成现代的火药桶？这是文明遭遇了厄运，还是文明自身的必然？

经过反复商议，终于决定，这次进入，只能是最少几个人，帮着我工作。而马兰，却无论如何不能进去了。

我和妻子在约旦佩特拉山口告别的情景，以及此后发生的一系列贴近“生离死别”的危机，我在《千年一叹》《借我一生》等书中有叙述，这儿就不重复了。

十五

在这个生死长途中，我的思考成果确实不小。

那天在东南亚一个纷乱的城市，突然传来消息，日本著名的国际新闻主笔加藤千洋先生赶过来了，要对我进行“半途拦截采访”。他说：“二十世纪就要在我们眼前结束，您已经用脚踩踏了无数个世纪，因此最有资格向世界谈谈世纪大课题。”

我一听就来了精神，便随口说了起来。

我说了一个小时，加藤千洋先生举起手指说：“已经足够了。光是刚刚说的这些观点，就足以震动国际学术界。”

他希望我在这次考察结束后能够开始另一次长途旅行，那就是到世界各地做巡回演讲。

他说，至少已经出现了三个重大讲题：《重识中华文明》《警惕霸权主义》《质疑文明冲突》。这些讲题既非常及时，又非常迫切，而且必须由万里历险者来讲，由中国学者来讲。

他还告诉我，由于我的这次历险考察引起了国际间的密切关注，因此，日本《朝日新闻》在世界各国选了十个人来讲述世纪跨越，中国就选了我。我问其他九个人是谁，他报了名单，都是各国政要和顶级富豪。他说："只有你一人属于文化，而且以数万公里来归纳世纪文化，分量最重。"

不管怎么说，我穿过森森枪口、隐隐地堡、幢幢黑影，活着回来了。

十六

一回国，围住我的记者不少。我以为，他们总会询问我数万公里的冒死经历吧？总会询问我世纪之交的文明思考吧？

这样的问题，居然一个也没有。

第一个问题是："上海一个姓朱的文人，刚刚发表文章，说从一个妓女的手提包里发现了一本《文化苦旅》，妓女在读你的书，你该怎么回答？"

第二个问题是："上海还有一个文人发表文章，说你在'文革'中也写过什么，你该怎么回答？"

我的第一感觉是，"文革沉渣"在闹事，因为我在"文革"中写的《世界戏剧学》，正是对抗他们的文本。后来才知，在"文革沉渣"背后指挥的，是香港的一个基金会和《苹果日报》。

那天，妻子挽着我的手走在上海的街道上，像是捡回了没有摔破的家传瓷器，小心翼翼地捧持着。今天她一直走在路的外侧，让我走里侧。但奇怪的是，每当走过书报摊时，她总是拽着我往前走，一连几次都是这样。我终于在一个书报摊前停住了，扫一眼，就立即知道了妻子拽我走的原因，那里有很多我的名字，我的照片。

最醒目的是报刊的标题，都很刺激：

《余秋雨是文化杀手》；

《剥余秋雨的皮》；

《我要嚼余秋雨的骨髓》；

……

——这样的文句居然大大咧咧地印刷在正规报刊的重要版面上，这在古今中外都空前绝后。

妻子慌张地看着我，用故作轻松的语气说："说你是杀手，是因为你把他们淹没了。"她又补充了一句，"中国文人对血腥的幻想，举世无双。"

说着，还是把我拽走了。

后来，香港著名传媒学者曹景行先生告诉江学恭先生，经他追踪发现，这些媒体对我的大规模诽谤，受香港一个基金会的掌控。起因是，他们看到我通过遗迹考察重新定义了中华文化和中国人，居然立即感动了世界各地不同政治立场的华人，其中包括不少领袖级人物，这让他们产生了警惕，决定对我进行"贬抑"。采取了三项措施：一是向一切贬抑文章支付三倍的额外稿酬；二是寻找一批"写手"来制造事件；三是指派两名专人来往于香港与广州之间。由此，就依次设计了"石一歌"等虚构事件，鼓动起了大陆文化界固有的嫉妒、起哄群体，因此声势都很大，延续了十多年。在这过程中，我被躲避和掩盖。这样，对方的"贬抑"目的也就达到了。

几位海外的华文作家急急找到我，说："对一个重要的文化创造者进行大规模的侮辱，在世界任何国家都是严重犯罪。事情都发生在公共报刊上，相关行政部门为什么对此毫无态度？"

我听了苦笑一下，没有回答。

"对于你的遭遇，为什么那些意见领袖、公共知识分子都不讲几句公道话？"那几位海外作家又问。

我不知道他们指的意见领袖、公共知识分子是哪些人，就请他们报出了一些名字。一听，我再度苦笑。

我说：这些人多数也参与了攻击。对这些人来说，攻击我，既有“以国际背景挑战中国文化”的假象，又非常安全，这正是当代中国某些“公共知识分子”的生存之道。我曾这样概括他们：因攻击而表演正义，因虚假而表演激烈，因安全而表演勇敢。归根到底，都在表演。我和妻子都是戏剧中人，对于这些表演，一眼就能识破。

十七

我和妻子原想稍稍保留一点儿对媒体的信任，但是，大量媒体实在太擅长欺侮好人了，我们夫妻俩几乎被它们接连不断地伤害了大半辈子。别的媒体见了，也都装作没有看见。结果，我们只要一想到媒体，就会感到彻骨寒冷。

例子太多，随举其一。

我说过，二〇〇八年四川汶川大地震后，我第一时间赶到灾区参加救援，看到废墟间留有遇难学生的课本，课本上有我的文章，便立即决定以我们夫妻之力捐建三个学生图书馆。书，要由我自己来挑选，因此不走红十字会的捐献之路。

当时很多媒体有捐献报道，我都没有透露，只在埋头选书。这事被一个记者看出一点儿动向，就猜测我有可能会捐出二十万元办希望小学。其实是猜错了，对此我也未加纠正。

没想到，北京一个盗版者在媒体上说，他去查了中国红十字会的捐助账号，没看到记者所说的款项，因此是“诈捐”。有一个喜欢在电视上讲历史故事的文人不知出于什么目的，也离奇地参与此事，使得此事便立即变成全国媒体的爆炸新闻，整整闹了两个多月。连灾区的教学部门一再证明我捐建图书馆的事实，也平息不了。我所挑选的书籍早就在那里堆积如山，但是没有一家媒体去看过一眼。

那天，我与一个朋友在外面吃晚饭，妻子着急地打来电话，说我家的房门已被大量媒体记者堵住，不断敲门要采访“诈捐”事件。妻子的电话是打给那位与我一起吃饭的朋友的，因为我没有手机。妻子在电话里说，她从门孔里看出去，很多摄像机正支在门口，只要一开门那些媒体记者就会蜂拥而入，因此，她要我现在千万不要回家。

乍一听，来了那么多媒体就可以把事情讲清楚了，但再一想，不对。如果媒体早就想把事情弄清楚，为什么在全国闹腾两个多月期间，都从来没有来采访我们当事人一分一秒？如果今天真的来进行一次迟到的采访，也该事先联系一下呀，为什么要以迅雷不及掩耳的速度堵住了房门？因此，今天晚上，他们要的是“突击丑态”。

房门仍然被不断敲响。

妻子在门内说：“我们从来不接受采访，我丈夫也不在。”

门外问：“你丈夫什么时候回来？”

妻子说：“不知道。”

门外问：“你能不能用电话催一催？”

妻子说：“我丈夫没有手机。”

门外说：“那我们一直在这儿等。”

妻子说：“那你们就等下去吧。”

随即，妻子打电话恳求那个与我一起吃饭的朋友，多花一点儿时间陪着我。她会通过门孔观察，决定要不要今夜为我在外面订旅馆。

但是，刚这么说，她又担忧了，这些媒体手眼通天，我一旦入住哪个旅馆，他们会不会立即就获得信息，到那里把我逮住？

——就这样，妻子一直守着门孔，我一直躲在外面。饭店关门了，朋友走了，我就坐在路边的凳子上，坐在被树荫挡住路灯的黑影下，为了不被人家发现。

为什么会落到这个境地？只因我们做了一点儿捐献，捐献出了我们夫妻两人三年薪金的总和。

默默捐献，出于我们夫妻俩的生命本性。

在《文化苦旅》初版发行到一百多万册的时候，我得到的全部酬劳，先是四千元，后来加到两万元，出版社是按照字数计酬的。很多年后按发行数计酬，我们家也就“衣食无忧”了。“衣食无忧”又是我们在生活上的最高标准，因为我们崇尚简约，又没有子女。

我们夫妻，做什么事都会商量一下，但只有一件事不必商量，那就是捐献，而且必须是不留任何名声的捐献。

春节将临，马兰几度接到中央电视台春节联欢晚会的邀请，她因已经上过几次，都婉拒了。没想到又接到了一个远方矿山的电话：“我们这里的工人都想在节日里见到您，只是付不出演出费。”马兰一听，就冲我一笑，立即整理行李，去火车站。这次去矿山，她是得了重感冒回来的。

在她火爆海内外的那些年，她只领取最普通的职工工资，从来没拿过演出费。终于有一次，一座富裕城市支付了演出费，但她立即捐给了当地“苦难儿童”。当地一些人说：“我们这儿没有苦难儿童。”马兰说：“有。我调查过了，就是父母都因吸毒而被管制的子女们。”

我被澳门科技大学连续几届聘为人文艺术学院院长，年薪很高，我全数捐献给了传播专业和设计专业的研究生。但这事，除了校长和几个工作人员外，没有人知道，包括接受了捐助的研究生。最初我在澳门做出这个决定时，并没有打电话与马兰商量，但我知道她一定会为我的决定鼓掌，果然。

有时，我会应邀到国外演讲中华文化一段时间，最后会得到该国企业家集资的巨额酬劳。他们会把一大包美金交给同去的马兰，马兰并不接过，要他们听我的回应。我的回应是“全部捐献给你们国家的华文作家协会”，马兰立即鼓掌。

…………

但是，我们以前的经历早已证明，即使做了最大的好事，也总会遇到强大的“毁优机制”，逼得我们走投无路。今夜，在树荫的黑影下，我又一次感到，由捐献开始的媒体讨伐、房门围堵、路边躲避……是一幅浓缩了的人生图像。

偌大一个城市，那么多窗户，那么多人影，只有她在保护我，但保护得非常无奈，只是不断关照我，不要回家，不要回家；我惦念的，也只是她，但惦念得非常笨拙，只能在黑暗中嘀咕，不能回家，不能回家。

我们什么也没有了，只有这么一个家。但是连家也不能回了，有那么多人阻挡着，阻挡住了我们唯一的避世小门。

这，难道不是一种象征吗？

十八

看穿，有一种奇特的力量。

那就是：不声述任何真相了，不在乎他人印象了，不期待社会舆论了，不企盼历史公正了。结果，正是这些“不”带来了生命的独立、创造的纯粹、心态的洁净。

我们逃奔到了当时的一个边缘城市，两人都没有户口，没有单位，没有工作。

落荒南溟，终于成了谁也不关注的草泽夫妻，连最大规模的文艺工作者大会和最小规模的各级座谈会也不可能被邀请参加。没有想到，正在这个时候，突然收到美国林肯艺术中心、纽约市文化局和美华学会的通知，马兰获得了“亚洲最佳艺术家终身成就奖”。

一打听，这是极高的国际荣誉，获得者中有黑泽明、马友友、傅聪、林怀民、张君秋等。这次投票的是十几位资深的东方艺术研究者，他们多数人在洛杉矶看过马兰的赴美演出，其他人在投票前也看了表演录像。

二〇〇八年一月，马兰到美国接受颁奖，地点在哥伦比亚大学礼堂。这事震动了在美国的华裔精英，连何大一博士夫妇、夏志清教授夫妇、徐志摩先生的女儿和宋子文先生的女儿都参加了，更不待说正在美国的海峡两岸的大艺术家。中国驻纽约总领事馆的杨华领事和周燕领事，也出席了。

由林肯艺术中心主任亲自颁奖，纽约市文化局局长和哥伦比亚大学副校长陪颁。获颁后，马兰发表演讲《中国戏剧的昨天和明天》。她具有表演艺术家中极为罕见的娴达口才，一次次激起全场的笑声和掌声。

这天晚上，纽约地区的安徽同乡闻讯后为马兰举行了隆重的庆祝宴会。很多工程师、律师、会计师和各行各业的企业家争相发言，赞扬马兰在国际上为安徽人争了光。

在国际上获得如此大奖，使马兰产生了一个新的想法。原来她早已决定无声无息地悄然陨落，不再演出。但这次看到，这个世界还如此隆重地留下了有关自己的记忆，那就不应该让自己的艺术终结在林肯艺术中心和哥伦比亚大学礼堂。为了表演艺术的明天，她决定在祖国再登台一次。

这次登台不能去安徽，免得让人产生“回归”的误解；也不能去北京，免得让人产生“庆奖”的误解。还是在上海吧，不依托哪个剧团，更不去牵动哪些媒体，自己出资，再从身边的朋友中筹一些款，只算是我们夫妻俩在艺术上再度执手，相视一笑，自己为自己鸣奏。

听说马兰有可能再度登台，并且又是我亲自编剧，事情就立即变大。香港著名电影导演关锦鹏先生愿意亲自执导，国际著名音乐家鲍比达先生亲自作曲，香港首席美术指导张叔平先生出任造型总监……

这个令人叹为观止的阵容表明，马兰这次演出的已经完全不是黄梅戏，而是全新的东方音乐剧。助演者，则是上海戏剧学院和上海音乐学院的青年教师和学生。

剧名《长河》，是我对自己建立的“象征诗学”的又一次示范。“象征诗学”是我在汲取海明威“非象征的象征”、迪伦马特“非历史的历史”后所探索出来的一种东方美学现代创作风范，马兰以前演的《秋千架》和小说《空岛》《信客》都是实验作品。

这次演出难度极高，却取得了远超想象的成功。台下至少有一半观众是闻讯从全国各地赶来的。湖南省文联书记江学恭先生说：“我在戏剧界从业几十年，观看过国内外很多精彩演出，但面对《长河》却受到了极大的震撼，领略了一种毕生难忘的精彩。”

一位当今备受欢迎的电视剧表演艺术家看完演出后独自在座位上哭泣了整整十五分钟。有人问她，这不是悲剧，为什么哭那么久？她说：“为剧本，为演出。”

一位美国戏剧博士看完后说：“这戏，完全上得了戏剧史。”

每天演出结束时，全体观众一次次长时间地起立鼓掌，谢幕仪式不断重复。连见过太多大场面的上海大剧院工作人员，也为这个戏的谢幕次数之多深感惊讶。

当全台演员又一次恭敬地让出舞台中心位置请马兰再度出现时，掌声如大潮般激烈。这时，马兰伸出手臂朝观众席一指，向全场介绍此剧的编剧。机灵的灯光师立即把灯光打到了我身上，全体观众又转身向我鼓掌。

至此，我们夫妻俩在东方美学上高度相融的心愿，又一次达到了。这中间，似乎有某种天意乍显，否则，实在太难了。

谁都知道，文化传媒间的黑恶势力，从人数到背景，都远远超过剧场里的创造者和观众。演出过后，一切如旧，我们又消失了。

星云大师知道我们夫妻被诽谤、被误解的消息后，及时发来寄语："中国文化整体优秀，却有一个千年未改的老毛病，那就是容不下最优秀的人。对我们自己来说，只需记住：受难，是为人世承担。"

"受难，是为人世承担。"这话让我心头一亮，决定独自承担起对中国文化"元典系统"的现代阐释。这事工程极大，却比马兰的演出方便，因为不需要团队。我依靠着她，这个国际级大艺术家的全心照料，写出了一本本厚重的著作，足以放满一书架。

正是这些著作，使我成了受邀到纽约联合国总部、华盛顿国会图书馆和美国各个名校演讲最多的中国学者。这情景又让我想到了海边的比喻，我离开一个个热闹的帐篷独自来到礁石上，反而有千万浪涛与我呼应。

我的世界虽然大到无限，但是，外面的无限都不能吸引我。我把天地之间的元气吸取过来，集中在一个小小的空间。

别人的家，是向世界出发的码头，而我正相反，家是整个世界的终点。

我们夫妻，对“家”做了一个诚实的阐释。家，就是两个人的小岛。

这小岛，是享受了如雷掌声之后的万般宁静。

这小岛，既阻隔了空间，又阻隔了时间。正像我们不对外界抱有幻想，我们也不对未来抱有幻想。

只有此生，只有单程，只有小岛，只有两人。

十九

记得有人曾询问我，此生是否幸福。

我毫不犹豫地给了肯定的回答。而且特别说明，我的幸福很具体，至少有以下四个方面——

第一，拥有一位心心相印的妻子；

第二，拥有一副纵横万里的体能；

第三，拥有一种感应大美的天赋；

第四，拥有一份远离尘嚣的本性。

这四个方面，都非常确定，因而此生的幸福，也非常确定。

但是，这种确定要有一个不可思议的前提，那就是必须找到小岛，必须找到她。如有来生，那显然是完全不同的时间和空间，有可能找到吗？没有可能。

既然如此，那就不必再有来生。稀世的幸福不应重复享受，一次就够。

二十

那么，在余下的岁月里，日子也就会变得极为单纯了。

在生活细节上，我们两人都乐于打理炊厨茶事、帘窗巾枕；在精神支点上，又共同崇尚“天地元气”，共同信仰“大悟、大爱、大美”。因此，无论大事小事，都对视一笑，心领神会。

就在我遭受诽谤最严重的时候，马兰对朋友们说：“我与他成家三十多年，完全可以担保，这个人绝不会产生损人利己的念头，哪怕是一分一秒、一丝一毫。即使对于那些诽谤，也不点名呵斥，就怕伤了对方。他深知世界很不美好，因此自己必须加倍美好。”

她知道我对所有诽谤的唯一回答，是继续埋头阐释中华文化。因此，在那些狞厉的日子里，她总是特别郑重地接过我的一页页新写文稿。一天早晨，她又一次接过，然后随手为我写了几句话：

> 墨色落定，穿过纸页边缘，我总是第一个看到你的风神。与你同行，身心澄明。

对我来说，这一生，在空间上穿越过世界上无数莽原大川，在时间上研习过历史上各种衰世盛朝，现在都可以挥手删去，只凝聚到一个人身上。我曾在一首诗中写道：

> 你的眉眼是我的山水，
> 我的山水来自唐代。
> 拍去风雪，洗去粉黛，

浅浅一笑，草草一拜。

西出阳关我做伴，

孤帆远影我也在。

你是我的第一高度，

你是我的最后要塞。

千年一盹，万里一鞋。

有你有我，再无期待。

第四辑　心碑

中国文脉概述

一

我所说的文脉，是指中国文学几千年发展中最高等级的生命潜流。

这种潜流，在近处很难发现，只有从远处看去，才能领略大概，就像一条倔强的山脊所连成的天际线。

因为太重要，又处于隐潜状态，就特别容易产生误会。所以，我们必须从一开始就指出那些最常见的理论岔道——

一、这股潜流，在绝大多数情况下，不是官方主流；

二、这股潜流，在绝大多数情况下，不是民间主流；

三、这股潜流，虽然决定了漫长文学史的品质，但自身体量不大；

四、这股潜流，并不一以贯之，而是时断时续，断多续少；

五、这股潜流，对周围的其他文学现象具有吸附力，也有排斥力。

寻得这股潜流，是做减法的结果。我一向主张，研究文化和文学，减法比加法更为重要，也更为艰难。

减而见筋，减而显神，减而得脉。

减法难做，首先是因为千百年来人们一直处于文化匮乏状态，见字而敬，见文而信，见书而畏，缺少敢于大胆取舍的心理高度；其次，即使有了心理高度，往往也缺少品鉴高度，“得脉”者知音不多。

大胆取舍，需要锐利斧钺。但是，手握这种斧钺的人，总是在开山辟路。那些只会坐在凉棚下说三道四、指手画脚的人，大多不懂斧钺。

开山辟路的人没有时间参与评论，由此造成了等级的倒错、文脉的失落。

等级，是文脉的生命。

人世间，仕途的等级由官阶来定，财富的等级由金额来定，医生的等级由疗效来定，明星的等级由传播来定，而文学的等级则完全不同。文学的等级，与官阶、财富、疗效、传播等因素完全无关，只由一种没有明显标志的东西来定，这个东西叫品位。

其他行业也讲品位，但那只是附加，而不像文学，是唯一。

总之，品位决定等级，等级构成文脉。但是，这中间的所有流程，都没有清晰路标。这一来，事情就麻烦了。

环顾四周，那么多学者不断在显摆那些早就应该退出公共记忆的无聊残屑；不少当代“名士”更是染上了“嗜痂之癖”，如鲁迅所言，把远年的红肿溃烂，赞为“艳若桃花”。

面对这种情况，我曾深深一叹：“文脉既隐，小丘称峰；健翅已远，残羽充鹏。”

有人说，对文学，应让人们自由取用，不要划分高低。这是典型的“文学民粹主义”。就个人而言，鼠目寸光、井蛙观天，恰恰自贬了“自由”的空间；就整体而言，如果在精神文化上不分高低，那就会失去民族的尊严、人类的理想，一切都将在众声喧哗中不可收拾。

如果不分高低，只让不同时期的民众根据自己的兴趣“海选”，那么，中国文学，能选得到那位流浪草泽、即将投水的屈原吗？能选得到那位受过酷刑、怀耻握笔的司马迁吗？能选得到那位僻居荒村、艰苦躬耕的陶渊明吗？他们后来为民众知道，并非民众自己的行为。而且，知道了，也并不能体会他们的内涵。因此我敢断言，任何民粹主义的自由海选，即便再有人数，再有资金，也与优秀文学基本无关。

这不是文学的悲哀，而是文学的高贵。

我主张，在目前必然寂寞的文化良知领域，应该重启文脉之思，重开严选之风，重立古今坐标，重建普世范本。为此，应该拨去浮华热闹，远离滔滔口水，进入深度探讨。选择自可不同，目标却是同归，那就是清理地基，搬开芜杂，集得巨砖，寻获大柱，让出空间，洗净耳目，呼唤伟步，期待天才。由此，中华文化的复兴，才有可能。

二

文脉的原始材料，是文字。

汉字大约起源于五千年前。较系统的运用，大约在四千年前。不断出现的考古成果既证明着这个年份，又质疑着这个年份。据我比较保守的估计，大差不差吧，除非有了新的惊人发现。

汉字产生之后，经由“象形一表意一形声”这几个阶段，开始用最简单的方法记载历史，例如王朝谱牒。应该夏朝就有了，到商代的甲骨文和金文，已相当成熟。但是，甲骨文和金文的文句，还构不成文学意义上的“文脉之始”。文学，必须由“意指”走向“意味”。这与现代西方美学家所说的“有意味的形式”，有点儿关系。既是“意味”又是“形式”，才能构成完整的审美。这种完整，只有后来的《诗经》，才能充分满足。《诗经》产生的时间，离现在二千六百年到三千年。

然而，我发现了一个有趣的现象。商代的甲骨文和金文虽然在文句上还没有构成“文脉之始”，但在书法上却已构成了。如果我们把“文脉”扩大到书法，那么，它就以“形式领先”的方式开始于商代，比《诗经》早，却又有所交错。正因为如此，我很喜欢去河南安阳，长久地看着甲骨文和青铜器发呆。甲骨文多半被解读了，但我总觉得那里还埋藏着孕育中国文脉的神秘因子。一个横贯几千年的文化行程将要在那里启航，而直到今天，那个老码头还是平静得寂然无声。

终于听到声音了，那是《诗经》。

《诗经》使中国文学从一开始就充满了稻麦香和虫鸟声。这种香气和声音，将散布久远，至今还能闻到、听到。

十余年前在巴格达的巴比伦遗址，我读到了从楔形文字破译的古代诗歌。那些诗歌是悲哀的、慌张的、绝望的，好像强敌刚刚离去，很快就会回来。因此，歌唱者只能抬头盼望神祇，苦苦哀求。这种神情，与那片土地有关。血腥的侵略一次次横扫，人们除了奔逃还是奔逃，因此诗句中有一些生命边缘的吟咏，弥足珍贵。但是，那些吟咏过于匆忙和粗糙，尚未进入成熟的文学形态，又因为楔形文字很早中断，没有构成下传之脉。

同样古老的埃及文明，至今没见到古代留下的诗歌和其他文学样式。卢克索太阳神庙大柱上的象形文字，已有部分被破译，却并无文学意义。过于封闭、保守的一个个王朝，曾经留下了帝脉，而不是文脉。即便有气脉，却也不见相应的诗脉。

印度在古代有灿烂的诗歌、梵剧和艺术奥论，但大多围绕着“大梵天”的超验世界。与中国文化一比，同样是农耕文明，却缺少土地的气息和世俗的表情。

《诗经》的吟唱者们当然不知道存在以上种种对比，但我们今天一对比，也就对它有了新的认知。

《诗经》中，有祭祀，有抱怨，有牢骚，但最主要、最拿手的，是在世俗生活中抒情。其中抒得最出色的，是爱情。这种爱情那么“无邪”，既大胆又羞怯，既温柔又敦厚，足以陶冶风尚。

在艺术上，那些充满力度又不失典雅的四字句，一句句排下来，成了中国文学起跑点的砖砌路基。那些叠章反复，让人立即想到，这不仅仅是文学，还是音乐，还是舞蹈。一切动作感涨满其间，却又毫不鲁莽，优雅地引发乡间村乐，咏之于江边白露，舞之于月下乔木。终于由时间定格，凝为经典。

没有巴比伦的残忍，没有卢克索的神威，没有恒河畔的玄幻。《诗经》展示了黄河流域的平和、安详、寻常、世俗，以及有节制的谴责和愉悦。

但是，写到这里必须赶快说明，在《诗经》的这种平实风格后面，又有着一系列宏大的传说背景。传说分两种：第一种是“祖王传说”，有关黄帝、炎帝和蚩尤；第二种是“神话传说”，有关补天、填海、追日、奔月。

按照文化人类学的观念，传说和神话虽然虚无缥缈，却对一个民族非常重要，甚至可以成为一种历久不衰的“文化基因”。这一点，在中华民族身上尤其明显。谁都知道，有关黄帝、炎帝、蚩尤的传说，决定了我们的身份；有关补天、填海、追日、奔月的传说，则决定了我们的气质。这两种传说，就文化而言，更重要的是后一种神话传说，因为它们为一个庞大的人种提供了鸿蒙的诗意。即便是离得最近的《诗经》，也在平实中熔铸着伟大和奇丽。

于是，我们看到了，背靠着一大批神话传说，刻写着一行行甲骨文、金文，吟唱着一首首《诗经》，中国文化隆重上路。

其实，这也就是以老子、孔子为代表的先秦诸子出场前的精神背景。

三

先秦诸子，都是思想家、哲学家、教育家、社会活动家，但是，他们要让自己的思想说服人、感染人，就不能不运用文学手段。而且，有一些思维方式，从产生到完成都必须仰赖自然、譬引鸟兽、倾注情感、形成寓言，这也就构成了文学形态。

思想家和哲学家在运用文学手段的时候，有人永远把它当作手段，有人则不小心暴露了自己也是一个文学家。

先秦诸子由于社会影响巨大，历史贡献卓著，因此对中国文脉的形成有特殊贡献。但是，这种贡献与他们在思想和哲学上的贡献，并不一致。

我将先秦诸子的文学品相分为三个等级：

第一等级：庄子、孟子；

第二等级：老子、孔子；

第三等级：韩非子、墨子。

在这三个等级中，处于第一等级的庄子和孟子已经是文学家，而庄子则是一位大文学家。

把老子和孔子放在第二等级，实在有点儿委屈这两位精神巨匠了。我想他们本人都无心于自身的文学建树，但是，虽无心却有大建树。这便是天才，这便是伟大。

在文脉上，老子和孔子谁应领先？这个排序有点儿难。相比之下，孔子的声音，是恂恂教言，浑厚恳切，有人间炊烟气，令听者感动，令读者萦怀；相比之下，老子的声音，是铿锵断语，刀切斧劈，又如上天颁下律令，使听者惊悚，读者铭记。

孔子开创了中国语录式的散文体裁，使散文成为一种有可能承载厚重责任、端庄思维的文体。孔子的厚重和端庄并不堵眼堵心，而是仍然保持着一个健康君子的斯文潇洒。更重要的是，由于他的思想后来成了千年正统，因此他的文风也就成了永久的楷模。他的文风给予中国历史的，是一种朴实的正气，这就直接成了中国文脉的一种基调。中国文脉，蜿蜒曲折，支流繁多，但是那种朴实的正气却颠扑不灭。因此，孔子于文，功劳赫赫。

本来，孔子有太多的理由在文学上站在老子面前，谁知老子另辟蹊径，别创独例，以极少之语，蕴极深之意，使每个汉字重似千钧，不容外借。在老子面前，语言已成为无可辩驳的天道，甚至无须任何解释、过渡、调和、沟通。这让中国语文，进入了一个几乎空前绝后的圣哲高台。

我听不止一位西方哲学家说："仅从语言方式而言，老子就是最高哲学。孔子不如老子果断，因此在外人看来，更像一个教育家、社会评论家。"

外国人即使不懂中文，也能从译文感知"最高哲学"的所在，可见老子的表达有一种"骨子里"的高度。有一段时间，德国人曾骄傲地说："全世界的哲学都是用德文写的。"这当然是故意的自我夸耀，但平心而论，回顾之前几百年，德国人也确实有说这种"大话"的底气。然而，当他们读到老子就开始不说这种话了。据统计，现在几乎每个德国家庭都有一本老子的书，普及程度远远超过老子的家乡中国。

说完第二等级，我顺便说一下第三等级。韩非子和墨子，都不在乎文学，有时甚至明确排斥。但是，他们的论述也具有了文学素质，主要是雄辩的逻辑所造成的简洁明快，让人产生了一种阅读上的愉悦。当然，他们那种风风火火的实干家形象，也会帮助我们产生文字之外的动人想象。

更重要的是要留出时间来看看第一等级，庄子和孟子。孟子是孔子的继承者，比孔子晚了一百八十年。在人生格调上，他与孔子很不一样，显得有点儿骄傲自恃，甚至盛气凌人。这在人际关系上好像是缺点，但在文学上就不一样了。他的文辞，大气磅礴，浪卷潮涌，畅然无遮，情感浓烈，具有难以阻挡的感染力。他让中国语文，摆脱了左顾右盼的过度礼让，连接成一种马奔车驰的畅朗通道。文脉到他，气血健旺，精神抖擞，注入了一种“大丈夫”的生命格调。

但是，与他同一时期，一个几乎与他同年的庄子出现了。庄子从社会底层审察万物，把什么都看穿了，既看穿了礼法制度，也看穿了试图改革的宏谋远虑，因此对孟子这样的浩荡语气也投之以怀疑。岂止对孟子，他对人生都很怀疑。真假的区分在何处？生死的界线在哪里？他陷入了困惑，又继之以嘲讽。这就使他从礼义辩论中撤退，回到对生存意义的探寻，有了一个由思想家到文学家的大步跃升。

他的人生调子，远远低于孟子，甚至也低于孔子、墨子、荀子或其他别的“子”。但是这种低，使他有了孩子般的目光，从世界和人生的底部窥探，问出一串串最重要的“傻”问题。

但仅仅是这样，他还未必能成为先秦诸子中的文学冠军。他最杰出之处，是用极富想象力的寓言，讲述了一个又一个令人难忘的故事，而在这些寓言故事中，都有一系列鲜明的艺术形象。这一下，他就成了那个思想巨人时代的异类、一个充满哲思的文学家。《逍遥游》《秋水》《人间世》《德充符》《齐物论》《养生主》《大宗师》……这些篇章，就成了中国哲学史，也是中国文学史的第一流佳作。

此后历史上一切有文学才华的学人，都不会不黏上庄子。这个现象很奇怪，对于其他“子”，都因为思想观念的差异而有明显的取舍，但庄子却例外。没有人会不喜欢他讲的那些寓言故事，没有人会不喜欢他与南天北海融为一体的自由精神，没有人会不喜欢他时而巨鸟，时而大鱼，时而飞蝶的想象空间。

在这个意义上，形象大于思维，文学大于哲学，活泼大于庄严。

四

我把庄子说成是“先秦诸子中的文学冠军”，但请注意，这只是在“诸子”中的比较。如果把范围扩大，那么，他在那个时代就不能夺冠了。因为在南方，出现了一位比他小三十岁左右的年轻人，那就是屈原。

屈原，是整个先秦时期的文学冠军。

不仅如此，作为中国第一个大诗人，他以《离骚》和其他作品，为中国文脉输入了强健的诗魂。对于这种输入，连李白、杜甫也顶礼膜拜。因此，戴在他头上的，已不应该仅仅是先秦的桂冠。

前面说到，中国文脉是从《诗经》开始的，所以人们对诗已不陌生。然而，对诗人还深感陌生，何况是这么伟岸的诗人。

《诗经》中也署了一些作者的名字，但那些诗大多是朝野礼仪风俗中的集体创作，那些名字很可能只是采集者、整理者。从内容看，《诗经》还不具备强烈而孤独的主体性。按照我给北京大学学生讲述中国文化史时的说法，《诗经》是“平原小合唱”，《离骚》是“悬崖独吟曲”。

这个悬崖独吟者，出身贵族，但在文化姿态上，比庄子还要“傻”。诸子百家都在大声地宣讲各种问题，连庄子也在用寓言启迪世人，屈原却不。他不回答，不宣讲，也不启迪他人，只是提问，没完没了地提问，而且似乎永远无解。

从宣讲到提问，从解答到无解，这就是诸子与屈原的区别。说大了，也是学者和诗人的区别、教师和诗人的区别、谋士和诗人的区别。划出了这么多区别，也就有了诗人。

从此，中国文脉出现了重大变化。不再合唱，不再聚众，不再宣讲。在主脉的地位，出现了行吟在江风草泽边那个衣饰奇特的身影，孤傲而天真，凄楚而高贵，离群而悯人。他不太像执掌文脉的人，但他执掌了；他被官场放逐，却被文学请回；他似乎无处可去，却终于无处不在。

屈原自己没有想到，他跟两千多年的中国历史开了一个大玩笑。玩笑的项目有这样两个方面：

一、大家都习惯于称他“爱国诗人”，但他明明把“离”国作为他的主题。他曾经为楚抗秦，但正是这个秦国，在他身后统一了中国，成了后世“爱国主义”概念中真正的“国”。

二、他写的楚辞，艰深而华赡，民众几乎都不能读懂，但他却具备了最高的普及性，每年端午节出现的全民欢庆，不分秦楚，不分雅俗。

这玩笑也可以说是两大误会，却对文脉意义重大。第一个误会说明，中国官场的政治权脉试图拉拢文脉，为自己加持；第二个误会说明，世俗的神祇崇拜也试图借文脉来自我提升。总之，到了屈原，文脉已经健壮，被“政脉”和“世脉”深深觊觎，并频频拉扯。说“绑架”太重，就说“强邀”吧。

雅静的文脉，从此经常会被“政脉”“世脉”频频强邀，衍生出一个个庞大的政治仪式和世俗仪式。这种“静脉扩张”，对文脉而言有利有弊，弊大利小；但在屈原身上发生的事，对文脉尚无大害，因为再扩大、再热闹，屈原的作品并无损伤。在围绕着他的繁多“政脉”“世脉”中间，文脉仍然能够清晰找到，并保持着主干地位。

记得几年前有台湾大学学生问我，大陆民众在端午节以非常热闹的世俗方式划龙舟、吃粽子的游戏，是否肢解了寂寞的屈原？我回答：没有。屈原本人就重视民俗巫风中的祭祀仪式，后来，民众也把他当作了祭祀对象。屈原确实不仅仅是你们书房里的那个屈原。但是如果你们要找书房里的屈原也不难，《离骚》《九章》《九歌》《招魂》《天问》自可细细去读。一动一静，一祭一读，都是屈原。

如此文脉，出入于文字内外，游弋于山河之间，已经很成气象。

五

屈原不想看到的事情终于发生了，秦国纵横宇内，终于完成了统一大业。

几乎所有的文学史都在谴责秦始皇为了极权统治而“焚书坑儒”的暴行，严重斫伤了中国文化。马蹄烟尘中的秦国，所留文迹也不多，除了《吕氏春秋》，就是那位游士政治家李斯的了。他写的《谏逐客书》不错，而我更佩服的是他书写的那些石刻。字并不多，但一想起就如直面泰山。

对秦始皇的谴责是应该的，但从更宏观的视角来看，应该有另一番见解。

秦始皇有意做了两件对不起文化的事，却又无意做了两件对得起文化的事，而且那是真正的大事。

他统一中国，当然不是为了文学，却为文学灌注了一种天下一统的宏伟气概。此后中国文学，不管什么题材，都或多或少地有所隐含。李白写道：“秦王扫六合，虎视何雄哉！”可见这种气概在几百年后仍把诗人们笼罩。王昌龄写道：“秦时明月汉时关，万里长征人未还。”秦人为后人开拓了情怀。

不仅如此，秦始皇还统一了文字，使中国文脉可以顺畅地流泻于九州大地。这种顺畅，尤其是在极大空间中的顺畅，反过来又增添了中国文学对于三山五岳、五湖四海的视野和责任。这就使工具意义和精神意义，产生了相辅相成的互哺关系。我在世界上各个古文明的废墟间考察时，总会一次次想到秦始皇。因为那些文明的割裂、分散、小化，都与文字语言的不统一有关。如果当年秦始皇不及时以强权统一文字，那么，中国文脉早就流逸不存了。

由于秦始皇既统一了中国，又统一了文字，此后两千多年，只要是中国文人，不管生长在如何偏僻的角落，一旦为文，便是天下兴亡、炎黄子孙；而且，不管面对着多么繁密的方言壁障，一旦落笔，皆是汉字汉文，千里相通。总之，统一中国和统一文字，为中国文脉提供了不可比拟的空间力量和技术力量。秦代匆匆，无心文事，却为中国文明的格局进行了重大奠基。

六

很快就到汉代了。

历来对中国文脉有一种最表面、最通俗的文体概括，叫作：楚辞、汉赋、唐诗、宋词、元曲、明清小说。在这个概括中，最弱的是汉赋，原因是缺少第一流的人物和作品。

是枚乘？是司马相如？还是早一点的贾谊？是《七发》《子虚》《上林》？这无论如何有点儿拿不出手，因为前前后后一看，远远站着的，是屈原、李白、杜甫、苏东坡、关汉卿、曹雪芹啊。

就我本人而言，对汉赋，整体上不喜欢。不喜欢它的铺张，不喜欢它的富丽，不喜欢它的雕琢，不喜欢它的堆砌，当然，更不喜欢它的腻颂阿谀、不见风骨。我的不喜欢，还有一个长久的心结，那就是从汉代以后两千年间，中国社会时时泛起的奉承文学，都以它为范本。

汉赋的产生是有原因的。一个强大而富裕的王朝建立起来了，确实处处让人惊叹，而“罢黜百家，独尊儒术”的思想文化统治使很多文人渐渐都成了“润色宏业”的驯臣。再加上汉武帝自己的爱好，那些辞赋也就成了朝廷的主流文本，可称为“盛世宏文”。几重因素加在一起，那么，汉赋也就志得意满、恣肆挥洒。文句间那层层渲染的排比、对偶、连词，就怎么也挡不住了。如果说还有正面意义，那么，如此抑扬顿挫、涌金叠银、流光溢彩，确实也使汉语增添了不少辞藻功能和节奏功能。

说实话，我在研究汉代艺术史的时候曾从不少赋作中感受过当时当地的气象，颇有收获；但从文学的角度来看，这些赋，毕竟那么缺少思想、缺少个性、缺少真切、缺少诚恳，实在很难在中国文脉中占据太多正面地位。这就像我们见过的有些名流，在重要时段置身重要职位，服饰考究，器宇轩昂，但一看内涵，却是空泛呆滞、言不由衷，那就怎么也不会真正入心入情，留于记忆。这，也正是我要跳远开去用挑剔的目光来检索文脉的原因。如果是在写文学史，那就不应该表达那么鲜明的取舍褒贬。

汉赋在我心中黯然失色，还有一个尴尬的因素，那就是，离它不远，出现了司马迁的《史记》。

司马迁和《史记》，这是我心中永远的太阳。

大家可能看到，坊间有一本叫《北大授课》的书，这是我为北京大学中文系、历史系、哲学系、艺术学院的部分学生讲授“中国文化史”的课堂记录，在大陆和台湾都成了畅销书。四十八堂课，每堂都历时半天，每星期一堂，因此是一整年的课程。用一年来讲述四千年，无论怎么说还是太匆忙，结果，即使对于长达五百年的明、清两代，我也只用了两堂课来讲述（第四十四、四十五堂课）。然而，我却为一个人讲了四堂课（第二十一、二十二、二十三、二十四堂课）。这个人就是司马迁。看似荒唐的比例，表现出他在我心中的特殊重量。

司马迁在历史学上的至高地位，我们在这里暂且不说，只说他的文学贡献。是他第一次，通过对一个个重要人物的生动刻画，写出了中国历史的魂魄。因此也可以说，他将中国历史拟人化、生命化了。更惊人的是，他在汉赋的包围中，居然不用整齐的形容、排比、对仗，更不用辞藻的铺陈，而只以从容真切的朴素笔触、错落有致的自然文句，做到了这一切。于是，他也就告诉人们：能把千钧历史撬动起来而又滋润万民，只有最本色的文学力量才能做到。

大家说，他借用文学写好了历史；我补充，他又借用历史印证了文学。除了虚构之外，其他文学要素他都酣畅地运用到了极致。但他又不露痕迹，高明得好像没有运用。不要说他同时代的汉赋，即使是此后两千年的文学一旦陷入奢靡，不必训斥，只需一提司马迁，大多数文人就会从梦魇中惊醒，吓出一身冷汗。除非，那些人没读过司马迁。

我曾一再论述，就散文而言，司马迁是中国古代第一支笔。他超过“唐宋八大家”，更不要说其他什么派了。“唐宋八大家”中，也有几个不错，但与司马迁一比，格局小了，又有点儿“做作”。这放到后面再说吧。

七

不要快速地跳到唐代去。由汉至唐，世情纷乱，而文脉健旺。

我对于魏晋文脉的梳理，大致分为“三段论”。

首先，不管大家是否乐见，第一个在战火硝烟中接续文脉的，是曹操。我曾在《丛林边的那一家》中写道：“曹操一心想做军事巨人和政治巨人而十分辛苦，却不太辛苦地成了文化巨人。”我还拿同时代写了感人散文《出师表》的诸葛亮和曹操相比，结论是：“任何一部《中国文学史》，遗漏了曹操都是难以想象的，而加入了诸葛亮也是难以想象的。”

曹操的权谋形象在中国民间早就凝固，却缺少他在文学中的身份。然而，当大家知道那些早已成为中国熟语的诗句居然都出自他的手笔，常常会大吃一惊。哪些熟语？例如：“老骥伏枥，志在千里”；“烈士暮年，壮心不已”；“对酒当歌，人生几何”；“何以解忧，唯有杜康”；“月明星稀，乌鹊南飞”；“山不厌高，海不厌深”；“东临碣石，以观沧海”；“秋风萧瑟，洪波涌起”；“日月之行，若出其中；星汉灿烂，若出其里”……

在漫长的历史上，还有哪几个文学家，能让自己的文句变成千年通用？可能举得出三四个，不多，而且渗入程度似乎也不如他广泛。

更重要的是等级。我在对比后曾说，诸葛亮的文句所写，是君臣之情；曹操的文句所写，是宇宙人生。不必说诸葛亮，即便在文学史上，能用那么开阔的气势来写宇宙人生的，还有几个？而且从我特别看重的文学本体来说，能够提供那么干净、朴素、凝练的笔墨的，又有几个？

曹操还有两个真正称得上文学家的儿子：曹丕、曹植。父子三人中，即便是文学地位最低而终于做了皇帝的曹丕，就文笔论，在数千年中国帝王中也能排到第二。第一是李煜，那是以后的事了。

在三国时代，哪一个军阀都少不了血腥谋略。中国文人历来对曹操的恶评，主要出于一个基点，那就是他要“断绝刘汉正统”。但是我们如果从宏观文化上看，在兵荒马乱的危局中把“正统”的中国文脉强悍地接续下来的，是谁呢？

这是“三段论”的第一段。

第二段，曹操的书记官阮瑀生了一个儿子叫阮籍，接过了文脉。这说起来还算直接，却已有了悬崖峭壁般的“代沟”。比阮籍小十余岁的嵇康，再加上一些文士，通称为“魏晋名士”。其实，真正得脉者，只有阮籍、嵇康两人。

这是一个“后英雄时代”的文脉旋涡。史诗传奇结束，代之以恐怖腐败，文士们由离经之议、忧生之嗟而走向虚无避世。生命边缘的挣扎和探询，使文化感悟告别正统，向着更危险、更神秘的角落释放。奇人奇事，奇行奇癖，随处可见。中国文化，看似主脉已散，却四方奔溢，气貌繁盛。当然，繁盛的是气貌，而不是作品。那时留下的重大作品不多，却为中国文人在血泊间的人格自信，提供了诸多模式。

阮籍、嵇康死后两年西晋王朝建立，然后内忧外患，又是东晋，又是南北朝，说起来很费事。只是远远看去，阮籍、嵇康的风骨是找不到了，在士族门阀的社会结构中，文人们玄风颇盛。

玄谈，一向被诟病。其实中国文学历来虽有写意、传神等风尚，却一直缺少形而上的超验感悟、终极冥思。倘若借助于哲学，中国哲学也过于实在。而且在汉代，道家、儒家又轮番被朝廷征用，那就不能指望了。因此，我们的这些玄谈文士把哲学拉到自己身上，出入佛道之间，每个人都弄得像是从空而降的思辨家似的，我总觉得是补了空缺，利多于弊。故弄玄虚的当然也有不少，但毕竟有几个是在玄思之中找到了自己，获得了个体文化的自立。

王羲之的《兰亭序》是著名的书法作品，而内容就是一篇玄谈，算是其中比较简短、干净的。我把它翻译成了当代文字，大家如有兴趣可找来一读。

王羲之写《兰亭序》是在公元三五三年，地点在浙江绍兴，那年他正好五十岁。在写完《兰亭序》十二年之后，江西九江有一个孩子出生，他将开启魏晋南北朝文学“三段论”的第三段。

这就是第三段的主角，陶渊明。

就文脉而言，陶渊明又是一座时代最高峰了。自秦汉至魏晋，时代最高峰有三座：司马迁、曹操、陶渊明。若要对这三座高峰做排序，那么，司马迁第一，陶渊明第二，曹操第三。曹操可能会气不过，但只能让他息怒了。理由有三：

其一，如果说，曹操们着迷功业，名士们着迷自己，而陶渊明则着迷自然。最高是谁，一目了然。在陶渊明看来，不要说曹操，连名士们也把自己折腾得太过分了。

其二，陶渊明以自己的诗句展示了鲜明的文学主张，那就是戒色彩，戒夸饰，戒繁复，戒深奥，戒典故，戒精巧，戒黏滞。几乎，把他前前后后一切看上去“最文学”的架势全都推翻了，呈现出一种完整的审美系统。态度非常平静，效果非常强烈。

其三，陶渊明创造了一种以“回归田园”为标志的人生境界，成了一种千年不移的文化理想。不仅如此，他还在这种“此岸理想”之外提供了一个“彼岸理想”——桃花源，在中华文化圈内可能无人不知。桃花源因为脱离历史、脱离纷争、脱离荣辱而成了一种宁静生态的憧憬，成了中国文化的真正“彼岸”。陶渊明的笔，把一个如此缥缈的理想渲染得极有吸引力，这种心力、笔力谁能及得？

就凭这三点，曹操在文学上只能老老实实地让陶渊明几步了，让给这位不识刀戟、不知谋术的穷苦男人。

陶渊明为中国文脉增添了前所未有的自然之气、洁净之气、淡远之气，而且，又让中国文脉跳开了非凡人物，变得更普世了。

讲了陶渊明，也省得我再去笑骂那个时代很嚣张的骈体文了。

八

眼前就是南北朝。

那就请允许我宕开笔去，说一段闲话。

上次去台北，文友蒋勋特意从宜兰山居中赶到台北看我，有一次长谈。有趣的是，他刚出了一本谈南朝的书，而我则花几年时间一直在流连北朝，因此虽然没有预约，却一南一北地谈起来了。台湾《联合报》记者得知我们两人见面，就来报道，结果出了一大版有关南北朝的文章，在今天的闹市中显得非常奇特。

蒋兄写南朝的书我还没有看，但由他来写，一定很好。南朝比较富裕，又重视文化，文人也还自由，可谈的话题当然很多。蒋兄写了，我就不多啰唆了，还是抬头朝北，说北朝吧。

蒋兄沉迷南朝，我沉迷北朝，这与我们不同的气质有关，虽老友也“和而不同”。我经过初步考证，怀疑自己的身世可能是由古羌而入西夏，与古代凉州脱不了干系，因此本能地亲近北朝。北朝文化，至少有一半来自凉州。

当然，我沉迷北朝，还有更宏观的原因，而且与此刻正在梳理的宏观文脉相关。

文脉一路下来，变化那么大，但基本上在一个近似的文明之内转悠。或者说，就在黄河和长江这两条河之间轮换。例如：《诗经》和诸子是黄河流域，屈原是长江流域；司马迁是黄河流域，陶渊明是长江流域。这么一个格局，在幅员广阔的中国也不见得局促。但是那么多年过去，人们不禁要问，作为一种大文化，能不能把生命场地放得再开一些？

于是，公元五世纪，大机缘来了。由鲜卑族建立的北魏王朝，由于文明背景的重大差异，本该对汉文化带来沉重劫难，谁料想，统治者中有一些杰出人物，尤其是孝文帝拓跋宏（元宏），以及为他打基础的冯太后，居然虔诚地拜汉文化为师，快速提升统治集团的文明等级，情况就发生了惊人的变化。他们既然善待汉文化，随之也就善待佛教文化，以及佛教文化背后的印度文化、希腊文化、波斯文化、巴比伦文化，中国北方出现了前所未有的世界文明大汇聚。

从此，中国文化不再只是流转于黄河、长江之间了。经由大兴安岭出发的浩荡胡风，茫茫北漠，千里西域，都被裹卷，连恒河、印度河、幼发拉底河、底格里斯河的波涛也隐约可见，显然，它因包容而更加强盛。山西大同的云冈石窟可以作为这种文明大汇聚的最好见证，因此我应邀在那里题了一方石碑，上刻八字："中国由此迈向大唐"。

在差不多同时，公元四七六年，欧洲的西罗马帝国被"北方蛮族"毁灭，苏格拉底、亚里士多德的文脉被阻断，而且会阻断近千年。中国文脉正好相反，却被"北方蛮族"大幅提振，并即将要为人类文明进程开辟一个"制高点"。

阿基米德说："给我一个支点，我能撬起整个地球。"我觉得，北魏就是一个历史支点，它撬起了唐朝。

当然，我所说的唐朝，是文化的唐朝。

为此，我长久地心仪北魏，寄情北魏。

即使不从"历史支点"的重大贡献着眼，当时北方的文化，也值得好好观赏。它们为中华文化提供了一种力度、一种陌生，让人惊喜。

例如，那首民歌："敕勒川，阴山下。天似穹庐，笼盖四野。天苍苍，野茫茫，风吹草低见牛羊。"

这里出现了中国文学中未曾见过的辽阔和平静，平静得让人不好意思再发什么感叹。但是，它显然闯人了中国文学的话语结构，不再离开。

当然，直接撼动文脉的是那首北朝民歌《木兰诗》。"唧唧复唧唧，木兰当户织"，这么轻快、愉悦的语言节奏，以及前面站着的这位健康、可爱的女英雄，带着北方大漠明丽的蓝天，带着战火离乱中的伦理情感，大踏步走进了中国文学的主体部位。直到当代，国际电影界要找中国题材，首先找到的也还是花木兰。

在文人圈子里，南朝文人才思翩翩，有一些理论作品为北方所不及，如刘勰的《文心雕龙》、钟嵘的《诗品》。而且，他们还在忙着定音律、编文选、写宫体。相比之下，北朝文人没那么多才思。但是，他们拿出来的作品却别有一番重量，例如郦道元的《水经注》和杨衒之的《洛阳伽蓝记》。这些作品的纪实性、学术性，使一代散文走向厚实，也使一代学术亲近散文。郦道元和杨衒之，都是河北人。

九

唐代是一场审美大爆发，简直出乎所有文人的意料。

文人对前景的预料，大多只从自己和文友的状况出发。即便是南朝的那些专门研究来龙去脉的理论家、文选家，也无法想象唐代的来到。

回头细想，原先酝酿于北方旷野上、南方巷陌间的文化灵魂已经积聚有时，其他文明的渗透、发酵也到了一定地步，等到政局渐定，民生安好，西域通畅，百方来朝，自然就出现了一场壮丽的文化大爆发。

这真是机缘巧合、天佑中华。这种“政文俱旺”的现象，在历史上也仅此一次。

有没有唐代的这次大爆发，对中国文化大不一样。试看天下万象：一切准备，如果没有展现，那就等于没有准备；一切贮存，如果没有启用，那就等于没有贮存；一切内涵，如果没有表达，那就等于没有内涵；一切灿烂，如果没有迸发，那就等于没有灿烂；一切壮丽，如果没有汇聚，那就等于没有壮丽。更重要的是，所有的展现、迸发、汇聚，都因群体效应产生了新质，与各自原先的形态已经完全不同。因此，大唐既是中国文化的平台，又是中国文化的熔炉。既是一种集合，又是一种冶炼。

唐代还有一个好处，它的文化太强了，因此成了中国历史上唯一不以政治取代文化的朝代。说唐朝，就很难以宫廷争斗掩盖李白、杜甫。而李白、杜甫，也很难被曲解成政治人物，就像屈原所蒙受的那样。即使是真正的政治人物如颜真卿，主导了一系列响亮的政治行动，但人们对他的认知，仍然是书法家。可见，唐代是文化可以充分自立的时代，而且历史也承认这种自立。鲁迅说，魏晋时代是文学自觉的时代。这从文化创造者的角度来说还勉强可以，只是有点儿夸张，因为没有“自立”的“自觉”，很难长久。只有到了唐代，文化才因自立而自觉。

文学的自立，不仅是对于政治，还对于哲学。现代有研究者说，唐代缺少像样的哲学家和思想家。这种说法虽大致不错，却不必抱怨。既然发生了强大而壮丽的审美大爆发，那么，哲学的油灯只能黯淡了。

文学不必贯穿一种稳定而明确的哲学理念。文学就是文学，只从人格出发，不从理念出发；只以形式为终点，不以教化为目的。请问唐代那些大诗人各自信奉什么学说？实在很难说得清楚，而且一生多有转换，甚至同时几种杂糅。但是，这一点儿也不影响他们写出千古佳作。

一个时代，为什么不能由文学和艺术走向深刻呢？

唐代文学，说起来太冗长。我多年前在为北大学生讲授中国文化史的时候，曾鼓励他们用投票的方式为唐代诗人排一个次序。标准有两个：一是诗人们真正抵达的文学高度；二是诗人们在后世被民众喜爱的广度。

北大学生投票的结果是这样十名——

第一名：李白；

第二名：杜甫；

第三名：王维；

第四名：白居易；

第五名：李商隐；

第六名：杜牧；

第七名：王之涣；

第八名：刘禹锡；

第九名：王昌龄；

第十名：孟浩然。

有意思的是，投票的那么多学生，居然没有两个人的排序完全一样。

这个排序，可能与我自己心中的排序还有一些出入。但高兴的是，大家没有多大犹豫，就投出了前四名：李白、杜甫、王维、白居易。这前四名，合我心意。

在一个琳琅满目的世界，学会排序是一种本事，不至于迷路。有的诗文，初读也很好，但通过排序比较，就会感知上下之别。日积月累，也就有可能深入文学最微妙的堂奥。例如，很多人都会以最高的评价来推崇初唐诗人王勃所写的《滕王阁序》，把其中“落霞与孤鹜齐飞，秋水共长天一色”说成是“全唐第一佳对”，这就是没有排序的结果。一排，发现这样的骈体文在唐代文学中的地位不应该太高。可理解的是，王勃比李白、王维早了整整半个世纪，与唐代文学的黄金时代相比，是一种“隔代”存在。又如，人们也常常对张若虚的《春江花月夜》赞之有过，连闻一多先生也曾说它是“诗中的诗，顶峰上的顶峰”。但我坚持认为，当李白、杜甫他们还远远没有出生的时候，唐诗的“顶峰”根本谈不上，更不要说“顶峰上的顶峰”了。

但是，无论王勃还是张若虚，已经表现出让人眼睛一亮的初唐气象。在他们之后，会有盛唐、中唐、晚唐，每一个时期各不相同，却都天才喷涌、名家不绝。唐代，把文学的各个最佳可能，都轮番演绎了一遍。请看，从发轫，到飞扬，到悲哀，到反观，到个人，到凄迷，各种文学意味都以最透彻的方式展现了，几乎没有重大缺漏。

因此，一个杰出时代的文学艺术史，很可能被看成人类文学艺术史的浓缩版。有学生问我，如果时间有限，却要集中地感受一下中国文化的极端丰富，又不想跳来跳去，读什么呢？

我回答："读唐诗吧。"

与中国文脉以前的峰峦相比，唐诗具有全民性。唐诗让中国语文具有了普遍的附着力、诱惑力、渗透力，并让它们笼罩九州、镌刻山河、朗朗上口。有过了唐诗，中国大地已经不大有耐心来仔细倾听别的诗句了。

十

再说一说唐代的文章。

唐代的文章，首推韩愈、柳宗元。

他们两位，是后世所称的"唐宋八大家"的领头者。我在前面说过，"唐宋八大家"的文学成就，在整体上还比不过司马迁一人，这当然也包括他们两位在内。但是，他们两位，做了一件力挽狂澜的大事，改变了一代文风，清理了中国文脉。

他们再也不能容忍从魏晋以来越来越盛炽的骈体文了。自南朝的宋、齐、梁、陈到唐初，这种文风就像是藻荇藤蔓，已经缠得中国文学步履蹒跚。但是，文坛和民众却不知其害，还以为光彩夺目、堆锦积绣的文字都是文学之胜，还在竞相趋附。

面对这种风气，韩愈和柳宗元当然坐不住了，他们只想重新接通从先秦诸子到屈原、司马迁的气脉，为古人和古文"招魂"。因此，他们发起了一个"古文运动"。按照韩愈的说法，汉代以后的文章，他已经不敢看了。（《答李翊书》："非三代两汉之书不敢观。"）这种主张，初一看似乎是在"向后退"，但懂得维护文脉的人都知道，这是让中国文化有能力继续向前走的基本条件。

他们两人，特别是韩愈，显然遇到了一个矛盾。他崇尚古文，又讨厌因袭；那么，对古人就能因袭了吗？他几经深思，得出明确结论：对古文，“师其意而不师其辞”，学习者必须“自树立，不因循”。甚至，他更透彻地说：“惟陈言之务去。”只要是套话、老话、讲过的话，必须删除。因此，他的“古文运动”，其实不是模仿古文，而是寻找朴实“古意”。“古意”因为本真，具有不可重复的个性，包含着不拘束于华丽巢壳的自然品性，即“词必己出”“文必求新”。

他与柳宗元在这件事上有一个强项，那就是不停留在空论上，而是拿出了自己的一大批示范作品。韩愈的散文，气魄很大，从句式到词汇都充满了新鲜活力。但是相比之下，柳宗元的文章写得更加清雅、诚恳、隽永。韩愈在崇尚古文时，也崇尚古文里所包含的“道”，这使他的文章难免有一些说教气。柳宗元就没有这种毛病，他被贬于柳州、永州时，离文坛很远，在偏僻而美丽的山水间把文章写得更加情感化、寓言化、哲理化，因此也达到了更高的文学等级。与他一比，韩愈那几篇名文，像《原道》《原毁》《师说》《争臣论》等，道理盖过了审美，已经模糊了论文和文学的界限。

总之，韩愈、柳宗元他们既有观念，又有实践，“古文运动”展开得颇有声势。骈体文的地位很快被压下去了，但是，随之也带来了一些消极的后果。在骈体文盛行的魏晋南北朝，文学的内质已经逐渐自觉，虽触目秾丽，也是文学里边的事。现在“古文运动”让文章重新载道，迎来了太多观念性因素。这些因素，与文学不亲。

因此，一个历史的悖论就出现了。由于韩愈他们的努力，“文起八代之衰”，即阻止了骈体之祸，但唐代在散文领域还来不及真正大“起”。唐文远不及唐诗，唐文也比不过宋文。

十一

唐朝灭亡后，由藩镇割据而形成了五代十国的分裂局面。一度诗情充溢的北方已经很难寻到诗句，而南方却把诗文留存了。特别是，那个南唐的李后主李煜，本来从政远不及吟咏，当他终于成了俘虏被押解到汴京之后，一些重要的诗句穿过亡国之痛而飘向天际，使他成了一种新的文学形式——“词”的里程碑人物。

李煜又一次证明了“政脉”与“文脉”是两件事。在那个受尽屈辱的俘居小楼，在他时时受到死亡威胁的生命余晖之中，明月夜风知道：此刻的中国文脉，正在这里。

从此，“春花秋月”“一江春水”“不堪回首”“流水落花”“天上人间”“仓皇辞庙”等意绪，以及承载它们的“长短句”节奏，将深深嵌入中国文化；而这个亡国之帝所奠定的那种文学样式“词”，将成为俘虏他的王朝的第一文学标志。

人类很多文化大事，都在俘虏营里发生。这一事实，在希腊、罗马、波斯、巴比伦、埃及的互相征战中屡屡出现。这次，在李煜和宋词之间，又一次充分演绎。

十二

那就紧接着讲宋代。

我前面说过，在唐代，政文俱旺；那么，在宋代，虽非“俱旺”，却政文贴近。

这有两个原因。

第一个原因，宋代重视文官当政，比较防范武将。结果，不仅科举制度大为强化，有效地吸引了全国文人，而且让一些真正的文化大师如范仲淹、欧阳修、王安石、司马光等居于行政高位。这种景象，使文化和政治出现了一种特殊的“高端联姻”，文化感悟和政治使命混为一体。表面上，既使文化增重，又使政治增色，其实，并不完全如此，有时反而各有损伤。

第二个原因，宋代由于文人当政，又由于对手是游牧民族的浩荡铁骑，在军事上屡屡失利，致使朝廷危殆、中原告急。这就激发了一批杰出的文学家心中的英雄气概、抗敌意志，并在笔下流泻成豪迈诗文。陆游、辛弃疾就是其中最让人难忘的代表，还要包括最后写下《过零丁洋》和《正气歌》的文天祥。

这确实也是中国文脉中最为慷慨激昂的正气所在，具有长久的感染力。但是，我们在钦佩之余也应该明白，一个历时三百余年的重要朝代的文脉，必然是一种多音部的交响。与民族社稷之间的军事征战相比，文化的范围要广泛得多、深厚得多、丰富得多。

因此，宋代文脉的首席，让给了苏东坡。苏东坡也曾经与政治有较密切关系，但终于在“乌台诗案”后两相放逐了：政治放逐了他，他也放逐了政治。他的这个转变，使他一下子远远地高过了王安石、司马光，当然也高过了比他晚得多的陆游、辛弃疾。他的这个转变，我曾在《黄州突围》中有详细描述。说他“突围”，不仅仅是指他突破文坛小人的围攻，更重要的是，突破了他自己沉溺已久的官场价值体系。因此，他的突围，也是文化本体的突围。有了他，宋代文化提升了好几个等级。所以我写道，在他被一再贬谪和流放，在无人理会的彻底寂寞中，中国文脉聚集到了那里。

苏东坡是一位文化全才，诗、词、文、书法、音乐、佛理，都很精通，尤其是词作、散文、书法三项，皆可雄视千年。苏东坡更重要的贡献，是为中国文脉留下了一个快乐而可爱的人格形象。

回顾我们前面说过的文化巨匠，大多可敬有余，可爱不足。从屈原、司马迁到陶渊明，都是如此。他们的可敬毋庸置疑，但他们可爱吗？没有足够的资料可以证明。曹操太有威慑力，当然挨不到可爱的边儿。魏晋名士中有不少人应该是可爱的，但又过于固执和孤傲，我们可以欣赏他们的背影，却很难与他们随和地交朋友。到唐代，以李白为首的很多诗人名气太大，在那诗风浩荡、从者如云的社会风潮中，不容易让周围的人感到亲近。这种情景，有点像现在的不少流行歌手、流行乐手。

谁知到宋代，出了一个那么有体温、有表情的苏东坡。他的笔下永远有一种美好的诚恳，让读到的每个人都能产生感应。他不仅可爱，而且可亲，成了人人心中的兄长、老友。这种情况，在中国文学史上几乎绝无仅有。

把苏东坡首屈一指的地位安顿妥当之后，宋代文学的排序，第二名是辛弃疾，第三名是陆游，第四名是李清照。

辛弃疾和陆游，除了前面所说的英雄主义气概之外，还表现出了一种品德高尚、怀才不遇、热爱生活的完整生命。这种生命，使兵荒马乱中的人心大地不至于下坠。在孟子之后，他们又一次用自己的一生创建了“大丈夫”的造型。

李清照，则把东方女性在晚风细雨中的高雅憔悴写到了极致，而且已成为中国文脉中一种特殊格调，无人能敌。因她，中国文学有了一种贵族女性的气息。以前蔡琰曾写出过让人动容的女性呼号，但李清照不是呼号，只是气息，因此更有普遍价值。

十三

在宋代几位一流的文学家中，辛弃疾是一个压阵之人。他在晚年曾勇敢地赶不少路去吊唁当时受贬后去世的朱熹。朱熹比他大十岁，也算是同辈人。他在朱熹走后七年去世，一个时代的高层文化，就此垂暮。

朱熹并不是严格意义上的文学家，我也不喜欢他重道轻文的观念。但是，观念归观念，这位杰出的哲学家对文学的审美感觉却是不错的。哲学讲究梳理脉络，他在无意之中也对文脉做了点化，让人印象深刻。

朱熹说，学诗要从《诗经》和《离骚》开始。宋玉、司马相如等人“以浮华为尚，而无实之可言矣”。相比之下，汉魏之诗很好，但到了南朝的齐梁，就不对了。“齐梁间之诗，读之使人四肢皆懒慢不收拾。”这种论断，在宏观的历史视野中切中了文学的要害。

朱熹对古代乐府、陶渊明、李白、杜甫都有很好的评价。他认为陶渊明平淡中含豪放，而李白则有“清水出芙蓉，天然去雕饰”的自然美。对他自己所处的宋代，则肯定陆游的“诗人风致”。这些评价，都很到位。但是，他从理学家的思维出发，对韩愈、柳宗元、苏东坡、欧阳修的文学指责，显然是不太公平。他认为他们道之不纯，又有太多文人习气。

在他之后几十年，一个叫严羽的福建人写了一部《沧浪诗话》，正好与朱熹的观念完全对立。严羽认为诗歌的教化功能、才学功能、批判功能都不重要，重要的是吟咏性情、达到妙悟。他揭示的，其实就是文学超越理性和逻辑的特殊本质，非常重要。由于他，中国文学在今后谈创作时，就会频频用到“不涉理路，不落言筌”“羚羊挂角，无迹可求”“透彻玲珑，不可凑泊”“水中之月，镜中之象”等词语，这是文学理论水准的一大提升。但是，他对同代文学家的评论，却有失度之弊。

谈及朱熹和严羽，不能不追溯到前面提到的《文心雕龙》《诗品》等理论著作。那是七百多年前的事了，我之所以在前面没有认真介绍，是因为那是中国文论的起始状态，还在忙着为文学定位、分类、通论。当然这一切都是需要的，而《文心雕龙》在这方面确实也做得不错，但要建立一种需要对大量感性作品进行概括的理论，在唐朝开国之前八十多年就去世了的刘勰，毕竟还缺少足够范例。何况，南朝文风也对种种概念的裁定带来局限，影响了他的理论力度。这只要比一比七百多年后那位娴熟一切复杂概念却用明白口语讲文学的顶级哲学家朱熹，就会发现，真正高水准的理论表述，反倒是朴实而干净。

十四

李清照、陆游、辛弃疾、文天祥他们都认为，中国文脉将会随着大宋灭亡而断绝，蒙古马队的铁骑是中华文明覆灭的丧葬鼓点。但是，实际情况并非如此。

元代的诗歌、散文，确实不值一提。但是，中国文脉在元代却突然超常发达。那就是，中华文明几千年的一个重大缺漏，在元代这个不到百年的短暂朝代获得了完满弥补。这个被弥补的重大缺漏，就是戏剧。

古希腊悲剧在两千五百多年前已经充分成熟，印度梵剧也年岁久远，而中国，不仅孔子没看到过戏剧，连屈原、司马迁、曹操、李白、杜甫、苏东坡都没有看到过，这实在有点说不过去了。为什么会产生这种情况，而元代又为什么会改变，这是很复杂的课题，我在《中国戏剧史》一书中有系统探讨。

简单说来，中国文化长期产生不了戏剧，有两个原因：一是由于礼仪太重，中国人在生活上早已“泛戏剧化”；二是由于儒家教化，中国人在精神上一直“非戏剧化”。

有趣的是，既然中国错过了两千多年，照理追赶起来会非常困难，岂能料，入主中原的蒙古民族完全不在意千年禁锢，却有自己对表演艺术的美好，于是，随之冒出来关汉卿、王实甫、马致远、纪君祥等文化天才，合力创作出了一批非常精彩的元杂剧。结果，正如后来王国维先生所说，中国可以立即在戏剧上与其他文明并肩而“毫无愧色”。

此时的中国文脉，在《窦娥冤》，在《望江亭》，在《救风尘》，在《西厢记》，在《赵氏孤儿》，在《汉宫秋》……

在这里，我和王国维先生一样，并不是从表演、唱腔着眼，而只是从文学上评价元杂剧。那些形象，那些故事，那些冲突，那些语言，以前也有可能出现，但是它们在整体格局上的有机组合状态，却是空前的。

是不是绝后呢？还不好说。如果与明代相比，昆曲虽然也出现了汤显祖这样的作家，写出了《牡丹亭》这样的作品，但放在元杂剧面前，却会在整体张力上略逊一筹。多数昆曲作品过于冗长、裱丽、滞缓、人套，缺少元杂剧那种活泼而爽利的悲欢。比《牡丹亭》低一等级的《桃花扇》《长生殿》又过于拘泥历史，减损了作为一种民间艺术的生命力。

至于清代后期勃发的京剧，唱腔很好，表演虽然没有戏迷们幻想的那么精彩，也算可以，而文学剧作，则完全不能细问。没有文学就只能展示演唱技能了，在整体上当然不能与元杂剧相提并论。

由于元代的统治者是少数民族，不会去支撑汉文化中那些陈旧部位，这也使文化整体比较彻底地挣脱了道统气、宫廷气、阿谀气、头巾气、腐儒气，为贴近自然的天籁式创造留出了空间。这种空间看似边缘，却很辽阔，足以伸展手脚。由此联想到同样产生于元代的那幅具有划时代意义的《富春山居图》。作者黄公望只是一个居无定所的流浪卜者，但是，即使把宋代所有宫廷画师的最好作品加在一起，也无法与他的相比。

元杂剧的情况也是如此，我们哪怕是把后来京剧从慈禧太后开始给予的全部最高权力的扶持加在一起，也无法追赶元杂剧的依稀踪影。元杂剧即使衰落也像一个英雄，完成了生命过程便轰然倒下，拒绝后人以“振兴”的说法来做人工呼吸、打强心针。

一切需要刻意“振兴”的文化，都已经与文脉无关。而且，极有可能扰乱文脉的自然进程。现在社会上经常有人忙着要把那些该由博物馆保护的文化遗产折腾到现实生活中来，而且动静很大，我就很想让他们听听元杂剧轰然倒地的壮美声响。

十五

明清两代五百四十余年，中国文脉严重衰弱。

我在给北京大学学生讲授中国文化史的时候指出，这五百多年，如果想要找出能够与屈原、司马迁、陶渊明、李白、杜甫、苏东坡、关汉卿并肩站立的文化巨人，那么，答案只有两人：一是明代的哲学家王阳明，二是清代的小说家曹雪芹。我们今天所说的文脉，范围要比我在北大讲的文化更小，王阳明不应列入其中，因此只剩下曹雪芹。

这真要顺着他说过的话，感叹一句：白茫茫一片大地真干净。

为什么会产生这么惊人的情况？

原因之一，是明清两代统治者实行的文化专制主义已发展到了文化恐怖主义（如“文字狱”）。这就必然会毁灭文化创新，培养出大量的文化侍从、文化鹰犬、文化侏儒。当然也产生了一些出色的文化叛逆者和思考者，例如黄宗羲、顾炎武、王夫之，但囿于时间和空间，他们指出了社会的痼疾，却开不出治疗的药方。有人把他们当作“启蒙主义者”，可能言之有过，因为他们并没有形成“被启蒙群体”。真是可称得上启蒙的，要等到近代的严复。

原因之二，是中国文脉的各个条块，都已在风华耗尽之后自然老化，进入萧瑟晚景。这是人类一切文化壮举由盛而衰的必然规律，无可奈何。文脉，从来不是一马平川的直线，而是由一组组抛物线组成。要想继续往前，必须大力改革，重整重组，从另一条抛物线的起点开始。但是明清两代，都不可能提供这种契机。

除了这两个原因外，从今天的宏观视野看去，还有一个对比上的原因。那就是在中国明代，欧洲终于从中世纪的漫长梦魇中苏醒了。而且由于睡得太久，因此苏醒得特别深刻。苏醒之后，他们重新打量自己，然后精力充沛地开始奔跑。而中国文化，却因创建过太久的辉煌而自以为是。欧洲文艺复兴发生在中国的什么时候？我只需提供一个年岁上的概念：米开朗琪罗只比王阳明小三岁。

明清两代五百年衰微中，在文学上只剩下两个光点：一是小说，二是戏剧。明清戏剧我在前面已经作为元杂剧的对比者约略提过，因此能说的只有小说了。

小说，习惯说“四大名著”，即《三国演义》《水浒传》《西游记》《红楼梦》。我们中国人喜欢集体打包，其实这四部小说完全没有理由以相同的等级放在一起。

真正的杰作只有一部：《红楼梦》。其他三部，完全不能望其项背。

《三国演义》气势恢宏，故事密集。但是，按照陈旧的正统观念来划分人物正邪，有脸谱化倾向，又过于粘贴于历史，遮蔽了文学的主体。《水浒传》好得多，有背叛，有正义，有性格，白话文生动漂亮，叙事能力强，可惜众好汉上得梁山后故事便无法推进，成了一部无论在文学上还是精神上都是有头无尾的作品，甚为可惜。《西游记》是一部具有宏大精神格局的寓言小说，整体文学品质高于以上两部，可惜重复过多、套路过多，影响了精神力度。如果要把这三部小说排序，那么第一当是《西游记》，第二当是《水浒传》，第三当是《三国演义》。

这些小说，因为有民间传闻垫底，又有说书人的描述辅佐，流传极广。在流传过程中，《三国演义》的权谋哲学和《水浒传》的暴力哲学对民间有严重的负面影响，于今尤烈。

《红楼梦》则完全是另外一个天域的存在了。这部小说的高度也是世界性的，那就是：全方位地探寻人性美的存在状态和幻灭过程。

它为天地人生设置了一系列宏大而又残酷的悖论，最后都归之于具有哲思的巨大诗情。虽然达到了如此高度，但它的极具质感的白话叙事，竟能把一切不同水准、不同感悟的读者深深吸引。这是世界上寥寥几部千古杰作的共同特性，但它又中国得不能再中国。

于是，一部《红楼梦》，慰抚了五百年的荒凉。

也许，辽阔的荒凉，正是为它开辟的仰望空间？

因此，中国文脉悚然一惊，然后就在这片辽阔的空地上站住了。

明清两代，也有人在关注千年文脉。关注文脉之人，也就是被周围的荒凉吓坏了的人。

例如，明代李梦阳、何景明等“前七子”提出过“文必秦汉、诗必盛唐”的口号。他们还认为“今真诗乃在民间”，例如《西厢记》能与《离骚》相提并论。他们得出结论：各种文学的创建之初虽不精致但精神饱满，可谓“高格”，必须追寻、固守。这种观点，十分可喜。

清代的金圣叹则睥睨历史，把他喜欢的戏剧、小说，如《西厢记》《水浒传》，与《庄子》《离骚》《史记》和杜甫拉成一条线，构成了强烈的文脉意识。

明清两代在文脉旁侧稍可一提的，是“晚明小品”。在刻板中追求个性舒展，在道统下寻找性灵自由，虽是小东西，却开发了中国散文的韵致和情趣。这种散文，对后来“五四”新文化运动中白话美文的建立，起到了正面的滋养作用。新时代的文学改革者们不会喜欢清代桐城派的正统，更不会喜欢乾嘉骈文的回潮，为了展示日常文笔之美，便找到了隔代老师。当然，在精神上并非如此，闲情逸致无法对应大时代的风云。

与明代相比，清代倒有两位不错的诗人：一是前期的纳兰性德，以真切性灵写出很多佳句，让人想到即使李煜处于太平盛世也还会是一个伤感诗人；二是后期的龚自珍，让人惊讶在一个破败时代站出来的思想家居然还能写出这么多诗歌精品。他们的天分本该可以进人文脉，但文脉本身却在那个年月仓皇停步了。

十六

既然已经说到现代，那就顺着再多讲几句吧。

中国近现代文学，成就较低。我前面刚说明清两代五百多年只出了两个一流文人，哲学家王阳明和小说家曹雪芹，那么，我必须紧接着说一句伤心话了：从近代到现代，偌大中国，没出过一个近似于王阳明的哲学家，也没有出过一个近似于曹雪芹的小说家。

一位友人对我说：感冒无药可治，因此世上感冒药最多。同样，中国近现代文学成果寥落，因此研究队伍最大。这可能与所谓“研究”不需要外文和古文的技术性门槛有关，居然还折腾成了大学中文系里一个不小的专业。人一多，就必然出现糊弄、夸张、伪饰的风尚，结果只能在社会上大幅度贬损文学的形象。现在一般正常的读者，已经不愿意去理会所谓“中国近现代文学研究”这个喧闹不已的大杂院了。

说起来，中国现代文学的起点倒是可喜，那就是顺应中国文脉已经不能不转型的时代指令，成功地示范并普及了白话文。由于几个主事者气格不俗，有效抵拒了中国文学中最能闻风而动的骈俪、虚糜、炫学、装扮等可厌旧习，选了朴实、通达一路，诚恳与国际接轨，与当代对话，一时文脉大振。但是，由于兵荒马乱、国运危殆、民生凋敝、颠沛流离，本来迫于国际压力所产生的改革思维，很快又被救亡思维替代，精神哲学让位给现实血火，文学和文化都很难拓展自身的主体性。结果，虽然大概念上的中国文化有幸免于崩溃，而文脉则散佚难寻。

已经稍稍显出一些实力的鲁迅、沈从文和张爱玲都过早地结束了文学生涯，至于其他各种外来流派的匆忙试验，包括现实主义在内，即便流行，一时也没有抵达真正的“高格”。

现代作家之中，真正懂得一点历史文脉的，好像也是鲁迅。这倒不是从他的那册小说史，而是从他对屈原、司马迁和魏晋人物的评价中可以窥探。郭沫若应该也懂，但天生的诗人气质常常使他轻重失度、投情偏仄，影响了整体平正。此外，林语堂凭借着灵性的概念也探摸过文脉，涉及虽广，却流于浮泛感受，较为肤浅。钱锺书以密点探测，入之颇深，却可能是出于故意，未握示其脉，避开了总体阐释。

说早一点，在近代重要学者中，对中国文脉的梳理作出明显贡献的，有梁启超、王国维和陈寅恪三人。梁启超具有宏观的感悟能力，又留下了大量提纲挈领的表述；王国维对甲骨文、戏曲史、《红楼梦》的研究和《人间词话》的写作，处处高标独立；陈寅恪文史互证，对唐代和明清之际文学以及佛教文学的研究颇为精到。我对陈先生评价最高的，在他对唐中期分界为中国全部古代历史分界的论定。这三位中，对于梳理文脉成就最大的是王国维。

说晚一点，在“五四”之后的现代学者中，系统梳理过中国文脉的是胡适。记得“文革”后期周恩来领导编写复课教材，当时文科的主角是鲁迅，胡适是对立面，我趁机通读了胡适的著作，发现他对中国文化的整体联结和现代化改革，贡献无人能及。当时有一份大学学报根据惯常的批判观念连载他的生平，一位编辑人员因与我相识便随意地用了我的署名，我颇为恼火，因此他们只发了一段就中止了。这也算是我与这位大学者的一种特殊缘分吧。但是，我又不能不说，胡适虽然有宏观的文学史识，却缺少艺术的感悟能力。例如他那么认真地考证了《红楼梦》，却不知道这部小说的真正艺术魅力在何处。他的同乡学者刘文典教授说："适之什么都好，就是不太懂文学。"我深以为然。因此，由他来梳理文脉，总是隔了一层。

其他人文学者，即使学贯中西、记忆惊人，也都没有能够对中国文脉做出实质性的推动。须知，记忆性学问和创造性学问，毕竟是两回事。

现代既是如此荒瘠，那就不要在那里流浪太久了。

如果有年轻学生问我如何重新推进中国文脉，我的回答是：首先领略两种伟大——古代的伟大和国际的伟大，然后重建自己的人格，创造未来。

也就是说，每个试图把中国文脉接通到自己身上的年轻人，首先要从当代文化圈的吵嚷和装扮中逃出，滤净心胸，腾空而起，静静地遨游于从神话到《诗经》、屈原、司马迁、陶渊明、李白、杜甫、苏东坡、关汉卿、曹雪芹，以及其他文学星座的苍穹之中。然后，你就有可能成为这些星座的受光者、寄托者、企盼者。

中国文脉在今天，只有等待。

黑色光亮

一

诸子百家，其实就是中国人不同的心理色调。

我觉得，孔子是堂皇的棕黄色，近似于我们的皮肤和大地；老子是缥缈的灰白色，近似于天际的雪峰和老者的须发；庄子是飘逸的银褐色；韩非子是沉郁的金铜色……

我还期待着一种颜色。它使其他颜色更加鲜明，又使它们获得定力。它甚至有可能不被认为是颜色，却是宇宙天地的始源之色。它，就是黑色。

它对我来说有点儿陌生，因此正是我缺少的。既然是缺少，我就没有理由躲避它，而应该恭敬地向它靠近。

二

是他，墨子。墨，黑也。

据说，他原姓墨胎（“胎”在此处读作“怡”），省略成墨，名叫墨翟。诸子百家中，除了他，再也没有用自己的名号来称呼自己的学派的。你看，儒家、道家、法家、名家、阴阳家，每个学派的名称都表达了理念和责任，只有他，干脆利落，大大咧咧地叫墨家。黑色，既是他的理念，也是他的责任。

设想一个图景吧，诸子百家大集会，每派都在滔滔发言，只有他，一身黑色入场，就连脸色也是黝黑的，就连露在衣服外面的手臂和脚踝也是黝黑的，他只用颜色发言。

为什么他那么执着于黑色呢？

这引起了近代不少学者的讨论。有人说，他固守黑色，是不想掩盖自己作为社会底层劳动者的立场。有人说，他想代表的范围可能还要更大，包括比底层劳动者更低的奴役刑徒，因为“墨”是古代的刑罚。钱穆先生说，他要代表“苦似刑徒”的贱民阶层。

有的学者因为这个黑色，断言墨子是印度人。这件事现在知道的人不多了，而我则曾经产生过很大的好奇。胡怀琛先生在一九二八年说，古文字中，“翟”和“狄”通，墨翟就是“墨狄”，一个黑色的外国人，似乎是印度人；不仅如此，墨子学说的很多观点，与佛学相通，而且他主张的“摩顶放踵”，就是光头赤足的僧侣形象。太虚法师则撰文说，墨子的学说不像是佛教，更像是婆罗门教。这又成了墨子是印度人的证据。在这场讨论中，有的学者如卫聚贤先生，把老子也一并说成是印度人。有的学者如金祖同先生，则认为墨子是阿拉伯的伊斯兰教信徒。

非常热闹，但证据不足。最终的证据还是一个色彩印象：黑色。当时不少中国学者对别的国家知之甚少，更不了解在中亚和南亚有不少是雅利安人种的后裔，并不黑。

不同意“墨子是印度人”这一观点的学者，常常用孟子的态度来反驳。孟子在时间和空间上都离墨子很近，他很在乎地域观念，连有人学了一点儿南方口音都会当作一件大事严厉批评；他又很排斥墨子的学说，如果墨子是外国人，真不知会做多少文章。但显然，孟子没有提出过一丝一毫有关墨子的国籍疑点。

我在仔细读过所有的争论文章后笑了，更加坚信：这是中国的黑色。

中国，有过一种黑色的哲学。

三

那天，墨子听到一个消息，楚国要攻打宋国，正请了鲁班（也就是公输般）在为他们制造攻城用的云梯。

他立即出发，急速步行，到楚国去。这条路实在很长，用今天的政区概念，他是从山东的泰山脚下出发，到河南，横穿河南全境，也可能穿过安徽，到达湖北，再赶到湖北的荆州。他日夜不停地走，走了整整十天十夜。脚底磨起了老茧，又受伤了，他撕破衣服来包扎伤口，再走。

就凭这十天十夜的步行，就让他与其他诸子划出了明显的界限。其他诸子也走长路，但大多骑马、骑牛或坐车，而且到了晚上总得找地方睡觉。哪像他，光靠自己的脚，一路走去，一次次从白天走入黑夜。黑夜、黑衣、黑脸，用从黑衣上撕下的黑布条去包扎早已满是黑泥的脚。

终于走到了楚国首都，找到了他的同乡鲁班。

接下来他们两人的对话，是我们都知道的了。但是为了不辜负他十天十夜的辛劳，我还要讲述几句。

鲁班问他：步行这么远的路过来，究竟有什么急事？

墨子在路上早就想好了讲话策略，就说：北方有人侮辱我，我想请你帮忙，去杀了他。酬劳是二百两黄金。

鲁班一听就不高兴了，沉下了脸，说：我讲仁义，绝不杀人！

墨子立即站起身来，深深作揖，顺势说出了主题。大意是：你帮楚国造云梯攻打宋国，楚国本来就地广人稀，一打仗，必然要牺牲本国稀缺的人口，去争夺完全不需要的土地，这明智吗？再从宋国来讲，它有什么罪？却平白无故地去攻打它，这算是你的仁义吗？你说你不会为重金去杀一个人，这很好，但现在你明明要去杀很多很多的人！

鲁班一听有理，便说：此事我已经答应了楚王，该怎么办？

墨子说：你带我去见他。

墨子见到楚王后，用的也是远譬近喻的方法。他说：有人不要自己的好车，去偷别人的破车；不要自己的锦衣，去偷别人的粗服；不要自己的美食，去偷别人的糟糠，这是什么人？

楚王说：这人一定有病，患了偷盗癖。

接下来可想而知，墨子通过层层比喻，说明楚国打宋国也是有病。

楚王说：那我已经让鲁班造好云梯啦！

墨子与鲁班一样，也是一名能工巧匠。他就与鲁班进行了一场模拟攻守演练。结果，一次次都是鲁班输了。

鲁班最后说：要赢还有一个办法，但我不说。

墨子说：我知道，我也不说。

楚王问：你们说的是什么办法啊？

墨子说：鲁班以为天下只有我一个人能赢过他，如果把我除掉了，也就好办了。但我要告诉你们，我的三百个学生已经在宋国城头等候你们多时了。

楚王一听，就下令不再攻打宋国。

这就是墨子对于他的"非攻"理念的著名实践，同样的事情还有很多。原来，这个长途跋涉者只为一个目的在奔忙：阻止战争，捍卫和平。

一心想攻打别人的，只是上层统治者。社会底层的民众有可能受了奴役或欺骗去攻打别人，但从根本上说，却不可能为了权势者的利益而接受战争。这是黑色哲学的一个重大原理。

这件事情化解了，但还有一个幽默的结尾。

为宋国立下了大功的墨子，十分疲惫地踏上了归途，仍然是步行。

在宋国时，下起了大雨，他就到一个门檐下躲雨，但看门的人连门檐底下也不让他进。

我想，这一定与他的黑衣烂衫、黑脸黑脚有关。这位淋在雨中的男人自嘲了一下，暗想："运用大智慧救苦救难的，谁也不认；摆弄小聪明争执不休的，人人皆知。"

四

在大雨中被看门人驱逐的墨子，有没有去找他派在宋国守城的三百名学生？我们不清楚，因为古代文本中没有提及。

清楚的是，他确实有一批绝对服从命令的学生。整个墨家弟子组成了一个带有秘密结社性质的团体，组织严密，纪律严明。

这又让墨家罩上了一层神秘的黑色。

诸子百家中的其他学派，也有亲密的师徒关系，最著名的有我们曾经多次讲过的孔子和他的学生。但是，不管再亲密，也构不成严格的人身约束。在这一点上墨子又显现出了极大的不同，他立足于底层社会，不能依赖文人与文人之间的心领神会。君子之交淡如水，而墨子要的是浓烈，要的是黑色黏土般的成团成块。历来底层社会要想凝聚力量，只能如此。

在墨家团体内有三项分工：一是"从事"，即从事技艺劳作，或守城卫护；二是"说书"，即听课、读书、讨论；三是"谈辩"，即游说诸侯，或做官从政。所有的弟子中，墨子认为最能干、最忠诚的有一百八十人，这些人一听到墨子的指令都能"赴汤蹈火，死不旋踵"。后来，墨学弟子的队伍越来越大，照《吕氏春秋》的记载，已经到了"从属弥众，弟子弥丰，充满天下"的程度。

墨子以极其艰苦的生活方式、彻底忘我的牺牲精神，承担着无比沉重的社会责任，这使他的人格具有一种巨大的感召力。他去世之后，这种感召力不仅没有消散，而且表现得更加强烈。

据记载，有一次墨家一百多名弟子受某君委托守城，后来此君因受国君追究而逃走，墨家所接受的守城之托很难再坚持，一百多名弟子全部自杀。

为什么集体自杀？为了一个“义”字。既被委托，就说话算话，一旦无法实行，宁肯以生命的代价保全信誉。

慷慨赴死，对墨家来说是一件很平常的事。

这不仅在当时的社会大众中，而且在以后的漫长历史上，都开启了一种感人至深的精神力量。司马迁所说的“其言必信，其行必果，已诺必诚，不爱其躯”的“任侠”精神，就从墨家渗透到中国民间。千年信诺，百代刚烈，不在朝廷兴废，不在书生空谈，而在这里。

五

这样的墨家，理所当然地震惊四方，成为显学。后来连法家的主要代表人物韩非子也说：“世之显学，儒墨也。”

但是，这两大显学，却不能长久共存。

墨子熟悉儒家，但终于否定了儒家。其中最重要的，是以无差别的“兼爱”否定了儒家有等级的“仁爱”。他认为，儒家的爱，有厚薄，有区别，有层次，集中表现在自己的家庭，家庭里又有亲疏差异，其实最后的标准是看与自己关系的远近。这样的爱是自私之爱。他主张“兼爱”，也就是祛除自私之心，爱他人就像爱自己。

《兼爱》篇说：

若使天下兼相爱，国与国不相攻，家与家不相乱，盗贼无有，君臣父子皆能孝慈，若此则天下治……故天下兼相爱则治，交相恶则乱。故子墨子曰：不可以不劝爱人者，此也。

这话讲得很明白，而且已经接通了“兼爱”和“非攻”的逻辑关系。是啊，既然“天下兼相爱”，为什么还要发动战争呢？

墨子的这种观念，确实碰撞到了儒家的要害。儒家“仁爱”的前提和目的都是礼，也就是重建周礼所铺陈的等级秩序。在儒家看来，社会没有等级，世界是平的了，何来尊严，何来敬畏，何来秩序？在墨家看来，世界本来就应该是平的，只有公平才有所有人的尊严。在平的世界中，根本不必为了秩序来敬畏什么上层贵族。要敬畏，还不如敬畏鬼神，让人们感到冥冥之中有一种督察之力、有一番报应手段，由此建立秩序。

由于碰撞到了要害，儒家急了。孟子挖苦说，兼爱，也就是把陌生人当作自己父亲一样来爱，那就是否定了父亲之为父亲，等于禽兽。孟夫子把兼爱推到了禽兽，看来实在是气坏了。

墨家也决不让步，说，如果像儒家一样把爱分成很多等级，一切都以自我为中心，那么，总有一天也能找到杀人的理由。因为凡是有等级的爱，最终的着眼点只能是等级而不是爱，一旦发生冲突，放弃爱是容易的，而爱的放弃又必然导致仇。

在这个问题上，墨家反复指出儒家之爱的不彻底。《非儒》篇说，在儒家看来，君子打了胜仗就不应该再追败逃之敌，敌人卸了甲就不应该再射杀，敌人败逃的车辆陷入了岔道还应该帮着去推。这看上去很仁爱，但在墨家看来，天下本来就不应该有战争。如果两方面都很仁义，打什么？

作为遥远的后人，我们可以对儒、墨之间的争论做几句简单评述。在爱的问题上，儒家比较实际，利用了人人都有的私心，层层扩大，向外类推，因此也较为可行；墨家比较理想，认为在爱的问题上不能玩弄自私的儒术，但他们的“兼爱”难以实行。

如果要问我，内心倾向何方，我会毫不犹豫地回答：墨家。虽然难以实行，却为天下展示了一种纯粹的爱的理想。这种理想就像天际的光照，虽不可触及，却让人明亮。

六

秦汉之后，墨家衰落，历代文人学士虽然也偶有提起，往往句子不多、评价不高，这种情景一直延续到清后期。俞樾在为孙诒让《墨子间诂》写的序言中说：

> 乃唐以来，韩昌黎外无一人能知墨子者，传诵既少，注释亦稀，乐台旧本，久绝流传，阙文错简，无可校正，古言古字，更不可晓，而墨学尘霾终古矣。

这种历史命运实在让人一叹。但是，情况终于改变了。一些急欲挽救中国的社会改革家发现，旧时代的主流意识形态必须改变，而那些深入民间的精神活力则应该调动起来。因此，大家又惊喜地重新发现了墨子。

孙中山在《三民主义》中，故意不理会孔子、孟子、老子、庄子，而独独把墨子推崇为“平等”“博爱”的中国宗师。后来他又经常提到墨子，例如：

仁爱也是中国的好道德，古时最讲“爱”字的，莫过于墨子。墨子所讲的“兼爱”，与耶稣所讲的“博爱”是一样的。

梁启超更是在《新民丛报》上断言：“今欲救亡，厥唯学墨。”他在《墨子学案》中甚至把墨子与西方的思想家亚里士多德、培根、穆勒做对比，认为一比较就会知道孰轻孰重。他伤感地说：

只可惜我们做子孙的没出息，把祖宗遗下的无价之宝，埋在地窖子里二千年。今日我们在世界文化民族中，算是最缺乏论理精神、缺乏科学精神的民族，我们还有面目见祖宗吗？如何才能够一雪此耻？诸君努力啊！

孙中山和梁启超，是深懂得中国的人。他们的深长感慨中，包含着历史本身的呼喊声。

墨子，墨家，黑色的珍宝，黑色的光亮，中国亏待了你们，因此历史也亏待了中国。

魏晋绝响

一

我一直在想，为什么在魏晋乱世，文人名士的生命常常会被轻易剥夺，变得如此没有分量？思考的结果是：看似没有分量，恰恰是因为太有分量。

相比之下，当初被秦始皇所坑的儒生，作为知识分子的个体人格形象还比较模糊，而到了魏晋时期被杀的知识分子，无论在哪一个方面都不一样了。他们早已是真正的名人，姓氏、事迹、品格、声誉，都随着他们的鲜血，渗入中华大地，渗入文明史册。文化的惨痛，莫过于此；历史的恐怖，莫过于此。

何晏，玄学的创始人、哲学家、诗人、谋士，被杀；

张华，政治家、诗人、《博物志》的作者，被杀；

潘岳，与陆机齐名的诗人，中国古代最著名的美男子，被杀；

谢灵运，中国古代山水诗的鼻祖，直到今天还有很多名句活在人们口边，被杀；

范晔，写成了皇皇史学巨著《后汉书》的杰出历史学家，被杀；

……

这个名单可以开得很长，置他们于死地的罪名很多，而能够解救他们、为他们辩护的人，却一个也找不到。对他们的死，大家都十分漠然，也许有几天会成为谈资，但浓重的杀气压在四周，谁也不敢多谈。

待到时过境迁，新的纷乱又杂陈在人们眼前，翻旧账的兴趣早已索然。文化名人的成批被杀居然引不起太大的社会波澜，后代史册写到这些事情时笔调也平静得如古井死水。

真正无法平静的，是血泊边上那些侥幸存活的名士。吓坏了一批，吓得庸俗了、胆怯了、圆滑了、变节了、噤口了，这是自然的，人很脆弱，从肢体结构到神经系统都是这样，不能深责；但毕竟还有一些人从惊吓中回过神来，重新思考生命的存在方式，于是，一种独特的人生风范，便飘然而出。

二

当年曹操身边曾有一个文才很好、深受重用的书记官叫阮瑀，生了个儿子叫阮籍。曹操去世时阮籍正好十岁，因此他注定要面对“后英雄时期”的乱世，不幸他又充满了历史感和文化感，内心会承受多大的磨难，我们可以想象。

阮籍喜欢一个人驾木车游荡，木车上载着酒，没有方向地向前行驶。泥路高低不平，木车颠簸着，酒缸摇晃着，他的双手则抖抖索索地握着缰绳。突然马停了，他定睛一看，路走到了尽头。真的没路了？他哑着嗓子自问，眼泪已夺眶而出。终于，声声抽泣变成了号啕大哭。哭够了，他持缰驱车向后转，另外找路。另外那条路走着走着也到了尽头，他又大哭，走一路哭一路。荒草野地间谁也没有听见，他只哭给自己听。

一天，他就这样信马由缰地来到了河南荥阳的广武山，他知道这是楚汉相争最激烈的地方。山上还有古城遗迹，东城屯过项羽，西城屯过刘邦，中间相隔二百步，还流淌着一条广武涧，涧水汩汩，城基废弛，天风浩荡，落叶满山。阮籍徘徊良久，叹一声：“时无英雄，使竖子成名！”

他这声叹息，不知怎么被传到了世间。也许那天出行因路途遥远，他破例带了个同行者？或是他自己在何处记录了这句感叹？反正这声叹息成了今后千余年许多既有英雄梦又有寂寞感的历史人物的共同心声。直到二十世纪，寂寞的鲁迅还引用过，毛泽东读鲁迅的书时发现了，也把它写进了一封更有寂寞感的家书中。鲁迅凭记忆引用，记错了两个字，毛泽东也跟着错。

遇到的问题是，阮籍的这声叹息，究竟指向着谁？

可能是指刘邦。刘邦在楚汉相争中胜利了，原因是他的对手项羽并非真英雄。在一个没有真英雄的时代，只能让区区小子成名。

也可能是同时指刘邦、项羽。因为他叹息的是“成名”而不是“得胜”，刘、项无论胜负都成名了，在他看来，他们都不值得成名，都不是英雄。

甚至还可能是反过来，他承认刘邦、项羽都是英雄，但他们早已远去，剩下眼前这些小人徒享虚名。面对着刘、项遗迹，他悲叹着现世的寥落。好像苏东坡就是这样理解的，曾有一个朋友问他，阮籍说“时无英雄，使竖子成名”，其中“竖子”是指刘邦吗？苏东坡回答说：“非也，伤时无刘、项也。竖子指魏晋间人耳。”

既然完全相反的理解也能说得通，那么我们也只能用比较超拔的态度来对待这句话了。茫茫九州大地，到处都是为争做英雄而留下的斑斑疮痍，但究竟有哪几个时代出现了真正的英雄呢？既然没有英雄，世间又为什么如此热闹？也许，正因为没有英雄，世间才如此热闹的吧？

我相信，广武山之行使阮籍更厌烦尘嚣了。在中国古代，凭吊古迹是文人一生中的一件大事，在历史和地理的交错中，雷击般的生命感悟甚至会使一个人脱胎换骨。

那应是黄昏时分吧，离开广武山之后，阮籍的木车在夕阳衰草间越走越慢，这次他不哭了，但仍有一种沉重的气流涌向喉头，他长长一吐，音调浑厚而悠扬，喉音、鼻音翻卷了几圈，最后把音收在唇齿间，变成一种近似口哨的声音飘洒在山风暮霭之间。这种声音并不尖厉，却是婉转而高亢。

这也算一种歌吟方式吧，阮籍以前也从别人嘴里听到过，好像称之为“啸”。啸不包含切实的内容，不遵循既定的格式，只随心所欲地吐露出一派风致、一腔心曲，因此特别适合乱世名士。尽情一啸，什么也抓不住，但什么都在里边了。这天阮籍在木车中真正体会到了啸的厚味，美丽而孤寂的心声在夜气中回响。

对阮籍来说，更重要的一座山是苏门山。苏门山在河南辉县，当时有一位有名的隐士孙登隐居其间，苏门山因孙登而著名，而孙登也常被人称为“苏门先生”。阮籍上山之后，蹲在孙登面前，询问他一系列重大的历史问题和哲学问题，但孙登好像什么也没有听见，一声不吭，甚至连眼珠也不转一转。

阮籍傻傻地看着泥塑木雕般的孙登，突然领悟到自己的重大问题是多么没有意思，那就快速斩断吧——能与眼前这位大师交流的，或许是另外一个语汇系统？好像被一种神奇的力量催动着，他缓缓地啸了起来。啸完一段，再看孙登，孙登竟笑眯眯地注视着他，说：“再来一遍！”阮籍一听，连忙站起身来，对着群山云天，啸了好久。啸完回身，孙登又已平静入定。阮籍知道自己已经完成了与这位大师的一次交流，此行没有白来。

阮籍下山了，有点儿高兴又有点儿茫然。刚走到半山腰，一种奇迹发生了，如天乐开奏，如梵琴拨响，如百凤齐鸣，一种难以想象的音乐突然充溢于山野林谷之间。阮籍震惊片刻后立即领悟了，这是孙登大师的啸声，如此辉煌和圣洁，把自己的啸声不知比到哪里去了。但孙登大师显然不是要与他争胜，而是在回答他的全部历史问题和哲学问题。阮籍仰头聆听，直到啸声结束，然后疾步回家，写下了一篇《大人先生传》。

三

平心而论，阮籍本人一生的政治遭遇并不险恶，因此，他的奇特举止也不能算是直接的政治反抗。直接的政治反抗再英勇、再激烈也只属于政治范畴，而阮籍似乎执意要在生命形态和生活方式上闹出一番新气象。

首先让人感到怪异的，大概是他对官场的态度。对于历代中国人来说，垂涎官场、躲避官场、整治官场、对抗官场，这些都能理解，而阮籍给予官场的却是一种游戏般的洒脱，这就使大家感到十分陌生了。

有一次阮籍漫不经心地对司马昭说："我曾经到东平（今属山东）游玩过，很喜欢那儿的风土人情。"司马昭一听，就让他到东平去做官了。阮籍骑着驴到东平之后，察看了官衙的办公方式，东张西望了不多久便立即下令，把府舍衙门重重叠叠的墙壁拆掉，让原来关在各自屋子里单独办公的官员们一下子置于互相可以监视、内外可以沟通的敞亮环境之中，办公内容和办公效率立即发生了重大变化。这一招，即便用一千多年后今天的行政管理学来看，也可以说是抓住了"牛鼻子"，国际上许多现代化企业的办公场所不都在追求着一种高透明度的集体气氛吗？但我们的阮籍只是骑在驴背上稍稍一想便想到了。除此之外，他还大刀阔斧地精简了法令，大家心悦诚服，完全照办。他觉得东平的事已经做完，仍然骑上那头驴子，回到洛阳来了。一算，他在东平总共逗留了十余天。

后人说，阮籍一生正儿八经地上班，也就是这十余天。

唐代诗人李白对阮籍做官的这种潇洒劲头钦佩万分，曾写诗道：

阮籍为太守，
乘驴上东平。
剖竹十日间，
一朝风化清。

只花十余天，便留下一个官衙敞达、政通人和的东平在身后，而这对阮籍来说，只是玩了一下而已。玩得如此漂亮，让无数老于宦海而毫无作为的官僚立刻显得狼狈。

他还想用这种迅捷高效的办法来整治其他许多地方的行政机构吗？在人们的这种疑问中，他突然提出愿意担任军职，并明确要担任北军的步兵校尉。但是，他要求担任这一职务的唯一原因，是步兵校尉兵营的厨师特别善于酿酒，而且打听到还有三百斛酒存在仓库里。到任后，除了喝酒，阮籍一件事也没有管过。把官印作为敲门砖随手一敲，敲开的却是一个芳香浓郁的酒窖，所谓“魏晋风度”也就从这里飘散出来了。

除了对待官场的态度外，阮籍更让人感到怪异的，是他对于礼教的轻慢。

众所周知，礼教对于男女间接触的防范极严，叔嫂之间不能对话，男子不能面对朋友的女眷，更不能直视邻里的女子，如此等等。有一次嫂子要回娘家，他大大方方地与她告别，说了好些话，完全不理叔嫂不能对话的礼教。隔壁酒坊里的小媳妇长得很漂亮，阮籍经常去喝酒，喝醉了就在人家脚边睡着了，他不避嫌，小媳妇的丈夫也不怀疑。

特别让我感动的一件事是：一位兵家女孩，极有才华又非常美丽，不幸还没有出嫁就死了。阮籍根本不认识这家的任何人，也不认识这个女孩，听到消息后却莽撞赶去吊唁，在灵堂里大哭一场，把满心的哀悼倾诉完了才离开。阮籍不会装假，毫无表演意识，他那天的滂沱泪雨，全是真诚的。这眼泪，不是为亲情而洒，不是为冤案而流，只是献给一个美好而又短促的生命。荒唐在于此，高贵也在于此。有了阮籍那一天的哭声，中国数千年来其他许多死去活来的哭声就显得太具体、太实在，也太自私了。终于有一个真正的男子汉像模像样地哭过了，没有其他任何理由，只为美丽，只为青春，只为异性，只为生命，哭得那么抽象又那么淋漓尽致。依我看，男人之哭，至此尽矣。

礼教的又一个强项是“孝”。孝的名目和方式叠床架屋，已经与子女对父母的实际感情没有太大关系。最惊人的是父母去世后的繁复礼仪，三年服丧、三年素食、三年寡欢，甚至三年守墓，一分真诚扩充成十分伪饰，让活着的和死了的都长久受罪，在最不该虚假的地方大规模地虚假着。正是在这种空气中，阮籍的母亲去世了。

那天他正好和别人在下围棋，死讯传来，下棋的对方要停止，阮籍却铁青着脸不肯歇手，非要决出个输赢。下完棋，他在别人惊恐万状的目光中要过酒杯，饮酒两斗，然后才放声大哭，哭的时候，口吐大量鲜血。几天后母亲下葬，他又吃肉喝酒，然后才与母亲遗体告别，此时他早已因悲伤过度而急剧消瘦，见了母亲遗体又放声痛哭，吐血数升，几乎死去。

守丧期间，朋友裴楷前去吊唁，在阮籍母亲的灵堂里哭拜，而阮籍却披散着头发坐着，既不起立也不哭拜，只是两眼发直，表情木然。裴楷吊唁出来后，立即有人对他说：“按照礼法，吊唁时主人先哭拜，客人才跟着哭拜。这次我看阮籍根本没有哭拜，你为什么独自哭拜？”裴楷说：“阮籍是超乎礼法的人，可以不讲礼法；我还在礼法之中，所以遵循礼法。”

阮籍厌烦身边虚情假意的来来往往，常常白眼相向。时间长了，他的白眼也就成了一种明确无误的社会信号、一道自我卫护的心理障壁。

人家吊唁他母亲，他也白眼相向！这件事很不合情理，嵇喜和随员都有点儿不悦，回家一说，被嵇喜的弟弟听到了。这位弟弟听了不觉一惊，支颐一想，猛然憬悟，急速地备了酒、挟着琴来到灵堂。酒和琴，与吊唁灵堂多么矛盾，但阮籍却站起身来，迎了上去。你来了吗？与我一样不顾礼法的朋友，你是想用美酒和音乐来送别我操劳一生的母亲？阮籍心中一热，终于把深褐色的目光浓浓地投向这位青年。

这位青年叫嵇康，比阮籍小十三岁，今后他们将成为终生的朋友，而后代一切版本的中国文化史则把他们俩的名字永远地排列在一起，怎么也拆不开。

四

嵇康是曹操的曾孙女婿，与那个已经逝去的英雄时代的关系，比阮籍还要直接。

嵇康堪称中国文化史上第一等的可爱人物，他虽与阮籍并称于世，但对于自己反对什么追求什么，却比阮籍更明确、更透彻，因此他的生命乐章也就更清晰、更响亮了。

他的人生主张让当时的人听了惊心动魄："非汤武而薄周孔"、"越名教而任自然"。他完全不理会种种传世久远、名目堂皇的教条礼法，彻底厌恶官场仕途，因为他心中有一个使他心醉神迷的人生境界。这个人生境界的基本内容，是摆脱约束、回归自然、享受悠闲。他长期隐居山阳（在今河南焦作东南），后来到了洛阳城外，竟然开了个铁匠铺，每天在大树下打铁。他给别人打铁不收钱，如果有人以酒肴作为酬劳，他就会非常高兴，在铁匠铺里拉着别人开怀痛饮。

嵇康长得非常帅气，这一点与阮籍堪称伯仲。魏晋时期的士人为什么都长得那么挺拔呢？你看严肃的《晋书》写到阮籍和嵇康等人时都要在他们的容貌上花不少笔墨，写嵇康更多，说他已达到了“龙章凤姿、天质自然”的地步。朋友山涛曾用如此美好的句子来形容嵇康（叔夜）：

> 嵇叔夜之为人也，岩岩若孤松之独立。其醉也，傀俄若玉山之将崩。

现在，这棵岩岩孤松、这座巍巍玉山正在打铁。强劲的肌肉，愉悦的吆喝，炉火熊熊，锤声铿锵。难道，这个打铁佬就是千秋相传的《声无哀乐论》《太师箴》《难自然好学论》《管蔡论》《明胆论》《释私论》《养生论》和许多美妙诗歌的作者？

嵇康打铁不想让很多人知道，更不愿意别人来参观。他的好朋友向秀知道他的脾气，悄悄地来到他身边，也不说什么，只是埋头帮他打铁。说起来向秀也是个了不得的人物，文章写得好，精通《庄子》，但他更愿意做一个最忠实的朋友，赶到铁匠铺来打下手，安然自若。向秀还曾到山阳帮另一位朋友吕安种菜灌园，吕安也是嵇康的好友。这些朋友，都信奉回归自然，因此都干着一些体力活。向秀奔东走西地多处照顾，怕朋友们太劳累，怕朋友们太寂寞。

嵇康与向秀在一起打铁的时候，不喜欢议论世人的是非曲直，因此话并不多。唯一的话题是谈几位朋友，除了阮籍和吕安，还有山涛。吕安的哥哥吕巽，和他关系也不错。称得上朋友的也就是这么五六个人，他们都十分珍惜。

有一天嵇康正这么叮叮当当地打铁呢，忽然看到一支华贵的车队从洛阳城里驶来。为首的是当时朝廷宠信的一个贵公子，叫钟会。钟会是大书法家钟繇的儿子，钟繇做过魏国太傅，而钟会本身也博学多才。钟会对嵇康素来景仰，一度曾到敬畏的地步，例如当初他写完《四本论》后很想让嵇康看一看，又缺乏勇气，只敢远远地把文章扔到嵇康住处的门里，转身就走。现在他的地位已经不低，听说嵇康在洛阳城外打铁，决定隆重拜访。钟会的这次来访十分讲排场，照《魏氏春秋》的记述，是“乘肥衣轻、宾从如云”。

钟会把拜访的排场搞得这么大，可能是出于对嵇康的尊敬，也可能是为了向嵇康显示点儿什么。但是，嵇康一看却非常抵拒。他扫了一眼钟会，连招呼也不打，便与向秀一起埋头打铁了。他抡锤，向秀拉风箱，旁若无人。

这一下可把钟会推到了尴尬的境地：出发前他向宾从们夸过海口，现在宾从们都疑惑地把目光投向他。他只能悻悻地注视着嵇康和向秀，看他们不紧不慢地干活。看了很久，嵇康仍然没有与之交谈的意思，钟会向宾从扬扬手，上车驱马，准备回去了。

刚走了几步，嵇康却开口了：“何所闻而来？何所见而去？”

钟会一惊，立即回答：“闻所闻而来，见所见而去。”

问句和答句都简洁而巧妙，但钟会心中实在不是味道。鞭声数响，庞大的车队回洛阳去了。

嵇康连头也没有抬，只有向秀怔怔地看了一会儿车队后面扬天的尘土，眼光中泛起一丝担忧。

五

对嵇康来说，真正能从心灵深处干扰他的，是朋友。友情之外的造访，他可以低头不语，挥之即去，但对于朋友就不一样了，哪怕是一丁点儿的心理隔阂，也会使他焦灼和痛苦。

这种事情，不幸就在他和好朋友山涛之间发生了。

山涛也是一个很大气的名士，当时就有人称赞他的品格“如璞玉浑金”。他与阮籍、嵇康不同的是，有名士观念却不激烈，对朝廷、礼教、前后左右的各色人等，他都能保持一种温和而友好的关系。他当时担任尚书吏部郎，做着做着不想做了，要辞去，朝廷要他推荐一个合格的人继任，他真心诚意地推荐了嵇康。

嵇康知道此事后，立即写了一封绝交信给山涛。山涛字巨源，因此这封信名为《与山巨源绝交书》。我想，说它是中国文化史上最重要的一封绝交书也不过分吧，反正只要粗涉中国古典文学的人都躲不开它，直到千余年后的今天仍是这样。

这是一封很长的信，其中有些话说得有点儿伤心，我选了几段翻译成了当代语文——

> 听说您想让我去接替您的官职，这事虽没办成，从中却可知道您很不了解我。也许您这个厨师不好意思一个人屠宰下去了，拉一个祭师做垫背吧……
>
> 阮籍比我淳厚贤良，从不多嘴多舌，也还有礼法之士恨他；我这个人比不上他，惯于傲慢懒散，不懂人情物理，又喜欢快人快语，一旦做官，每天会招来多少麻烦事！……我如何立身处世，自己早已明确，即便是在走一条死路也咎由自取，您如果来勉强我，则非把我推入沟壑不可！
>
> 我的母亲和哥哥刚死，心中凄切，女儿才十三岁，儿子才八岁，尚未成人，又体弱多病，想到这些，真不知该说什么。现在我只想住在简陋的旧屋里教养孩子，常与亲友们叙叙离情，说说往事，浊酒一杯，弹琴一曲，也就够了。不是我故作清高，而是实在没有能力当官，就像我们不能把贞洁的美名加在阉人身上一样。您

如果想与我共登仕途，一起欢乐，其实是在逼我发疯，我想您对我没有深仇大恨，不会这么做吧？

我说这些，是使您了解我，也与您诀别。

这封信很快在朝野传开，朝廷知道了嵇康的不合作态度，而山涛，满腔好意却换来一个断然绝交，当然也不好受。但他知道，一般的绝交信用不着写那么长，写那么长，是嵇康对自己的一场坦诚倾诉。如果友谊真正死亡了，完全可以冷冰冰地三言两语，甚至不置一词，了断一切。总之，这两位昔日好友，诀别得断丝飘飘、不可名状。

嵇康还写过另外一封绝交书，绝交对象是吕巽，即上文提到过的向秀前去帮助种菜灌园的那位朋友吕安的哥哥。本来吕巽、吕安两兄弟都是嵇康的朋友，但这两兄弟突然间闹出了一场震惊远近的大官司。原来吕巽看上了弟弟吕安的妻子，偷偷地占有了她。为了掩饰，竟给弟弟安了一个“不孝”的罪名上诉朝廷。

吕巽这么做，无疑是衣冠禽兽，但他却是原告！“不孝”在当时是一个很重的罪名，哥哥控告弟弟“不孝”，很能显现自己的道德形象，朝廷也乐于借以重申孝道；相反，作为被告的吕安虽被冤屈却难以自辩，一个文人怎么能把哥哥霸占自己妻子的丑事公诸士林呢？而且这样的事，证据何在？妻子何以自处？家族门庭何以避羞？

面对最大的无耻和无赖，受害者往往一筹莫展，只能找最知心的朋友倾诉一番。有口难辩的吕安想到了他心目中最尊贵的朋友嵇康。嵇康果然是嵇康，立即拍案而起。吕安已因“不孝”而获罪，嵇康不知官场门路，唯一能做的是痛骂吕巽一顿，写信宣布绝交。

这封绝交信写得极其悲愤，怒斥吕巽诬陷无辜、包藏祸心，宣布除了决裂，无话可说。我们一眼就可看出，这与他写给山涛的绝交信完全是两回事了。

尽管他非常愤怒，他所做的事情却很小——在一封私信里为一个蒙冤的朋友识破了一个假朋友，如此而已。但仅仅为此，他被捕了。

理由很简单：他是“不孝者的同党”。

现在，轮到为嵇康判罪了。

一个“不孝者的同党”，该受何种处罚？

统治者司马昭在宫廷中犹豫。他内心对于孝不孝的罪名并不太在意，却比较注意的倒是嵇康写给山涛的那封绝交书。把官场仕途说得如此厌人，总要给他一点儿颜色看看。

就在这时，司马昭所宠信的一个年轻人求见，他就是钟会。钟会深知司马昭的心思，便悄声进言：

> 嵇康，卧龙也，千万不能让他起来。您现在统治天下已经没有什么担忧的了，我只想提醒您稍稍提防嵇康这样傲世的名士。您知道他为什么给他的好朋友山涛写那样一封绝交信吗？据我所知，他是想帮助别人谋反，山涛反对，因此没有成功，他恼羞成怒而与山涛绝交。过去姜太公、孔夫子都诛杀过那些危害社会、扰乱礼教的所谓名人，现在嵇康、吕安这些人言论放荡，诽谤圣人经典，任何统治者都是容不了的。您如果太仁慈，不除掉嵇康，可能无以匡正风俗、清洁王道。（参见《晋书·嵇康传》《世说新语·雅量》，注引《文士传》）

我特地把钟会的这番话大段地译出来，望读者能仔细一读。他避开了孝不孝的问题，几乎每一句话都打在司马昭的心坎上。在道义人格上，他是小人；在诽谤技巧上，他是大师。

钟会一走，司马昭便下令：判处嵇康、吕安死刑，立即执行。

六

这是中国文化史上最黑暗的日子之一，居然还有太阳。

嵇康身戴木枷，被一群兵丁从大狱押到刑场。

刑场在洛阳东市，路途不近。嵇康一路上神情木然而缥缈。他想起了一生中好些奇异的遭遇。

他想起，他也曾像阮籍一样，上山找过孙登大师，并且跟随大师不短的时间。大师平日几乎不讲话，直到嵇康临别，才深深一叹："你性情刚烈而才貌出众，能避免祸事吗？"

他又想起，早年曾在洛水之西游学，有一天夜宿华阳，独个儿在住所弹琴。夜半时分，突然有客来访，自称是古人，与嵇康共谈音律。来客谈着谈着来了兴致，向嵇康要过琴去，弹了一曲《广陵散》，声调绝伦，弹完便把这个曲子传授给了嵇康，并且反复叮嘱，千万不要再传给别人了。然后这个人飘然而去，没有留下姓名。

嵇康想到这里，满耳满脑都是《广陵散》的旋律。他遵照那个神秘来客的叮嘱，没有向任何人传授过。一个叫袁孝尼的人不知从哪儿打听到嵇康会演奏这首曲子，多次请求传授，他也没有答应。刑场已经不远，难道，这个曲子就永久地断绝了？——想到这里，他微微有点儿慌神。

突然，嵇康听到前面有喧闹声，而且喧闹声越来越响。原来，有三千名太学生正拥挤在刑场边上请愿，要求朝廷赦免嵇康，让嵇康担任太学的导师。显然，太学生们想以这样一个请愿向朝廷提示嵇康的社会声誉和学术地位。但这些年轻人不知道，他们这种聚集三千人的行为已经成为一种政治示威，司马昭怎么会让步呢？

嵇康望了望黑压压的年轻学子，有点儿感动。一个官员冲过人群，来到刑场高台上宣布：朝廷旨意，维持原判！

刑场上一片山呼海啸。

大家的目光都注视着已经押上高台的嵇康。

身材伟岸的嵇康抬起头来，眯着眼睛看了看太阳，便对身旁的官员说："行刑的时间还没到，我弹一首曲子吧。"不等官员回答，便对在旁送行的哥哥嵇喜说："哥哥，请把我的琴取来。"

琴很快取来了，在刑场高台上安放妥当，嵇康坐在琴前，对三千名太学生和围观的民众说："请让我弹一遍《广陵散》。过去袁孝尼多次要学，都被我拒绝。《广陵散》于今绝矣！"

刑场上一片寂静，神秘的琴声铺天盖地。

弹毕，嵇康从容赴死。

这是公元二六二年夏天，嵇康三十九岁。

七

有几件后事必须交代一下。

嵇康被司马昭杀害的第二年，阮籍被迫写了一篇劝司马昭进封晋公的劝进表，语意进退含糊。几个月后阮籍去世，终年五十三岁。

帮着嵇康一起打铁的向秀，在嵇康被杀后心存畏惧，接受司马氏的召唤而做官。在赴京城洛阳途中，绕道前往嵇康故居凭吊。当时正值黄昏，寒冷彻骨，从邻居房舍中传出呜咽的笛声。向秀追思过去几个朋友在这里欢聚饮宴的情景，不胜感慨，写了《思旧赋》，写得很短，刚刚开头就煞了尾。向秀后来做官做到散骑侍郎、黄门侍郎和散骑常侍，但据说他在官位上并不做实际事情，只是避祸而已。

山涛在嵇康被杀害后又活了二十年，大概是当时名士中寿命最长的一位了。嵇康虽然给他写了著名的绝交书，但临终前却对自己九岁的儿子嵇绍说："只要山涛伯伯活着，你就不会成为孤儿！"果然，后来对嵇绍照顾最多的就是山涛。等嵇绍长大后，由山涛出面推荐他入仕做官。

阮籍和嵇康的后代，完全不像他们的父亲。阮籍的儿子阮浑，是一个极本分的官员，平生竟然没有一次醉酒的记录。被山涛推荐而做官的嵇绍，成了一个为皇帝忠诚保驾的驯臣。有一次晋惠帝兵败被困，文武百官纷纷逃散，唯有嵇绍衣冠端正地以自己的身躯保护了皇帝，死得忠心耿耿。

…………

八

还有一件后事。

那曲《广陵散》被嵇康临终弹奏之后，渺不可寻。但后来据说在隋朝的宫廷中发现了曲谱，到唐朝又流落民间，宋高宗时代又收入宫廷，由明代朱元璋的儿子朱权编入《神奇秘谱》。近人根据《神奇秘谱》重新整理，于今还能听到。然而，这难道真是嵇康在刑场高台上弹的那首曲子吗？相隔的时间那么长，所经历的朝代那么多，时而宫廷时而民间，其中还有不少空白的时间段落，居然还能传下来？而最本源的问题是，嵇康那天的弹奏，是如何进入隋朝宫廷的？

不管怎么说，我不会去聆听今人演奏的《广陵散》。在我心中，《广陵散》到嵇康手上就结束了，就像阮籍和孙登在山谷里的玄妙长啸，都是遥远的绝响，我们追不回来了。

然而，为什么这个时代、这批人物、这些绝响，老是让我们割舍不下？我想，这些在生命的边界线上艰难跋涉的人物，似乎为整部中国文化史做了某种悲剧性的人格奠基。他们追慕宁静而浑身焦灼，他们力求圆通而处处分裂，他们以昂贵的生命代价第一次标志出一种自觉的文化人格。中国文脉，因他们开始屹然自立。

在嵇康、阮籍去世之后的百年间，书法家王羲之、画家顾恺之、诗人陶渊明相继出现；二百年后，文论家刘勰、钟嵘也相继诞生；如果把视野拓宽一点儿，这之后，化学家葛洪、天文学家兼数学家祖冲之、地理学家郦道元等大科学家也一一涌现。这些人在各自的领域几乎都称得上是开天辟地的巨匠。魏晋名士们的焦灼挣扎，开拓了中国知识分子自在而又自为的一方心灵秘土，文明的成果就是从这方心灵秘土中蓬勃地生长出来的，以后各个门类的千年传代也都与此有关。但是，当文明的成果逐代繁衍之后，当年精神开拓者们的奇异形象却难以复见。嵇康、阮籍他们在后代眼中越来越显得陌生和乖戾，陌生得像非人，乖戾得像神怪。

有过他们，是中国文脉的幸运；失落他们，是中国文脉的遗憾。

唐诗几男子

一

生为中国人，一辈子要承受数不尽的苦恼。但是，有几个因素使我不忍离开，甚至愿意下辈子还投生中国。

其中一个，就是唐诗。

这种说法可能得不到太多认同。不少朋友会说："到了国外仍然可以读唐诗啊，而且，别的国家也有很多好诗！"

因此，我必须对这件事情多说几句。

我心中的唐诗，是一种整体存在。存在于"羌笛孤城"里，存在于"黄河白云"间，存在于"空山新雨"后，存在于"浔阳秋瑟"中。只要粗通文墨的中国人一见相关的环境，就会立即释放出潜藏在心中的意象，把眼前的一切卷入诗境。

于是，唐诗对中国人而言，是一种全方位的美学唤醒：唤醒内心，唤醒山河，唤醒文化传代，唤醒生存本性。

有时在异国他乡也能见到类似于"月落乌啼"、"独钓寒江"那样的情景，让我们产生联想，但是，那种依附于整体审美文化的神秘诗境却不存在。这就像在远方发现一所很像自己老家的小屋，或一位酷似自己祖母的老人，虽有一时的喜悦，但略加端详却深感失落。失落了什么？失落了与生命紧紧相连的全部呼应关系，失落了使自己成为自己的那分真实。

当然，无可替代并不等于美。但唐诗确实是一种大美，不管在什么情况下一读，都能把心灵提升到清醇而又高迈的境界。回头一想，这种清醇、高迈本来就属于自己，只不过平时被大量琐事掩埋着。唐诗如玉杵叩扉，一下子把心扉打开了，让我们看到一个非常美好的自己。

这个自己，看似稀松平常，居然也能按照遥远的文字指引，完成最豪放的想象、最幽深的思念、最入微的观察、最精细的倾听、最仁爱的同情、最洒脱的超越。

这个自己，看似俗务缠身，居然也能与高山共俯仰、与白云同翻卷、与沧海齐阴晴。

这个自己，看似学历不高，居然也能跟上那么优雅的节奏、那么铿锵的音韵、那么华贵的文辞。

这样一个自己，不管在什么地方都会是稀有的，但因为唐诗，在中国却成了非常普及的常态存在。

正是这个原因，我才说，怎么也舍不得离开产生唐诗的土地，甚至愿意下辈子还投生中国。

二

论唐诗，首先当然是李白。

李白永远让人感到惊讶。我过了很久才发现一个秘密，那就是，我们对他的惊讶，恰恰来自他的惊讶，因此是一种惊讶的传递。他一生都在惊讶山水、惊讶人性、惊讶自己，这使他变得非常天真。正是这种惊讶的天真，或者说天真的惊讶，把大家深深感染了。

我们在他的诗里读到千古蜀道、九曲黄河、瀑布飞流时，还能读到他的眼神，几分惶恐，几分惊叹，几分不解，几分发呆。首先打动读者的，是这种眼神，而不是景物。然后随着他的眼神打量景物，才发现景物果然那么奇特。

其实，这时读者的眼神也已经发生变化，李白是专门来改造人们眼神的。历来真正的大诗人都是这样，说是影响人们的心灵，其实都从改造人们的感觉系统入手。先教会人们怎么看、怎么听、怎么发现、怎么联想，然后才有深层次的共鸣。当这种共鸣逝去之后，感觉系统却仍然存在。

这样一个李白，连人们的感觉系统也被他改造了，总会让大家感到亲切吧？其实却不。他拒绝人们对他的过于亲近，愿意在彼此之间保持一定程度的陌生。这也是他与一些写实主义诗人不同的地方。

李白给人的陌生感是整体性的。例如，他永远说不清楚自己的来处和去处，只让人相信，他一定来自谁也不知道的远处，一定会去谁也不知道的前方，他一定会看到谁也无法想象的景物，一定会产生谁也无法想象的笔墨……

他也写过“举头望明月，低头思故乡”这样可以让任何人产生亲切感的诗句，但紧接着就产生了一个严峻的问题：既然如此思乡，为什么永远地不回家乡？他在时间和空间上都拥有足够的自由，偶尔回乡并不是一件难事。但是，这位写下“中国第一思乡诗”的诗人执意要把自己放逐在异乡。原来，他的生命需要陌生，他的生命属于陌生。

为此，他如不系之舟，天天在追赶陌生，并在追赶中保持惊讶。但是，诗人毕竟与地理考察者不同，他又要把陌生融入身心，把他乡拥入怀抱。帮助他完成这种精神转化的一个要素，是酒。“人分千里外，兴在一杯中”，“但使主人能醉客，不知何处是他乡”，都道出了此间玄机。

对于朋友，李白也是生中求熟、熟中求生的。作为一个永远的野行者，他当然很喜欢交朋友。在马背上见到迎面而来的路人，一眼看去好像说得上话，他已经握着马鞭拱手行礼了。如果谈得知心，又谈到了诗，那就成了兄弟，可以吃住不分家了。他与杜甫结交后甚至到了“醉眠秋共被，携手日同行”的地步，可见一斑。

然而，与杜甫相比，李白算不上一个最专情、最深挚的朋友。刚刚道别，他又要急急地与奇异的山水相融，并在那些山水间频频地招呼新的好兄弟了。他老是想寻仙问道，很难把友情作为稳定的目标。他会要求新结识的朋友陪他一起去拜访一个隐居的道士。发现道士已经去世，便打听下一个值得拜访的对象，倒也并不要求朋友继续陪他。于是，又有一番充满诗意的告别，云水依依，帆影渺渺。

历来总有人对李白与杜甫的友情议论纷纷，认为杜甫写过很多怀念李白的诗，而李白则写得很少。也有人为此做出解释，认为李白的诗失散太多，其中一定包括很多怀念杜甫的诗。这是一种善良的愿望，而且也有可能确实是如此。但是，应该看到，强求他们在友情上的平衡是没有意义的，因为他们毕竟是相当不同的两种人。虽然不同，却并不影响他们在友情领域的同等高贵。

这就像大鹏和鸿雁相遇，一时间巨翅翻舞，山川共仰。但在它们分别之后，鸿雁不断地为这次相遇高鸣低吟，而大鹏则已经悠游于南溟北海，无牵无碍。差异如此之大，但它们都是长空伟翼、九天骄影。

三

李白比杜甫大十一岁。

很多年前我曾对这个年龄产生疑惑，因为从小读唐诗时一直觉得杜甫比李白年长。李白英姿勃发，充满天真，无法想象他的年老；而杜甫则温良淳厚，恂恂然一长者也，怎么可能是颠倒的年龄？由此可见，艺术风格所投射的生命基调，会在读者心目中兑换成不同的年龄形象，与实际年龄常常有重大差别。

实际上，李白不仅在实际年龄上比杜甫大，而且在诗坛辈分上也整整先于杜甫一个时代。那就是，他们将分别代表安史之乱之前和之后两个截然不同的唐朝。李白的佳作，在安史之乱之前大多已经写出，而杜甫的佳作，则主要产生于安史之乱之后。

他们两人见面时，李白已名满天下，而杜甫还只是崭露头角。杜甫早就熟读过李白的很多名诗，此时一见真人，崇敬之情无以言表。一个取得巨大社会声誉的人往往会有一种别人无法模仿的轻松和洒脱，这种风范落在李白身上更是让他加倍地神采飞扬。眼前的杜甫恰恰是最能感受这种神采的，因此他一时全然着迷，被李白的诗化人格所裹卷。

李白见到杜甫也是眼睛一亮。他历来不太懂得识人，经常上当受骗，但那是在官场和市井。如果要他来识别一个诗人，他却很难看错。即便完全不认识，只要吟诵几首、交谈几句，便能立即做出判断。杜甫让他惊叹，因此两人很快成为好友。他当然不能预知，眼前的这个年轻人，将与他一起成为执掌华夏文明诗歌王国数千年的王者之尊而无人能够觊觎；但他已感受到，无法阻挡的天才之风正扑面而来。

他们喝了几通酒就骑上了马，决定一起去打猎。

这次他们的出发地，在今天河南省开封市东南部，旧地名叫陈留。到哪儿去打猎呢？向东，再向东，经过现在的杞县、睢县、宁陵，到达商丘；从商丘往北，直到今天的山东地界，当时有一个大泽湿地，这便是我们的两位稀世大诗人纵马打猎的地方。

当时与他们一起打猎的，还有著名诗人高适。高适和李白属于同辈。这位能够写出“莫愁前路无知己，天下谁人不识君”这种佳句的诗人，当时正在这一带“混迹渔樵”、“狂歌草泽”。也就是说，他还在社会最底层艰难谋生、无聊晃悠。我不知道他当时熟悉杜甫的程度，但一听到李白前来，一定兴奋万分。这是他的土地，沟沟壑壑都了然于心，由他来陪猎，再合适不过。

挤在他们三人身边的，还有一个年轻诗人，不太有名，叫贾至，比杜甫还小六岁，当时才二十六岁。年龄虽小，他倒是当地真正的主人，因为他在这片大泽湿地北边今天山东单县的地方当着县尉，张罗起来比较方便。为了他的这次张罗，我还特地读了他的诗集——写得还算可以，却缺少一股气，尤其和那天在他身旁的大诗人一比，就显得更平庸了。贾至还带了一些当地人来凑热闹，其中也有几个能写写诗。

于是，一支马队形成了。在我的想象中，走在最前面的是高适，他带路；接着是李白，他是马队的主角，由贾至陪着；稍稍靠后的是杜甫，他又经常跨前两步与李白并驾齐驱；贾至带来的那些人，跟在后面。

当时的那个大泽湿地，野生动物很多。他们没走多远就挽弓抽箭，扬鞭跃马，奔驰呼啸起来。高适和贾至还带来几只猎鹰，这时也像闪电般蹿入草丛。箭声响处，猎物倒地，大家齐声叫好，所有人的表情都不像此地沉默寡言的猎人，更像追逐嬉戏中的小孩。马队中，喊得最响的当是李白，而骑术最好的应该是高适。

猎物不少，大家觉得在野地架上火烤着吃最香最新鲜，但贾至说早已在城里备好了酒席。盛情难却，那就到城里去吧。到了酒席上，几杯酒下肚，诗就出来了。这是什么地方啊，即席吟诗的不是别人，居然是李白和杜甫，连高适也只能躲在一边了，真是奢侈至极。

在那次打猎活动中，高适长时间地与李白、杜甫在一起，并不断受到他们鼓舞，决定要改变一种活法。很快他就离开这一带游历去了。

李白和杜甫从秋天一直玩到冬天。分手后，第二年春天又在山东见面，高适也赶了过来。不久，又一次告别，又一次重逢，那已经是秋天了。当冬天即将来临的时候，李白和杜甫这两位大诗人永久地别离了。

当时他们都不知道这是永诀，李白在分别之际还写了“何时石门路，重有金樽开”的诗，但金樽再也没有开启。

世间很多最珍贵的友情都是这样，看起来亲密得天荒地老、海枯石烂了，细细一问却很少见面。相反，半辈子坐在一个办公室面对面的，很可能尚未踏进友谊的最外层门槛。

就在李白、杜甫别离整整十年之后，安史之乱爆发。那时，李白已经五十四岁，杜甫四十三岁。他们和唐代，都青春不再。

仍然是土地、马蹄，马蹄、土地，但内容变了。

四

在巨大的政治乱局中，最痛苦的是百姓，最狼狈的是诗人。

诗人为什么最狼狈？

第一，因为他们敏感，满目疮痍使他们五内俱焚；第二，因为他们自信，一见危难就想按照自己的逻辑采取行动；第三，因为他们幼稚，不知道乱世逻辑和他们的心理逻辑全然不同，他们的行动不仅处处碰壁，而且显得可笑、可怜。

他们确实“不合时宜”，但是，也正因这样，才为人世间留下了超越一切“时宜”的灵魂，供不同时代的读者一次次贴近。

安史之乱爆发前夕，李白正往来于今天河南省的商丘和安徽省的宣城之间。商丘当时叫梁园，李白结婚十来年的妻子住在那里。安史之乱爆发时叛军攻击商丘，李白便带着妻子南下逃往宣城，后来又折向西南躲到江西庐山避祸。

李白是一个深明大义之人，对安禄山企图以血火争夺天下的叛乱行径十分痛恨。他祈望唐王朝能早日匡复，只恨自己不知如何出力。在那完全没有传媒、几乎没有通信的时代，李白在庐山的浓重云雾间焦虑万分。

当时的唐王朝，正在仓皇逃奔的荒路上。从西安逃往成都，半道上还出现了士兵哗变，唐玄宗被迫处死了杨贵妃。惊恐而又凄伤的唐玄宗已经很难料理政事，便对天下江山做了一个最简单的分派：指令儿子李亨守卫黄河流域，指令另一个儿子李璘守卫长江流域。李亨已经被封为太子，李璘已被封为永王。李白躲藏的庐山，由李璘管辖。

李璘读过李白的诗，偶然得知他的藏躲处，便三次派一个叫韦子春的人上山邀请他加入幕府。李璘是想让李白参政，担任政治顾问之类的角色。

李白早有建功立业之志，更何况在这社稷蒙难之时，当然一口答应。在他心目中，黄河流域已被叛军糟践，帮着永王李璘把长江流域守卫住是当务之急。

既然这样，李白立即下山不就得了，为什么还要麻烦韦子春三度上山来请呢？这是因为，李白的妻子不同意。李白的这位妻子姓宗，是武则天时的宰相宗楚客的孙女，很有政治头脑。在她心目中，那么有政治头脑的祖父也会不断卷入宫廷阴谋而败亡，仕途实在险象丛集。她并不怀疑丈夫参政的正义性，但几年的夫妻生活已使她深知自己这位可爱的丈夫在政治问题上的弱点，那就是充满理想而缺少判断力、自视过高而缺少执行力。她所爱的，就是这么一位天天只会喝酒、写诗，却又幻想着能像管仲、晏婴、范蠡、张良那样辅弼朝廷的丈夫，如果丈夫一旦真的要把幻想坐实，非坏事不可。

为此，夫妻俩发生了争吵。拖延了一些时日，李白终于写了《别内赴征三首》，下山“赴征”，投奔李璘去了。但是，离家的情景他一直记得：“出门妻子强牵衣……”

事实很快证明，妻子的担忧并非多余。李白确实分辨不了复杂的政局。

李璘固然接受了父亲唐玄宗的指令，但那个时候他的哥哥李亨已经以太子的身份在灵武（在今天的宁夏）即位，成了皇帝（唐肃宗），并把父亲唐玄宗尊为太上皇。这个局面给李璘带来了大麻烦。他正遵照父亲的指令，为了平叛在襄阳、江夏一带招兵买马，并顺长江东下，到达江西九江（当时叫浔阳），准备继续东进。但是，他的哥哥李亨却传来旨令，要他把部队沿江西撤到成都，侍卫父亲。李璘没听李亨的，还是东下金陵。李亨认为这是弟弟蔑视自己刚刚取得的帝位，故意抗旨，因此安排军事力量逼近李璘，很快就打起来了。

这一打，引起了李璘手下将军们的警觉。大将季广琛对大家说，我们本来是为了保卫朝廷来与叛军作战的，怎么突然之间陷入了内战，居然与皇帝打了起来？这不成了另一种反叛？后代将会怎么评价我们？大家一听，觉得有理，就纷纷脱离李璘，李璘的部队也就很快溃散，李璘本人在逃亡中被擒杀。他的罪名，是反叛朝廷、图谋割据。

这一下，李白蒙了。他明明是来参加征讨叛军的，怎么转眼就成为另一支叛军的一员？他明明是来辅佐唐王朝的至亲的，怎么转眼这个至亲变成了唐王朝的至仇？

军人们都作鸟兽散了，而李白还在。更要命的是，在李璘幕府中他最著名，尽管他未必做过什么。

于是，大半个中国都知道，李白上了“贼船”。

按照中国人的一个不良心理习惯，越是有名的人出了事，越是能激发巨大的社会兴奋。不久，大家都认为李白该杀，不杀不足以平民愤。所有的慷慨陈词者，以前全是“李白迷”。

李白只能狼狈出逃，逃到江西彭泽时被捕，押解到了九江的监狱。妻子赶到监狱，一见就抱头痛哭。李白觉得，自己最对不起的是妻子。

唐肃宗下诏判李白流放夜郎（在今天的贵州）。公元七五七年寒冬，李白与妻子在浔阳江边泣别。一年多以后，唐肃宗因关中大旱而发布赦令，李白也在被赦的范围中。

听到赦令时，李白正行经夔州一带，他欣喜莫名，立即转身搭船，东下江陵。他在船头上吟出了一首不知多少中国人都会随口背诵的诗：

朝辞白帝彩云间，
千里江陵一日还。
两岸猿声啼不住，
轻舟已过万重山。

快，快，快！赶快逃出连自己也完全没有弄明白的政治泥淖，去追赶失落已久的诗情。追赶诗情也就是追赶自我，那个曾经被九州所熟悉、被妻子抱住不放的自我，那个自以为找到了却反而失落了的自我。

这次回头追赶，有朝霞相送，有江流做证，有猿声鼓励，有万山让路，因此，负载得越来越沉重的生命之船又重新变成了轻舟。

只不过，习习江风感受到了，这位站在船头上的男子已经白发斑斑。这年他已经五十八岁，他能追赶到的生命只有三年了。

在这之前，很多朋友都在思念他，而焦虑最深的是两位老朋友。

第一位当然是杜甫。他听说朝廷在议论李白案件时出现过“世人皆欲杀”的舆论，后来又没有得到有关李白的音信，便写了一首五律。诗的标题非常直白，叫作“不见”，自注“近无李白消息”。全诗如下：

不见李生久，
佯狂真可哀。
世人皆欲杀，
吾意独怜才。
敏捷诗千首，

飘零酒一杯。

匡山读书处，

头白好归来。

第二位是高适。当初唐肃宗李亨下令向不听话的弟弟李璘用兵，其中一位接令的军官就是高适。那时正在李璘营帐中的李白，很快就知道了这个消息。

“高适？”十年前在大泽湿地打猎时的马蹄声，又在耳边响起。

高适当然更早知道，自己要去征伐的对象中，有一个竟然是李白。他已经在马背上苦恼了三天，担心什么时候在兵士们捆绑上来的一大群俘虏里发现那张熟悉的脸，那该怎么处理……

五

那么，杜甫自己又怎么样了呢？

安史之乱前夕，杜甫刚刚得到一个小小的官职，任务是看守兵甲器械、管理门禁钥匙。

让一个大诗人管兵器和门禁，实在是太委屈了，但我总觉得这件事有象征意义。上天似乎要让当时中国最敏感的神经系统来直接体验一下，赫赫唐王朝的兵器，如何对付不了动乱，巍巍长安城的门禁，如何阻挡不了叛军。

叛军攻陷长安后，杜甫很快就知道了李亨在灵武即位的消息。唐玄宗的时代已经变成了唐肃宗的时代，作为大唐官员，他当然要去报到。因此，他逃出长安城，把家人安置在鄜州羌村，自己则投入漫漫荒原，远走灵武。

但是，叛军的马队追上了杜甫和其他出逃者，将一众押回长安。杜甫被当作俘虏囚禁起来，但这种囚禁毕竟与监狱不同，叛军也没有太多的力量严密看守，他在八个月后趁着夏天来到，草木茂盛，找了一个机会在草木的掩蔽下逃出了金光门。这个时候他已听说，唐肃宗离开灵武到了凤翔。凤翔在长安西边，属于今天的陕西境内，比宁夏的灵武近得多了。杜甫就这样很快找到了流亡中的朝廷，见到了唐肃宗。唐肃宗只比杜甫大一岁，见到眼前这位大诗人脚穿麻鞋，两袖露肘，衣衫褴褛，有点儿感动，便留他在身边任谏官，叫“左拾遗”。

对此，杜甫很兴奋，就像李白在李璘幕府中的兴奋一样。

但是，不到一个月，杜甫就出事了，时间是公元七五七年旧历五月。请注意，这也正是李白面临巨大危机的时候。

杜甫的事，与当时唐肃宗身边的一个显赫人物——房琯有关。

房琯本是唐玄宗最重要的近臣之一，安史之乱发生时跟从唐玄宗从长安逃到四川，是他建议任命李亨为天下兵马元帅来主持平叛并收复黄河流域的。后来李亨在灵武即位后，又是由他把唐玄宗的传国玉玺送到灵武，因此，李亨很感念他，对他十分器重。叛军攻陷长安后，他自告奋勇选将督师反攻长安，却大败而归，让唐肃宗丢尽了脸面。此人平日喜欢高谈虚论，因此就有人趁机挑拨，说房琯只忠于唐玄宗，对唐肃宗有二心。这触到了唐肃宗心中的疑穴，便贬斥了房琯。

朝中又有人试图追查房琯的亲信，构陷了一个所谓“房党”。杜甫是认识房琯的，而所谓“房党”中更有一位曾与李白、杜甫、高适一起打猎的贾至。大家还记得，那时他在单县担任小小的县尉，才二十六岁，现在也快到四十岁了。那天大泽湿地间的青春马蹄，既牵连着今天东南方向李白和高适的对峙，又牵连着今天西北方向杜甫和贾至的委屈，当时奔驰呼啸着的四个诗人，哪里会预料到这种结果！

杜甫的麻烦来自他的善良，与司马迁当年遇到的麻烦一样，为突然被贬斥的人讲话。他上疏营救房琯，说房琯“少自树立为醇儒，有大臣体”，希望皇上能“弃细录大”。唐肃宗正在气头上，听到这种教训式的话语，立即拉下脸来，要治罪杜甫，“交三司推问”。

这种涉及最高权力的事，一旦成了反面角色，总是凶多吉少。幸好杜甫平日给人的印象不错，新任的宰相张镐和御史大夫韦陟站出来替他说情，说“甫言虽狂，不失谏臣体”。意思是，谏臣就是提意见的嘛，虽然口出狂言，也放过他吧。唐肃宗一听也对，就叫杜甫离开职位，回家探亲，后来又几经曲折将其贬为华州司功参军。

华州也就是现在的陕西华县。杜甫去时，只见到处鸟死鱼涸，满目蒿莱，觉得自己这么一个被贬的草芥小官面对眼前的景象完全束手无策。既然如此，就不应该虚占其位，杜甫便弃官远走，带着家属到甘肃找熟人，结果饥寒交迫，又只得离开。他后来的经历，可以用他自己的诗句来概括：“五载客蜀郡，一年居梓州。如何关塞阻，转作潇湘游。”公元七七〇年冬天，杜甫病死在洞庭湖的船中，终年五十八岁。

杜甫一生几乎都在颠沛流离中度过，安史之乱之后的中国大地被他看了个够。他与李白很不一样：李白常常意气扬扬地佩剑求仙，一路有人接济，而杜甫则只能为了妻小温饱屈辱奔波，有的时候甚至像难民一样不知夜宿何处。但是，就在这种情况下，他创造了一种稀世的伟大。

那就是，他为苍生大地投注了极大的关爱和同情。再小的村落，再穷的家庭，再苦的场面，都逃不过他的眼睛。他静静观看，细细倾听，长长叹息，默默流泪。他无钱无力，很难给予具体帮助，能给的帮助就是这些眼泪和随之而来的笔墨。

一种被关注的苦难就不再是最彻底的苦难，一种被描写的苦难就不再是无望的泥潭。中国从来没有一个文人，像杜甫那样用那么多诗句描写苦难存在的方位和形态，以及苦难承受者的无辜和无奈。因此，杜甫成了中国文化史上最完整的“同情语法”的创建者。后来中国文人在面对民间疾苦时所产生的心理程序，至少有一半与他有关。

人是可塑的。一种特殊的语法能改变人们的思维，一种特殊的程序能塑造人们的人格。中国文化因为有过了杜甫，增添了不少善的成分。

在我看来，这是一件真正的大事。

与这件大事相关的另一件大事是，杜甫的善，全部经由美来实现。这是很难做到的，但他做到了。在他笔下，再苦的事、再苦的景、再苦的人、再苦的心，都有美的成分。他尽力把它们挖掘出来，使美成为苦的背景，或者使苦成为美的映衬，甚至干脆把美和苦融为一体，难分难解。

试举一个最小的例子。他逃奔被擒而成了叛军的俘虏，中秋之夜在长安的俘虏营里写了一首思家诗。他在诗中想象：孩子太小不懂事，因此在这中秋之夜，只有妻子一人在抬头看月，思念自己。妻子此刻是什么模样呢？他写道："香雾云鬟湿，清辉玉臂寒。"这寥寥几字，把嗅觉、视觉、触觉等感觉都调动起来了。为什么妻子的鬓发湿了？因为夜雾很重，她站在外面看月的时间长了，不能不湿；既然站了那么久，那么，她裸露在月光下的洁白手臂，也应该有些凉意了吧？

这样的鬓发之湿和手臂之寒，既是妻子的感觉，又包含着丈夫似幻似真的手感，实在是真切至极。当然，这种笔墨也只能极有分寸地回荡在灾难时期天各一方的夫妻之间，如果不是这样的关系、这样的时期，就会觉得有点儿腻味了。

我花这么多笔墨分析这两句诗，是想具体说明，杜甫是如何用美来制伏苦难的。顺便也让读者领悟，他与李白又是多么不同。换了李白，绝不会那么细腻、那么静定、那么含蓄。

但是，这种风格远不是杜甫的全部。"无边落木萧萧下，不尽长江滚滚来""白帝城门水云外，低身直下八千尺""向来皓首惊万人，自倚红颜能骑射""云来气接巫峡长，月出寒通雪山白"……这样的诗句，连李白也要惊叹其间的浩大气魄了。

杜甫的世界，是什么都可以进入、哪儿都可以抵达的。你看，不管在哪里，“舍南舍北皆春水，但见群鸥日日来”“窗含西岭千秋雪，门泊东吴万里船”……这就是他的无限空间。

正因为这样，他的诗歌天地包罗万象、应有尽有。不仅在内容上是这样，而且在形式、技法、风格上也是这样。杜甫成了中国古典诗歌的集大成者，既承接着他之前的一切，又开启着他之后的一切。

人世对他，那么冷酷、那么吝啬、那么荒凉；而他对人世却完全相反，竟是那么热情、那么慷慨、那么丰美。这就是杜甫。

十几年前，日本 NHK 电视台曾经花好几天时间直播我和一群日本汉学家在长江的江轮上讨论李白与杜甫。几位汉学家对于应该更喜欢李白还是更喜欢杜甫的问题各有执持，天天都发生有趣的争论。他们问我的意见，我说，我会以终生不渝的热情一直关注着李白天使般的矫健身影，但是如果想在哪一个地方坐下来长时间地娓娓谈心，然后商量怎么去救助一些不幸的人，那么，一定找杜甫，没错。

六

这篇文章本来是只想谈谈李白、杜甫的，而且也已经写得不短。但是，在说到这两个人在安史之乱中的奇怪遭遇时，决定还要顺带说说另一位诗人，因为他在安史之乱中的遭遇也是够奇怪的。三种奇怪合在一起，可以让我们更清楚地看到一个重大的共同命题。

这个诗人，就是王维。在唐代诗人的等级排名上，把他与李白、杜甫放在一起也正合适。当然白居易也有资格与王维争第三名，我也曾对此反复犹豫过，因此在一次讲课时曾对北京大学中文系、历史系、艺术系的学生进行问卷调查，结果王维第三，白居易第四。尤其是女学生，特别喜欢王维。

王维与李白，生卒年几乎一样。好像王维比李白大几个月，李白比王维又晚走一年。但在人生一开始，王维比李白得意多了。王维才二十岁就凭着琵琶演奏、诗歌才华和英俊外表而引起皇族赞赏，并获得推荐而登第为官，而李白，直到三十岁还在终南山的客舍里等待皇族接见而未能如愿。

当李白终于失望于仕途而四处漫游的时候，走上了仕途的王维却受到了仕途的左右。当信任他的宰相张九龄被李林甫取代的时候，他的日子就不好过了。再加上丧母丧妻，王维从心中挥走了最后一丝豪情，进入了半仕半隐的清静生态。在这期间，他写了大量传世好诗。

在朝廷同僚们眼中，这是一个下朝后匆匆回家的背影。在长安乐师们心中，这是一个源源不断输出顶级歌词的秘库。在后代文人的笔下，这是一个把诗歌、音乐、绘画全都融化在手中并把它们一起推上高天的奇才。

安史之乱时王维本想跟着唐玄宗一起逃到成都去，但是没跟上，被叛军俘虏了。安禄山知道王维是大才子，要他在自己手下做官。一向温文尔雅的王维不知如何反抗，便服了泻药称病，又假装自己的喉咙也出了问题，发不出声音了。安禄山不管，把他迎置于洛阳的普施寺中，并授予他“给事中”的官职，与他原先在唐王朝中的官职一样。算起来，这也是要职了，负责“驳正政令违失”，相当于行政稽查官。王维逃过，又被抓回，强迫任职。

但是，这无论如何是一个大问题了。后来唐肃宗反攻长安得胜，所有在安禄山手下任伪职的官员，都成了被全国朝野共同声讨的叛臣，必判重罪，可怜的王维也在其列。

按照当时的标准，王维的“罪责”确实要比李白、杜甫严重得多。

李白只是在讨伐安禄山的队伍中跟错了人；杜甫连人也没跟错，只是为一位打了败仗的官员说了话；而王维，硬是要算作安禄山一边的人了。如果说，连李白这样的事情都到了“世人皆欲杀”的地步，那么，该怎么处置王维？一想都要让人冒冷汗了。

但是，王维得救了。

救他的，是他自己。

原来，就在王维任伪职的时候，曾经发生过一个事件。那天安禄山在凝碧池举行庆功宴，强迫梨园弟子伴奏。梨园弟子个个都在流泪，奏不成曲，乐工雷海青更是当场扔下琵琶，向着西方号啕痛哭。安禄山立即下令，用残酷的方法处死了雷海青。王维听说此事，立即作了一首诗，题为《菩提寺私成口号》。“逆贼”二字，把他心中的悲愤都凝结了。

万户伤心生野烟，
百官何日再朝天？
秋槐叶落空宫里，
凝碧池头奏管弦。

这首诗，因为是出自王维之手，很快就悄悄地传开了，而且传出城墙，一直传到唐肃宗那里。唐肃宗从这首诗知道长安城对自己的期盼，因此在破城之后，下令从轻发落王维。再加上王维的弟弟王缙是唐肃宗身边的有功之将，要求削降自己的官职来减轻哥哥的罪。结果，王维只是被贬了一下，后来很快又官复原职，再后来升至尚书右丞。

能够传出这么一首诗，能够站出来这么一个弟弟，毕竟不是必然。因此，我们还是要为王维喊一声：好险！

李白、杜甫、王维，三位巨匠，三个好险。由此足可说明，一切伟大的文化现象在实际生存状态上，都是从最狭窄的独木桥上颤颤巍巍走过来的，都是从最脆弱的攀崖藤上抖抖索索爬过来的；稍有不慎，便粉身碎骨，烟消云散。

三个人的危机还说明，如果想把不属于文化范畴的罪名强加在文化天才身上，实在是易如反掌。而且，他们确实也天天给别人提供着这方面的把柄。他们的名声又使他们的这些弱点被无限地放大，使他们无法逃遁。

他们的命运像软面团一样被老老少少的手掌随意搓捏，他们的傻事像肥皂泡一样被各种各样的“事后诸葛亮”不断吹大。在中国，没有人会问，这些捏软面团和吹肥皂泡的人，自己当初在干什么，又从何处获得了折磨李白、杜甫、王维的资格和权力。

但是，不管什么样的手和嘴可以在这些人身上做尽一切，都不能把这些人的文化创造贬低一分一毫。不必很久，“世人皆欲杀”的“世人”就都慢慢地集体转向了。

能够这样也就罢了，不管他们做过什么，历史留给他们的唯一身份不是别的，只是李白、杜甫、王维的同时代人。他们的后代将以此为傲，很久很久。

既然写到了王维，我实在忍不住，要请读者朋友们再一起品味一下大家都背得出的他的诗句。

大漠孤烟直，长河落日圆。（《使至塞上》）

明月松间照，清泉石上流。（《山居秋暝》）

江流天地外，山色有无中。（《汉江临泛》）

日落江湖白，潮来天地青。（《送邢桂州》）

山路元无雨，空翠湿人衣。（《山中》）

还有这一首：

人闲桂花落，夜静春山空。
月出惊山鸟，时鸣春涧中。

一个“惊”字，把深夜静山全部激活了。在我看来，这是作为音乐家的王维用一声突然的琵琶高弦，在挑逗作为画家的王维所布置好的月下山水，最后交付给作为诗人的王维，用最省俭的笔墨勾画出来。

王维像陶渊明一样，使世间一切华丽的文字无地自容。

与陶渊明的安静相比，王维的安静更有一点儿贵族气息、更有一点儿精致设计。他的高明，在于贵族得比平民还平民、设计得比自然还自然。

七

在安史之乱爆发十七年后，一个未来的诗人诞生，那就是白居易。烽烟已散，浊浪已平，这个没有经历过那场灾难的孩子，将以自己的目光来写这场灾难，而且写得比谁都好，那就是《长恨歌》。

那场灾难曾经疏而不漏地“俘虏”了几位前辈大诗人，而白居易却以诗“俘虏”那场灾难，几经调理，以一种个体化、人性化的情感逻辑，让它也完整地进入了审美领域。

与白居易同岁的刘禹锡，同样也是咏史的高手。他的《乌衣巷》《石头城》《西塞山怀古》《蜀先主庙》，为后世所有的中国文人开拓了感悟历史的情怀。

再过四十年，又一个未来的诗人诞生。他不仅不太愿意观赏山水，而且也不太愿意像白居易、刘禹锡那样观赏历史，而只愿意观赏自己的内心。他，就是晚唐诗人李商隐。

唐代，就这样浓缩地概括了诗歌的必然走向：一步也不停滞，一步也不重复，一路繁花，一路云霓。

一群男子，一路辛苦，成了一个民族迈向美的天域的里程碑。他们，都是中国文脉的高贵主宰。

黄州突围

一

这便是黄州赤壁，或者说是东坡赤壁。赭红色的陡坡直逼着浩荡大江，坡上有险道可供俯瞰，江面有小船可供仰望。

地方不大，但一俯一仰之间就有了气势，有了伟大与渺小的比照，有了时间和空间的交错，因此也就有了冥思的价值。

苏东坡走过的地方很多，其中不少地方远比黄州美丽。但是，他却把黄州当作最重要的人生驿站。这一切，决定于他来到这里的原因和心态。

他从监狱里走来，带着一个极小的官职，实际上以一个流放罪犯的身份走来。他带着官场和文坛泼给他的浑身脏水走来，他满心侥幸又满心绝望地走来。他被人押着，远离自己的家眷，没有资格选择黄州之外的任何一个地方，只能朝着这个当时还很荒凉的小镇走来。

他很疲倦，他很狼狈。出汴梁，过河南，渡淮河，进湖北，抵黄州。萧条的黄州没有给他预备任何住所，他只得在一所寺庙中住下。他擦一把脸，喘一口气，四周一片静寂，连一个朋友也没有。他闭上眼睛摇了摇头。

二

人们有时也许会傻想，像苏东坡这样让中国人共享千年的大文豪，应该是他所处的时代的无上骄傲，他周围的人一定会小心地珍惜他，虔诚地仰望他，总不愿意去找他的麻烦吧？

事实恰恰相反，越是超时代的文化名人，往往越不能相容于他所处的具体时代。中国世俗社会有一种心理机制非常奇特，它一方面愿意播扬和哄传一位文化名人的声誉，利用他、榨取他，另一方面却又把他视为异类，迟早会排拒他、糟践他。起哄式的传扬，很容易转化为起哄式的贬损。

苏东坡到黄州来之前正陷入一个被文学史家称为“乌台诗案”的案件中。这个案件的具体内容是特殊的，却反映了文化名人的普遍遭遇，很值得说一说。

即便站在朝廷的立场上，这也完全是一个莫须有的可笑事件。一群文化官僚举报苏东坡在很多诗中流露了对政府的不敬，证据是他们所做的上纲上线的诠释。这些诠释连神宗皇帝也不太相信——他在将信将疑之间判了苏东坡的罪。

宋神宗没有迫害苏东坡的企图，他的祖母光献太皇太后甚至竭力要保护苏东坡，而他又是尊重祖母的。然而，完全不以神宗皇帝和太皇太后的意志为转移，名震九州的苏东坡还是下了大狱。这一股强大而邪恶的力量，很值得研究。

使神宗皇帝动摇的，是突然之间批评苏东坡的言论几乎不约而同地聚合到了一起。他为了维护自己尊重舆论的形象，不能为苏东坡说话了。

那么，批评苏东坡的言论为什么会不约而同地聚合在一起呢？我想最简要的回答是他弟弟苏辙说的那句话：“东坡何罪？独以名太高。”

他太出色、太响亮，能把四周的笔墨比得十分寒碜，能把同代的文人比得有点儿狼狈，于是引起一部分人酸溜溜的嫉恨，然后你一拳我一脚地糟践，这几乎是不可避免的。在这场可耻的围攻中，一些品格低劣的文人充当了急先锋。

例如，舒亶。

这人可称为“检举揭发专业户”，在揭发苏东坡的同时他还揭发了另一个人，那人正是以前推荐他做官的大恩人。这位大恩人给他写了一封信，拿了女婿的课业请他提点意见、加以辅导，这本是朋友间正常的小事往来，没想到他竟然给皇帝写了一封莫名其妙的检举揭发信，说“我们两人都是官员，我又在舆论领域，他让我辅导他女婿总不大妥当”。皇帝看了他的检举揭发信，也就降了那个人的职。

就是这么一个人，与何正臣等人相呼应，写文章告诉皇帝，苏东坡到湖州上任后写给皇帝的感谢信中“有讥切时事之言”。苏东坡的这封感谢信皇帝早已看过，没发现问题；舒亶却“苦口婆心”地一款一款分析给皇帝听：苏东坡正在反您呢，反得可凶呢，而且已经反到了“流俗翕然，争相传诵，忠义之士，无不愤惋”的程度！“愤”是愤苏东坡，“惋”是惋皇上。有多少忠义之士在“愤惋”呢？他说是“无不”，也就是百分之百，无一遗漏。这种数量统计完全无法验证，却能使注重社会名声的神宗皇帝心头一咯噔。

又如，李定。

这是一个曾因母丧之后不服孝而引起人们唾骂的高官，他对苏东坡的攻击最凶。他归纳了苏东坡的许多罪名，但我仔细鉴别后发现，他特别关注的是苏东坡早年的贫寒出身、现今在文化界的地位和社会名声。这些都不能列入犯罪的范畴，但他似乎压抑不住地对这几点表示出最大的愤慨。

他说苏东坡"起于草野垢贱之余"，"初无学术，滥得时名"，"所为文辞，虽不中理，亦足以鼓动流俗"，如此等等。苏东坡的出身引起他的不服且不去说它，硬说苏东坡不学无术、文辞不好，实在使我惊讶不已。但他如果不这么说，也就无法断言苏东坡的社会名声是"滥得"。总而言之，李定的攻击在种种表层理由里边显然埋藏着一个最核心的元素：妒忌。

无论如何，诋毁苏东坡的学问和文采毕竟是太愚蠢了。但是，妒忌一深就会失控，他只会找自己最痛恨的部位来攻击，已顾不得哪怕是装装样子的合理性了。

又如，王珪。

这是一个比较跋扈和虚伪的人。他凭着资格自认为文章天下第一，实际上他写诗作文绕来绕去都离不开"金玉锦绣"这些字眼，大家暗暗掩口而笑，他还自我感觉良好。现在，一个苏东坡名震文坛，他当然要想尽一切办法来对付。

有一次他对皇帝说："苏东坡对皇上确实有二心。"皇帝问："何以见得？"他举出苏东坡一首写桧树的诗中有"蛰龙"二字为证。皇帝不解，说："诗人写桧树，和我有什么关系？"他说："写到了龙还不是写皇帝吗？"皇帝倒是头脑清醒，反驳道："未必，人家叫诸葛亮还叫卧龙呢！"

又如，李宜之。

这又是另一种特例。做着一个芝麻绿豆小官，在安徽灵璧县听说苏东坡以前为当地一个园林写的一篇园记中，有劝人不必热衷于做官的词句，竟也写信向皇帝检举揭发。他在信中分析说，这种思想会使人们缺少进取心，也会影响取士。看来这位李宜之除了心术不正之外，智力也大成问题，连诬陷的借口都找得不伦不类。但是，在没有理性法庭的情况下，再愚蠢的指控也能成立，这对散落全国各地的“李宜之”们构成了一个鼓励。

为什么档次这样低下的人也会挤进来围攻苏东坡？当代苏东坡研究者李一冰先生说得很好：“他也来插上一手，无他，一个默默无闻的小官，若能参加一件扳倒名人的大事，足使自己增重。”

从某种意义上说，他的这种目的确实也部分地达到了，例如，我今天写这篇文章竟然还会写到李宜之这个名字，便完全是因为他参与了对苏东坡的围攻。

我的一些青年朋友根据他们对当今世俗心理的体察，觉得李宜之这样的人未必是为了留名于历史，而是出于一种可称作“砸窗子”的恶作剧心理。晚上，一群孩子站在一座大楼前指指点点，看谁家的窗子亮就捡一块石子扔过去，谈不上什么目的，只图在几个小朋友中间出点风头而已。

我觉得李宜之的行为主要出于一种政治投机。听说苏东坡有点儿麻烦，就把麻烦闹得大一点儿，反正对内不会负道义责任，对外不会负法律责任，乐得投井下石、撑顺风船。这样的人倒是没有胆量像舒亶、李定和王珪那样首先向一位文化名人发难，说不定前两天还在到处吹嘘在什么地方有幸见过苏东坡，硬把苏东坡说成是自己的朋友甚至老师呢。

又如——我真不想写出这个名字，但再一想又没有讳避的理由，还是写出来吧——沈括。这位在中国古代科技史上占有不小地位的著名科学家也因嫉妒而伤害过苏东坡，批评苏东坡的诗中有讥讽政府的倾向。如果他与苏东坡是政敌，那倒也罢了，问题是他们曾是好朋友，他所提到的诗句正是苏东坡与他分别时送给他的。这实在有点儿不是味道了。历史学家们分析，这大概与皇帝在沈括面前说过苏东坡的好话有关，沈括心中产生了一种默默的对比。另一种可能是他深知王安石与苏东坡政见不同，就站到了王安石一边。但王安石毕竟是一个讲究人品的文化大师，重视过沈括，但最终却觉得沈括不可亲近。当然，不可亲近并不影响我们对沈括科学成就的肯定。

围攻者还有一些，我想，举出这几个也就差不多了，我们已经领略了中国文化超越时空的一种“隐形自残结构”。他们中的任何一个人要单独搞倒苏东坡都很难，但是在社会上没有一种强大的反诽谤、反诬陷机制的情况下，一个人探头探脑的冒险，很可能造成严重的后果。

苏东坡开始很不在意。有人偷偷告诉他，他的诗被检举揭发了，他先是一怔，后来还幽默地说：“今后我的诗不愁皇上看不到了。”但事态的发展却越来越不幽默，一〇七九年八月二十七日，朝廷派人到湖州的州衙来逮捕苏东坡。苏东坡得知风声，便不知所措。

文人终究是文人。他完全不知道自己犯了什么罪，但从差官气势汹汹的样子看，估计会被处死，他害怕了，躲在后屋里不敢出来。朋友说，躲着不是办法，人家已在前面等着了，要躲也躲不过。

正要出来，他又犹豫了：出来该穿什么服装呢？已经犯了罪，还能穿官服吗？朋友说，什么罪还不知道，还是穿官服吧。

苏东坡终于穿着官服出来了，朝廷派来的差官装模作样地半天不说话。苏东坡越来越慌张，说：“我大概把朝廷惹恼了，看来总得死，请允许我回家与家人告别。”

差官说：“还不至于这样。”便叫两个差人用绳子捆扎了苏东坡，像驱赶鸡犬一样上路了。家人赶来，号啕大哭，湖州城的市民也在路边流泪。

长途押解，犹如一路示众。可惜当时几乎没有什么传播媒介，沿途百姓不认识这就是苏东坡。贫瘠而愚昧的国土上，绳子捆扎着一个世界级的伟大诗人，一步步行进。苏东坡在示众，整个民族在丢人。

全部遭遇还不知道半点起因。苏东坡只怕株连亲朋好友，在途经太湖和长江时几度想投水自杀，由于看守严密而未成。

当然也很可能成，那么，江湖淹没的将是一大截特别明丽的中华文明。文明的脆弱性就在这里，一步之差就会全盘改易。而把文明的代表者逼到这一步之差境地的，则是一群小人。

一群小人能做成如此大事，只能归功于中国的独特国情。

小人牵着大师，大师牵着历史。小人顺手把绳索重重一抖，于是大师和历史全都成了罪孽的化身。一部中国文化史，有很长时间一直把诸多文化大师捆押在被告席上，而法官和原告大多是一群挤眉弄眼的小人。

究竟是什么罪？审起来看！

怎么审？打！

一位官员曾关在同一监狱里，与苏东坡的牢房只有一墙之隔，他写诗道：

> 却怜比户吴兴守，
>
> 诟辱通宵不忍闻。

通宵侮辱到了其他犯人也听不下去的地步，而侮辱的对象竟然就是苏东坡！

请允许我在这里把笔停一下。我相信一切文化良知都会在这里战栗。中国几千年间有几个像苏东坡那样可爱、高贵而有魅力的人呢？但可爱、高贵、魅力之类往往既构不成社会号召力也构不成自我卫护力，真正厉害的是邪恶、低贱、粗暴，它们几乎战无不胜、攻无不克、所向无敌。现在，苏东坡被它们抓在手里搓捏着——越是可爱、高贵、有魅力，搓捏得越起劲。

温和柔雅如林间清风、深谷白云的大文豪，面对这彻底陌生的语言系统和行为系统，不可能做任何像样的辩驳。他一定变得非常笨拙，无法调动起码的言辞，无法完成简单的逻辑推断。他在牢房里的应对，绝对比不过一个普通的盗贼。

因此，审问者们愤怒了，也高兴了：原来这么个大名人竟是草包一个！你平日的滔滔文辞被狗吃掉了？看你这副熊样还能写诗作词？纯粹是抄人家的吧！

接着就是轮番扑打，诗人用纯银般的嗓子哀号着，哀号到嘶哑。这本是一个只需要哀号的地方，你写那么美丽的诗就已荒唐透顶了，还不该打？打，打得你“淡妆浓抹”，打得你“乘风归去”，打得你“密州出猎”！

开始，苏东坡还试图拿点儿正常逻辑顶几句嘴。审问者咬定他的诗里有讥讽朝廷的意思，他说：“我不敢有此心，不知什么人有此心，造出这种意思来。”

但是，苏东坡的这一思路招来了更凶猛的侮辱和折磨。当诬陷者和办案人完全合成一体、串成一气时，只能这样。

终于，苏东坡经受不住了，经受不住日复一日、通宵达旦的连续逼供。他想闭闭眼、喘口气，唯一的办法就是承认。于是，他承认以前的诗中有“道旁苦李”，是在说自己不被朝廷重视；诗中有“小人”字样，是讥刺当朝大人。特别是苏东坡在杭州做官时兴冲冲去看钱塘潮，回来写了咏弄潮儿的诗“吴儿生长狎涛渊”，据说竟是在影射皇帝兴修水利！

这种大胆联想，连苏东坡这位浪漫诗人都觉得实在不容易跳跃过去，因此在承认时还不容易“一步到位”。审问者有本事耗时间一点点逼过去，案卷记录上经常出现的句子是：“逐次隐讳，不说情实，再勘方招。”苏永坡全招了，同时他也就知道自己必死无疑了。

他一心想着死。他觉得连累了家人，对不起妻子，又特别想念弟弟。他请一位善良的狱卒带了两首诗给苏辙，其中有这样的句子：“是处青山可埋骨，他年夜雨独伤神。与君世世为兄弟，更结来生未了因。”

埋骨的地点，他希望是杭州西湖。

不是别的，是诗句，把他推上了死路。我不知道那些天他在铁窗里是否痛恨诗文。

没想到，就在这时，隐隐约约地，一种散落四处的文化良知开始汇集起来了——他的读者们慢慢抬起了头，要说几句对得起自己内心的话了。

很多人不敢说，但毕竟还有勇敢者；他的朋友大多躲避了，但毕竟还有侠义人。

杭州的父老百姓想起他在当地做官时的种种美好行迹，在他入狱后公开做了解厄道场，求告神明保佑他。

狱卒梁成知道他是大文豪，在审问人员离开时尽力照顾他的生活，连每天晚上的洗脚热水都准备了。

他在朝中的朋友范镇、张方平不怕受到牵连，写信给皇帝，说他在文学上“实天下之奇才”，希望宽大。

他的政敌王安石的弟弟王安礼也仗义执言，对皇帝说，“自古大度之君，不以言语罪人”，如果严厉处罚了苏东坡，“恐后世谓陛下不能容才”。

最动情的是那位我们前文提到过的太皇太后，她病得奄奄一息，神宗皇帝想大赦犯人来为她求寿，她竟说：“用不着去赦免天下的凶犯，放了苏东坡一人就够了!”

最直截了当的是当朝左相吴充，有次他与皇帝谈起曹操，皇帝对曹操评价不高。吴充立即接口说：“曹操猜忌心那么重还容得下祢衡，陛下怎么容不下一个苏东坡呢?”

对这些人，不管是狱卒还是太皇太后，我们都要深深感谢。他们有意无意地在验证着文化的感召力。就连那盆洗脚水，也充满了文化的热度。

据王巩《甲申杂记》记载，那个带头诬陷、调查、审问苏东坡的李定，整日得意扬扬。有一天他与满朝官员一起在崇政殿的殿门外等候早朝时，向大家叙述审问苏东坡的情况。他说："苏东坡真是奇才，一二十年前的诗文，审问起来都记得清清楚楚！"

他以为，对这么一个哄传朝野的著名大案，一定会有不少官员感兴趣。但奇怪的是，他说了这番引逗别人提问的话之后，没有一个人搭腔，没有一个人提问，崇政殿外一片静默。

他有点儿慌神，故作感慨状，叹息几声，回应他的仍是一片静默。

这静默算不得抗争，也算不得舆论，但着实透着点儿高贵。相比之下，历来许多诬陷者周围常常会出现一些不负责任的热闹，以嘈杂助长了诬陷。

就在这种情势下，皇帝释放了苏东坡，将其贬谪黄州。黄州对苏东坡的重要性，不言而喻。

三

我很喜欢读林语堂先生的《苏东坡传》，但又觉得他把苏东坡在黄州的境遇和心态写得太理想了。其实，就我所知，苏东坡在黄州还是很凄苦的，优美的诗文是一种挣扎和超越。

苏东坡在黄州的生活状态，已在他自己写给李端叔的一封信中描述得非常清楚。

信中说：

> 得罪以来，深自闭塞，扁舟草屦，放浪山水间，与樵渔杂处，往往为醉人所推骂，辄自喜渐不为人识。平生亲友，无一字见及，

有书与之亦不答，自幸庶几免矣。

我初读这段话时十分震动，因为谁都知道苏东坡这个平素乐呵呵的大名人是有很多很多朋友的。日复一日的应酬，连篇累牍的唱和，几乎成了他生活的基本内容，他一半是为朋友们活着。但是，一旦出事，朋友们不仅不来信，而且也不回信了。

他们都知道苏东坡是被冤屈的，现在事情大体已经过去，却仍然不愿意写一两句哪怕是问候起居的安慰话。苏东坡那一封封用美妙绝伦、光照中国书法史的笔墨写成的信，千辛万苦地从黄州带出去，却换不回一丁点儿友谊的信息。

我相信这些朋友都不是坏人，但正因为不是坏人，更让我深长地叹息。

总而言之，原来的世界已在身边轰然消失，于是一代名士也就混迹于樵夫渔民间不被人认识。原本这很可能换来轻松，但他又觉得远处仍有无数双眼睛注视着自己，只能在寂寞中惶恐。即使这封无关宏旨的信，他也特别注明不要给别人看。

日常生活，在家人接来之前，大多是白天睡觉，晚上一个人出去溜达；见到淡淡的土酒也喝一杯，但绝不喝多，怕醉后失言。

他真的害怕了吗？也是也不是。他怕的是麻烦，而绝不怕大义凛然地为道义、为百姓，甚至为朝廷、为皇帝捐躯。但是，他经过“乌台诗案”已经明白，一个人蒙受了诬陷，即便是死也死不出一个道理来。

你找不到慷慨陈词的目标，你抓不住从容赴死的理由。你想做个义无反顾的英雄，不知怎么一来把你打扮成了小丑；你想做个坚贞不屈的烈士，闹来闹去却成了一个深深忏悔的俘虏。

无法洗刷，无处辩解，更不知如何来提出自己的抗议，发表自己的宣言。这确实很接近柏杨先生所说的“酱缸文化”，一旦跳到里边，怎么也抹不干净。

苏东坡怕的是这个，没有哪个高品位的文化人会不怕。但他的内心仍有无畏的一面，或者说灾难使他更无畏了。

他给李常的信中说：

> 吾侪虽老且穷，而道理贯心肝，忠义填骨髓，直须谈笑于死生之际……虽怀坎懔于时，遇事有可尊主泽民者，便忘躯为之，祸福得丧，付与造物。

这么真诚的勇敢，这么洒脱的情怀，出自天真了大半辈子的苏东坡笔下，是完全可以相信的。但是，让他在何处做这篇人生道义的大文章呢？没有地方，没有机会，没有观看者，也没有裁决者，只有一个把是非曲直、忠奸善恶染成一色的大酱缸。于是，苏东坡刚刚写了上面这几句，支颐一想，又立即加一句："此信看后烧毁。"

这是一种真正精神上的孤独无告。对于一个文化人，没有比这更痛苦的了。那阕著名的《卜算子》，用极美的意境道尽了这种精神遭遇：

> 缺月挂疏桐，漏断人初静。时见幽人独往来，缥缈孤鸿影。
>
> 惊起却回头，有恨无人省。拣尽寒枝不肯栖，寂寞沙洲冷。

正是这种难言的孤独，使他彻底洗去了人生的喧闹，去寻找无言的山水，去寻找远逝的古人。在无法对话的地方寻找对话，于是对话也一定会变得异乎寻常。

像苏东坡这样的灵魂竟然寂静无声，那么，迟早会突然冒出一种宏大的奇迹，让这个世界大吃一惊。

然而，现在他即便写诗作文，也不会追求社会轰动了。他在寂寞中反省过去，觉得自己以前最大的毛病是才华外露、缺少自知之明。

他想，一段树木靠着瘿瘤取悦于人，一块石头靠着晕纹取悦于人，其实能拿来取悦于人的地方，恰恰正是它们的毛病所在，它们的正当用途绝不在这里。我苏东坡三十余年来想博得别人叫好的地方也大多是我的弱项所在。例如，从小为考科举学写政论、策论，后来更是津津乐道于历史是非、政见曲直。做了官以为自己真的很懂得这一套了，其实我又何尝懂呢？直到一下子面临死亡才知道，我是在炫耀无知。三十多年来最大的弊病，就在这里。现在终于明白了，到黄州的我是觉悟了的我，与以前的苏东坡是两个人。（参见《答李端叔书》）

苏东坡的这种自省，不是一种走向乖巧的心理调整，而是一种极其诚恳的自我剖析，目的是想找回一个真正的自己。他在无情地剥除自己身上每一点异己的成分，哪怕这些成分为他带来过官职、荣誉和名声。

他渐渐回归于清纯和空灵。在这一过程中，佛教帮了他大忙，使他习惯于淡泊和静定。艰苦的物质生活，又使他不得不亲自垦荒种地，体味着自然和生命的原始意味。

这一切，使苏东坡经历了一次整体意义上的脱胎换骨，也使他的艺术才情获得了一次蒸馏和升华。他，真正地成熟了——与古往今来许多大家一样，成熟于一场灾难之后，成熟于灭寂后的再生，成熟于穷乡僻壤，成熟于几乎没有人在他身边的时刻。

幸好，他还不年老，他在黄州期间是四十四岁至四十八岁，对一个男人来说，正是最重要的年月，今后还大有可为。中国历史上，许多人觉悟在过于苍老的暮年，刚要享用成熟所带来的恩惠，脚步却已踉跄蹒跚。与他们相比，苏东坡真是好命。

成熟是一种明亮而不刺眼的光辉，一种圆润而不腻耳的音响，一种不再需要对别人察言观色的从容，一种终于停止向周围申述求告的大气，一种不理会哄闹的微笑，一种洗刷了偏激的淡漠，一种无须声张的厚实，一种并不陡峭的高度。勃郁的豪情发过了酵，尖厉的山风收住了劲，湍急的溪流汇成了湖，结果——

引导千古杰作的前奏已经鸣响，一道神秘的天光射向黄州，《念奴娇·赤壁怀古》和《前赤壁赋》《后赤壁赋》马上就要产生。

断　裂

一

自从那场大火之后，我不知道你还活着。

燃烧是一种让人睁不开眼睛的吞噬。火焰以一种灼热而飘忽的狞笑，快速地推进着毁灭。那一刻，我这一边已经准备霎时化为灰烬，哪知有一双手伸了进来，把伤残的我救出。我正觉得万般侥幸，却怎么也没有想到，同时被救出的，还有自己的另一半。

我们已经失去弥合的接缝，因此也就失去了对于对方的奢望。有时只在收藏者密不透风的樟木箱里，记忆着那一半曾经相连的河山。

整整几百年，都是这样。

这是一个生离死别的悲剧，而悲剧的起因，却是过度的爱。

那位老人对我们的爱，已经与他的生命等量齐观。因此，在他生命结束时，也要我们陪伴。那盆越燃越旺的火，映照着他越来越冷的身体。他想用烈火，把我们与他熔成一体。结果，与历史上无数次证明的那样，因爱而毁灭、而断裂。

——以上这些话，是烧成两半的《富春山居图》的默语，却被我听到了。我先在浙江省博物馆的库房里悄悄地听，后在台北“故宫博物院”的库房里悄悄地听。一样的语调，却已经染了不同的口音。

我既然分头听到了，那就产生一种冲动，要在有生之年通过百般努力，让分开的两半，找一个什么地方聚一聚。彼此看上一眼也好，然后再各自过安静的日子。

二

那次焚画救画的事件，发生在江苏宜兴的一所吴姓大宅里，时间是一六五〇年。那地方与画有特殊缘分，现代大画家徐悲鸿、吴冠中都是从那里走出来的。

《富春山居图》在遭遇这场大难和大幸之前，已经很有经历。

明代成化年间，画家沈周曾经收藏，后遗失，流入市场，被一位樊姓收藏家购得。一五七〇年到了无锡谈恩重手里，一五九六年被书画家董其昌收藏。转来转去二三百年间，大体集中在江苏南部地区，离这幅画作者的出生地和创作地不远。但是，在被焚被救之后，流转空间猛然扩大，两半幅画就开始绕大圈子了。

两半幅画，一长一短，后长前短。长的后半段，在清代康熙年间曾被尚书王鸿绪收藏，到了乾隆年间一度落入朝鲜人安仪周之手，后来在乾隆十一年，也就是一七四六年，被一位姓傅的先生送入清宫。但是在这之前，已经有一幅同名的画作进宫了，乾隆皇帝还在上面题过词，因此就认定后来的这幅是赝品。

这又是一场由爱而起的断裂。因爱而模仿，因爱而搜求，因爱而误判，因爱而误题，结果，断裂于真伪之间。直到嘉庆年间，鉴定家胡敬等人才核定真伪。因此，乾隆皇帝至死都不明白自己上当了，让赝品堂而皇之地被悉心供奉着，让真迹在另一个拥挤的库房里暗自冷笑。

至于那前面小半段的经历，也很凄楚。一度被埋没在一堆老画的册页中，后被慧眼识别，却又被移藏得不见天日，有幸终于落到了画家吴湖帆手中。浙江省博物馆得以收藏，是时任馆长的书法家沙孟海在二十世纪五十年代诚意请吴湖帆转让的。

我认识吴湖帆晚年的弟子李先生，他在生前曾向我讲述了一段往事。那天，吴湖帆正在上海南京路的一家理发店理发，有一位古董商人寻迹而来，神秘兮兮地向他展示一件东西。才展开几寸，吴湖帆立即从理发椅上跳起身来，拉着古董商赶往他在嵩山路的家取钱。这位画家没见过《富春山居图》，但一眼扫及片断笔墨，就知道这是那另一半。尽管，这个拉着古董商人急匆匆奔走的男人，理发也只理了一半。但他，哪里等得及理完？

看到了没有，从明清两代直到现代，凡是与《富春山居图》有关的人，都有点儿疯疯癫癫。

正是这种疯疯癫癫，使作品濒临毁灭，又使作品得以延续。中国文化的最精致部分，就是这样延续的。

那是几处命悬一线的暗道，那是一些人迹罕至的险路，那是一番不计输赢的押注，那是一副不可理喻的热肠，那是一派心在天国的醉态，那是一种嗜美如命的痴狂。

这正是中国文脉艰难接续的另一种方式，因此我要在这里讲得细致一点。何况，绘画是文化的重要成员，是文学的至亲好友。文脉因有绘画和雕塑壮色，光彩夺目。

三

并不是一切优秀作品都能引发数百年的痴狂。《富春山居图》为什么有这般魔力？

这件事说来话长，牵涉到顶级艺术作品中所包含的神秘力量。

大家似乎有一种共识，认为艺术杰作的出现必须有一些良好的客观条件，例如经济的保障、官方的支持、社团的组建、典仪的热闹、社会的重视、民众的关注等。正是这些条件，组成了“文化盛世”的自诩。根据这样的自诩，宋代设立了宫廷画院，称为“翰林图画院”，由宋徽宗赵佶亲自建制并不断完善。不少民间画家被遴选为御用画师，从社会地位到创作生态，都受到充分照料。宫廷画院里也出现过一些不错的作品，但是很奇怪，没有一件能够像《富春山居图》那样引起人们的痴狂。

当宋朝终于灭亡之后，宫廷画院当然也不存在。南方的汉族画家被贬斥到了社会最底层，比之于前朝的御用画师，简直一个在天上，一个在地下。但是，正是在远离官方、远离财富、远离地位、远离人群、远离关注的困境下，《富春山居图》出现了。

当它一出现，人们就立即明白，宋朝宫廷画院所提供的一切优渥条件，对一般创作有帮助，对伟大创作是障碍。

其实，这个教训岂止于宋代。上上下下在呼唤的，包括艺术家们自己在呼唤的，往往是创作的反面力量。

诚然，宫廷画院的作品是典雅的、富贵的、严整的、豪华的、细腻的，什么都是了，只缺少“一点点”别的什么。别的什么呢？那就是，缺少了独立的自我，缺少了生命的私语，缺少了生态的纯净，缺少了精神的舒展，缺少了笔墨的洒脱。《富春山居图》正是有了这“一点点”，便产生了魔力。

说到这里，我们终于可以引出这幅画的作者黄公望了。由于他是彻底个人化的艺术家，因此他的生存特征，就比任何一个宫廷画家重要。他无帮无派，难于归类，因此也比他身后的“吴门画派”“扬州八怪”们重要。

四

说得难听一点儿，他是一个籍贯不清、姓氏不明、职场平庸，又入狱多年的人。出狱之后，也没有找到像样的职业，以卖卜为生，过着草野平民的日子。那时他的年纪已经很大，据说还没有正式开始以画家的身份画画。中国传统文化界对于一个艺术家的习惯描述，例如“家学渊源”“少年得志”“风华惊世”“仕途受嫉”“时来运转”之类，与他基本无关。因此，他至多算一个“没有任何家族资格和专业资格的流浪艺人”。

然而，在这个“流浪艺人”身上，从小就开始积贮一种貌似“脱轨”的“另类履历”。例如，他不是传说中的富阳人或松江人，而是江苏常熟人。也不姓黄，而姓陆。幼年失去父母，被族人过继给浙江温州一位黄姓老人做养子。老人自叹一句“黄公望子久矣”，于是孩子也就有了“黄公望”之名，又有了“子久”之字。这么一个错乱而又随意的开头，似乎是在提醒人们，不能用寻常眼光来看这个人。

他什么时候开始学画的？一般的说法是“晚年学画”，又把“晚年”定在五十岁左右。其实，从零星的资料看，他童年时看到过赵孟頫挥笔，自称是“雪松斋中小学生”。可见他把高层级的耳目启蒙，哪怕只是趴在几案边的稚嫩好奇，当作自己艺术学历的第一课。他在青年、中年时有没有画过？回答是肯定的，而且画得不错。按照画家恽南田的说法，他的笔下“法兼众美”，也就是涉猎了画坛上各种不同的风格。可惜，他的这些画稿我们没能看到。

那时，他一直担任着官衙里的笔墨助理，称作“书吏”“掾吏”，或别的什么“吏”。那是一种无聊而又黯淡的谋生职业，即使有业余爱好也引不起太大注意。入狱，是受到他顶头上司张闾的案件牵连，那就在无聊、黯淡中增添了凶险。

在漫长的牢狱生活中他曾写诗给外面的朋友，那些诗没有留下来，但我们却发现了其中一个朋友回赠他的一首诗，其中两句是："世故无涯方扰扰，人生如梦竟昏昏。"（杨载《次韵黄子久狱中见赠》）从中可以推测他的原诗、他的心情。

但是，他没有在"扰扰""昏昏"中沉没，出狱后他皈依了道教中的全真教，信奉的教义是"忍耻含垢、苦己利人"。

到这个时候，他的谋生空间已经很小，而精神空间却反而很大。这就具备了成就一个大艺术家的可能。相反，一个人如果谋生空间很大，而精神空间很小，那就与大艺术家远离了。

五

有人曾经这样描述黄公望：

> 身有百世之忧，家无担石之乐。盖其侠似燕赵剑客，其达似晋宋酒徒。至于风雨塞门，呻吟槃礴，欲援笔而著书，又将为齐鲁之学，此岂寻常画史也哉。（戴表元《黄公望像赞》）

忧思、侠气、博学、贫困、好酒。在当时能看到他的人们眼中，这个贫困的酒徒似乎还有点儿精神病。

在一些片断记载中，我们能够约略知道黄公望当时在乡人口中的形象。例如，有人说他喜欢整天坐在荒山乱石的树竹丛中，那意态，像是刚来或即走，但他明明安坐着，真不知道他要干什么。有时，他又会到海边看狂浪，即使风雨大作，浑身湿透，也毫不在乎。

我想，只有真正懂艺术的人才知道他要什么。很可惜，他身边缺少这样的人。即使与他走得比较近的那几个，回忆起来也大多说酒，而且酒、酒、酒，说个没完。

晚年他回到老家常熟住，被乡亲们记住了他奇怪的生活方式。例如，他每天要打一瓦瓶酒，仰卧在湖边石梁上，看着对面的青山一口口喝。喝完，就把瓦瓶丢在一边。时间一长，日积月累，堆起高高一摞。

更有趣的情景是，每当月夜，他会乘一艘小船从西城门出发，顺着山麓到湖边。他的小船后面，系着一根绳子，绳子上挂着一个酒瓶，拖在水里跟着船走。走了一大圈，到了“齐女墓”附近，他想喝酒了，便牵绳取瓶。没想到绳子已断，酒瓶已失，他就拍手大笑。周围的乡亲不知这月夜山麓何来这么响亮的笑声，都以为是神仙降临。

为什么要把酒瓶拖在船后面的水里？是为了冷却，还是为了在运动状态中提升酒的口味，就像西方调酒师甩弄酒瓶那样？这似乎是他私属的秘方：把酒喝到口里之前，先在水里转悠一下。没想到那天晚上，水收纳了酒，因此他就大笑了。

夜、月、船、水、酒、笑，一切都发生在“齐女墓”附近。这又是一座什么样的坟茔？齐女是谁？现在还有遗迹吗？

黄公望就这样在酒中、笑中、画中、山水中，活了很久。他是八十五岁去世的，据记述，在去世前他看上去还很年轻。对于他的死，有一种很神奇的传说。李日华《紫桃轩杂缀》有记：

> 一日于武林虎跑，方同数客立石上，忽四山云雾，拥溢郁勃，片时竟不见子久，以为仙去。

难道他就是这样结束生命的？但我想也有可能，老人想与客人开一个玩笑，借着浓雾离开了。他到底是怎么离世的，大家其实并不知道。

六

黄公望不必让大家知道他是怎么离世的，因为他已经把自己转换成了一种强大的生命形式——《富春山居图》。

其实，当我们了解了他的大致生平，也就更能读懂那幅画。

人间的一切都洗净了，只剩下了自然山水。对于自然山水的险峻、奇峭、繁叠也都洗净了，只剩下平顺、寻常、简洁。但是，对于这么干净的自然山水，他也不尚写实，而是开掘笔墨本身的独立功能，也就是收纳和消解了各种模拟物象的具体手法，如皴、擦、点、染，只让笔墨自足自为、无所不能。

这是一个沉浸于自然山水间的画家，在自然山水中求得精神解放。这种被解放的自然山水，就是当时孤寂文人的精神痕迹。因此，正是在黄公望手上，山水画成了文人画的代表，并引领了文人画。结果，又引领了整个画坛。

没有任何要成为里程碑的企图，却真正成了里程碑。

不是出现在“文化盛世”，而是元代。短暂的元代，铁蹄声声的元代，脱离了中国主流文化规范的元代。这正像中国传统戏剧的最高峰元杂剧，也出现在那个时代；被视为古代工艺文物珍宝的青花瓷，还是出现在那个时代。

相比之下，“文化盛世”往往反倒缺少文化里程碑，这是“文化盛世”的悲哀。

里程碑自己也有悲哀。那就是在它之后的“里程”，很可能是一种倒退。例如，以黄公望为代表的“元人意气”，延续最好的莫过于明代的“吴门画派”，但仔细一看，虽然都回荡着书卷气，书卷气背后的气质却变了。简单说来，元人重“骨气”，而吴门重“才气”，毕竟低了好几个等级。

又如，清代“四僧”画家对于黄公望和吴门画派的传统也有继承，在绘画史上达到了很高的水准。他们很懂黄公望，为什么以荒寒替代富贵、以天真替代严密、以水墨替代金碧，但在精神的独立、人格的自由上，他们离黄公望还有一段距离。

例如“四僧”的杰出代表者八大山人朱耷，就多多少少误读了黄公望。他把黄公望看作了自己，以为在山水画中也寄托着遗世之怨、亡国之恨，因此他说《富春山居图》中的山水全是“宋朝山水”。显然，黄公望并没有这种政治意识。政治意识对艺术来说，是一种似高实低的东西。朱耷看低了黄公望，强加给了他一个“伪主题”。

由此可知，即便在后代相同派别的杰出画家中，黄公望也是孤立的。孤立地标志在历史上，那就是里程碑。

里程碑连接历史，但对前前后后又都是一种断裂。

任何深刻的连接都隐藏着断裂，而且，大多是爱的断裂，而不是恨的断裂。

在人类历史上，除了那些大师涌集的极盛时期，绝大多数文化杰作和杰出人物，与前后左右都会产生断裂。这种断裂，是一种绝不拖泥带水的超越。而且，也只有这种断裂，才能与下一个真正的杰作和杰出人物呼应起来。高峰只有不与脚下的丘壑混同，才能与前后的高峰相互辨认。这就是文脉的连接规则。

七

黄公望被断裂，因此，《富春山居图》的断裂成了一个象征。想到他似灵似仙的行迹，免不了怀疑：那天被焚被救，是不是他自己在九天之上的幽默安排？

艺术世界的至高部位，总是充满神秘。企图显释者，必得曲解。只有放弃刻板的世俗思维和学术思维，才能踏进艺术之门。

由于我和一些朋友的多年推动，三天后，《富春山居图》的两半就要在台北合展了。这是那场大火后数百年来的首次重逢，稍稍一想就有一种悲喜交集的鼻酸。明天我会就此事向台湾的朋友做半天演讲，据说报名的听众已经爆满。现在夜深人静，闭眼都是那幅画的悠悠笔触。于是，起身扭亮旅舍的台灯，写下以上文字。一看日历，今天是二〇一一年五月二十七日。

生命宣言

王阳明的影响力之大，令人吃惊。

他有很多学生，后来还分成了不同的学派，其中有几位还颇为出名。这种情况，在其他大学者中还能约略找到几个。但是，下面的情况，只能属于他一个人了——

明代灭亡后，不止一个智者说过：如果王阳明还在，这个朝代就不会这样了。

日本著名将军东乡平八郎并不是学者，却写了一条终身崇拜王阳明的腰带，天天系在身上。

蒋介石撤退到台湾，前思后想，把原来的草山改名为阳明山。

王阳明是我家乡余姚人，当地恭敬地重修了王阳明故居，建立了王阳明纪念馆。但是，全国凡是他活动过的地方，都在隆重纪念，而且发起了一次次“联动纪念”。

…………

——这种盛况，完全超出了人们的正常想象。前不久我在电视上看到贵州对他的纪念典礼，参加人数之多，延续时间之长，仪式规模之大，让我瞠目结舌。

当然，他是明代一位杰出的哲学家，但中国绝大多数民众历来对哲学家兴趣不大。事实上，除他之外也没有另外一位哲学家享此殊荣，包括远比他更经典、更重要的老子在内。很多朋友出于对他的这种巨大影响力的好奇，去钻研一部部《中国哲学史》，仍然没有找到原因。

在哲学史上，他并不是横空出世的孤峰。他的一些基本观念，并非首创，例如比他早三百多年的陆九渊也曾有过深刻的论述。在宋明理学的整体流域中，还有周敦颐、张载、程颢、程颐、朱熹、薛瑄、胡居仁、陈献章等一座座夺目的航标。总之，如果纯粹以哲学家的身份来衡量王阳明，他就不会像现在这样耀眼。

而且，按照学术惯例，要安顿这样一个哲学家，一定还会发现他在某些理论范畴如心、理、意、物、事、无、本等概念上的不周全。读者如果陷入相关的讨论，很快就会头昏脑涨。在头昏脑涨中，还怎么来崇拜他呢？

因此，王阳明产生如此巨大的影响，一定还有超越哲学史的原因。

有些历史学家认为，他善于打仗，江西平叛，却又频遭冤屈，这个经历提高了他的知名度。

当然，这些都很重要，也很不容易，但细算起来，他打的仗并不太大，他受的冤屈也不算太重。而且这些事情还不像歼灭外寇、勇抗巨奸那样简明通俗，容易让朝野激动。

我认为，王阳明的最大魅力，在于把自己的哲思和经历，变成了一个生命宣言。这个生命宣言的主旨，是做一个有良知的行动者。

一般说来，多数君子并不是行动者，多数行动者不在乎良知。这两种偏侧，中国人早已看惯，却又无可奈何。突然有人断言，一个人的生命可以克服这两种偏侧，达到两相完满，这就不能不让大家精神一振了。

而且，他提出的行动是重大行动，他提出的良知是普遍良知，两方面都巍然挺拔。他自己，又是一个重量级的学者兼重量级的将军，使这种断言具有了“现身说法”的雄辩之力。

不仅如此，他还以一个哲学家的分析能力和概括能力，把这种断言付之于简洁明了的表达。于是，“断言”也就变成了“宣言”。

这既不是哲学宣言，也不是军事宣言，而是有关如何做人的宣言，也就是人生宣言。这样的人生宣言在历史上很少出现，当然会对天下君子产生巨大的吸引力。

在王阳明看来，一个有良知的行动者，已经不是一般的君子，而是叩开了圣人之门。因此，这个宣言也就成了入圣的宣言。这一点，对一切成功或失败的大人物，也都形成了强大的磁铁效应。

至此，我可能已经实现了自己的一个心愿，那就是解析王阳明产生巨大影响的主要原因。

接下来，就要具体论述他的人生宣言了。

一共只有三条。

第一条："心即是理"。

不管哲学研究者们怎么分析，我们从人生宣言的层面，对这四个字有更广泛的理解。

天下一切大道理，只有经过我们的心，发自我们的心，依凭我们的心，才站得住。无法由人心来感受、来意会、来接受的"理"，都不是真正的理，不应该存在。因此王阳明说，"心外无理"，"心即是理"，理是心的"条理"。

这一来，一切传统的、刻板的、空泛的、强加的大道理都失去了权威地位，它们之中若有一些片段要想存活，那就必须经过心的测验和认领。

王阳明并不反对人类社会需要普遍道德法则，但是这种普遍道德法则太容易被统治者、权势者歪曲、改写、裁切了。即使保持了一些经典话语，也容易因他们而僵化、衰老、朽残。因此，他把道德法则引向内心，成为内在法则，让心尺来衡量，让心筛来过滤，让心防来剔除，让心泉来灌溉。对理是这样，对事也是这样。

他所说的"心"，既是个人之心，也是众人之心。他认为由天下之心所捧持的理，才是天理。

有人一定会说，把一切归于一心，是不是把世界缩小了？其实，这恰恰是把人心大大开拓了。把天理大道、万事万物都装进心里，这就出现了一个无所不能、无远弗届的伟大圣人的心襟。

试想，如果理在心外，人们要逐一领教物理、学理、地理、生理、兵理、文理，在短短一生中，那又怎么轮得过来，怎么能成为王阳明这样没有进过任何专业学校却能事事精通的全才？

在江西平叛时，那么多军情、地形、火器、补给、车马、船载等专业需求日夜涌来，而兵法、韬略、舆情、朝规、军令又必须时时取用，他只有把内心当作一个无限量的仓库，才能应付裕如。查什么书？问什么人？都来不及，也没有用，唯一的办法，从心里找活路。

于是，像奇迹一般，百理皆通，全盘皆活。百理在何处相通？在心间。

由此可见，“心即是理”是一个极为重要的人生宣言。

依凭着这样的人生宣言，我们看到，一批批“有心人”离开了空洞的教条，去从事一些让自己和他人都能“入心”的事情。

第二条：“致良知”。

心，为什么能够成为百理万事的出发点？因为它埋藏着良知。

良知，是人之为人与生俱来的道德意识，不学、不虑就已存在。良知主要表现为一种直觉的是非判断和由此产生的好恶之心。

王阳明还认为，他所说的良知很大，没有时空限制。他说——

> 自圣人以至凡人，自一人之心以达四海之远，自千古之前以至于万代之后，无所不同。是良知也者，是所谓天下之大本也。（《书朱守谐卷》）

把超越时空、超越不同人群的道德原则，看成是“天下之大本”，这很符合康德和世界上很多高层思想家的论断。所不同的是，“良知”的学说包含着“与生俱来”的性质，因此也是对人性的最高肯定。

良知藏在心底，“天下之大本”藏在心底，而且藏在一切人的心底，藏在“自圣人以至凡人”的心底。这种思维高度，让我们产生三种乐观：一是对人类整体的乐观，二是对道德原则的乐观，三是对个人心力的乐观。

把这三种乐观连在一起，也就形成了以个人之心来普及天下良知的信心。

把“致良知”作为目标的君子，遇到困难就不会怨天尤人，而只会觉得自己致良知的功夫尚未达到，才会出现种种负面现象。负面越大，责任越重。这样，他一定是一个因善良而乐观，为善良而负责的人。

在这个问题上，王阳明曾经在天泉桥上概括了四句话：

> 无善无恶心之体，有善有恶意之动。
> 知善知恶是良知，为善去恶是格物。

从浑然无染的本体出发，进入“有善有恶”“知善知恶”的人生，然后就要凭着良知来规范事物（格物）了，这就必须让自己成为一个行动者。于是，有了人生宣言的第三条。

第三条：“知行合一”。

与一般君子不同，王阳明完全不讨论“知”和“行”谁先谁后、谁重谁轻、谁主谁次、谁本谁末的问题，而只是一个劲儿呼吁：行动，行动，行动！

他认为，“知”和“行”并不存在彼此独立的关系，而是两者本为一体，不可割裂。他说，“知是行之始，行是知之成”，“未有知而不能行者，知而不行只是未知”。

对这个判断，我需要略做解释。

“未有知而不能行者。”我们在日常工作中总是说：“我知道事情该那样办，但是行不通。”王阳明说，既然行不通，就证明你不知道事情该怎么办。因此，在王阳明那儿，能不能行得通，是判断“知否”的基本标准。他本人在似乎完全办不到的情况下办成了那么多事，就是不受预定的“知”所束缚，只把眼睛盯住“行”的前沿，“行”的状态。他认为，“行”是唯一的发言者。

王阳明不仅没有给那些不准备付之于行的“知”留出空间，而且也没有给那些在“行”之前过于扬扬自得的“知”让出地位。这让我们颇感痛快，因为平日见到的大言不惭的策划、顾问、研讨、方案实在太多，见到的慷慨激昂的会议、报告、演讲、文件更多得无可计算。有的官员也在批评“文山会海”、“空谈误国”，但批评仍然是以会议的方式进行的，会议中讨论空谈之过，使空谈又增加了一成。

其实大家也在心中暗想：既然你们“知”之甚多，为何不能“行”之一二？王阳明先生让大家明白，他们无行，只因为他们无知；他们未行，只因为他们未知。

为此，我曾斩钉截铁地告诫学生：千万不要听那些“文艺评论家”的片言只语。转头我又会质询那些“文艺评论家”，你们从来连一篇小说也没有写过，连一篇散文也没有写过，连一首诗也没有写过，何以来谈论如何创作？如果你们还想问津文艺，那就动手吧，先创作几句短诗也好。

一定有人怀疑：重在行动，那么由谁指引？前面说了，由内心指引，由良知指引。这内心，足以包罗世界，这良知，足以接通天下。因此，完全可以放手行动，不必丝毫犹豫。

说了这三点，我们是否已经大致了解一个有良知的行动者的生命宣言？与一般的哲学观点不同，这三点，都有一个明确的主体：我的内心、我的良知、我的行动。这个稳定的主体，就组合成了一个中心课题：我该如何度过人生？这个课题，当然能吸引一切人。王阳明既提出了问题，又提供了答案，不能不让人心动。

因此，王阳明的影响力，还会延续百年、千年。

虽然意蕴丰厚，但王阳明的词句却是那么简洁："心即是理""致良知""知行合一"，一共才十一个汉字。

三剑客

明清两代长达五百四十多年，中国文化在整体上走了一条下行的路，文化气氛一直比较郁闷。

在郁闷的气氛下，文化人格的整体水平会急剧下降，不少文化人会沦为犬儒、文痞、文渣，多数文化人会成为得过且过、装模作样、吟风弄月的平庸雅士。但是，越是在这样的情况下，又越能出现一种特别闪亮的人格典型。这有点像伦勃朗的油画，背景越黑，人物形象越是鲜明。

回想在明清两代之前，那些在屠刀边上的魏晋名士，那些在安史之乱中的唐代诗人，那些在南宋战火中的不屈灵魂，全都敢于站在生死血泊前高声咏唱，而且都一唱而成为千年大家。正是这种集体人格的奇迹，让我一次次为中国文化自豪。

现在，我又忍不住要介绍在郁闷时代三个非常了不起的典型了，我先不说他们的名字，只说他们的几个共同特征。

第一，他们都对中国社会和历史作出了特别深刻的反思；

第二，他们都在改朝换代之际亲自参与了实际战斗；

第三，他们都是博通古今的顶级大学者，成为后世学术的开启者；

第四，他们“读万卷书，行万里路”，长期奔波在山川大地之间。

这四个特征，拥有其中一项就极不容易，要四项俱备，那实在是凤毛麟角了。但是，在中国的十七世纪，居然同时出现了三位，这实在会让古今中外都叹为观止。

更特别的是，他们彼此的年龄十分接近，相差不超过十岁。

相同的年龄使他们遇到了相同的历史悖论。大明王朝已经气息奄奄，而造成这个结果的祸根，却是远远超越明朝的千年弊病。因此，几乎同时，他们拔出了佩在腰间的精神长剑。

这实在是出现在中国文化黄昏地平线上的“三剑客”，斗篷飘飘，拂动着万里天光。

现在我可以公布他们的名字了。那就是：黄宗羲、顾炎武、王夫之。社会上对他们还有一些习惯称呼，黄宗羲又叫黄梨洲，顾炎武又叫顾亭林，王夫之又叫王船山。

先说黄宗羲，因为他稍稍年长一点，比顾炎武大三岁，比王夫之大九岁。

黄宗羲不到二十岁就已经名震朝野，不是因为科举诗文，而是因为他在北京公堂上的一个暴力行动。或者说，一个复仇行动。

原来，在黄宗羲十七岁那年，他父亲黄尊素被朝廷中的魏忠贤奸党所害，死得很惨，他祖父就在他经常出入的地方写下莫忘勾践的句子贴在那里，提醒他不能忘了复仇。第二年，冤案平反，奸党受审，黄宗羲来到刑部的会审现场，拿出藏在身上的锥子，向着罪大恶极的官吏许纯显、崔应元等猛刺，血流满地。这个情景把在场的审判官员都吓坏了，但他们并没有立即阻止，可见那些被刺的官吏实在是朝野共愤。而那个首先被刺的许纯显，还是万历皇后的外甥。当堂行刺之后，黄宗羲连那些直接对父亲施虐的狱卒也没有放过。做完这些事情，他又召集其他当年屈死忠魂的子女，举行祭奠父辈的仪式。凄厉的哭声传入宫廷，把皇帝都感动了。

据历史记载，这件事情之后，“姚江黄孝子之名震天下”。为什么说是“姚江黄孝子”呢？因为，他也与王阳明先生一样，都来自我小小的家乡余姚。

家乡的地理位置，证明他是一个典型的“江南文人”。但是，他在北京朝堂之上的举动，太不符人们对“江南文人”的印象了。这似乎应该是“燕赵猛士”“关西大汉”“齐鲁英豪”所做的事，但做得最透彻的却是他。大家还记得他祖父贴在墙上的字吗，要他莫忘勾践，而勾践，恰恰让那一带成了历史上最经典的“报仇雪恨之乡”。因此，大家实在应该改变一下传统印象。

黄宗羲并没有停留在为父报仇的义举上，后来还曾亲身参加过反清战斗。面对浩荡南下的清军，他曾与两个弟弟一起，毁弃家产，集合了家乡子弟六百余人组成义军，与其他反清武装一起战斗，黄宗羲还指挥过“火攻营”。兵败后率残部五百余人进入四明山，后又失败，遭到通缉。直到南明政权覆亡，黄宗羲才转向著作和讲学。

黄宗羲的讲学活动，从五十四岁一直延续到七十岁，他创建了赫赫有名的浙东学派，一反学术文化界流行的空谈学风，主张“经世致用”，培养出了一大批在经学、史学、文学，以及天文、地理、六书、九章等领域的大学者。我曾在《姚江文化史》的序言中写道，从王阳明到黄宗羲，再到黄宗羲的学生万斯同、全祖望、邵晋涵、章学诚等一代大师，当时小小姚江所承载的文化浓度，已经超过了黄河、长江。

他的学说，严厉批判君主专制体制是天下唯一之大害，是世人之“寇仇”，主张以“天下之法”来代替。为了证明自己的观点，他还重新梳理了宋、元、明三代的思想文化流脉，学术精深，气魄宏伟。这还不算，在七十岁之后，他停止讲学，专门著书立说。结果，他毕生的著作可谓经天纬地。例如大家都知道的《明夷待访录》《明儒学案》《宋元学案》《明文案》《雷南文案》《今水经》《勾股图说》《测圆要义》等，后面三种，已属于自然科学著作。总计起来，他的著作多达一千三百多卷，两千万字以上。如果用当时木刻版的线装本一函一函地叠放在一起，简直是一个庞大的著作林。很难想象，这是由一个单独的生命完成的。

这么一位大学者，引起了康熙皇帝的重视。康熙皇帝当然知道他曾经组织武装反清，还遭到通缉，但康熙皇帝毕竟是康熙皇帝，只看重他作为大学者的身份，以及他背后的汉文化，完全不在乎他与朝廷对立的往事。康熙皇帝搜集黄宗羲的著作，读得很认真。

黄宗羲作为中国文化的顶级代表，一直活到八十五岁高龄。这在当时，算是罕见的长寿了。就在临死前四天，他给自己的孙女婿写了一段告别人世、迎接死亡的话，很有趣味。我发现别的书里很少提及，就把它翻译成了现代白话。黄宗羲说——

> 总之，可以死了。
>
> 第一，年龄到了，可以死了。
>
> 第二，回顾一生，说不上什么大善，却也没有劣迹，因此，可以死了。
>
> 第三，面对前辈，当然还可以做点什么，却也没有任何抱歉，因此，可以死了。
>
> 第四，一生著作，虽然不一定每本都会流传，却也不在任何古代名家之下，因此，可以死了。

有了这四个“可以死了”的理由，死，也就不苦了。

可见，他在生命的最后时刻，思维还非常清晰，并由清晰走向了超脱。一个八十五岁的老人能亲笔留下这么一篇自我了断的文字，实在让人羡慕。

他说自己一生的著作不在任何古代名家之下，好像口气有点大，但仔细一想，历史上有哪几位古代学者既拥有如此浩大的著作量又全都达到高峰的呢？可以一比的，是两位“司马”，也就是司马迁和司马光。他们两位在历史学上的整体地位高于黄宗羲，但是，黄宗羲对历史的横向断代分析和纵向专题分析，却并不输于他们。

黄宗羲在临终前悄悄告诉孙辈的这段话，不想发表，只是默默自语。这情景，在我看来就像一座寂寞的孤峰向身边的一朵白云轻声笑了一下。他自信，山坡可以更换季节，但高度不会失去。

“三剑客”的第二名顾炎武，是江苏昆山人。昆山本来有一个亭林湖，所以大家都尊称他为亭林先生。现在昆山有一个亭林公园，那就完全是纪念他的了。他具体的家乡，在昆山一个叫“千灯”的地方。千灯，似乎是在一片黑夜中的遍地星斗，这是多么有诗意的地名。那里有他的故居和坟墓，大家旅行时如果到了昆山、苏州、周庄，可以弯过去看一看。

顾炎武对黄宗羲评价很高，他在读完黄宗羲的《明夷待访录》后曾写信给黄宗羲，说您的书我读之再三，才知道天下并非无人，才知道中国可以在历朝的阴影中复兴。他又告诉黄宗羲，自己著了《日知录》一书，其中观点，与您不谋而合的至少有六七成。

顾炎武虽然那么高地评价了黄宗羲，但在我看来，他却有三方面超越了黄宗羲。

第一方面，他在信中提到的《日知录》，在中国知识界影响极大。书中所说的几个字“天下兴亡，匹夫有责”，在中国的文化界人人皆知，并在民间广泛传扬，简直可以与孔子、孟子的格言等量齐观。相比之下包括黄宗羲在内的其他学者，都没有留下这种感染全社会、激励普天下的格言、警句。

第二方面，他在《日知录》《天下郡国利病书》《肇域志》《音学五书》《韵补正》等著作中，对历史、典制、政治、哲学、文学、天文、地理、经济、军事等各方面的创见，全都言必有据、疏通源流、朴实无华，成为后来乾嘉学者建立考据学的源头。乾嘉考据学也就是“朴学”，使中国历史文化受到了一次大规模的清理、纠错、疏通，功劳很大，而顾炎武应荣居首位，理所当然地受到后代一批批饱学之士的虔诚敬仰。

第三方面，他的路，比黄宗羲走得更远。他化了名，带着两匹马、两匹骡，驮着一些书籍，走遍了山东、河北、山西、陕西、甘肃等地。一边寻找自己未读之书，一边考察山川地理、风土人情。他还特意考察了山海关、居庸关、古北口、昌黎、蓟州等战略要地，询问退休的老兵，探索宋代以来的兵阵结构以及败亡的原因。这也是当时其他优秀知识分子所未曾做到的。

与黄宗羲一样，顾炎武早年有抗清的背景。家乡昆山在抗清时，死难四万余人。顾炎武的两个弟弟被杀，生母重伤，养母绝食而死。顾炎武一直与反清武装保持着秘密联系，因此遭人告发，被拘留，被击伤。直到目睹反清无望，才投身于旅行考察和学术研究。

我本人对顾炎武最为迷醉的，是他在长途苦旅时的生命状态。他骑在马背上，一直将沿途所见所闻对比着古代经典。他记性好，很多经典都能默诵出来。有时几句话忘了，就下马，从那匹骡子驮着的书袋中找到原文来核查。这种在山川半道上核查书籍的情景，令我十分神往。他有一句诗，很早就打动我的心，叫作“常将汉书挂牛角”。把一部《汉书》挂在牛角上，这牛也就成了一个移动图书馆，这人也就成了一个没有终点的旅行者。那么，此时此刻的中国文化，正与一个伟大灵魂一起，在山川间流浪。

记得二十年前香港凤凰卫视的台长王纪言先生找到我，希望由我任嘉宾主持，来考察世界各大古文明遗址。我要面对一个个陌生的遗址，天天在镜头前讲述。王台长说，我们准备在国内为你设立一个由一群博士生组成的资料秘书组，每天通过网络电信传送你所需要的当地材料。我立即拒绝了，说“最重要的是现场发现”。

我在说这话的时候，想到的就是顾炎武，他身后也没有秘书班子。他不是用书来证明路，而是让路来反证书。我因为走到了全世界最荒昧的地区，更是无书可寻，因此，只要有人问我书和路的关系，我总是说没有关系，因为我的路，就是我的书。

顾炎武最后在山西曲沃骑马时失足坠地而结束生命。这真是一个毕生的旅行者，连死都死在半路，死在马下。

我去昆山的顾炎武故居，总会默默地念叨，这正是你万里行途天天思念的地方，但是，你已命定，只能把人生的句点，画在遥远的半路上。我在他的故居里突然想起了他的那句名言，“天下兴亡，匹夫有责”，也就顺着感叹一句：“天下无涯，匹夫有家。”

“三剑客”的第三名王夫之是湖南衡阳人。他与黄宗羲、顾炎武一样，一直在改朝换代之际寻找着抗清复明的机会，屡屡碰壁，满心郁愤。他一次次长途奔走，例如在酷暑中到湘阴，调解反清武装力量内部的矛盾，后来又向辰溪、沅陵一带出发，试图参加反清队伍，只不过没走通。他甚至在清政权建立后参加过“衡山起义”，溃败而脱逃。后来，他看到反清复明已经无望，而反清的队伍内部又矛盾重重，就改名换衣，自称瑶人，独自讲学和著作。

王夫之对社会历史的批判，与黄宗羲、顾炎武很接近，例如他提出：“一姓之兴亡，私也；而生民之生死，公也。”因此要论天下，“必循天下之公”，这也同样是对专制君主制提出了明确否定。在批判儒家的理学和心学上，他可能比黄宗羲和顾炎武更彻底。

但是，我的这篇文章已经写得太长了，大大突破了原先只想写一篇短文的计划。因此只能委屈这第三位剑客，点到为止了。以后再专门写写他，特别是他关于“气”高于“理”的观点，就深合我意，能写出一篇长文来。

王夫之遇到的致命障碍，也与“三剑客”里的其他两位一样。

第一，他们为社会看病、把脉，把病情说得很准，但找不到医病的药方。他们也开了一些药方，却不知道药从哪里找、怎么配、怎么吃。

第二，他们承担了启蒙的责任，但找不到真正的“被启蒙者”。他们也有不少读者，但与全社会的整体启蒙，还有漫长的距离。

前不久，王夫之的家乡湖南衡阳，要建造一幢高大壮丽的楼宇来纪念他，当地很多文人学者选来选去，选中我为“夫之楼”题名。我在接到邀请的三天之内，就写了“夫之楼”三字送去。很快就有照片传来，夫之楼确实造得非常雄伟，中间牌匾上刻着的，正是我的那三个字。这也就让我表达了对这位杰出思想家三百五十年后的崇拜。

我由夫之楼产生一个小小的联想，山西和陕西的朋友，能不能再考证一下，找到顾炎武跌马而亡的地方，为他立一个塑像？塑像上，可以刻下他的名言“天下兴亡，匹夫有责”。他因为胸怀天下，才远离故乡死在这里。

记得在欧洲，但丁的家乡佛罗伦萨一直想把但丁的墓从他的逝世地迁回。逝世地在哪里？在佛罗伦萨东北部的城市拉文纳。但是，拉文纳坚决不同意把但丁墓迁走，只允许故乡佛罗伦萨在墓前点一盏长明灯，灯油由佛罗伦萨提供，来表示故乡对于没有留住这位大师的抱歉。因此我建议，只要是中国文化第一流巨人留下脚印的地方，都应该用一种纪念性的物象让人敬仰，这样他们的漫漫苦旅也就变成中国文化的一线景观。

在这“三剑客”之后，中国的精神思想领域，就很难找到这样的血性男儿了。在他们身后，清代出现过“康乾盛世”，后来又必然地陷入了衰世。但是，即便是那个“盛世”，也不是他们愿意看到的模样。“文字狱”变本加厉，言论自由被全面扼杀，再有学问的文人学士，也只能投身在考据学中整理古籍，或者参与国家级的“文化盛典”《古今图书集成》《四库全书》的编修。这种文化工程当然也很有意义，但在整体文化走向上，已陷入“以保守取代创新”“以国粹对峙世界”的迷途。结果，在“三剑客”相继谢世的一个半世纪之后，整个中华民族和中国文化，几乎遭受了灭顶之灾。直到以鸦片战争为标志的千年败局终于横亘在眼前的时候，我想，九天之上的历历英魂都在悲呼长啸。“三剑客”身上的佩剑还未生锈，佩剑边上的披风还在翻卷。

“三剑客”的余风，投射到这场历史性灾难的前后，就出现了一些新的名字，例如龚自珍、林则徐、魏源。他们的诗句和著作振聋发聩，甚至对日本的明治维新也起到了推动作用，但在中国朝野，基本上没有接受他们。他们苍凉的呼吁，飘散在混乱的枪炮声中。

再过半个世纪，人们才又关注到精神思想领域的另一些响亮名字，那就是康有为、梁启超、谭嗣同、严复、章太炎、孙中山、陈独秀、胡适、鲁迅。这是一群新的文化剑客，他们拼尽全力，要把中国拔离出陈腐、专制的老路。他们秉持独立而又自由的思想人格，焕发着纵横天下的壮士之风，今天想来还由衷敬佩。

两位大学者

从十九世纪晚期到二十世纪前期，中国文化在濒临灭亡中经历了一次生死选择。在这过程中，两位学者起到了至关重要的作用。

他们是中国文化在当时的最高代表。他们对传统文化的精熟程度和研究深度，甚至超过了唐、宋、元、明、清的绝大多数高层学者。因此，他们有一千个理由选择保守，坚持复古，呼唤国粹，崇拜遗产，抗拒变革，反对创新，抵制西学。他们这样做，即使做得再极端，也具有天经地义的资格。

但是，奇怪的是，他们没有做这样的选择。甚至，做了相反的选择。正因为这样，在痛苦的历史转型期，传统文化没有成为一种强大的阻力。这是一件非常了不起的大事，仅仅因为两个人，一场文化恶战并没有发生。局部有一些冲突，也形不成气候，因为“主帅中的主帅”，没有站到敌对营垒。

这两人是谁？

一是章太炎，二是王国维，都是我们浙江人。

仅凭这一点，浙江的文化贡献非同小可。后来浙江也出了一批名气很大的文化人，但是即使加在一起，也比不上章太炎或王国维的一个转身。他们两人深褐色的衣带，没有成为捆绑遗产的锦索，把中国传统文化送上豪华的绝路。他们的衣带飘扬起来，飘到了新世纪的天宇。

我曾经说过，在黄宗羲、顾炎武、王夫之这组杰出的“文化三剑客”之后，清代曾出现过规模不小的“学术智能大荟萃”。一大串不亚于人类文明史上任何学术团体的渊博学者的名字相继出现，例如戴震、江永、惠栋、钱大昕、段玉裁、王念孙、王引之、汪中、阮元、朱彝尊、黄丕烈等。他们每个人的学问，几乎都带有历史归结性。这种大荟萃，在乾隆、嘉庆年间更是发达，因此有了“乾嘉学派”的说法。但是，由于清代极其严苛的政治禁忌，这么多智慧的头脑只能通过各种艰难的途径来搜集、汇勘、校正古代经典，并从音韵学、文学学上进行最为精准的重新读解。乾嘉学派分吴派和皖派，皖派传承人俞樾的最优秀弟子就是章太炎。随着学术群星的相继陨落，章太炎成了清代这次“学术智能大荟萃”的正宗传人，又自然成了精通中国传统文化的最高代表和最后代表。

但是，最惊人的事情发生了。这个古典得不能再古典、传统得不能再传统、国学得不能再国学的世纪大师，居然是一个最勇敢、最彻底的革命者！他连张之洞提倡的“中学为体，西学为用”方案也不同意，反对改良，反对折中，反对妥协，并为此而“七被追捕，三入牢狱，而革命之志终不屈挠者，并世亦无第二人”（鲁迅语）。

“并世亦无第二人”，既表明是第一，又表明是唯一。请注意，这个在革命之志上的“并世亦无第二人”，恰恰又是在学术深度上的“并世亦无第二人”。两个第一，两个唯一，就这样神奇地合在一起了。

凭着章太炎，我们可以回答现在社会上那些喧嚣不已的复古势力了。他们说，辛亥革命中断了中国文脉，因此对不起中国传统文化。章太炎的结论正好相反：辛亥革命，是中国传统文化的自我选择。在他看来，除了脱胎换骨的根本变革，中国文化已经没有出路。

再说说王国维。他在政治上相当保守，甚至固守保皇立场，但在文化上却非常开通。我看重的，就是文化。他比章太炎小九岁，而在文化成就上，却超过了章太炎。如果说，章太炎掌控着一座伟大的文化庄园，那么王国维却在庄园周边开拓着一片片全新的领土，而且每一项开拓都前无古人。例如，他写出了第一部真正意义上的中国戏剧史，对甲骨文、西北史地、古音、训诂、《红楼梦》的研究都达到了划时代的高度。而且，他在研究中运用的重要思想资源，居然有很大一部分来自德国哲学家叔本华和康德。由于他，中国文化界领略了“直觉思维”，了解了“生命意志”。他始终处于一种国际等级的创造状态，发挥着“独立之精神，自由之思想”。他后来的自杀，正反映出二十世纪的中国社会现状与真正的大文化还很难融合。

两位文化大师，一位选择了革命，一位选择了开拓，一时让古老的中国文化出现了勇猛而又凄厉的生命烈度。这种生命烈度，可以使他们耗尽自己，却从根子上点燃了文化基因。为此，我们不能不对这两位归结型加开创型的大学者，表示最高的尊敬。

我回想世界历史上每一个古典文明走向陨灭的关键时刻，总有几位“集大成”的银髯长者在做最后的挣扎，而且，每次都是以他们生命的消逝代表一种文明的死亡。章太炎、王国维都没有银髯，但他们也是这样的集大成者，他们也有过挣扎，却在挣扎中创造了奇迹，那就是没有让中华文明陨灭。我由此认定，他们的名字应该在文明史上占据更重要的地位。

他们的共性

梳理中国文脉这件事，我已经做了整整二十年。

我在《中国文脉》一书的开头，论述了文脉的定义、形态和几项特征。这儿就不重复了。但我希望读者朋友能够重视文脉是“最高等级的生命潜流”这个提法。

堂堂文脉，居然是潜流？

一点不错，是潜流。中国有一个惯常思维，以为凡是重要的东西总是热闹的、展示的、群集的。这种现象当然比比皆是，但是，如果要在重要里边寻找更重要、最重要的元素，那就对不起，一切都反了过来，是冷清的、内敛的、孤独的了。正是这些元素，默默地贯通了千年，构成了一种内在生命——“生命潜流”。

我在梳理过程中，也经历了由热闹归冷清，由作品归作者，由群体归个人的一次次转折。终于，在最高等级上，留下了为数不多的一些寂寞灵魂。他们，正是中国文脉的维系环扣，却维系在安静中。

他们，就是庄子、屈原、司马迁、陶渊明、李白、杜甫、王维、苏东坡、陆游、李清照、关汉卿、王实甫、汤显祖、曹雪芹。

我们把他们称之为得脉者、执脉者。

他们后来都很出名，而出名必然带来误解。为了消除误解，我想在《中国文脉》这本书之外写一篇短文，谈谈这些得脉者、执脉者的共性。

第一个共性，他们都是创造者。

这好像是废话，但针对性很明确，因为不少研究者总喜欢把他们说成是继承者。那些研究者认为，脉，就是前后贯通，因此“继往开来”是得脉者的使命。

真实情况并非如此。所谓“继往开来”，是后人反观全局时的总体印象，并非得脉者的故意追求。这正像雄伟山脉中的群峰，每一座山峰本身各具姿态，并不是考虑到前后左右的承续关系才故意生成这样的。同样，文脉的每一个得脉者，都是一种“自立存在”，而不是“粘连存在”。他们只埋首于自己的创造，力求创造的精彩。因此，他们必须摆脱因袭的重担。追求标新立异、石破天惊，是他们的共同特点。

他们当然有很好的文化素养，熟悉前辈杰作，但一定不会把很多精力花在蒙尘的陈迹之间。这有三个原因——

第一，前辈杰作再好，也是一种“异体纹样”。创造者的着力点，只能在本体，而本体的自我觉醒和深入开掘，都非常艰难。

第二，执着前辈杰作，容易产生一种不自觉的“近似化暗示”，这是创造的敌人。哪怕在自己的创作间有淡淡的沿袭印痕，也会遭到他人的嘲笑。因此，创造者不会在自己的道路上留下一个个颓老的陷阱。

第三，创造的最好时机，应在生命力勃发的青春年月，但是，这年月远比想象的更短暂、更易逝，因此也更珍贵。创造者哪里舍得把这种无限珍贵，抛掷在死记硬背的低智游戏中？他们，实在没有时间。

正是出于以上这三个原因，所有的得脉者都不会让古人的髯须来缚羁自己的脚步，而只会抢出分分秒秒的时间开发自己，开发当下，开发未来。

这中间，司马迁似乎是个例外。但是，作为历史学家的他，过往的史料只是他进行文化建设的素材，就像画家让山入画，乐师让风入乐，而不会成为山和风的附庸。司马迁也不是传统的附庸，而是中国历史思维的开创者。在宏大的叙事文学上，他更有开天辟地之功。

至于其他得脉者，请排一排，有哪一个不是纯粹的创造者？

事实反复证明，历史上最精彩的段落，总是由创造者的脚步踩出。文脉，本应处于一切创造之先。捡拾脚边残屑的那些人，虽然辛劳可嘉，却永远不可能是文脉的创造者。他们如果“呼诱”很多人一起来做那样的事，那么这条路的性质就变了，很快就会从通向未来的地图上删除。

中国文脉的曲线告诉我们，任何一个时代，如果以“捡拾”和“缅怀”为主轴，不管用什么堂皇而漂亮的借口，文脉必然衰滞。这些时代固然也会出现不少淹博的学者，但从长远看，那只是黯淡的历史篇页。

第二个共性，他们都是流放者。

这儿所说的“流放”，有被动的，也有主动的。得脉者即使处于“被动流放”状态，迟早也会进入“主动流放”境界。

主动流放，就是离群索居，无羁漂泊，长为异乡人，永远在路上，处处无家处处家。

从表面看，这种流放，能让他们感受陌生的自然空间，使创作更有厚度。但是，从深层看，比自然空间更重要的是生命空间。流放，使他们发现了一个与以前不同的自己。他们曾经为此而慌张，而悲叹，而自嘲，结果，生命因此而变异，而扩大，而提升。

这些得脉者，多数走了很远的路。即使走得不太远，精神跋涉的途程也非常艰辛。他们同时进行着两层迁徙：既挥别一个个旧居所，又迎来一层层新感悟。

这里所说的流放，很可能是离乡、入仕，也可能是被贬、入罪；很可能是戍边、投荒，也可能是求生、等死。总之，完全没有“安居乐业”可言。“安居乐业”是民众的向往，但对于得脉者而言，却是离脉的窠臼，失脉的黑夜。

流放的最大门槛，是对体制而言。

年纪轻轻就逃出冠缨之门、诗礼之家，就是放弃体制的佑护而独立闯荡。当然，更令人瞩目的是背离官僚体制而飘然远行，既潇洒放达，又艰难重重。这一关，对于得脉之人是生死大关。出之者生，入之者死，可谓“出生入死”。这与官场思维，正恰相反。

官场未必是罪恶之地，历来总有一些好官为民造福，而且少数高官也是不错的文人。但是，若要成为文脉中的得脉者，却迟早必须脱离那个地方。

这是因为，即便是世间最明智、最理性的官场，它所需要的功绩、指令、关系、场面、服从，也与最高等级的文化创造格格不入。当然，更不要说寻常官场的察言观色、独断专行、任人唯亲、尔虞我诈了。

我这么说，并不是冀求以最高文化标准来营造官场。其实这是两个完全不同的领域，有着各自不同的逻辑。如果让前面列举的这些得脉者成了官场调度者，情况可能更糟。

顺着这个思路，人们也无法接受以官场逻辑来设计文脉、勾画文脉、建造文脉。这种现象，古已有之，皆成笑柄。

还是让杰出的文化创造者们流放在外吧。流放在传承之外，流放在定位之外，流放在体制之外，流放在重重名号和尊荣之外。只有当他们“失踪”了，文脉才有可能回来。

第三个共性，他们都是无助者。

这是流放的结果，说起来有点不忍，却也无可奈何。

请再看一遍我列出的得脉者名单，当他们遇到巨大困苦乃至生命威胁的时候，有谁帮助过他们？没有，总是没有。

这很奇怪，但粗粗一想，就知道原因了。

原因之一，当巨大困苦降临的时候，能够有效帮助他们的，只能是体制，其中包括官方体制、财富体制、家族体制，但他们早就远离体制之外；

原因之二，由于他们的精神等级太高，一般民众其实并不了解他们，因此很少伸出援手；

原因之三，他们都很出名，因此易遭嫉妒，即便有难，也会被幸灾乐祸者观赏。

回想一下，这些得脉者的履历，不都是这样吗？

我知道这是必然，已经硬了心肠。但是，想到屈原不得不沉江，想到司马迁哽咽着写《报任安书》，想到李白受屈时“世人皆欲杀”，想到苏东坡被捕后试图跳水自沉，想到曹雪芹在“蓬牖茅椽，绳床瓦灶”中只活了四十几岁，还是一次次鼻酸。

即便是好心人想帮助他们，也很难，因为不知道他们在哪里。为此，当我知道苏东坡在监狱里天天遭受诟辱逼拷时，居然有一个狱卒为他准备了洗脚热水，感动得热泪盈眶。我还特地查到了这个狱卒的名字，叫梁成。

我这么写，容易让人产生一种误会，以为不懂得保护文化天才，是中国特有的民族劣根性。其实，这里触及的是人类通病。我曾长期研究欧洲文化史，写过很多文章告诉读者，塞万提斯、莎士比亚、伦勃朗、莫扎特、凡·高的遭遇也相当不好，他们显然都是欧洲文明的得脉者。

那么，怎么办呢？

没有满意的答案。

我想，对于杰出的文化创造者而言，应该接受这种孤独无助的境界。既然已经决定脱离，决定流放，决定投入突破任何传承的创造，那么，无助是必然的。抱怨，就该回去，但回去就不是你了。那就不如把自己磨炼得强健蛮犷，争取在无助的状态下存活得比较长久。

对于热爱文化的民众而言，虽然不要求你们及时找到那些急需帮助的文化创造者，却希望你们随时做好发现和帮助的准备。尽管，这未必有用。因为在司马迁、李白、苏东坡他们受苦受难的时候，当时何尝无人试图润泽文化，施以援手？但必然地，总是失之交臂，两相脱空。

也许今天我们会认为，现在好了，最优秀的文化创造者都被很多协会、大学、剧团照顾着呢。但是，如果我们的目光能够延伸到百年之后，再反观现在，一定会惊奇地发现，情况完全不是如此。

那么，我们只能用民间的善良，悉心打量了。未必能发现旷世大才，但能帮助一个普通的创造者也好；未必能提供多大帮助，但能像狱卒梁成那样，倒一盆洗脚热水也好。

当然也不妨建立一个戒律：永远不要去伤害一个你并不了解、并不熟悉的文化创造者。任何政治斗争、传媒风潮、社会纠纷，一旦涉及他们，都不要起哄。他们也可能做了傻事，说了错话，情绪怪异，不擅辩解，大家都应该尽量宽容。千万不要再度出现大家都在诵读着李白的诗，但他一旦受困便“世人皆欲杀”的可怕情景。

加害者们很可能指着被害者说：“他不可能是李白！”当然不是，但数千年来，有多少个“疑似李白”被伤害了。这种伤害，未必是真的屠杀，还包括群贬、冷冻、闲置、喧哗、谣诼、分隔、暗驱。伤害这样的人非常轻便，遇不到任何反抗，但是中国文脉恰恰维系在这些软弱的生命之上。

门　孔

一

直到今天，谢晋的小儿子阿四，还不知道“死亡”是什么。

大家觉得，这次该让他知道了。但是，不管怎么解释，他诚实的眼神告诉你，他还是不知道。

十几年前，同样弱智的阿三走了，阿四不知道这位小哥到哪里去了，爸爸对大家说，别给阿四解释死亡。

两个月前，阿四的大哥谢衍走了，阿四不知道他到哪里去了，爸爸对大家说，别给阿四解释死亡。

现在，爸爸自己走了，阿四不知道他到哪里去了，家里只剩下了他和八十三岁的妈妈，阿四已经不想听解释。谁解释，就是谁把小哥、大哥、爸爸弄走了。他就一定跟着走，去找。

二

阿三还在的时候，谢晋对我说：“你看他的眉毛，稀稀落落，是整天扒在门孔上磨的。只要我出门，他就离不开门了，分分秒秒等我回来。”

谢晋说的门孔，俗称“猫眼”，谁都知道是大门中央张望外面的世界的一个小装置。平日听到敲门或电铃，先在这里看一眼，认出是谁，再决定开门还是不开门。但对阿三来说，这个闪着亮光的玻璃小孔，是一种永远的等待。

他不允许自己有一丝一毫的松懈，因为爸爸每时每刻都可能会在那里出现，他不能漏掉第一时间。除了睡觉、吃饭，他都在那里看。双脚麻木了，脖子酸痛了，眼睛迷糊了，眉毛脱落了，他都没有撤退。

爸爸在外面做什么？他不知道，也不想知道。

有一次，谢晋与我长谈，说起在封闭的时代要在电影中加入一点儿人性的光亮是多么不容易。我突然产生联想，说：“谢导，你就是阿三！”

“什么？”他奇怪地看着我。

我说：“你就像你家阿三，在关闭着的大门上找到一个孔，便目不转睛地盯着，看亮光，等亲情，除了睡觉、吃饭，你都没有放过。”

他听了一震，目光炯炯地看着我，不说话。

我又说：“你的门孔，也成了全国观众的门孔。不管什么时节，一个玻璃亮眼，大家从那里看到了很多风景，很多人性。你的优点也与阿三一样，那就是无休无止地坚持。”

三

谢晋在六十岁的时候对我说：“现在，我总算和全国人民一起成熟了！”那时，“文革”结束不久。

“成熟”了的他，拍了《牧马人》《天云山传奇》《芙蓉镇》《清凉寺的钟声》《高山下的花环》《最后的贵族》《鸦片战争》……那么，他的艺术历程也就大致可以分为两段，前一段为探寻期，后一段为成熟期。探寻期更多地依附于时代，成熟期更多地依附于人性。

一切依附于时代的作品，往往会以普遍流行的时代话语，笼罩艺术家自身的主体话语。谢晋的可贵在于，即使被笼罩，他的主体话语还在顽皮地扑闪腾跃。其中最顽皮之处，就是集中表现女性。不管外在题材是什么，只要抓住了女性命题，艺术也就具有了亦刚亦柔的功能，人性也就具有了悄然渗透的理由。在这方面，《舞台姐妹》就是很好的例证。尽管这部作品里也带有不少时代给予的概念化痕迹，但“文革”中批判它的最大罪名，就是“人性论”。

谢晋说，当时针对这部作品，批判会开了不少，造反派怕文艺界批判“人性论”不力，就拿到“阶级立场最坚定”的工人中去放映，然后批判。没想到，在放映时，纺织厂的女工已经哭成一片，她们被深深感染了。“人性论”和“阶级论”的理论对峙，就在这一片哭声中见出了分晓。

但是，在谢晋看来，这样的作品还不成熟。让纺织女工哭成一片，很多民间戏曲也能做到。他觉得自己应该做更大的事。“文革”的炼狱，使他获得了浴火重生的机会。“文革”以后的他，不再在时代话语的缝隙中捕捉人性，而是反过来，以人性的标准来拷问时代了。

对于一个电影艺术家来说，“成熟”在六十岁，确实是晚了一点儿。但是，到了六十岁还有勇气“成熟”，这正是二三十年前中国最优秀知识分子的良知凸现。文化界也有不少人一直表白自己“成熟”得很早，不仅早过谢晋，而且几乎没有不成熟的阶段。这也可能吧，但全国民众都未曾看到。谢晋是永远让大家看到的，因此大家与他相陪相伴，一起不成熟，然后再一起成熟。

这让我想起云南丽江雪山上的一种桃子，由于气温太低，成熟期拖得特别长，因此收获时的果实也特别大。

“成熟”后的谢晋让全国观众眼睛一亮。他成了万人瞩目的思想者，每天在大量的文学作品中寻找着符合自己切身感受的内容，然后思考着如何用镜头震撼全民族的心灵。没有他，那些文学作品只在一角流传；有了他，一座座通向亿万观众的桥梁搭了起来。

于是，由于他，整个民族进入了一个艰难而美丽的苏醒过程，就像罗丹雕塑《青铜时代》传达的那种象征气氛。

那些年的谢晋，大作品一部接着一部，部部深入人心，真可谓手挥五弦，目送归鸿，云蒸霞蔚。

就在这时，他礼贤下士，竟然破例聘请了一个艺术顾问，那就是比他小二十多岁的我。他与我的父亲同龄，我又与他的女儿同龄。这种辈分错乱的礼聘，只能是他，也只能在上海。

那时节，连萧伯纳的嫡传弟子黄佐临先生也在与我们一起玩布莱希特、贫困戏剧、环境戏剧，他应该是我祖父一辈。而我的学生们，也已成果累累。二十世纪八十年代“四世同堂”的上海文化，实在让人难以忘怀。而在这“四世同堂”的热闹中，成果最为显赫的，还是谢晋。他让上海，维持了一段为时不短的文化骄傲。

从更广阔的视角来看，谢晋最大的成果在于用自己的生命接通了中国电影在一九四九年之后的曲折逻辑。不管是幼稚、青涩、豪情，还是深思、严峻、浩叹，他全都经历了，摸索了，梳理了。

他不是散落在岸边的一片美景，而是一条完整的大河，使沿途所有的景色都可依着他而定位。

我想，当代中国的电影艺术家即便取得再高的国际成就，也不能忽略谢晋这个名字，因为进入今天这个制高点的那条崎岖山路，是他跌跌绊绊走下来的。在这个意义上，谢晋不朽。

四

谢晋聘请我做艺术顾问，旁人以为他会要我介绍当代世界艺术的新思潮，其实并不。他与我最谈得拢的，是具体的艺术感觉。他是文化创造者，要的是现场实施，而不是云端高论。

我们也曾开过一些研讨会，有的理论家在会上高谈阔论，又明显地缺少艺术感觉。谢晋会偷偷地摘下耳机，出神地看着发言者。发言者还以为他在专心听讲，其实他很可能只是在观察发言者脸部的肌肉运动状态和可以划分的角色类型。这好像不太礼貌，但高龄的他有资格这样做。

谢晋特别想说又不愿多说的，是作为文化创造者的苦恼。

我问他："你在创作过程中遇到的最大苦恼是什么？是剧作的等级，演员的悟性，还是摄影师的能力？"

他说："不，不，这些都有办法解决。我最大的苦恼，是遇到了不懂艺术的审查者和评论者。"

他所说的"不懂艺术"，我想很多人是不太明白其中含义的。他们总觉得自己既有名校学历又看过很多中外电影，还啃过几本艺术理论著作，怎么能说"不懂艺术"呢？

其实，真正的艺术家都知道，这种"懂"，只出现在创造的最前沿。

那是对每一个感性细节的小心捧持，是对作品有机生命的万千敏感，是对转瞬即逝的一个眼神、一道光束的震颤性品咂，是对全部镜头语汇的感同身受。

用中国传统美学概念来说，这种"懂"，不"隔"。相反，一切审查性、评论性的目光，不管包含着多少学问，都恰恰是从"隔"开始的。

平心而论，在这一点上，谢晋的观点比我宽容得多。他不喜欢被审查却也不反对，一直希望有夏衍、田汉这样真正懂艺术的人来审查。而我则认为，即使夏衍、田汉再世，也没有权利要谢晋这样的艺术家在艺术上服从自己。

谢晋那些最重要的作品，上映前都麻烦重重。如果说，“文革”前的审查总是指责他“爱情太多，女性话题太多，宣扬资产阶级人性论太多”，那么，“文革”后的审查者已经宽容爱情和女性了，主要是指责他“揭露革命事业中的黑暗太多”。

有趣的是，有的审查者一旦投身创作，立场就会发生天翻地覆的变化。我认识两位职业审查者，年老退休后常常被一些电视剧聘为顾问，参与构思。作品拍出来后，交给他们当年退休时物色的徒弟们审查，他们才发现，这些徒弟太不像话了。他们愤怒地说：“文化领域那么多低劣的垃圾都不审查，却总是盯着一些好作品不依不饶！”后来他们扪心自问，才明白自己大半辈子也在这么做。

对于评论，谢晋与他的同代人一样，过于在乎，比较敏感，容易生气。

他平生最生气的评论，是一个姓朱的上海文人所揭露的“谢晋模式”。忘了是说“革命加女人”，还是“革命加爱情”。谢晋认为，以前的审查者不管多么胡言乱语，也没有公开发表，而这个可笑的“谢晋模式”，却被很多报纸刊登了。

他几乎在办公室里大声咆哮：“女人怎么啦？没有女人，哪来男人？爱情，我在《红色娘子军》里想加一点儿，不让；《舞台姐妹》里也没有正面爱情。只有‘文革’造反派才批判我借着革命贩卖爱情，这是什么人？”

我劝他：“这个人没有什么恶意，只是理论上幼稚，把现象拼凑当作了学问。你不要生气，如果有人把眼睛、鼻子、嘴巴的组合说成是脸部模式，你会发火吗？”

他看着我，不再说话。但后来，每次研讨会我都提议让那个姓朱的文人来参加，他都不让。而且，还会狠狠地瞪我一眼。

直到有一天，那个姓朱的文人又发表文章说，一个妓女的手提包里有我写的《文化苦旅》，引起全国对我的讪笑。谢晋也幸灾乐祸地笑了，说：“看你再为他辩护！”

但他很快又大声地为我讲话了：“妓女？中外艺术中，很多妓女的品德，都比文人高！我还要重拍《桃花扇》，用李香君回击他！”

我连忙说：“不，不。中国现在的文艺评论，都是随风一吐的口水，哪里犯得着你大艺术家来回击？”

“你不恨？”他盯着我的眼睛，加了一句，“那么多报纸。”

“当然不恨。”我说。

他把手拍在我肩上。

五

在友情上，谢晋算得上是一个汉子。

他总是充满古意地反复怀念一个个久不见面的老友，怀念得一点儿也不像一个名人；同时，他又无限兴奋地结识一个个刚刚发现的新知，兴奋得一点儿也不像一个老者。他的工作性质、活动方式和从业时间，使他的“老友”和“新知”的范围非常之大，但他一个也不会忘记，一个也不会怠慢。

因此，只要他有召唤，或者，只是以他的名义召唤，再有名的艺术家也没有不来的。

有时，他别出心裁，要让这些艺术家都到他出生的老家去聚合，大家也都乖乖地全数抵达。就在他去世前几天，上海电视台准备拍摄一个纪念他八十五岁生日的节目，开出了一大串响亮的名单，逐一邀请。这些人中的任何一个，在一般情况下是“八抬大轿也抬不动”的，因为有的也已年老，有的非常繁忙，有的片约在身，有的身患重病。但是，一听是谢晋的事，没有一个拒绝。当然，他们没有料到，生日之前，会有一个追悼会……

我从旁观察，发觉谢晋交友，有两个原则。一是拒绝小人，二是不求实用。这就使他身边的热闹中有一种干净。相比之下，有些同样著名的老艺术家永远也摆不出谢导这样的友情阵仗，不是他们缺少魅力，而是本来要来参加的人想到同时还有几双忽闪的眼睛也会到场，借故推托了。有时，好人也会利用小人，但谢晋不利用。

他对小人的办法，不是争吵，不是驱逐，而是在最早的时间冷落。他的冷落，是炬灭烟消，完全不予互动。听对方说了几句话，他就明白是什么人了，便突然变成了一座石山，邪不可侵。转身，眼角扫到一个朋友，石山又变成了一尊活佛。

一些早已不会被他选为演员和编剧的老朋友，永远是他的座上宾。他们谁也不会因为自己已经帮不上他的忙，感到不安。西哲有言：“友情的败坏，是从利用开始的。”谢晋的友情，从不败坏。

他一点儿也不势利。再高的官，在他眼中只是他的观众，与天下千万观众没有区别。但因为他们是官，他会特别严厉一点儿。我多次看到，他与官员讲话的声调，远远高于他平日讲话，主要是在批评。他还会把自己对于某个文化高官的批评到处讲，反复讲，希望能传到那个高官的耳朵里，一点儿不担心自己会不会遇到麻烦。

有时，他也会发现，对那个高官的批评搞错了，于是又到处大声讲：“那其实是个好人，我过去搞错了！”

对于受到挫折的人，他特别关心，包括官员。

有一年，我认识的一位官员因事入狱。我以前与这位官员倒也没有什么交往，这时却想安慰他几句。正好上海市监狱邀请我去给几千个犯人讲课，我就向监狱长提出要与那个官员谈一次话。监狱长说，与那个官员谈话是不被允许的。我就问能不能写个条子，监狱长说可以。

我就在一张纸上写道："平日大家都忙，没有时间把外语再推进一步，祝贺你有了这个机会。"写完，托监狱长交给那个官员。

谢晋听我说了这个过程，笑眯眯地动了一会儿脑筋，然后兴奋地拍了一下桌子说："有了！你能送条子，那么，我可以进一步，送月饼！过几天就是中秋节，你告诉监狱长，我谢晋要为犯人讲一次课！"

就这样，他为了让那个官员在监狱里过一个像样的中秋节，居然主动去向犯人讲了一次课。提篮桥监狱的犯人，有幸一睹他们心中的艺术偶像。那个入狱的官员，其实与他也没有什么关系。

四年以后，那个官员刑满释放，第一个电话打给我，说他听了我的话，在里边学外语，现在带出来一部五十万字的翻译稿。然后，他说，急于要请谢晋导演吃饭。谢导那次的中秋节行动，实在把他感动了。

六

我一直有一个错误的想法，觉得拍电影是一个力气活，谢晋已经年迈，不必站在第一线上了。我提议他在拍完《芙蓉镇》后就可以收山，然后以自己的信誉、影响和经验，办一个电影公司，再建一个影视学院。简单说来，让他从一个电影导演变成一个"电影导师"。

有这个想法的，可能不止我一个人。

我过了很久才知道，他对我们的这种想法，深感痛苦。

他想拍电影，他想自己天天拿着话筒指挥现场，然后猫着腰在摄影机后面调度一切。他早已不在乎名利，也不想证明自己依然保持着艺术创造能力。他只是饥渴，没完没了地饥渴。在这一点上他像一个最单纯、最执着的孩子，一定要做一件事，骂他，损他，毁他，都可以，只要让他做这件事，他立即可以破涕为笑。

他当然知道我们的劝说有点儿道理，因此，也是认认真真地办电影公司，建影视学院，还叫我做“校董”。但是，这一切都不能消解他内心的强烈饥渴。

他越来越要在我们面前表现出他的精力充沛、步履轻健。他由于耳朵不好，本来说话就很大声，现在更大声了。他原来就喜欢喝酒，现在更要与别人频频比赛酒量了。

有一次，他跨着大步走在火车站的月台上，不知怎么突然踉跄了。他想摆脱踉跄，挣扎了一下，谁知更是朝前一冲，被人扶住，脸色发青。这让人们突然想起他的皮夹克、红围巾所包裹着的年龄。

不久后一次吃饭，我又委婉地说起了老话题。

他知道月台上的踉跄被我们看到了，因此也知道我说这些话的原因。

他朝我举起酒杯，我以为他要用干杯的方式来接受我的建议，没想到他对我说：“秋雨，你知道什么样的人是真正善饮的吗？我告诉你，第一，端杯稳；第二，双眉平；第三，下口深。”

说着，他又稳又平又深地一连喝了好几杯。

是在证明自己的酒量吗？不，我觉得其中似乎又包含着某种宣示。

即使毫无宣示的意思，那么，只要他拿起酒杯，便立即显得大气磅礴，说什么都难以反驳。

后来，有一位热心的农民企业家想给他资助，开了一个会。这位企业家站起来讲话，意思是大家要把谢晋看作一个珍贵的品牌，进行文化产业的运作。但他不太会讲话，说成了这样一句：“谢晋这两个字，不仅仅是一个人名，而且还是一种有待开发的东西。”

“东西？”在场的文化人听了都觉得不是味道。

一位喜剧演员突然有了念头，便大声地在座位上说：“你说错了，谢晋不是东西！”他又重复了一句，“谢晋不是东西！”

这是一个毫无恶意的喜剧花招，全场都笑了。

我连忙扭头看谢晋导演，不知他是生气而走，还是蔼然而笑。没想到，我看到的他似乎完全没有听到这句话，只是像木头一样呆坐着，毫无表情。我立即明白了，他从这位企业家的讲话中才知道，连他们也想把自己当作品牌来运作。

“我，难道只能这样了吗？”他想。

他毫无表情的表情，把我震了一下。他心中在想，如果自己真的完全变成了一个品牌，丢失了亲自创造的权利，那谢晋真的“不是东西”了。

从那次之后，我改变了态度，总是悉心倾听他一个又一个的创作计划。

这是一种滔滔不绝的激情，变成了延绵不绝的憧憬。他要重拍《桃花扇》，他要筹拍美国华工修建西部铁路的血泪史，他要拍《拉贝日记》，他要拍《大人家》，他更想拍前辈领袖的女儿们的生死恩仇、悲欢离合……

看到我愿意倾听，他就针对我们以前的想法一吐委屈：“你们都说我年事已高，应该退居二线，但是我早就给你说过，我是六十岁才成熟的，那你算算……”

一位杰出艺术家的生命之门既然已经第二度打开，翻卷的洪水再也无可抵挡。

这是创造主体的本能呼喊，也是一个强大的生命要求自我完成的一种尊严。

七

他在中国创建了一个独立而庞大的艺术世界，但回到家，却是一个常人无法想象的天地。

他与夫人徐大雯女士生了四个小孩，脑子正常的只有一个，那就是谢衍。谢衍的两个弟弟就是前面所说的老三和老四，都严重弱智，而姐姐的情况也不好。

这四个孩子，出生在一九四六年至一九五六年这十年间。当时的社会，还很难找到辅导弱智儿童的专业学校，一切麻烦都堆在一门之内。家境极不宽裕，工作极其繁忙，这个门内天天在发生什么？只有天知道。

我们如果把这样一个家庭背景与谢晋的那么多电影联系在一起，真会产生一种匪夷所思的感觉。每天傍晚，他那高大而疲惫的身影一步步走回家门的图像，不能不让人一次次落泪。不是出于一种同情，而是为了一种伟大。

一个错乱的精神旋涡，能够生发出伟大的精神力量吗？谢晋作出了回答。

我觉得，这种情景，在整个人类艺术史上都难以重见。

谢晋亲手把错乱的精神旋涡，筑成了人道主义的圣殿。我曾多次在他家里吃饭，他做得一手好菜，常常围着白围单，手握着锅铲招呼客人。客人可能是好莱坞明星、法国大导演、日本制作人，最后谢晋总会搓搓手，通过翻译介绍自己两个儿子的特殊情况，然后隆重请出。

这种毫不掩饰的坦荡，曾让我百脉俱开。在客人面前，弱智儿子的每一个笑容和动作，在谢晋看来就是人类最本原的可爱造型，因此满眼是欣赏的光彩。他把这种光彩，带给了整个门庭，也带给了所有的客人。

他自己成天到处走，有时也会带着儿子出行。我听谢晋电影公司总经理张惠芳女士说，那次去浙江衢州，坐了一辆面包车，路上要好几个小时，阿四同行。坐在前排的谢晋过一会儿就要回过头来问："阿四累不累？""阿四好吗？""阿四要不要睡一会儿？"……过几分钟就回一次头，没完没了。

每次回头，那神情，能把雪山消融。

八

他万万没有想到，他家后代唯一的正常人，那个从国外留学回来的典雅君子，他的大儿子谢衍，竟先他而去。

谢衍太知道父母亲的生活重压，一直瞒着自己的病情，不让老人家知道。他把一切事情都料理得一清二楚，然后穿上一套干净的衣服，去了医院，再也没有出来。

他恳求周围的人，千万不要让爸爸、妈妈到医院来。他说，爸爸太出名，一来就会引动媒体，而自己现在的形象又会使爸爸、妈妈吃惊。他一直念叨着："不要来，千万不要来，不要让他们来……"

直到他去世前一星期，周围的人说，现在一定要让你爸爸、妈妈来了。这次，他没有说话。

谢晋一直以为儿子是一般的病住院，完全不知道事情已经那么严重。眼前病床上，他唯一可以对话的儿子，已经不成样子。

他像一尊突然被风干了的雕像，站在病床前，很久，很久。

他身边，传来工作人员低低的抽泣。

谢衍吃力地对他说："爸爸，我给您添麻烦了！"

他颤声地说："我们治疗，孩子，不要紧，我们治疗……"

从这天起，他天天都陪着夫人去医院。

独身的谢衍已经五十九岁，现在却每天在老人赶到前不断问："爸爸怎么还不来？妈妈怎么还不来？爸爸怎么还不来？"

那天，他实在太痛了，要求打吗啡，但医生有犹豫。幸好有慈济功德会的志工来唱佛曲，他平静了。

谢晋和夫人陪在儿子身边，那夜几乎陪了通宵。工作人员怕这两位八十多岁的老人撑不住，力劝他们暂时回家休息。但是，两位老人的车还没有到家，谢衍就去世了。

谢衍是二〇〇八年九月二十三日下葬的。第二天，九月二十四日，杭州的朋友就邀请谢晋去散散心，住多久都可以。接待他的，是一位也刚刚丧子的杰出男子，叫叶明。

两人一见面就抱住了，号啕大哭。他们两人，前些天都哭过无数次，但还要找一个机会，不刺激妻子，不为难下属，抱住一个人，一个经得起用力抱的人，痛快淋漓、回肠荡气地哭一哭。

那天谢晋导演的哭声，像虎啸，像狼嚎，像龙吟，像狮吼，把他以前拍过的那么多电影里的哭，全都收纳了，又全都释放了。

那天，秋风起于杭州，连西湖都在呜咽。

他并没有在杭州长住，很快又回到了上海。这几天他很少说话，眼睛直直地看着前方。有时也翻书报，却是乱翻，没有一个字入眼。

突然电话铃响了，是家乡上虞的母校春晖中学打来的，说有一个纪念活动要让他出席，有车来接。他一生，每遇危难总会想念家乡。今天，故乡故宅又有召唤，他毫不犹豫地答应了。他给驾驶员小蒋说："你别管我了，另外有车来接！"

小蒋告诉张惠芳，张惠芳急急赶来询问，门房说，接谢导的车，两分钟前开走了。

春晖中学的纪念活动第二天才开始，这天晚上他在旅馆吃了点儿冷餐，没有喝酒，倒头便睡。这是真正的老家，他出走已久，今天只剩下他一个人回来。他是朝左侧睡的，再也没有醒来。

这天是二〇〇八年十月十八日，离他八十五岁生日，还有一个月零三天。

九

他老家的屋里，有我题写的四个字："东山谢氏"。

那是几年前的一天，他突然来到我家，要我写这几个字。他说，已经请几位老一代书法大家写过，希望能增加我写的一份。东山谢氏？好生了得！我看着他，抱歉地想，认识了他那么多年，也知道他是绍兴上虞人，却没有把他的姓氏与那个遥远而辉煌的门庭联系起来。

他的远祖，是公元四世纪那位打了"淝水之战"的东晋宰相谢安。这仗，是和侄子谢玄一起打的。而谢玄的孙子，便是中国山水诗的鼻祖谢灵运。谢安本来是隐居会稽东山的，经常与大书法家王羲之一起喝酒吟诗，他的侄女谢道韫也嫁给了王羲之的儿子王凝之，而才学又远超丈夫。谢安后来因形势所迫再度做官，这使中国有了一个"东山再起"的成语。

正因为这一切，我写"东山谢氏"这四个字时非常恭敬，一连写了好多幅，最后挑出一张，送去。

谢家，竟然自东晋、南朝至今，就一直住在东山脚下？别的不说，光那股积累了一千六百年的气，已经非比寻常。

谢晋导演对此极为在意，却又不对外说，可见完全不想借远祖之名炫耀。他在意的，是这山、这村、这屋、这姓、这气。但这一切都是秘密的，只是为了要我写字才说，说过一次再也不说。

我想，就凭着这种无以言表的深层皈依，他会一个人回去，在一大批远祖面前画上人生的句号。

十

此刻，他上海的家，只剩下了阿四。他的夫人因心脏问题，住进了医院。

阿四不像阿三那样成天在门孔里观看。他几十年如一日的任务是为爸爸拿包、拿鞋。每天早晨爸爸出门了，他把包递给爸爸，并把爸爸换下的拖鞋放好。晚上爸爸回来，他接过包，再递上拖鞋。

好几天，爸爸的包和鞋都在，人到哪里去了？他有点儿奇怪，却在耐心等待。突然来了很多人，在家里摆了一排排白色的花。

白色的花越来越多，家里放满了。他从门孔里往外一看，还有人送来。阿四穿行在白花间，突然发现，白花把爸爸的拖鞋遮住了。他弯下腰去，拿出爸爸的拖鞋，小心地放在门边。

这个白花的世界，今天就是他一个人，还有一双鞋。

巍巍金庸

一

那天中午，在香港，企业家余志明先生请我和妻子在一家饭店吃饭。

慢慢地吃完了，余志明先生向服务生举手，示意结账。一个胖胖的服务生满面笑容地过来说："你们这一桌的账，已经有人结过了。"

"谁结的？"余志明先生十分意外。

服务生指向大厅西角落的一个桌子，余志明先生就朝那个桌子走过去，想看看是哪位朋友要代他请客。但走了一半就慌张地回来了，对我说："不好，给我们付账的，是金庸先生！"

余志明先生当然认得出金庸先生，但未曾交往，于是立即肯定金庸先生付账是冲我来的。那么要感谢，也只有我去。

到了金庸先生桌边，原来他是与台湾的出版人在用餐。这桌子离我们的桌子不近，他不知怎么远远地发现了我。看到我们过去，他站起身来，说："我认识秋雨那么多年一直没机会请吃饭，今天是顺便，小意思。"

二

确实认识很多年了。

最早知道金庸先生关注我，是在二十六年前。有一位朋友告诉我，金庸先生在一次演讲时说：“余秋雨先生的家与我的家，只隔了一条江，面对面。”

这件事他好像搞错了。他的家在海宁，我的家在余姚，并不近，隔的不是一条江，而是一个杭州湾。他可能是把余姚误听成了余杭。

初次见面时，我告诉他一件有趣的事。当时我的书被严重盗版，据有关部门统计，盗版本是正版本的十八倍。我随即发表了一个措辞温和的“反盗版声明”。没想到北京有一份大报登出文章讽刺我，说：“金庸先生的书也被大量盗版，但那么多年他却一声不响、一言不发，这才是大家风范、大将风度。余秋雨先生应该向这位文学前辈好好学习。”

金庸先生听我一说，立即板起了脸，气得结结巴巴地说：“强盗逻辑！这实在是强盗……逻辑！”

他如此愤怒，让我有点儿后悔不该这么告诉他。但在愤怒中他立即把我当作了“患难兄弟”，坐下来与我历数他遭受盗版的种种事端。他说，除了盗版还有伪版，一个字也不是他写的，却署着“金庸新著”而大卖。找人前去查问，那人却说，他最近起了一个笔名，叫“金庸新”。

我遭遇的盗版怪事更多，给他讲了十几起。他开始听的时候还面有怒色，频频摇头，但听到后来却忍不住笑了起来。他说：“这些盗贼实在是狡黠极了，也灵巧极了，为什么不用这个脑子做点儿好事？”

我说，每次碰到这样的事我都不生气，相信他笔下的武侠英豪迟早会到出版界来除暴安良。

他说：“最荒唐的不是盗版，而是你刚才说的报刊。我办《民报》多年，对这事有敏感。世界上没有一个国家的传媒敢于公开支持盗版，因为这就像公开支持贩毒、印伪钞，怎么了得！”

在这之后，我与他见面的机会越来越多。北京举办一些跨地域的重大文化仪式，总会邀请他与我同台。甚至，全国首届网络文学评奖，聘请他和我担任评委会正副主任。颁奖仪式他不能赶到北京参加，就托我在致辞的时候代表他说几句。平日，我又与他一起听李祥霆先生弹奏的古琴，喝何作如先生冲泡的普洱茶。彼此静静地对坐着，像是坐在宋代苏东坡西湖边的宅邸里。

有一天，在一个人头济济的庞大聚会中，他一见到我就挤过来说，北京有一个青年作家公开调侃他不会写文章，而且说浙江人都不会写，一个记者问起这件事，他就回答，浙江人里还有鲁迅和余秋雨。

我立即说："已经看到了报道，您太抬举我了。其实那个青年作家是说着玩，您不要在意。"

接下来，发生了两件不太愉快的事。

一件好像是，某次重编中学语文教材，减少了原先过于密集的五四老作家的作品，增加了一段金庸作品中的片段，没想到立即在文学评论界掀起轩然大波，说怎么能引导年轻一代卷入武侠；

另一件是，金庸先生接受浙江大学邀请，出任文学院院长。不少学生断言他只是一位通俗武侠小说家，没有资格，一时非议滔滔，一些教师和评论者也出言不逊，把事情闹得非常尴尬。

这两件事，反映了当时内地文化教学领域的浅陋和保守。大家居然面对一位年迈的文学大师而冥顽不知，还振振有词、劈头盖脸，实在是巨大的悲哀。

我立即发表文章，认为"金庸的小说，以现代叙事方式大规模地解构并复活了中国传统文化，成就不低于五四老作家群体"。

我还到浙江大学发表演讲，说："东方世界的任何一所大学，都会梦想让金庸先生担任文学院院长，但没有一所大学能够相信梦想成真。不知浙江大学如何获得天匙，他来了。你们本来有幸成为本世纪一位文化巨人的学生，但是你们因无知而失礼，终于失去了自己毕生最重要的师承身份。”

显然这是重话，我对着几千学生大声讲出，全场一片寂静。

但是，我觉得还是应该进行更系统的阐述。因为，“金庸是谁”，已成了中国当代文化的一个重大课题。现在文化界的多数评论家还只把他说成是“著名武侠小说家”，虽然不算说错，但不到位。

三

事情还要从远处说起。

中国自鸦片战争开始爆发的军事、政治、经济危机，最后都指向了文化的重新选择。文化的重新选择应该首先在文艺上有强烈表现，例如欧洲自文艺复兴之后的每次重新选择都是这样，但中国在这方面却表现得颇为混乱和黯淡。

有人主张对传统文化摧枯拉朽，提出“礼教吃人”“打倒孔家店”。这既不公平，也做不到，因为作为人类历史上唯一留存至今的悠久文明，绝不可能如此粗暴地被彻底否定。而且，彻底否定之后改用什么样的文化来填补，这些人完全没有方案。他们自己写的作品，虽然在话语形式上做了改变，却没有提供任何足以代表新世纪的重大文学成果。

有人相反，主张复古倒退，因循守旧。这在整个国家濒临危亡的形势下完全失去了说服力。这种主张的代表者之一林琴南还在别人帮助下翻译了大量西方作品，因此便成了一种言行不一的论调。

更多的人是躲避了文化本体的建设重任，只把文学贬低为摹写身边现实、发泄内心情绪的工具。所谓现代文学史，大多由这样的作品组成，因此显得简陋和浅薄。

对于中国传统文化，这三拨人无论骂着、供着或躲着，谁也没有直接去碰触，去改造，去更新。

正是在这种情况下，出现了金庸。

他不做中国文化的背叛者、守陵者和逃遁者，而是温和而又大胆地调整了它的结构，成为一个把中国传统文化激活于现代都市的文学创新者。

两年前，我曾应潘耀明先生之邀，在香港作家联谊会的一次聚会中，做了以下三方面的演讲——

> 第一，金庸在守护中华文化魂魄的前提下，挪移了这种文化的重心。重心不在儒家了，也不在彻底反叛的一方，而是挪移到了最有人格特征和行为张力的墨家、侠家、道家和隐士身上。这是以现代美学和世界美学的标准，在中国传统文化的人格长廊内所做的一次重新发现。
>
> 重新发现的结果，仍然属于这种文化、这部历史、这片山水。只是由于割弃了僵滞，唤醒了生机，全盘皆活。因此，如果原先不熟悉中国传统文化的下一代和外国人从中感受到了一种神奇的活力，也并非误读。
>
> 第二，他在完成这一任务过程中，动用的是纯粹的小说手法，那就是讲故事，或者说“精妙叙事”。中国现代作家可能是心理压力太重，严重缺少讲故事的能力，几乎没留下什么真正精彩的故事。天下小说家的天职，就是讲好故事。金庸在小说中所讲的故事，有别于《三国演义》的类型化、《水浒传》的典型化、《西游记》的寓言化、《聊斋志异》的妖魅化和《红楼梦》的整体幻灭化，而是融化这一切，归之于恩怨情仇的生命行动。这种生命行动就是故事的本体，不再负载其他包袱。正是在这一点上，他尽到了一个小说家最质朴的职业本分。

第三，这些为了逐日连载而写成的小说，几乎天然地具有强烈的情节性、行动性和悬念的黏着性。而且，它们又必须快速流传，流传在信息密集、反馈迅捷的街市间，人人抢读，处处谈论，随之也就成了现代都市生态的组成部分。这就是说，金庸不但让现代都市接受了他的江湖，而且让现代都市也演变成了他的江湖。

江湖的本来含义，应该是“一个隐潜型、散落型的道义行动系统”；自从有了金庸，江湖搬到了城里，搬到了熙熙攘攘的人群心间，它的含义也变了，变成了“一个幻想型的恩怨补偿系统”。对于这样的一个江湖，香港不仅欣赏了，而且加入了。结果，金庸小说里的那些人物，似乎也都取得了“香港户口”。一座城市因金庸而产生了文化素质上的改变，这可是一件不小的事情，世界上很少有作家做到过。

以上这三个方面，金庸显得既勇敢又沉着。他说北京有青年作家调侃他不会写文章，我大概猜出这位青年作家是谁了。这位青年作家很有才华，善于在反讽中解构，在解构中幽默，创造了新一代的文学风范。但他在反讽金庸时可能没有想到，正是这位前辈，完成了更艰难的解构。把庞大的古典文化解构成一个充满想象力的现代江湖，居然还让当代青年着迷，这还不幽默吗？

海明威坚信，最高的象征不像象征。那么我们也可以顺着推衍下去：最高的解构不像解构，最高的突破不像突破，最高的创新不像创新。金庸的小说，从总体上也可以看成是绣满了古典纹样的“后现代文学”。

听了我上面这个演讲，香港作联会的好几位年长作家问我，这种观点会不会引起内地那些现代文学研究者的不悦？我说，让他们不悦去，我其实是在帮助他们。背靠着神奇的大湖视而不见，却总是在挖掘那些小沟小井，挖掘得一片狼藉。我劝他们转个身，看一眼水光天色，波涌浪叠。然后，到水边洗净自己身上的污泥和汗渍。

四

出乎所有人的意料，年过八旬的金庸先生作出了一个惊人的决定，他要到英国去攻读博士学位。

很多媒体用嘲讽的语言进行了简略报道，说他是“为了一圆早年失学的梦”。我知道，这又是那些拿到过某些学位的评论者在借着金庸而自我得意了，就像当年放言金庸不能进课本、不能做院长那样。

金庸早已获得诸多国际名校的荣誉学位，还会在乎那种虚名吗？他是要在垂暮之年体验一种学生生态，就像有的健康老人要以跳伞来庆祝自己的九十寿辰、百岁寿辰一样。这种岁月倒置，包含着穿越世俗伦常的无羁人性。

我只担心，他如此高龄再到那么远的地方去过那样的学生生活，身体是否能够适应。

他妻子对我说：“已经劝不住了。如果你能劝住，我会摆宴请你吃饭。”

当然劝不住。

我只得问金庸先生：“你攻读学位的研究方向是什么？”

金庸说：“研究匈奴被汉朝击溃后西逃欧洲的路线。”

我一惊，这实在是一个最高等级的历史难题。匈奴没有能够灭得了大汉王朝，却在几代之后与欧洲的蛮族一起灭掉了西罗马帝国。但由于他们没用文字，不喜表达，未曾留下多少资料。我在世界性的文化考察中，也常常对这个难题深深着迷，却难以下手。

我问："你的导师有多大年龄了？"

金庸笑了一下，说："四十多岁。"

我知道他并不企图把这个难题研究清楚，而只想在那条千年荒路上寻找一些依稀脚印。即使找不到，他也会很愉快，返回时一定满脸泛动着长途夜行者的神秘笑容。而且，最让他得意的，是暮年夜行。

后来，我终于看到了他穿着红色学袍接受学位的镜头，身边是一大群同时获得学位的西方学子。

这些西方学子也许不知道，这位与他们一起排队的东方人是谁、有多大年纪。他们一定不知道，今天，自己与星座并肩同行。

面对这个镜头我笑了。眼前是一个最完整的大侠，侠到不能再侠；也是一种顶级的美学，美到不能再美。这比东西方所有伟大作家的暮年，都更接近天道。在这种天道中，辽阔的时空全都翻卷成了孩童般的游戏任性，然后告知世间，何为真正的生命。

二〇一八年十一月

仰望云门

一

近年来，我经常向大陆学生介绍台湾文化。

当然，从文化人才的绝对数量来说，大陆肯定要多得多，优秀作品也会层出不穷。但是，从文化气氛、文化品行等方面来看，台湾有一个群落，明显优于大陆文化界。我一直主张，大陆在这方面不妨谦虚一点儿，比比自己到底失去了什么。

我想从舞蹈家林怀民说起。

当今国际上最敬重哪几个东方艺术家？在最前面的几个名字中，一定有林怀民。

真正的国际接受，不是一时轰动于哪个剧场，不是重金租演了哪个大厅，不是几度获得了哪些奖状，而是一种长久信任的建立，一种殷切思念的延绵。

林怀民和他的“云门舞集”，已经做到这样。云门早就成为全世界各大城市邀约最多的亚洲艺术团体，而且每场演出都让观众爱得痴迷。云门很少在宣传中为自己陶醉，但亚洲、美洲、欧洲的很多地方，却一直被它陶醉着。在它走后，还陶醉。

其实，云门如此轰动，却并不通俗。甚至可说，它很艰深。即使是国际间已经把它当作自己精神生活一部分的广大观众，也必须从启蒙开始，一种有关东方美学的启蒙。对西方人是如此，对东方人也是如此。

我觉得更深刻的是对东方人，因为有关自己的启蒙，在诸种启蒙中最为惊心动魄。

但是，林怀民并不是启蒙者。他每次都会被自己的创作所惊吓：怎么会这样！他发现当舞员们凭着天性迸发出一系列动作和节奏的时候，一切都远远超越事先设计。他自己能做的，只是划定一个等级，来开启这种创造的可能。

舞者们超尘脱俗，赤诚袒露，成了一群完全洗去了寻常“文艺腔调”的苦行僧。他们在海滩上匍匐，在礁石间打坐，在纸墨间静悟。潜修千日，弹跳一朝，一旦收身，形同草民。

只不过，这些草民，刚刚与陶渊明种了花，跟鸠摩罗什诵了经，又随王维看了山。

二

罕见的文化高度，使林怀民有了某种神圣的光彩。但是他又是那么亲切，那么平民，那么谦和。

林怀民是我的好友，已经相交二十多年。

我每次去台湾，旅馆套房的客厅总是被鲜花排得满满当当。旅馆的总经理激动地说：“这是林先生亲自吩咐的。”林怀民的名字在总经理看来，如神如仙，高不可及，因此声音都有点儿颤抖。不难想象，我在旅馆里会受到何等待遇。

其实，我去台湾的行程从来不会事先告诉怀民，他不知是从什么途径打听到的，居然一次也没有缺漏。

怀民毕竟是艺术家，他想到的是仪式的延续性。我住进旅馆后的每一天，屋子里的鲜花都根据他的指示而更换，连色彩的搭配每天都有不同的具体设计。他把我的客厅，当作了他在导演的舞台。

“这几盆必须是淡色，林先生刚刚来电话了。”这是花店员工在向我解释。我立即打电话向他感谢，但他在国外。这就是艺术家，再小的细节也与距离无关。

他自家的住所，淡水河畔的八里，一个光洁如砥、没有隔墙的敞然大厅。大厅是家，家是大厅。除了满壁的书籍、窗口的佛雕，再也没有让人注意的家具。怀民一笑，说：“这样方便，我不时动一动。”他所说的“动”，就是一位天才舞蹈家的自我排练。那当然是一串串足以让山河屏息的形体奇迹，怎么还容得下家具、墙壁来碍手碍脚?

离住家不远处的山坡上，又有后现代意味十足的排练场，空旷、粗粝、素朴，实用。总之，不管在哪里，都洗去了华丽繁缛，让人联想到太极之初，或劫后余生。

这便是最安静的峰巅，这便是《吕氏春秋》中的云门。

三

面对这么一座安静的艺术峰巅，几乎整个社会都仰望着、佑护着、传说着、静等着，远远超出了文化界。

在台湾，政治辩论激烈，八卦新闻也多，却不会听到有什么作家、艺术家受到了传媒的诬陷和围攻。这几乎是不可能的事，因为传媒不会这么愚蠢，去伤害全民的精神支柱。林怀民和云门，就是千家万户的“命根子”，谁都宝贝着。

林怀民在美国学舞蹈，师从葛兰姆，再往上推，就是世界现代舞之母邓肯。但是，在去美国之前，他在台湾还有一个重要学历。他的母校，培养过大量在台湾非常显赫的官员、企业家和各行各业的领袖，但在几年前一次校庆中，由全体校友和社会各界评选该校历史上的“最杰出校友”，林怀民得票第一。

这不仅仅是他的骄傲。在我看来，首先是投票者的骄傲。

在文化和艺术面前，这次，只能委屈校友中那些官员、企业家和各行各业的领袖了。其实他们一点儿也没有感到委屈，全都抽笔写下了同一个名字。对此，我感慨万千。熙熙攘攘的台北街市，吵吵闹闹的台湾电视，乍一看并没有什么文化含量，但只要林怀民和别的大艺术家一出来，大家霎时安静，让人们立即认知，文化是什么。

记得美国一位早期政治家 J. 亚当斯（John Adams，1735—1826）曾经说过：

> 我们这一代不得不从事军事和政治，为的是让我们儿子一代能从事科学和哲学，让我们孙子一代能从事音乐和舞蹈。

作为一个政治家的亚当斯我不太喜欢，但我喜欢他的这段话。

我想，林怀民在台湾受尊敬的程度，似乎也与这段话有关。

四

有一件事让我再一次想起了这段话。中国国民党荣誉主席连战先生首度访问大陆，会见了大陆的领导人。他夫人写了一本记录这一重大政治事件的书，由连战先生亲自写了序言。但是，他们觉得在这个序言前面还要加一个序言，居然邀请我来写。他们对我并不熟悉，只知道政治职位上面，应该是无职位的文化。结果，这本书在大陆出版时，大家怎么也想不明白这个奇怪的排位。

同样让我想起亚当斯这段话的，还有台湾的另一位文化巨匠白先勇。

白先勇是国民党名将白崇禧的爱子，但是，他对政治背景的不在意，已经到了连别人都不好意思提及。他后来也写过一本书《父亲和民国》，笔调平静而简洁，丝毫没有我们常见的那种“贵胄之气”。

二十几年前海峡两岸还处于极为严峻的对峙状态，但白先勇先生却超前来了。不是为了寻亲，不是为了纪念，也不是为了投资，而是只为文化。他的《游园惊梦》在内地排演，由俞振飞先生担任昆曲顾问，由我担任文学顾问。这一来，他就读到了我的文章。

他把我的文章，一篇篇推荐给台湾报刊。台湾报刊就把一笔笔稿酬寄给他，让他转给我。但他当时还在美国西海岸的圣塔芭芭拉教书，而那时美国到中国的汇款还相当不便。他只能一次次到邮局领款，把不整齐的款项凑成整数，然后再一次次到邮局寄给我。

我至今还保留着他寄来的一大堆信封，上面密密麻麻地写着收汇人和寄汇人的复杂地址，且以中文和英文对照。须知，这可是现代世界最优秀的华人作家的亲笔啊，居然寄得那么多、多么勤、多么密。两岸的政治对立，他自己的政治背景，全被文学穿越。

我二十多年前第一次去台湾，就是白先勇先生花费巨大努力邀请的。他看到了我写昆曲的一篇文章，那篇文章以明代观众痴迷昆曲的人数、程度和时间，来论证昆曲是全世界的一个重要戏剧范型。白先生对这篇文章极为赞赏，让我到台湾发表演讲。这也算是大陆学者的“第一次”吧，一时十分轰动又十分防范，连《中国时报》要采访我都困难重重。

一天晚上，听说《中国时报》派了一名不能拒绝的重要记者来了。我一看，这名“记者”不是别人，而正是白先勇先生。那个晚上，他真像记者一样问了我很多问题，丝毫没有露出他既是文学大家又是昆曲大家的表情。第二天，报纸上刊登他采访我的身份，竟然是“特约记者”，这真让我感动莫名。

对于地位高低，他毫不在乎；对于艺术得失，他绝不让步。

对于我的辞职，他听了等于没听。但有一次他不知道从哪儿听来传言，说我有可能要“搁笔”了，便立即远道赶到上海，在我家里长时间坐着，希望不是这样。

那夜他坐在我家窗口，月亮照着他儒雅却已有点儿苍老的脸庞。我一时走神，在心中自问：眼前这个人，似乎什么也不在乎，却那么在乎文学，在乎艺术。他，难道就是那位著名将军的后代吗？

但是我又想，白崇禧将军如果九天有知，也会为他的后代高兴，因为这符合了那位美国将军亚当斯的构思。

五

从林怀民先生在旅馆里天天布置的鲜花，到白先勇先生以记者的身份对我的采访，我突然明白，文化的魅力，就在于摆脱名位，摆脱实用，摆脱功利，走向仪式。

只有仪式，才能让人拔离世俗，上升到千山肃穆、万籁俱静的高台。

从四年前开始，台湾最著名的《远见》杂志作出一个决定，他们杂志定期评出一个“五星级市长”，作为对这个市长的奖励之一，可以安排我到那个城市做一个文化演讲。可见，他们心中的最高奖励，还是文化。

这样的事情已经实行了很多次，每当我抵达的那天，那个城市满街都挂上了我的巨幅布幔照片，在每个灯柱、电线杆上飘飘忽忽，像是我要竞选高位。我想，至少在我演讲的那一天，这座城市进入了一个文化仪式。直到我讲演完，全城的清洁工人一起动手，把我的巨幅布幔照片一一拉下、卷起，扔进垃圾堆。

扔进垃圾堆，是一个仪式的完满终结。终结，是为了开启新的仪式。

我在台湾获得过很多文学大奖，却一直没有机会参加颁奖仪式。原因是，从评奖到领奖，时间很短，我的签证手续赶不上。但终于，二〇一一年，我赶上了一次。

先有电话打来，通知我荣获“桂冠文学家”称号。光这么一个消息我并不在意，但再听下去就认真了。原来，这是台湾对全球华语文学的一种隆重选拔，因此这次的评委主任是原新加坡作家协会主席、新加坡国立大学中文系主任王润华教授。设奖至今几十年，只评出过四名“桂冠文学家”，我是第五名。前四名中，有两位已经去世。健在的两位中，有一位就是白先勇先生。

颁奖仪式在元智大学，要我做获奖演讲。然后，离开会场，我领到一棵真正出自南美洲的桂冠树，装在一辆车上，由两名工人推着，慢慢步行到栽植处。到了栽植处，我看到一个美丽的亭子，亭子前面的园林中，确实已经种了四棵树，每棵树下有一方自然形态的花岗石，上面刻着获奖者的签名。白先勇先生的签名我熟悉，而他那棵树，则长得郁郁葱葱。我和几个朋友一起铲土、挖坑、栽树、平整。做完，再抬头看看树冠，低头看看签名石，与围观者一一握手，然后轻步离开。

我想，这几棵桂冠树一定会长得很好。白先勇先生当年给我写了那么多横穿地球的信，想把华语文学拉在一起，最后，居然是相依相傍。

六

文化是一种手手相递的炬火，未必耀眼，却温暖人心。余光中先生也是从白先生推荐的出版物上认识了我，然后就有了他在国际会议上让我永远汗颜的那些高度评价，又和我有了一系列亲切的交往，直到今日。

余光中先生写过名诗《乡愁》。这些年内地很多地方都会邀请他去朗诵，以证明他的“乡愁”中也包括当地的省份和城市。那些地方知道他年事已高，又知道我与他关系好，总是以我“有可能参加”的说法来邀请他，又以他“有可能参加”的说法邀请我。几乎每次都成功，于是就出现了一场场“两余会讲”。

“会讲”到最后，总有当地记者问余光中先生，《乡愁》中是否包括此处。我就用狡黠的眼光看他，他也用同样的眼光回我。然后，他优雅地说一句：“我的故乡，不是这儿，也不是那儿，而是中华文化。”

我每次都立即带头鼓掌，因为这种说法确实很好。

他总是向我点头，对我的鼓掌表示感谢。

顺便他会指着我，加一句：“我们两个都不上网，又都姓余，是两条漏网之鱼。”

我笑着附和：“因为有《余氏家训》。先祖曰：进得网内，便无河海。”

但是，“两余会讲”也有严峻的时候。

那是在马来西亚，两家历史悠久的华文报纸严重对立、事事竞争。其中一家，早就请了我去演讲，另一家就想出对策，从台湾请来余光中先生，“以余克余”。

我们两人都不知道这个背景，从报纸上看到对方也来了，非常高兴。但听了工作人员一说，不禁倒抽冷气。因为我们俩已经分别陷于“敌报”之手，只能挑战，不能见面。

接下来的情节就有点儿艰险了。想见面，必须在午夜之后，不能让两报的任何一个“耳目”知道。后来，通过马来西亚艺术学院院长郑浩千先生，做到了。鬼鬼祟祟，轻手轻脚，见面，关门，大笑。

那次我演讲的题目是反驳“中国崩溃论”。我在台湾经济学家高希均先生启发下，已经懂一点儿经济预测，因此反驳起来已经比较“专业”。

余光中先生在“敌报”会演讲什么呢？他看起来对经济不感兴趣，似乎也不太懂。要说的，只能是文化，而且是中华文化。如果要他反驳“中华文化崩溃论”，他必定言辞滔滔。

七

从林怀民，到白先勇、余光中，我领略了一种以文化为第一生命的当代君子风范。

他们不背诵古文，不披挂唐装，不抖擞长髯，不玩弄概念，不展示深奥，不扮演精英，不高谈政见，不巴结官场，更不炫耀他们非常精通的英语。只是用慈善的眼神、平稳的语调、谦恭的动作告诉你，这就是文化。

而且，他们顺便也告诉大家：什么是一种古老文化的“现代形态”和“国际接受”。

“云门舞集”最早提出的口号是：“以中国人作曲，中国人编舞，中国人跳给中国人看。”但后来发现不对了，事情产生了奇迹般的拓展。

为什么所有国家的所有观众都神驰心往，因此年年必去？为什么那些夜晚的台上台下，完全不存在民族的界限、人种的界限、国别的界限，大家都因为没有界限而相拥而泣？

答案，不应该从已经扩大了的空间缩回去。云门打造的，是“人类美学的东方版本”。

这就是我所接触的第一流艺术家。

为什么天下除了政治家、企业家、科学家之外还要艺术家？因为他们开辟了一个无疆无界的净土，一个自由自在的天域，让大家活得大不一样。

从那片净土、那个天域向下俯视，将军的兵马、官场的升沉、财富的多寡、学科的进退，确实没有那么重要了。连故土和乡愁，都可以交还给文化，交还给艺术。

艺术是“云”，家国是“门”。谁也未曾规定，哪几朵云必须属于哪几座门。仅仅知道，只要云是精彩的，那些门也会随之上升到半空，成为万人瞩目的巨构。这些半空之门，不再是土门，不再是柴门，不再是石门，不再是铁门，不再是宫门，不再是府门，而是云门。

为此，我们应该再一次仰望云门。

附：余秋雨文化档案

历史将会敬重（代跋）

著名作家贾平凹在评价余秋雨时写道："这样的人才百年难得，历史将会敬重。"余、贾两位，在经历、地域、生态上都有很大距离，因此这样的评价具有客观的远瞻性。我在香港关注余先生已经三十多年，愿意为贾先生的评价提供下列理由——

一、余先生在交通条件很艰难的二十世纪八十年代初期，通过非常辛苦的实地考察，在中国近代以来十分热闹的"军事地图"和"行政地图"之外，首次拼接出了"文化地图"。这幅"文化地图"以全新的史识描绘了一系列古老的美好，由于直接回答了长期贬低中华文化和中国人的国际潮流，立即如空谷足音，震撼了华文世界。曾经写过《丑陋的中国人》一书的柏杨先生当面对余先生说："嫉妒，至少是羡慕。羡慕你以大规模的文化遗址考察，重新定义了中国人。"

二、考察中所写的《文化苦旅》《山居笔记》等著作，展示了一种被陶岚教授称为"一过目就放不下"的"余氏文体"，更是一时风靡，其中不少文章居然同时被收入两岸的国文课本，成为当代语文中的孤例。这种文体的特点，被语文学者评为"质朴叙事，磁性行文，天地诗情"的三相融合，显现了当代华文有可能达到的高位。我曾经在台湾新北市大礼堂听著名作家白先勇在演讲时说："余秋雨先生的著作长期以来一直是全球各地华人社区读书会的第一书目。他创造了中华文化在当代罕见的向心力奇迹。我们应该向他致以最高敬礼。"

三、余先生紧接着又在世纪之交冒着极大生命危险，实地考察了人类各大古文明遗址，将它们与中华文明做对比。考察日记《千年一叹》

《行者无疆》在海内外同时连载并出版，读者之多超乎想象，他也就成了国际间最有资格的比较文化的演讲者。二〇〇五年七月应邀在联合国“世界文明大会”上发表了主旨演讲《中华文化的非侵略本性》，二〇一三年十月又在联合国总部大厦演讲《中华文明长寿的八大要素》。这些纯学术的演讲，为世界各国学者提供了读解中华文化的全新思路。由于演讲者的身份是“当代世界走得最远的非官方独立知识分子”，在国际上具备了基本的公信力。其中的论点和论据，以后被广泛引用。我有幸两度抵达演讲现场，切身感受到中华文化在肃穆的学术气氛中的“高光时刻”。

四、当文化热潮兴起之后，学术界发现，各种文化话语还缺少一些公认的理论基点，就像数学中少了一些公式，产生了纷乱。对此，余先生在二〇〇六年制定了一条最简短的文化定义，并在香港凤凰卫视的“秋雨时分”发布，向海内外征求意见。这条定义一共只有二十几个汉字：“文化，是一种成为习惯的精神价值和生活方式。它的最终成果，是集体人格。”世界上有关文化的定义，自英国学者泰勒之后，至今已出现二百多条，每一条都非常冗长又各执一端，唯有这一条，被海内外学术界称赞为“最简洁、最准确的概括，很难被替代”。众所周知，世界上不论哪个学科，定义之立，都是一件奠基性的大事。

五、由于认定文化的最终成果是“集体人格”，余先生此后多年就把精力集中在对中华民族集体人格的探究上。他比较了世界上各个著名的集体人格范型，例如“圣徒人格”“先知人格”“绅士人格”“盎格鲁–撒克逊人格”“武士人格”之后，确认中华文化的集体人格范型是“君子”，并以“君子之道”来概括儒家学说。他力排众议，认为儒家学说在政治、社会方面“治国平天下”的各种主张，很少被历代统治者真正采用，早已黯然褪色，而其中最具时间韧性的，是一种已经广泛普及于中国民间的人格标准，那就是“做君子，不做小人”。这个论断，使儒学研究和中国文化研究都焕然一新，而又进一步印证了柏杨先生对他的判断："重新定义了中国人"。

二〇一四年，专著《君子之道》出版，此书在史上第一次系统地研究了君子的对立面——小人，被评为"历代负面人格研究的开山之作"。有一位香港学者撰文说："在这项研究中，中华文化因为没有被刻意掩饰长久以来的一些阴影，反而变得更立体、更真实、更可信。"由于这本书，余先生再度受到台湾诸多机构的邀请而进行了"环岛演讲"。

除儒家外，余先生还深入研究了中国古代的其他思想体系，指出在"君子之道"之上，还有更重要的一个道，那就是道家的"天道"。为此他又写出了《老子通释》《周易简释》等一部部厚重的著作，系统地阐明：天人合一、元亨利贞、柔静守中，是中华文化的立世之根。

六、在中国古代三大思想体系中，佛教典籍最为玄奥。现代佛教学者大多难于逐句译释，又疏于宏观梳理，致使他们的讲述常常陷于浅俚和驳杂。余先生的《〈心经〉通释》《〈金刚经〉今译》《〈坛经〉简释》《群山问禅》等作品问世，才改变了这种状态。他在北京大学、中国艺术研究院讲授的佛学课程，经由网络视频播出，均创造了很高的收视率。

余先生在阐释这些古代经典的同时，还创造了一种全新的学术形态，那就是，尽力摆脱自清代以来的那种艰涩、烦琐、缠绕的考证痼疾，返璞归真，以通达和明晰，让现代读者直达古哲本源，领略开山大师们的第一风采。当然，能做到这样，需要更深厚的学术功力。

七、"国学"的时尚，在传媒间渐渐泛滥成单向夸张的炫古表演，致使中国古代文学在良莠不分、高低错乱的"泡沫竞吹"中失去了历史的筋骨。为此，余先生早在十几年前就针砭时弊，率先提出了"中国文脉"的命题，主张以批判和选择的眼光，为古代文学"祛脂瘦身"，寻得主脉。他以跨时空的审美高度，在三千年遗产中爬剔、淬炼，终于写成《中国文脉》一书。书中，中国古代文学也就由“日渐痴肥”的形态一变为健美精干的体格，相当于一部颇有魅力的中国文学简史。不久，他应邀到耶鲁大学和纽约大学讲授这一课题。

八、与《中国文脉》相应，余先生又对中国古代文学进行了大规模的今译。他认为，准确而优美的今译，能使枯萎的古典复活，欧洲不少文化大师都做过这件事。由他今译的古典作家，包括庄子、屈原、司马迁、玉羲之、陶渊明、刘勰、韩愈、柳宗元、欧阳修、苏东坡，结集成《文典一览》和《古典今译》，出版后受到朗诵专家和古文字家的共同好评。我在网上看到这样一则评论：“别人的今译，常常把一坛古代美酒分解成了一堆现代化学分子式，唯独余先生，保存了千年酒香。”

九、余先生早年的专业基点是西方美学史。但是早在20世纪80年代他到上海、北京、香港、新加坡等地的几所大学授课时，已从康德、黑格尔的古典美学转向现代心理美学，代表著作是《观众心理学》。从21世纪开始，他又进一步从“虚拟美学”转向“实体美学”，并由此建立中国美学在国际间的独特风范，代表著作是《极品美学》。余先生认为，中国美学历来不以虚拟的概念引领，而总是让概念追随实体，而所有的实体则由“极品”引领。该书由“文本极品”“现场极品”“生态极品”三部分组成，反映了中国人在顶级审美领域的稀世历程。显然，这部书在中国美学的研究上，具有界碑的意义。

十、由《观众心理学》，联想到余先生在21世纪80年代已经出版的其他重大学术著作如《世界戏剧学》《中国戏剧史》《艺术创造学》，每一部都称得上是一个学术高峰。我查资料，发现它们分别获得过“全国优秀教材一等奖”“哲学社会科学著作奖”等当时最高的学术荣誉。三年前在一次教材研讨会上，我曾邀请香港五位资深教授，对这些著作进行专业评估。他们经过几天研读后认为，《世界戏剧学》的第三、四、十、十一、十二、十三章，《中国戏剧史》的第一、二、三、六章，《艺术创造学》的引论“伟大作品的隐秘结构”，以及《观众心理学》的引论，均“包含着全新的学理创建”。他们还一致认定“这几部著作，至今仍然可以作为一流的高校教科书”。

十一、余先生被公认为“国学巨子”，又明确反对文化上的“民族极端主义”。他多次坦陈，自己心中的光源，是一种世界性的聚焦。除了道家、儒家、佛家和王阳明的心学外，还有狄德罗、歌德、罗素、荣格、海德格尔、萨特。他精熟西方人文历史，上列这些智慧星座，他都做过深入论述，早在三十年前就淬砺了自己的精神结构。正因为这样，他笔下的中国文化，也就不仅仅属于中国了。

十二、在上述一系列重大学术成就之外，余先生还是一名几乎全能的文学创作高手。除了散文和“记忆文学”，还创作了剧本、小说、诗歌，每一项都取得了很大成功。他为妻子马兰创作的剧本《秋千架》《长河》，演出时曾在几个著名大剧院创造了票房纪录，被专家评为“应该进入戏剧史的作品”。在台湾演出时正逢“选举”，我恰好在当地采访，看到台北剧院门口的广场上拥挤着十几万为“选举”造势的民众，没有一个剧团敢于在这个时间、这个地点演出，但是，马兰的演出仍然场场爆满，被当地媒体惊叹为“不可思议”。

余先生的剧本和他的小说《信客》《空岛》一样，既不是现实主义，也不是现代派和后现代，而是深受海明威“非象征的象征”、迪伦马特“非历史的历史”的影响，参照西方当代“文化诗学”的构想，实践着他自己提出的“以诗境消解历史，以通俗指向彼岸”的象征诗学，开启了一种自辟云路的创作高度。

十三、还必须立即补充，余先生又是当代杰出的书法家。2017 年 5 至 6 月在北京举办的“余秋雨翰墨展”，参观人数之多，成为中国美术馆建馆半个多世纪以来最为轰动的展览之一。中国书法家协会原主席张海说：“即使秋雨先生没有写过那么多著作，光看书法，也是真正专业的大书法家。”其实，即便在历史上，著作和书法同时壮观的大家，也屈指可数。正因为这样，我听说，在一次大型的慈善拍卖中，余先生的一幅书法作品拍出了惊人的高价。

从几部已经出版的书法、碑楹集来看，余先生无疑是现今被邀请为全国各地名胜古迹题写碑文、榜额特别多的一个人。究其原因，除了公认的书法水准之外，更因为邀请者们全都相信，余先生的文化美誉度，能够被各方游客敬重。他的笔墨，不会让名胜古迹逊色。

——以上，我为贾平凹先生的评价提供了十几条理由，已经不短，应该归纳几句了。但是作为一名老记者，我还是习惯于采用别人的语言。记得新加坡“总统文化奖”获得者郭宝昆先生多年前曾经这样撰文来总结余先生的文化成就：“以旷世的才华和毅力，创建了中华文化在当代世界的全新感知系统，既宏大又美丽，功绩无人可及。”2018 年 5 月，“天下文化事业群”赴上海为余先生隆重颁授奖匾，铭文为“余秋雨——华文世界最具影响力的一支笔”。

他出版的书，可以排满整整几堵书壁，而且，几乎每一本都在文化史上开门拓户、巍然自立。有两位华裔教授曾经站在这样的书壁前对我说：“余先生一人的成就规模，从数量到质量，都远远超过了很多研究所。这中间一定有神秘的天命所指，百川合一。”我说，先不论“天命”，我长期从旁观察，只知道有两个最表面的原因，别人也无法仿效。

表面原因之一，他不参与一切应酬、会议、社团。让人难以置信的是，他有如此业绩，却不是任何一个级别的代表、委员，也不是任何一个级别的作协、文联会员。这也使他不可能进入文化界的各种“排名”。近十年来，他与外界切割得更加彻底。正因为远避光圈，销声匿迹，他才完全不受干扰地完成了如此宏大的文化工程。

表面原因之二，他不理会一切谣言、诽谤、讹诈。由于文化名声太大又不肯依从何方，他成了香港某个“基金会”的觊觎目标，曾长期遭到香港那家日报，广州那家周报，以及一些职业性文痞的联手诬陷，在媒体上制造出一个又一个的“事件”，害得很多人至今还在误信。这股力量甚至一度还裹挟权势，企图毁人夺笔，连他妻子马兰也受到牵累，在艺术最辉煌的年月竟然平白无故地失去了工作。但是，他们夫妻为了不污染心境，不浪费时间，全然放弃一切反击、起诉、追究，只说“马行千里，不洗尘沙”。

衍语

在结束这篇文章的时候，我又随手翻阅了余先生的文集，发现以前还是漏读了不少文章。

例如，在《修行三阶》—书中读到“破惑”和“安顿”这两大部分，在《暮天归思》一书中读到“大悟、大爱、大美”这三项“生命支点”，在《门孔》一书中读到几位文化前辈在磨难中的人格固守，都使我在精神上获得全方位的皈依，而且皈依得那么恬静和熨帖。

平时对不少流行的观念也心存疑惑，却求解无门，余先生在书中都做了简明的指点。例如，现在很多人把“传统”看作是“文化”的支撑，他不赞成，说“中国文化是一条奔腾向前的大河，而不是河边的枯藤、老树、昏鸦”。还有一些尴尬问题，像以前左右文坛的“刀笔战士”们目前心态如何，上海文化突然失去优势究竟原因何在，等等，他也都进行了有趣的剖析（见《暮天归思》中《刀笔的黄昏》《文化的替身》等文）。然而，不管说到哪一种弊病，余先生基于自己的文化辈分，态度都很宽容，只说是“学生们不用功，走偏了”。

最后我要说一句：生在同时代而不读余先生的书，那就实在太可惜了。记得前些年，香港中文大学受托为香港市民开列“古今中外必读书目”八十本，世上那么多作者，唯独余先生一人占了两本。后来应市民要求，书目缩小成五十本，余先生依然占两本。这件事，体现了一种眼光，应该为我们香港鼓掌。

在历史上，真正的文化巨峰少而又少，诚如贾平凹先生所说，“百年难得”。一旦出现，同时代的人往往很难辨识，因为大家被太多流行的价值系统挡住了眼，而文化的高度又无法用权力标尺和财富标尺衡量出来。但是，如果历史还值得信任，那么，高度总会还原。

香港《亚洲周刊》江迅
二〇二一年九月

名家论余秋雨

余秋雨先生把唐宋八大家所建立的散文尊严又一次唤醒了。或者说，他重铸了唐宋八大家诗化地思索天下的灵魂。

——白先勇

余秋雨有关文化的研究，蹈大方，出新裁。他无疑拓展了当今文学的天空，贡献巨大。这样的人才百年难得，历史将会敬重。

——贾平凹

北京有年轻人为了调侃我，说浙江人不会写文章。就算我不会，但浙江人里还有鲁迅和余秋雨。

——金庸

中国散文，在朱自清和钱锺书之后，出了余秋雨。

——余光中

余秋雨先生每次到台湾演讲，都在社会上激发起新一拨的人文省思。海内外的中国人，都变成了余先生诠释中华文化的读者与听众。

——美国威斯康星大学荣誉教授　高希均

余秋雨先生对中国文化的贡献功不可没。他三次来美国演讲，无论是在联合国的国际舞台，还是在华美人文学会、哥伦比亚大学、哈佛大学、纽约大学或国会图书馆的学术舞台，都为中国了解世界，世界了解中国搭建了新的桥梁。他当之无愧是引领读者泛舟世界文明长河的引路人。

——联合国中文教学组前组长　何勇

秋雨先生的作品，优美、典雅、确切，兼具哲思和文献价值。他对于我这样的读者，正用得上李义山的诗："高松出众木，伴我向天涯。"

——纽约人文学会共同主席　汪班

余秋雨文化大事记

· 1946 年 8 月 23 日出生于浙江省余姚县桥头镇（今属慈溪），在家乡读完小学。

· 1957—1963 年，先后就读于上海新会中学、晋元中学、培进中学至高中毕业。其间，曾获上海市作文比赛首奖、上海市数学竞赛大奖。

· 1963 年考入上海戏剧学院戏剧文学系，但入学后以下乡参加农业劳动为主。

· 1966 年夏天遇到了政治运动，家破人亡。父亲余学文先生因被检举有“错误言论”而被关押十年，全家八口人经济来源断绝；唯一能接济的叔叔余志士先生被迫害致死。1968 年被发配到军垦农场服劳役，每天从天不亮劳动到天全黑，极端艰苦。

· 1971 年“9·13 事件”后，周恩来总理为抢救教育而布置复课、编教材。他从农场回上海后被分配到“各校联合教材编写组”，但自己择定的主要任务是冒险潜入外文书库独自编写《世界戏剧学》，对抗当时以“八个革命样板戏”为代表的文化极端主义。

· 1976 年 1 月，编写教材被批判为“右倾翻案”，又因违反禁令主持周恩来的追悼会而被查缉，便逃到浙江省奉化县大桥镇半山一座封闭的老藏书楼研读中国古代文献，直至此年 10 月那场政治运动结束，下山返回上海。

· 1977—1985 年，投入重建当代文化的学术大潮，陆续出版了《世界戏剧学》《中国戏剧史》《观众心理学》《艺术创造学》《Some Observations on the Aesthetics of Primitive Chinese Theatre》等一系列学术著作，先后获全国优秀教材一等奖、上海哲学社会科学著作奖、全国戏剧理论著作奖。

· 1985 年 2 月，由上海各大学的学术前辈联名推荐，在没有担任过副教授的情况下直接晋升为正教授。

· 1986 年 3 月，因国家文化部在上海戏剧学院举行的三次民意测验中均名列第一，被任命为上海戏剧学院副院长、院长。主持工作一年后，即被文化部教育司表彰为“全国最有现代管理能力的院长”之一。与此同时，又出任上海市咨询策划顾问、上海市写作学会会长、上海市中文专业教授评审组组长兼艺术专业教授评审组组长。被授予“国家级突出贡献专家”“上海十大高教精英”等荣誉称号。

· 1989—1991 年，几度婉拒了升任更高职位的征询，并开始向国家文化部递交辞去院长职务的报告。辞职报告先后共递交了 23 次，终于在 1991 年 7 月获准辞去一切行政职务，包括多种荣誉职务和挂名职务。辞职后，孤身一人从西北高原开始，系统考察中国文化的重要遗址。当时确定的考察主题是“穿越百年血泪，寻找千年辉煌”。在考察沿途所写的“文化大散文”《文化苦旅》《山居笔记》等，快速风靡全球华文读书界，由此成为最具影响力的华文作家之一。

· 1991 年 5 月，发表《风雨天一阁》，在全国开启对历代图书收藏壮举的广泛关注。

· 1992 年 2 月开始，先后被多所著名大学聘为荣誉教授或兼职教授，例如复旦大学、上海交通大学、同济大学、上海大学、中国科技大学、西安交通大学等。

· 1993 年 1 月，发表《一个王朝的背影》，充分肯定少数民族王朝入主中原的特殊生命力，重新评价康熙皇帝，开启此后多年“清宫戏”的拍摄热潮。

· 1993 年 3 月，发表《流放者的土地》，系统揭示清朝统治集团迫害和流放知识分子的凶残面目，并展现筚路蓝缕的“流放文化”。

· 1993 年 7 月，发表《苏东坡突围》，刻画了中国文化史上最有吸引力的人格典范，借以表现优秀知识分子所必然面临的一层层来自朝廷和同行的酷烈包围圈，以及“突围”的艰难。此文被海峡两岸暨香港、澳门的报刊广为转载。

· 1993年9月，发表《千年庭院》，颂扬了中国古代最优秀的教学方式——书院文化，发表后在全国教育界产生不小影响。

· 1993年11月，发表《抱愧山西》，系统描述并论证了中国古代最成功的商业奇迹——晋商文化，为当时正在崛起的经济热潮寻得了一个古代范本。此文发表后读者无数，传播广远。

· 1994年3月，发表《天涯故事》，梳理了沉埋已久的海南岛文化简史，并把海南岛文化归纳为“生态文明”和“家园文明”，主张以吸引旅游为其发展前景。

· 1994年5—7月，发表长篇作品《十万进士》（上、下），完整地清理了千年科举制度对中国文化的正面意义和负面影响。

· 1994年9月，发表《遥远的绝响》，描述魏晋名士对中国文化的震撼性记忆。由于文章格调高尚凄美，一时轰动文坛。

· 1994年11月，发表《历史的暗角》，系统列述了“小人”在中国文化中的隐形破坏作用，以及古今君子对这个庞大群体的无奈。发表后在海峡两岸暨香港、澳门引起巨大反响，被公认为“研究中国负面人格的开山之作”。

· 1995年4月，应邀为四川都江堰题写自拟的对联“拜水都江堰，问道青城山”，镌刻于该地两处。

· 1996年7月，多家媒体经调查共同确认余秋雨为“全国被盗版最严重的写作人”，由此被邀请成为“北京反盗版联盟”的唯一个人会员，并被聘为“全国扫黄打非督导员（督察证为B027号）”。

· 1998年6月，新加坡召集规模盛大的“跨世纪文化对话”而震动全球华文世界。对话主角是四个华人学者，除首席余秋雨教授外，还有哈佛大学的杜维明教授、威斯康星大学的高希均教授和新加坡艺术家陈瑞献先生。余秋雨的演讲题目是《第四座桥》。

· 1999年2月，为妻子马兰创作的剧本《秋千架》隆重上演，极为轰动，打破了北京长安大戏院的票房纪录。在台湾地区演出更是风靡一时，场场爆满。

· 1999年开始，引领和主持香港凤凰卫视对人类各大文明遗址的历史性考察，成为目前世界上唯一贴地穿越数万公里危险地区的人文教授，也是"9·11"事件之前最早向文明世界报告恐怖主义控制地区实际状况的学者。由此被日本《朝日新闻》选为"跨世纪十大国际人物"。

· 2002年4月，应邀为李白逝世地撰写《采石矶碑》（含书法），镌刻于安徽马鞍山三台阁。

· 从2000年开始，由于环球考察在海内外所造成的巨大影响，国内一些媒体为了追求"逆反刺激"的市场效应而发起诽谤。先由北京大学一个学生误信了一个上海极左派文人的传言进行颠倒批判，即把当年冒险潜入外文书库独自编写《世界戏剧学》的勇敢行动诬陷为"'文革'写作"，并误植了笔名"石一歌"。由此，形成十余年的诽谤大潮，并随之出现了一批"啃余族"。余秋雨先生对所有的诽谤没有做任何反驳和回击，他说："马行千里，不洗尘沙。"

· 2003年7月，由于多年来在中央电视台的文化栏目中主持"综合文史素质测试"而成为全国观众的关注热点，上海一个当年的造反派代表人物就趁势做逆反文章，声称《文化苦旅》中有很多"文史差错"，全国上百家报刊转载。10月19日，我国当代著名文史权威章培恒教授发文指出，经他审读，那个人的文章完全是"攻击"和"诬陷"，而那个人自己的"文史知识"连一个高中生也不如。

· 2004年2月，由于有关"石一歌"的诽谤浪潮已经延续四年仍未有消停迹象，余秋雨就采取了"悬赏"的办法。宣布"只要证明本人曾用这个笔名写过一篇、一段、一节、一行、一句这种文章，立即支付自己的全年薪金”，还公布了执行律师的姓名。十二年后，余秋雨宣布悬赏期结束，以一篇《“石一歌”事件》做出总结。

· 2004年3月，参加联合国开发计划署《人类发展报告》的设计、研讨和审核。

· 2004年年底，被联合国教科文组织、北京大学、《中华英才》杂志等单位选为“中国十大文化精英”“中国文化传播坐标人物”。

· 2005年4月，应邀赴美国巡回演讲：

1. 4月9日讲《中国文化的困境和出路》（在纽约市立大学亨特学院）；
2. 4月10日讲《中国知识分子的问题所在》（在北美华文作家协会）；
3. 4月12日上午讲《空间意义上的中华文化》（在马里兰大学）；
4. 4月12日下午讲《君子的脚步》（在华盛顿国会图书馆）；
5. 4月13日讲《时间意义上的中华文化》（在耶鲁大学）；
6. 4月15日讲《中国文化所追求的集体人格》（在哈佛大学）；
7. 4月17日讲《中华文化的三大优势和四大泥潭》（在休斯敦美南华文写作协会）。

· 2005年7月20日，在联合国“世界文化大会”上发表主旨演讲《利玛窦的结论》，论述中国文明自古以来的非侵略本性，引起极大轰动。演说的论据，后来一再被各国政界、学界引用。收入书籍时，标题改为《中华文化的非侵略本性》。

· 2005年11月，应邀撰写《法门寺碑》（含书法），镌刻于陕西法门寺大雄宝殿前的影壁。

· 2006年4月，应邀撰写《炎帝之碑》（含书法），镌刻于湖南株洲炎帝陵纪念塔。

· 2005—2008 年，被香港浸会大学聘请为“健全人格教育奠基教授”，每年在香港工作时间不少于半年。

· 2006 年，在香港凤凰卫视开办日播栏目《秋雨时分》，以一整年时间畅谈中华文化的优势和弱势，播出后在海内外产生广泛影响。

· 2007 年 1 月，发表《问卜中华》，详尽叙述了甲骨文的出土在中国文明濒临湮灭的二十世纪初年所带来的神奇力量，同时论述了商代的历史面貌。

· 2007 年 3 月，发表《古道西风》，系统叙述了中华文化的两大始祖老子和孔子的精神风采。

· 2007 年 5 月，发表《稷下学宫》，对比古希腊的雅典学院，将两千年前东西方两大学术中心进行平行比照。

· 2007 年 7 月，发表《黑色的光亮》，以充满感情的笔触表现了平民思想家墨子的人格光辉。

· 2007 年 8 月，应邀为七十年前解救大批犹太难民的中国外交官何凤山博士撰写碑文（含书法），镌刻于湖南益阳何凤山纪念墓地。

· 2007 年 9 月，发表《诗人是什么》，论述“中国第一诗人”屈原为华夏文明注入的诗化魂魄，分析了他获得全民每年纪念的原因，并解释了一些历史误会。

· 2007 年 11 月，发表《历史的母本》，以最高坐标评价了司马迁为整个中华民族带来的历史理性和历史品格。

· 2008 年 5 月 12 日，中国发生“汶川大地震”，第一时间赶到灾区参加救援。见到遇难学生留在废墟间的破残课本，决定将夫妻两人三年薪水的总和默默捐建三个学生图书馆，却被人在网络上炒作成“诈捐”，在全国范围喧闹了两个月之久。后由灾区教育局一再说明捐建实情，又由王蒙、冯骥才、张贤亮、贾平凹、刘诗昆、白先勇、余光中等名家纷纷为三个学生图书馆题词，风波才得以平息。

· 2008年9月，上海市教育委员会颁授成立“余秋雨大师工作室”。上海市静安区政府决定为“余秋雨大师工作室”赠建办公小楼。

· 2008年12月，为妻子马兰创作的中国音乐剧《长河》在上海大剧院隆重上演，受到海内外艺术精英的极高评价。

· 2009年5月，应邀为山西大同云冈石窟题词“中国由此迈向大唐”，镌刻于石窟西端。

· 2010年1月，《扬子晚报》在全国青少年读者中做问卷调查“你最喜爱的中国当代作家”，余秋雨名列第一。“冠军奖座”是钱为教授雕塑的余秋雨铜像。

· 2010年3月27日，获澳门科技大学所颁“荣誉文学博士”称号。同时获颁荣誉博士称号的有袁隆平、钟南山、欧阳自远、孙家栋等著名专家。

· 2010年4月30日，接受澳门科技大学任命，出任该校人文艺术学院院长。宣布在任期间每年年薪五十万港元全数捐献，作为设计专业和传播专业研究生的奖学金。

· 2010年5月21日，联合国发布自成立以来第一份以文化为主题的“世界报告”，发布仪式的主要环节，是联合国教科文组织总干事博科娃女士与余秋雨先生进行一场对话。余秋雨发言的标题为《驳“文明冲突论”》。

· 2012年1—9月，最终完成以莱辛式的“极品解析”方法来论述中国美学的著作《极品美学》。

· 2012年10月12日，中国艺术研究院成立“秋雨书院”。北京众多著名学者、企业家出席成立大会，并热情致辞。该书院是一个培养博士生的高层教学机构，现培养两个专业的博士研究生：一、中国文化史专业；二、中国艺术史专业。

· 2013年10月18日下午，再度应邀赴美国纽约联合国总部大厦演讲《中华文化为何长寿》。当天联合国网站将此演讲列为国际第一要闻。

· 2013年10月20日，在纽约大学演讲《中国文脉简述》。

· 2013年12月，完成庄子《逍遥游》的巨幅行草书写，并将《逍遥游》译成可诵可吟的现代散文。

· 2014年1月，完成屈原《离骚》的巨幅行书书写，并将《离骚》译成可诵可吟的现代散文。

· 2014年1月31日，完成《祭笔》。此文概括了作者自己握笔写作的艰辛历程。

· 2014年3月，发表以现代思维解析《般若波罗蜜多心经》的文章《解经修行》，并由此开始写作《修行三阶》《〈金刚经〉简释》《〈坛经〉简释》。

· 2014年4月，《余秋雨学术六卷》出版发行。

· 2014年5月，古典象征主义小说《冰河》（含剧本）出版发行。

· 2014年8月，系统论述中华文化人格范型的《君子之道》出版发行，立即受到海峡两岸读书界的热烈欢迎。

· 2014年10月，《秋雨合集》二十二卷出版发行。

· 2014年10月28日，出任上海图书馆理事长。

· 2015年3月，再度应邀在海峡对岸各大城市进行“环岛巡回演讲”，自台北市、新北市、台中市到高雄市。双目失明的星云大师闻讯后从澳大利亚赶回，亲率僧侣团队到高雄车站长时间等待和迎接。这是余秋雨自1991年后第四次大规模的环岛演讲。本次演讲的主题是“中华文化和君子之道”。

· 2015年4月，悬疑推理小说《空岛》和人生哲理小说《信客》出版。

· 2015年9月，应邀为佛教圣地普陀山书写《心经》，镌刻于该岛回澜亭。

· 2016年3月，应邀为佛教圣地宝华山书写《心经》，镌刻于该山平台。

· 2016年7月，中华书局出版《中华文化读本》七卷，均选自余秋雨著作。

· 2016年11月，被选为世界余氏宗亲会名誉会长。

· 2017年5月25日—6月5日，中国美术馆举办“余秋雨翰墨展”（中国艺术研究院主办），参观者人山人海，成为中国美术馆建馆半个多世纪以来最为轰动的展出之一。中国文联主席兼中国作协主席铁凝说：“这个展览气势恢宏，彰显了秋雨先生令人慨叹的文化成就，使我对先生的为人和为文有了新的感受。”中国书法家协会原主席张海说：“即使秋雨先生没有写过那么多著作，光看书法，也是真正专业的大书法家。”国务院参事室主任王仲伟说：“余先生的书法作品，应该纳入国家收藏。”据统计，世界各地通过网络共享这次翰墨展的华侨人数，超过千万。

· 2017年9月，记忆文学集《门孔》出版发行。此书被评为《中国文脉》的当代续篇，其中有的文章已成为近年来网上最轰动的篇目。作者以自己的亲身交往描写了巴金、黄佐临、谢晋、章培恒、陆谷孙、星云大师、饶宗颐、金庸、林怀民、白先勇、余光中等一代文化巨匠，同时也写了自己与妻子马兰的情感历程。作者对《门孔》这一书名的阐释是：“守护门庭，窥探神圣。”

· 2017年12月，《境外演讲》出版发行。此书收集了作者在联合国的三次演讲，又汇集了在美国各地和我国港澳地区巡回演讲和电视讲座的部分记录，被专家学者评为“打开中华文化之门的钥匙”。

· 2018年全年，应喜马拉雅网上授课平台之邀，把中国艺术研究院“秋雨书院”的博士课程向全社会开放，播出《中国文化必修课》。截至2019年10月，收听人次已经超过六千万。

（周行、刘超英整理，经余秋雨大师工作室校核）